Any del Llibre i la Lectura 2005
Oficina tècnica
Institut de Cultura de Barcelona
Palau de la Virreina
La Rambla, 99
08002 Barcelona
Tel. 93 301 77 75
Fax 93 316 10 60
www.anyllibre2005.bcn.es
all2005@mail.bcn.es

Editors: Sergio Vila-Sanjuán i Sergi Doria
Editor gràfic: Rossend Casanova
Documentalista: Tate Cabré
Escales i senyalitzacions topogràfiques: Tito Ros
Infografia: Institut Municipal d'Informàtica. Ajuntament de Barcelona
Fotògraf: Pep Herrero
Traduccions: Cristina Armengol i Simon Berrill per a Critèria, sccl

Peu de la Creu, 4, 08001-Barcelona

Amb la col·laboració de la Direcció de Comunicació - Departament d'Imatge i Producció Editorial de l'Ajuntament de Barcelona
www.bcn.es/publicacions

Primera edició: abril de 2005
Coordinació editorial: Manel Martos i Luisa Gutiérrez
Producció editorial: Critèria, sccl
Imprès a Grafos, S. A.
Dipòsit legal: B. 11.267-2005
ISBN: 84-297-5562-4

NOTA dels editors sobre la traducció. Hem optat per mantenir les citacions literàries, tant en català como en castellà, en les respectives versions originals, per tal de preservar la varietat de registres lingüístics que caracteritzen la literatura de Barcelona.

Passejades per la Barcelona literària

Sergio Vila-Sanjuán i Sergi Doria, editors
Rossend Casanova, editor gràfic

Llibre publicat amb motiu de
l'Any del Llibre i la Lectura 2005

Grup 62
Ajuntament de Barcelona
Fundación Germán Sánchez Ruipérez

presentacions

els itineraris

Plànol de Barcelona dibuixat per G. Bailleul el 1705

«Sucedió, pues, que yendo por una calle alzó los ojos don Quijote y vio escrito sobre una puerta, con letras muy grandes "Aquí se imprimen libros", de lo que se contentó mucho, porque hasta entonces no había visto emprenta alguna y deseaba saber cómo fuese. Entró dentro, con todo su acompañamiento, y vio tirar en una parte, corregir en otra, componer en esta, enmendar en aquella, y, finalmente, toda aquella máquina que en las emprentas grandes se muestra.»

Amb aquestes paraules Miguel de Cervantes descriu un dels episodis cabdals de l'estada del seu heroi a Barcelona, ciutat que situa definitivament en la història de la literatura universal com a ciutat de llibres.

Però la impremta és només un dels punts del seu itinerari. El Quixot, tal com es fa palès en una d'aquestes *Passejades per la Barcelona literària* que el lector té a les mans, recorre bona part de la ciutat antiga, es familiaritza amb els seus habitants, en coneix les belleses i també els conflictes de l'època i, finalment, viu un dels moments fonamentals de la seva trajectòria, la derrota i, de retruc, l'acceptació del principi de realitat, ni més ni menys que a la platja de la Barceloneta.

Barcelona és, sens dubte, una ciutat literària, i aquest és un dels factors que l'han convertida en cosmopolita i oberta. Barcelona estima el llibre, i és per això que va donar peu a la celebració d'un dia dedicat al llibre, que actualment celebrem per Sant Jordi. Una celebració única en el seu gènere que ha estat l'origen del Dia Mundial del Llibre i dels Drets d'Autor. En aquest marc, Barcelona celebra aquest 2005 l'Any del Llibre i la Lectura.

El llibre és alhora cultura i indústria, i en ambdós àmbits resulta característic del passat i del present de la ciutat, de la mateixa manera que esperem que ho sigui del seu futur. El nostre desig és que aquestes *Passejades per la Barcelona literària*, que ara cristal·litzen mercès a la col·laboració entusiasta de la Fundación Germán Sánchez Ruipérez i del Grup 62, ajudin els barcelonins i els visitants a familiaritzar-se amb aquesta vella i entranyable història d'amor entre Barcelona i els llibres, que aspira a continuar generant moltes pàgines de bona literatura.

Joan Clos
Alcalde de Barcelona

Plànol de Barcelona i dels vòltants, dibuixat per M. de Beaurin el 1725

El desig de veure una ciutat a través dels ulls dels seus escriptors és un dels signes més característics de la modernitat literària i urbana. El Londres de Dickens, el París de Balzac, l'Alexandria de Durrell o la Nova York de Paul Auster han esdevingut entitats amb existència autònoma, a mig camí entre la ficció i l'ebullició urbana i humana.

Barcelona, també l'ha feta gran la literatura. I cada Barcelona recreada per un escriptor és una nova ciutat estilitzada i a voltes fabulosa. Cervantes, Verdaguer, Maragall, Pla, Sagarra, Orwell, Vázquez Montalbán o Terenci Moix són algunes de les fites d'aquesta gran construcció imaginària.

L'Any del Llibre i la Lectura de Barcelona proposa una celebració i una reflexió. Durant l'any 2005 commemorem la nostra història com a ciutat de llibres: escenari d'autors, bressol d'editors, paisatge de biblioteques i llibreries, i d'incomptables racons amb regust literari. Però també plantegem una reflexió sobre la lectura i els valors universals que la cultura del llibre representa, i sobre el futur que s'albira al seu voltant. La publicació d'aquesta obra s'inscriu en el marc d'aquest any temàtic al qual, manllevant unes paraules de l'escriptor Carlos Ruiz Zafón, estan convidats els barcelonins d'esperit de tots els continents per celebrar amb ells que, amb un llibre entre les mans, tots som ciutadans del món.

Ja fa uns quants anys, «L'aventura de llegir», de les Biblioteques de Barcelona, començà a oferir en el seu programa d'activitats diferents itineraris literaris vinculats a la ciutat que, temporada rere temporada, s'han anat succeint amb un important èxit d'assistència. La publicació d'aquestes *Passejades per la Barcelona literària* consolida aquesta iniciativa, que inaugurà entre nosaltres una manera, diferent i suggestiva, d'endinsar-se a la ciutat, i hi confereix una interessant continuïtat.

Ferran Mascarell
Regidor president de la Comissió de Cultura,
Educació i Benestar Social
de l'Ajuntament de Barcelona

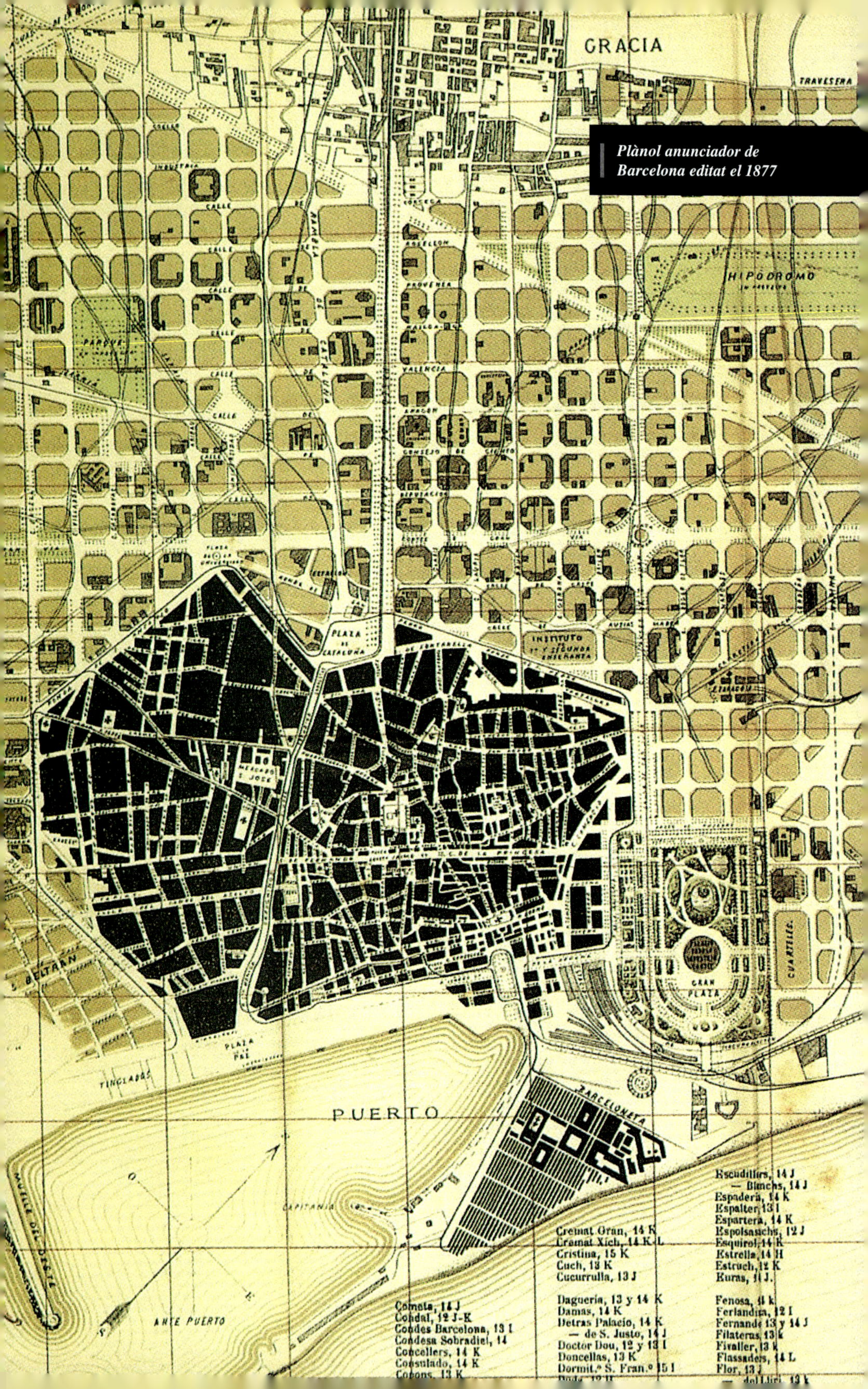

Plànol anunciador de Barcelona editat el 1877

Vaig conèixer la ciutat de Barcelona molts anys abans de poder-la visitar per primera vegada. Per a mi, molts dels seus carrers eren, des de la meva incipient professió de llibreter a l'establiment familiar, gairebé tan propers com els que diàriament transitava a la meva sempre estimada Salamanca. Carrers de Còrsega, Sardenya, Provença, Calàbria, Mallorca, València, Enric Granados..., indrets en els quals aleshores —anys quaranta de la nostra dura postguerra— habitava l'avantguarda de la indústria editorial del nostre país; veritables temples de la cultura als quals jo mirava sempre des de l'admiració i el sa desig d'emulació.

Així que Barcelona entrà a la meva vida a través dels mateixos llibres, de la mateixa manera com pretén fer-ho aquesta obra en aquells que la llegeixin. Que si alguna cosa distingeix, entre molts altres emblemes, aquesta bellíssima ciutat és l'etern maridatge amb el món editorial i, per extensió, amb els seus promotors, autors i lectors.

Pocs indrets en el món podran disputar una condició semblant a Barcelona. I és que la mateixa ciutat, pàgina rere pàgina, s'obre sempre al visitant d'una manera seductora i subtil, amb la mateixa atracció que els llibres són capaços d'exercir sobre els seus lectors. Amb idèntica intensitat i intimitat: la que explica que, qui visiti Barcelona, per fugaç que sigui la seva estada, ja mai no la podrà oblidar. I que en ell arreli, tal com passa també en tot exercici de lectura vertadera, l'etern desig de retorn, d'aquesta «relectura» que ens permeti seguir descobrint els seus racons incomparables, gaudir de l'hospitalitat de la seva gent i d'aquesta raó d'ésser que fa de Barcelona un indret únic i extraordinari.

Per tot això, per a la Fundación Germán Sánchez Ruipérez ha estat un veritable honor sumar-se a l'edició d'aquest llibre, contribuint així a la celebració de l'Any del Llibre i la Lectura que la Ciutat Comtal commemora aquest 2005 i que, n'estic segur, suposarà la reafirmació d'un compromís permanent que també farà dels anys venidors una nova ocasió d'enfortir una relació tan pròspera com inseparable: la de Barcelona, els llibres i la lectura.

Germán Sánchez Ruipérez
President de la Fundación
Germán Sánchez Ruipérez

passegeu i llegiu

Ho havíem sentit en infinitat de sobretaules. Es trobava a faltar un llibre panoràmic sobre la Barcelona literària: la quadrícula que revelava itineraris viscuts o somiats; els edificis i els carrers que trepitjaren els escriptors o els seus personatges a través dels segles, a través dels llibres.

Barcelona canviava de pell en sessió contínua: metamorfosi permanent envers la ciutat de ciutats, la de les «mil veus», que diria Xènius. Com els personatges de Proust *A la recerca del temps perdut* sentíem que els racons barcelonins —les avingudes, les cases, els parcs— eren tan fugissers com els anys. Es tractava de nodrir el nomenclàtor amb la matèria preciosa de la literatura. I una iniciativa com l'Any del Llibre i la Lectura de Barcelona constituïa l'oportunitat perfecta per fer-ho. El suport de la Fundación Germán Sánchez Ruipérez i la incorporació del Grup 62 han proporcionat el context idoni per a la cristal·lització del projecte.

Memòries, novel·les, poesies, articles... Més de dos-cents autors han guiat *Passejades per la Barcelona literària*. La nostra ciutat és una crònica que no té fi. Els setze itineraris i els dos indrets de la memòria que componen aquest llibre no es plantegen *ex cathedra* ni pretenen establir un cànon de la literatura barcelonina. Tampoc no aspiren al tractat erudit i exhaustiu. L'objectiu, a cavall entre el periodisme cultural i el llibre de viatges, és recobrar les passes perdudes, aquests instants que només és possible conservar als llibres. Conèixer i recordar. Que el lector camini per Barcelona de la mà dels nostres escriptors més apreciats. Que pugui albirar personatges de ficció als arcs ogivals del barri gòtic o abocats a la finestra d'un edifici ja enderrocat pel picot de l'amnèsia urbanística. Només dos condicionants autoimposats: que el volum presentés una certa continuïtat cronològica per tal de resultar coherent amb la història de Barcelona i que els recorreguts fossin tan variats com fos possible, tot i partir de la base que el nucli antic de la ciutat tindria, ineludiblement, una forta presència a les seves pàgines. Aquesta intenció de continuïtat temporal i varietat d'escenaris ha portat a alternar capítols monogràfics dedicats a uns escriptors determinats amb d'altres en els quals l'eix és geogràfic o temàtic. Resulta inevitable, per tant, algun encavalcament, que hem intentat que fossin els mínims.

Els llibres s'han obert als nostres ulls com grans avingudes, carrerons recòndits i edificis hospitalaris. Cada pàgina, cada línia, podia assenyalar un camí a seguir i els qui han col·laborat en aquesta exploració han desenvolupat els més adients a les seves experiències barcelonines. Alguns capítols havien tingut un primer assaig real sobre el terreny, dins del programa d'itineraris literaris organitzats pel Consorci de Biblioteques de Barcelona. D'altres han estat expressament pensats per a aquestes pàgines. El conjunt és una polifonia d'estils, visions diverses unides per un propòsit: ser útils al lector. Que assaboreixi cada fragment de novel·la, que cada vers referenciat sigui una fita que el guiï pels barris i per les edats de la ciutat. Les pedres gòtiques, el Quixot, el baró de Maldà, el costumisme del senyor Esteve, la ciutat verdagueriana, la Rambla amb el seu cabal de veus i vides, l'olor de salnitre, la Barcelona que enderroca muralles i s'eixampla, la plaça del Diamant que Rodoreda va fer refulgir, els dies de la Guerra Civil d'Orwell, les petjades del Pijoaparte al Carmel, aquell Sarrià on García Márquez i Vargas Llosa activaren l'espoleta del *boom*, el barri Xino que Vázquez Montalbán evocà amb veu de Carvalho, la gran encisera de Maragall que va atraure Lorca, l'urbs postmoderna dels Jocs Olímpics i el Fòrum. La ciutat de la memòria: arxius, biblioteques i monuments a voltes perduts entre el tràfec quotidià. Una obra així havia de plantejar-se també com una passejada visual, i l'exhaustiva tasca de documentació gràfica duta a terme per Rossend Casanova ha permès que així sigui.

Plànols, edificis i pedres que traspuen memòria i mite. Segur que algun lector enyorarà el fragment d'aquell autor que posà carrer i adreça a la seva vivència ciutadana. Segur que un altre lector obriria el llibre barceloní en un capítol diferent o emprendria la seva passejada d'una altra manera. De ben segur. Barcelona és una ciutat oberta, multiforme: les portes per accedir a la seva ànima són infinites. Al segle XIX, l'escriptor Ferran Patxot ja va apuntar al *Manual del viajero en Barcelona* (Impremta Oliva, 1840) les draperies amb què la capital catalana es maquilla per seduir el caminant: «*Si entra por la puerta de San Antonio le parece que la ciudad ha de ser exclusivamente industriosa y manufacturera; si por la puerta del Ángel, creerá que debe ser esencialmente aristocrática; pero si por la puerta del Mar, todo allá es comercial y al mismo tiempo majestuoso…*». Llegiu i vegeu l'etern retorn d'una ciutat rediviva gràcies a la literatura. Creueu-la. De mar a muntanya. De Montjuïc al Tibidabo. De Pedralbes al Raval. En Diagonal. O en Paral·lel al mar. A cada capítol, una avinguda de lectures. Passeu i llegiu.

Sergio Vila-Sanjuán
Sergi Doria
Editors de *Passejades per la Barcelona literària*

Detall de la muralla, entre el Museu d'Història de la Ciutat i la capella de Santa Àgueda
Triangle Postals

1. Les pedres gòtiques de Barcelona: una passejada amb Desclot, Metge i Boscán

José Enrique Ruiz-Domènec

“Se hizo dejar en la plaza de Ramón Berenguer, gallardo conde, una estatua ecuestre de bronce destacada entre el foso de espacios verdes que se extendía al pie de la muralla romana, esquinados volúmenes coronados por el campanario y los contrafuertes de la Capilla de Santa Águeda y, despuntando en segundo término, el Mirador del Rey Martín, con sus arcos de medio punto, y las flechas y torres de la catedral, estricta composición de alturas y arrogancias ojivales.”

Luis Goytisolo. *Recuento*. Seix Barral, 1973.

escales de l'itinerari

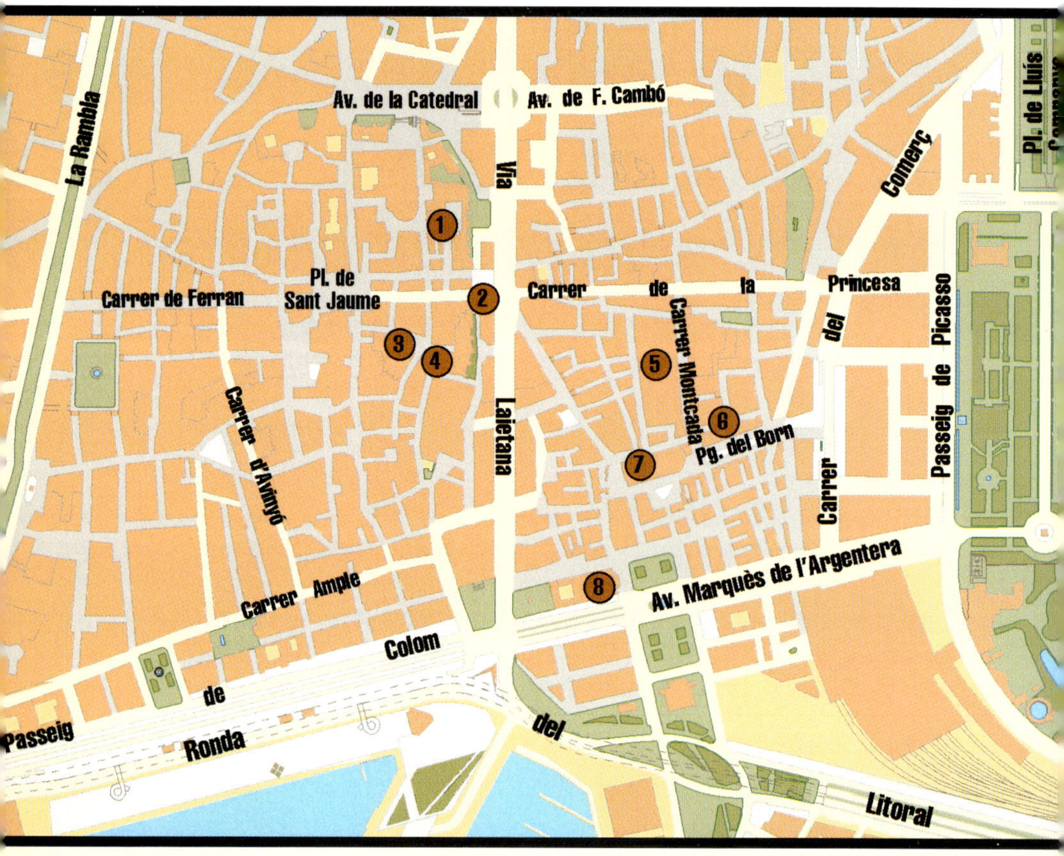

❶ *plaça del rei*

És el centre històric del barri Gòtic, limitat pel Palau Reial Major, edifici del segle XIII on es troba el Saló del Tinell (obra de l'arquitecte Guillem Carbonell) i la capella de Santa Àgueda, temple gòtic del segle XIV. Completen el conjunt el Palau del Lloctinent i el traslladat Palau Clariana Padellàs, que alberga el Museu d'Història de la Ciutat.

❷ *plaça de l'àngel*

Antiga porta (*Principalis sinistra*) de la muralla romana per accedir a la ciutat. Rep aquest nom per l'estàtua d'un àngel que s'hi va col·locar al segle XVII en record d'un miracle de l'arcàngel sant Miquel, que segons diuen es va aparèixer durant el trasllat del cos de santa Eulàlia. L'escultura original de l'àngel es troba al Museu d'Història de la Ciutat.

3 Plaça de Sant Just

Aquesta placeta és una part que va quedar, al segle XIX, del vell cementiri de Sant Just, en el qual, segons la tradició, van ser enterrats els primers màrtirs cristians de Barcelona. Destaca la font gòtica que es troba a la cantonada dels carrers de la Palma de Sant Just i dels Lledó, que va ser fundada per Joan Fivaller l'any 1367. Joan Boscán va viure al carrer dels Lledó, número 13.

4 Palau dels Requesens

Edifici que es troba al carrer del Bisbe Caçador i que actualment alberga la Reial Acadèmia de Bones Lletres. Va pertànyer a la dama barcelonina Isabel de Requesens i Enríquez, que va ser immortalitzada per Rafael en un retrat.

5 Carrer Montcada

El carrer Montcada, documentat des de l'any 1283, va ser creat a partir d'una donació de terrenys del comte Ramon Berenguer IV a favor del seu vassall Guillem Ramon de Montcada, que va urbanitzar la zona. Alguns dels palaus construïts al carrer Montcada durant els segles XIII i XIV són els que més tard allotjarien el Museu Picasso.

6 Passeig del Born

El 1427 la classe aristocràtica va generalitzar a la plaça del Born els torneigs, les justes i altres jocs d'armes.

7 Santa Maria del Mar

Clar prototip de les construccions gòtiques del segle XIV, conegut com *gòtic català*. El seu arquitecte inicial va ser, el 1328, el mestre català Berenguer de Montagut i l'obra va ser enllestida mig segle després.

8 La Llotja

Es troba al passeig d'Isabel II, número 2. Aquesta duana medieval del port de Barcelona conserva un impressionant saló gòtic de tres naus. Del 1915 al 1994 va albergar la Borsa de Barcelona, i actualment és la seu de la Cambra Oficial de Comerç de Barcelona.

El 1249, Barcelona organitza el seu primer govern municipal gràcies als privilegis atorgats pel rei Jaume I. Un nou impuls econòmic de caràcter mercantil se sobreposa a la tradicional explotació agrícola del sòl, fundada en la irrigació i la concentració parcel·lària. Una ciutat amb diversos començaments ha de tenir també destinacions diverses. Barcelona havia estat una pròspera urbs romana i també una ciutat que mirava cap a Europa en temps carolingis, després de la conquesta per part de Lluís el Pietós, a la qual Ermold el Negre dedicà bells i sentits versos. D'aquests segles, n'heretà unes sòlides muralles, començades a construir en temps d'August, acabades al segle III per protegir-se de les invasions germàniques i que successivament foren restaurades per les famílies que tenien el dret i el deure de protegir-les. On acaba l'urbs romana i carolíngia i comença la ciutat gòtica? Quina és la frontera entre el passat i el futur? El privilegi de 1249 podria ser aquesta data.

En els segles de predomini de la cultura gòtica (XIII, XIV, XV i part del XVI), Barcelona esdevé una ciutat de la pedra i de l'escriptura. Hi conflueixen dues immenses ambicions. L'una és la creació d'un espai urbanístic a l'altura de la capital d'una Corona que ha posat la mirada en la Mediterrània després de la conquesta de Mallorca, l'ambició del món dels negocis mercantils, del comerç internacional que porta els vaixells des de les seves platges fins a les platges del Pròxim Orient, on es creen almodins que donaran lloc al *Llibre del Consolat del Mar*, una excel·lent peça de la jurisprudència marítima realitzada sota els efectes del «seny» català. L'altra ambició s'assenta en la recerca d'una literatura pròpia, en llengua catalana, la que es parlava als carrers, a les places, als mercats. El seu objectiu és trobar uns signes d'identitat que permetin distingir-la dels seus miralls propers, Gènova, Pisa, Venècia, o dels llunyans, Atenes, Antioquia, Alexandria. On acaba l'urbanisme i comença l'escriptura? L'historiador Bernat Desclot, l'humanista Bernat Metge i el poeta Joan Boscán ofereixen, tots tres a la seva manera, respostes a aquesta pregunta, que entenc com un projecte comú i compartit de l'esperit de Barcelona en la seva història i la seva literatura. Exemples que mai no haurien d'oblidar-se. Noms que es troben a l'avantguarda d'una ciutat en construcció constant que mira tant el passat com el futur, inquieta i assossegada alhora. Barcelona, a l'època gòtica, esdevé una ciutat edificada sobre aquest anhel profund. Per intentar comprendre-ho intentarem passejar per allò que ens en queda en l'actualitat guiats per aquests tres grans escriptors.

A la fi del segle XIII, l'historiador Bernat Desclot ens mostra una ciutat en plena efervescència.[1] Les velles muralles encara constituïen el referent obligat de qualsevol passejant que s'arrisqués més enllà, a la recerca dels barris de mercaders i artesans que descendien cap a les platges d'allò que avui és la Barceloneta. Aquest fragment de muralla que actualment ocupa part del Museu d'Història de la Ciutat i de la capella de Santa Àgueda és un indret que el gran cronista devia recórrer en més d'una ocasió, mentre cobria la distància que separava casa seva, en un indret proper a l'actual plaça de l'Àngel, fins al Palau del Rei. Un pendent suau que condueix als vells edificis romànics (avui amagats a la vista) on la Cort i les dependències dels oficials més importants tenien la seva seu. La vida mercantil mostrava ja els seus efectes en les pedres, però també en el comportament de la gent. El rei Pere el Gran, després de l'èxit polític que suposà acceptar la corona siciliana després de l'aixecament dels ciutadans de Palerm el 1282 (en la jornada coneguda com

Escultura que representa Bernat Desclot, antigament situada al passeig de Sant Joan
Col·lecció Rossend Casanova

il Vespro), havia mostrat els veritables objectius de la casa comtal de Barcelona i de la casa reial d'Aragó, les ensenyes de les quals senyorejaven el mar gràcies a l'habilitat de l'almirall sicilià Ruggero de Lauria, que no va dubtar a catalanitzar el seu nom i anomenar-se Roger de Llúria. Allà mateix, a la Sala del Tron, prop de casa seva, l'enginyós funcionari reial decidí posar ordre a la memòria dels esdeveniments succeïts en els darrers anys, lligar-los amb el passat de la dinastia i mostrar als seus conciutadans de Barcelona el veritable significat dels ideals de la cavalleria que el seu senyor, el rei, personificava millor que ningú. Ho va fer en l'elegant cavalcada en direcció a Bordeus, on esperava enfrontar-se en duel amb el pretendent de la casa d'Anjou pels drets al tron de Sicília. Bella història que més endavant inspiraria alguns poetes i novel·listes, i el mateix Desclot, que la converteix en un dels moments estel·lars del seu llibre de memòries. Però el fidel funcionari tan sols en reté, d'aquest heroisme del rei, una essència que lliga la sort de la seva ciutat: somia la construcció d'una nova urbs d'estil gòtic que estigui a l'altura d'aquestes gestes, *feyts* en el català d'aleshores. I precisament aquesta és

> “*Des de l'antic Palau de la Generalitat, on estava instal·lada la Reial Audiència, l'Andreu va ser traslladat per la Baixada de la Presó fins a l'edifici sinistre de la plaça del Blat, allà on mai no s'hauria imaginat que aniria a petar. Ell i els dos soldats que el portaven van entomar estoicament la pluja. Potser era el fet d'airejar-se, de ventilar-se; el cas és que l'Andreu ja no veia les coses tan fosques: aviat s'havia de desfer del malentès, per força. I encara sort que plovia i no hi havia gent pel carrer en el curt trajecte, que poguessin dir mira aquest noi, quina una en deu haver feta.*”
>
> ***Jaume Cabré.*** *Senyoria*. Proa, 1991.

la paraula que ell mateix escull per començar la seva obra: «*Asi comensa lo libre qu'en Bernat Desclot dictà e escrivi dels grans feyts e les conquistes que feeren sobre sarayns e sobre altres gens los nobles reys que hac en Aragó qui foren del alt linatgte del comte de Barcelona*».

L'evidència de la Barcelona gòtica en obres civils i religioses de temàtica clàssicament urbana és el resultat de l'esforç constructiu dut a terme durant el segle XIV o, més exactament, durant l'interval de temps que separa Desclot de Metge. No arriba a cent anys i, tanmateix, el perfil de la ciutat canviarà completament. Ens movem en direcció a les obres que Metge veié i que Desclot mai no arribà a contemplar. Atu-

Saló del Tinell. Actualment és un espai expositiu del Museu d'Història de la Ciutat
Museu d'Història de la Ciutat. Pere Vivas

rem-nos primer a la Sala de Recepcions, coneguda com *el Tinell*, obra de Guillem Carbonell, realitzada entre el 1359 i el 1370, que l'escriptor humanista visità més d'una vegada. Era la idea que l'art gòtic responia a les ambicions d'una ciutat en creixement: la nova muralla, que Pere el Cerimoniós manà de construir, que assolirà un perímetre de 6.250 metres, és un testimoni d'aquest ambient, tot i les dificultats, i per què no dir-ho, malgrat les habituals crisis del ritme de l'economia, sempre superades amb mesures a voltes encertades i altres descabdellades.

El tancament de monestirs com el de Pedralbes o la creació de nombroses fonts, com la bellíssima de la plaça de Sant Just (recentment restaurada) indiquen que l'urbanisme del segle XIV es fa en estil gòtic i a favor d'un corrent positiu d'inversió pública i privada en la construcció. Però l'edifici al qual l'escriptor Metge potser dedicà més atenció, per bé i per mal, va ser la Llotja, que avui només podem veure si travessem un edifici de tall neoclàssic que l'amaga al seu interior. Aquell barri de mercaders i comerciants, que tenia a Santa Maria del Mar el seu temple major, s'havia convertit en una bullida cosmopolita, on els diners corrien en abundància i les fortunes canviaven de mà amb excessiva facilitat. Allà Metge conegué el financer piemontès Luquí Scarampo, que l'involucrà en una sèrie de negocis de moralitat dubtosa. L'assumpte acabà als tribunals de justícia del rei, on el 2 de juny de 1396 s'obrí un procés contra els consellers del rei Joan I, entre els quals es trobava el mateix Metge, acusats, segons l'acta, d'haver obrat «*com a fills de iniquitats e perdició*». El judici fou un escàndol a la seva època. Els implicats en els negocis de Scarampo eren massa coneguts per evitar-ho. Metge ingressà a la presó, tot i ser un escriptor de fama i un excel·lent traductor de les obres d'èxit de la literatura italiana, com la versió en català que va fer del conte de Griselda de Boccaccio per a la senyora de Guimerà, una dama de l'alta societat. Aquestes amistats no van impedir que el pes de la llei caigués damunt seu. Un efecte no desitjat, però fonamental, d'aquest assumpte va ser que Metge aprofità el temps a la presó per escriure *Lo somni*, una de les obres fonamentals de la literatura catalana.[2] Tal com havia fet Marco Polo a la presó de Gènova, o Tomás de Saluzzo a la presó piemontesa, els mesos de reclusió van servir perquè un gran escriptor assossegués l'accelerat ritme de la vida diària i reflexionés en veu alta sobre els avatars del món que li havia tocat de viure. Temps de canvi: temps de torbació.

Lo Somni és la visió d'una civilització que encara ha d'arribar, un desig llançat al rei, autèntic protector de les pedres de la ciutat i de la literatura que els dóna sentit, capaç d'evocar un vigorós sentiment de soledat, una mena de reflexió sobre els mals d'aquell temps que parla en nom de la ciutat a través del seu espectre, i parla de la seva excepcionalitat enmig d'un país que no el segueix. Barcelona, escrigué en

Sala Gòtica de la Llotja
Triangle Postals
Cortesia de la Cambra Oficial de Comerç, Indústria i Navegació de Barcelona

Església de Santa Maria del Mar
Triangle Postals

certa ocasió l'insigne medievalista Roberto Sabatino López, és la façana daurada d'un país amb peus de fang. Molta ciutat, poca nació, pensava Metge. Per què és així aquesta realitat?

Pocs anys abans del procés de Metge, alguns ciutadans de Barcelona havien decidit convertir la necessitat en virtut, tot transformant la sensació de crisi en un nou impuls cap endavant. Convertiren el fet de la ruïna d'alguns bancs en un pretext per salvar la seva ciutat (i el seu país) de l'absorció cultural per part d'Itàlia o de Castella. Entre aquests ciutadans destacaria aviat Lluís d'Averçó, autor d'un diccionari de rimes titulat *Torcimany,* que sol·licità al rei Joan I que considerés la possibilitat de celebrar una manifestació pública anual a Barcelona segons el model de la festa poètica que se celebrava a Tolosa. La idea de reunir un cop l'any els poetes de més renom en llengua catalana absorbeix el material històric de la gaia ciència trobadoresca per imaginar un futur a l'altura del

Lo Somni de Bernat Metge. ***Grup escultòric realitzat per J. Piqué (1926), propietat de la Fundació Bernat Metge***
Pep Herrero. Cortesia de la Fundació Bernat Metge

passat i crear una nació catalana viva en la gestació d'uns fets culturals de contingut humanístic. La proposta va ser ben rebuda per un rei «aimador de la gentilesa», convençut que existeix una relació estreta entre la política i la cultura, entre el destí individual expressat pels poetes i el destí compartit, veritablement històric, del seu país. I així el 20 de febrer de 1393 decretà que cada any a partir d'aleshores se celebrés a Barcelona, el dia de l'Anunciació o el diumenge següent, un concurs dedicat a premiar les millors composicions poètiques segons la gaia ciència trobadoresca. Els mantenidors de la iniciativa van ser Jaume March i Lluís d'Averçó, els quals entregaren els primers guardons dos anys després de la convocatòria, durant la primavera de 1395. Davant les dificultats amb què es troben a l'hora de sufragar el certamen per part de les arques municipals, el rei demana al seu competent secretari Bernat Metge que escrigui una carta per presentar-la als consellers de Barcelona. Metge pren nota dels desigs de Joan I i el 19 de febrer de 1396 redacta una llarga missiva als prohoms de la ciutat, en què els recorda el perill de restar ociosos, sobretot aquells que gaudeixen d'elevades rendes i bons patrimonis, i els fa veure que una ocupació conforme a la seva dignitat seria «*treballar en la festa de la Gaia Ciencia*». Els arguments emprats pel rei (en realitat per Metge) proposen, primer de tot, una relació entre el destí col·lectiu de Barcelona i l'exercici de la poesia. La invitació està acompanyada d'un reconeixement de la bona acollida que tingué el primer certamen i de la necessitat de continuar-lo: «*Moguts, doncs, per aquesta consideració e havents a memòria la bella festa que l'any passat fes a honor de la dita Gaia Ciència, la qual festa fo dispositiva a esquivar ociositat e a entendre en sàviament e ornada dictar, pregam-vos ab afecció que, continuant ço que bé havets comencat, donets obra ab acabament, que en l'any present se faça en aquesta ciutat semblant festa, e per conseguent en los anys esdevenidors, donant semblants joies que l'any passat foren donades als trobadors qui per llur ciència e bon enginy mills les mereixeran»*.

Tanmateix, els consellers es van mantenir en un silenci prudent. Va ser necessari que el nou rei, Martí l'Humà, decretés el 1398 que el certamen literari aniria a càrrec de les arques reials per tal que els «jocs florals» es consolidessin almenys en la dimensió que recordaria amb entusiasme l'escriptor Enrique de Villena al seu *Arte de trovar.*

L'humanisme d'homes com Enrique de Villena preparà el terreny per a una nova dinastia, la Trastàmara, que arribà a Barcelona per Ferran d'Antequera, fill d'Elionor d'Aragó, aquella dona que Metge admirava tant, la filla més aguda del vell Pere el Cerimoniós. Aquell nou rei mig castellà mig català es disposà a posar ordre als assumptes econòmics de la ciutat, començant per la Taula de Canvi, i fent possible un nou impuls a Barcelona que culminaria amb la fi de les obres d'hospitals (com el de la Santa Creu, fundat el 1401), les Drassanes Reials (una obra a la qual els reis anteriors havien dedicat tota la seva atenció) o l'ampliació de la plaça del Born entre el 1427 i el 1437, lloc escollit per a les festes urba-

Sala de malalts de l'antic Hospital de la Santa Creu, en una imatge de 1912. Actualment és la seu de la Biblioteca de Catalunya
Biblioteca de Catalunya

nes, especialment les justes entre cavallers. És la Barcelona que serveix de teló de fons de les grans pintures de Lluís Borrasà i Bernat Martorell. La construcció de nous palaus quatrecentistes es realitza d'acord amb les noves expectatives creades per l'imperi mediterrani ideat pels reis Alfons el Magnànim i Ferran el Catòlic. Aquesta nova ciutat serví d'escenari per a les passejades del poeta Joan Boscán i Almogaver.[3]

El projecte exigent i creat amb agudesa que Boscán es fa de l'«itálico modo», de què ja havia parlat el marquès de Santillana, es funda en la introducció del sonet de Petrarca en les lletres espanyoles perquè la poesia és, finalment, una creació de l'ànima d'un passejant entre pedres del passat i fragments de la memòria. El sonet és la forma d'expressar l'absència d'un amor impossible, la mort d'una il·lusió. Per fer-ho, Boscán duu a terme un viatge cap a la ciutat que en aquells anys era sinònim de paradís a la terra; així ho havien expressat l'insigne viatger humanista Andrea Navagiero al llibre *Il Viaggio fatto in Spagna*: aquella ciutat era Granada. Granada va ser la capital escollida per l'emperador Carles V per al seu viatge de noces, i on va reunir el major parnàs d'homes de lletres que veuria el segle XVI: a més de Boscán i Navagiero, hi anaren Lucio Marineo Sículo, Garcilaso de la Vega, Alfonso de Valdés i Fray Antonio de Guevara, que porta amb ell el seu «reloj de príncipes». Amb la introducció del sonet, Boscán trasllada l'aura poètica de la literatura catalana (des dels trobadors fins a Ausiàs March) al castellà. Terrible operació de transferència lingüística i històrica, a més de psicològica. La literatura a Barcelona intenta recuperar un lloc al món, però ho fa a costa de la llengua que havia estat el seu vehicle durant tres segles. Com que esforç i triomf no coincideixen gairebé mai, la feina de Boscán es torna invisible com la mateixa ciutat en aquests anys en què, tanmateix, pretén recuperar part de la vella esplendor gràcies als contactes constants dels seus habitants amb la Cort i amb la cultura napolitana. Boscán potser pensava en el Palau dels Requesens, a l'actual carrer del Bisbe Caçador, pertanyent a aquella gran dama de la societat barcelonina que fou Isabel de Requesens i Enríquez, que, com moltes d'altres, es traslladà a viure a Nàpols seguint el seu marit, Ramon de Cardona-Anglesola, anomenat virrei, on va romandre fins a la seva mort prematura.

Retrat del poeta Joan Boscán (atribuït)

Boscán torna a Barcelona després d'una fructífera experiència cortesana que li serví, entre d'altres, per traduir al castellà *Il Cortegiano*, de Baldesar Castiglione, el principal manual d'ètica social d'aquell se-

Palau de Requesens, seu de la Reial Acadèmia de les Bones Lletres
Reial Acadèmia de les Bones Lletres

gle i un dels llibres més influents en la cultura europea al començament de l'edat moderna, veritable icona d'allò que Norbert Elias denomina *el procés de civilització de la cultura cortesana*. El retorn a la seva ciutat natal li donà l'oportunitat de redescobrir tots els instants plaents de la vida urbana de Barcelona i recrear-los poèticament als seus noranta-dos sonets. Aquests instants plaents són l'expressió que, tal com escriu el poeta, «*el estado mayor de los estados es alcanzar la buena medianía con la cual se remedían los cuidados*». Si la «*buena medianía*» és allò que, finalment, derrota les penes de l'existència donant sentit a tots els instants de la vida «*cuando estaba soñando que soñaba*». Naturalment, Boscán recorre al pla oníric per oferir-nos la seva pròpia, i més poètica, descripció de la seva ciutat, tot i que de vegades Barcelona apareix com aquell lloc on és possible veure «*salir la blanca aurora, con su color las rosas imitando, y el oro fulgurando en sus cabellos*». És la seva vivència més gran i més poètica de la seva pròpia ciutat, aquest elogi a l'*aura mediocritas* que havia constituït una constant de la vida de les ciutats mediterrànies des de l'edat mitjana.

El mateix Boscán ens ho explica en la seva obra més aconseguida, que duu per títol simplement *Octava rima*, en què recupera temes i

***Mare de Déu dels Consellers* (1443-1445), pintura de Lluís Dalmau procedent de la capella de la Casa de la Ciutat**
MNAC-Museu Nacional d'Art de Catalunya. Barcelona. 2004 Fotògrafs: Calveras / Mérida / Sagristà

motius de la poesia de les festes urbanes d'Itàlia (els tornaveus de Bembo, Poliziano i d'altres han estat assenyalats pels experts), i en què mostra un reconeixement elevat de la forma de viure barcelonina, tan reposada i alhora tan apassionada:

> *«Y dile más mujeres tan hermosas,*
> *que vuelan por el mundo con sus famas;*
> *dulces, blandas, discretas y graciosas,*
> *no sé cómo nacidas para damas;*
> *en amores honestas y sabrosas,*
> *encienden sin soplar ardientes llamas;*
> *cuando hallan apañan con los ojos,*
> *Y andan ricas después con los despojos».*

En aquest ambient, l'elogi de la quotidianitat esdevindria una pedra de toc, i és precisament aquí on podem entendre l'esforç per construir un espai com el carrer de Montcada, on la burgesia dels negocis i els rendistes urbans decideixen passar el temps de llurs vides gaudint «*sense recels*» dels encants familiars. La casa i la família, pedres angulars de Barcelona durant segles, es transformen ara en objectius del somni d'un poeta que sens dubte prefereix els petits plaers de la llar a l'estufera de la Cort.

En recórrer un cop més els carrers de la Barcelona gòtica on es troben barrejats estils i formes artístiques de més de tres segles d'activitat creadora (juntament amb la restauració neogòtica de la qual no hem fet esment), seguint les passes d'aquests escriptors insignes que hi van viure, ens preguntem amb una aura que remet directament a John Ruskin quan feia el mateix per al cas venecià: quanta història es necessita per forjar aquest escenari de trobades múltiples, de somnieig i de misteris? Els passejants que només aprecien l'obra d'art de forma estàtica, com un valor de museu, mai no entendran que es formuli una pregunta com aquesta. Però nosaltres, que hem abordat aquestes pedres a través del testimoni de grans escriptors, hem après una cosa certa: mai no trobarem una representació millor de la unitat i alhora de la multiplicitat de la cultura mediterrània de l'edat mitjana. ■

Procedència dels textos

1. Bernat Desclot. *Crònica* (ed. Miquel Coll i Alentorn). Barcino, Els Nostres Clàssics, 1949-1950. 4 vol.
2. Bernat Metge. *Lo somni* (ed. Josep M. Casacuberta). Barcino, Els Nostres Clàssics, 1925.
3. Joan Boscán. *Obras* (ed. William I. Knapp, 1875). Biblioteca de Autores Españoles, t. XXXII-XLII.

Vista general del carrer de Montcada
Pep Herrero

Gravat de Gustave Doré, de 1863, que representa Don Quixot i Sancho davant Santa Maria del Mar
Col·lecció Rossend Casanova

2. Només per veure Barcelona: La ruta del Quixot

Jordi Galves

“ *La casa que hoy lleva el número 2 del paseo de Colón de Barcelona, muy próxima a la plaza de Antonio López (antiguamente del Vi y luego de San Sebastián) es considerada por los barceloneses «la casa de Cervantes» por suponer que en ella residió el autor del Quijote... Cuando yo era niño pasaba con frecuencia por delante del edificio, pues nací y vivía muy cerca de allí, y mi madre, también barcelonesa, no dejaba de decirme:* Aquí vivió Cervantes. *Lo siguen repitiendo hoy día los guías de turismo, y muchos agregan que la cabeza masculina que figura en una de las ventanas es el retrato de Cervantes, lo que es a todas luces insostenible entre otras razones porque el relieve es de mediados del siglo* XVI *y tal vez anterior a la existencia del escritor... La tradición barcelonesa puede ser verdadera o puede no serlo, y tan aventurado es considerarla sin fundamento como aceptarla ciegamente...* ”

Martí de Riquer. *Para leer a Cervantes.*
El Acantilado, 2003.

escales de l'itinerari

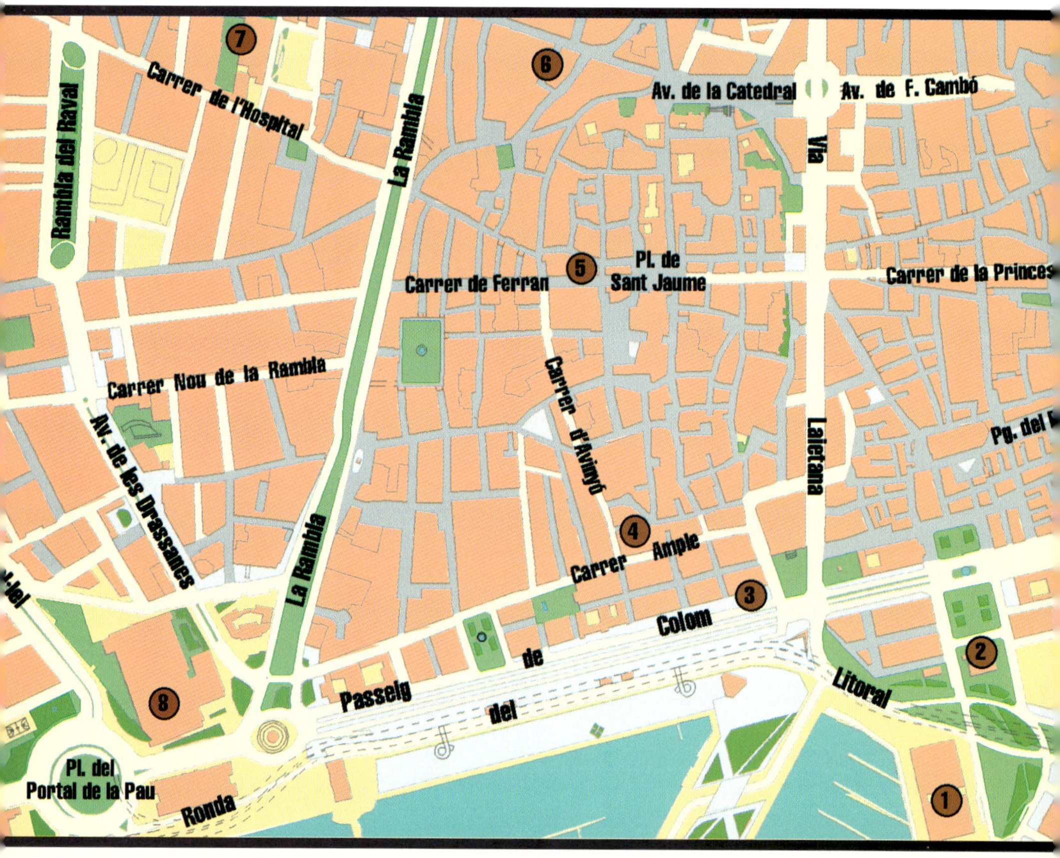

❶ *palau de mar*

Situat a la plaça de Pau Vila, el Palau de Mar és un antic magatzem portuari, erigit l'any 1880, que actualment acull el Museu d'Història de Catalunya.

❷ *facultat de nàutica*

L'Escola de Nàutica de Barcelona (una entitat creada l'any 1769) es va instal·lar a l'edifici del carrer del Pla de Palau, número 18, l'any 1932. En l'actualitat, com a Facultat de Nàutica de Barcelona, encara està ubicada allà.

3 casa de cervantes

Es creu que Miguel de Cervantes es va allotjar a l'edifici del número 2 de l'actual passeig de Colom, durant la seva estada a Barcelona. L'edifici data del segle XVI, encara que només se'n conserven, d'aquella època, les llindes esculpides del tercer i del quart pis. Precisament, diu la tradició que Cervantes es va allotjar en aquell tercer pis.

4 carrer ample

Al segle XVI el carrer Ample ja era una de les vies més importants de Barcelona. Eren abundants els palaus i les cases nobles. En aquella època s'hi feien curses de cavalls, i justament per facilitar aquest esport i per tal que els animals no rellisquessin, el 1582 es va treure l'empedrat de la calçada.

5 impremta de sebastián de comellas

L'autor d'aquest capítol situa la impremta de Sebastián de Comellas, que el Quixot va visitar, al carrer del Call, número 14-16.

6 carrer de perot lo lladre

Perot Rocaguinarda va ser un famós bandoler que actuava a les zones rurals. Era natural d'Oristà. A Barcelona li han dedicat un carrer ja que, segons la tradició, tenia el seu cau en aquest punt de la ciutat.

7 biblioteca de catalunya

La Biblioteca de Catalunya, ubicada al carrer del Carme, va ser fundada el 1907 com a biblioteca de l'Institut d'Estudis Catalans, i el 1914 la Mancomunitat de Catalunya, just acabada de constituir, la convertí en una biblioteca pública orientada a la recerca i conservació del patrimoni bibliogràfic català. Al principi del segle XIX, encara vivien en aquest carrer famílies molt distingides de la ciutat.

8 drassanes reials

Les Drassanes Reials, actual seu del Museu Marítim de Barcelona, tenien com a funció original allotjar el bastiment de naus per a la Corona catalanoaragonesa. L'inici de la construcció d'aquest conjunt arquitectònic gòtic se situa entre els anys 1283 i 1328. Entre aquest any i el 1390 es completa l'edificació del nucli central.

El Quixot i Sancho Panza retornen finalment al seu llogarret; la segona part de la novel·la està a punt d'acabar. Cervantes s'ha adonat que ha escrit un llibre excepcional i es disposa a coronar-lo amb un crepuscle serè, dilatat, radiant. El cavaller conversa amb Álvaro Tarfe en una fonda propera a aquell «lugar de la Mancha» on començà tot plegat. Recordem que Álvaro és un personatge del *Quijote* d'Avellaneda, un text «pirata» que entre la publicació de la primera (1605) i la segona part (1615) intentà de suplantar el veritable *Quijote* de Cervantes. És, per tant, el moment escollit per denunciar la impostura. El fals personatge conversa amb l'autèntic Quixot. És l'hora de la veritat. I, de sobte, el Quixot, que ha estat derrotat per les armes a Barcelona i obligat a tornar-se'n a casa, entona el cèlebre elogi de la nostra ciutat: «*Archivo de la cortesía, albergue de los extranjeros, hospital de los pobres, patria de los valientes, venganza de los ofendidos y correspondencia grata de firmes amistades, y en sitio y en belleza, única; y aunque los sucesos que en ella me han sucedido no son de mucho gusto, sino de mucha pesadumbre, los llevo sin ella, sólo por haberla visto*».[1]

«*Sólo por haberla visto...*» Però què veié Cervantes a Barcelona que pogués suscitar una admiració tan encesa i sincera posada en boca del Quixot? Per què la novel·la té el seu primer final a Barcelona, i per què el cavaller de la trista figura és derrotat precisament aquí per sempre més? Què va veure, què va viure aquí el gran escriptor, què va passar, què va ser tan important perquè la sola contemplació de la ciutat compensés de tantes desventures? I no solament al *Quijote*. A «Las dos doncellas» (1613), una de les *Novelas ejemplares* de Cervantes, podem llegir aquest altre elogi: «*admiróles el hermoso sitio de la ciudad, y la estimaron por flor de las bellas ciudades del mundo, honra de España, temor y espanto de los circunvecinos y apartados enemigos, regalo y delicia de sus moradores, amparo de los extranjeros, escuela de la caballería, ejemplo de lealtad y satisfacción de todo aquello que de una grande, famosa, rica y bien fundada ciudad puede pedir un discreto y curioso deseo*».[2] Cervantes mai no parlà de cap altra ciutat en aquests termes. Només de Barcelona.

No coneixem cap altre document fefaent que testimoniï la visita de Cervantes a Barcelona, però és molt probable que conegués de manera fugaç la ciutat durant el seu apressat viatge a Itàlia el 1569 i de manera més reposada (uns tres mesos) durant l'estiu de 1610. En aquest segon viatge pogué conèixer els greus problemes que tenallaven els barcelonins (pirates turcs i bandolerismes) i participar en llurs festes, com la de Sant Joan. I fou tan ben acollit a la ciutat que es desfarà en elogis que només dedicà a Barcelona.

Cervantes fou feliç a Barcelona. Arribà potser, com el Quixot, durant la vigília del dia de Sant Joan, la nostra festa tradicional més antiga i popular. Els textos que va escriure sobre la capital de Catalunya tenen una inconfusible flaire biogràfica, dediquen una gran atenció a múltiples detalls, a diversos aspectes en què brilla l'optimisme, i donen fe de la felicitat que experimentà l'escriptor a la ciutat i entre la seva gent. Lluny de les seves preocupacions de Madrid, el viatge a Barcelona va ser un bàlsam, una lluminosa experiència que quedà reflectida a la trista fi de «Don Quijote de la Mancha». Amb tot, quins van ser els escenaris barcelonins de la novel·la, quina és la «ruta Cervantes» de la nostra ciutat? Emprenguem el camí.

Vigília de Sant Joan, una mica abans de l'albada. El viatger actual que ha d'esquivar els nombrosos obstacles de la revetlla de Sant Joan (borratxos dorments i borratxos agressius, venedors de flors, músics intempestius, pirotècnia ensordidora i lesiva) no oblida que la quietud, el silenci més absolut, regnava a aquestes hores; tothom dormia quan el Quixot i Sancho, el seu fidel escuder, arribaren a Barcelona. Sense electricitat no hi ha festa nocturna que duri tota la nit. El Quixot i Sancho no van penetrar a la ciutat pel portal de l'Àngel o pel portal de Sant Antoni (on avui es troba el mercat homònim), les entrades habituals per als viatgers que venien de ponent. Els nostres personatges, amb premeditació i nocturnitat, guiats pel seu amic Roque Guinart (nom que Cervantes atorga al bandoler nyerro Perot Rocaguinarda) «*por caminos desusados, por atajos y sendas encubiertas*» arriben a la platja de Barcelona. Aleshores acabava més o menys on avui hi ha el Palau de Mar i el carrer de Ginebra. El territori d'al·luvions que avui forma la Barceloneta no existia però l'antiga illa de Maians ja formava part de la línia de costa, que disposava d'un sòlid espigó que s'endinsava al mar.

Retrat de Miguel de Cervantes pintat per Juan de Jáuregui el 1600
Real Academia Española

Provem d'imaginar, davant del Museu d'Història de Catalunya, la història de Cervantes. Sobre les seves muntures, el Quixot i Sancho esperen en silenci l'arribada del dia. És previst que Antonio Moreno, un amic del bandoler, els aculli a Barcelona. La ciutat està en silenci; només s'hi perceben les onades que no veuen. Es fa lentament de dia; se senten «*muchas chirimías y atabales, ruido de*

cascabeles», sens dubte les xarangues de Sant Joan, i de sobte miren en totes direccions, astorats: «*vieron el mar, hasta entonces dellos no visto; pareciósles espaciosísimo y largo... vieron las galeras que estaban en la playa, las cuales, abatiendo las tiendas, se descubrieron llenas de flámulas y gallardetes que tremolaban al viento y besaban y barrían el agua*». Els soldats de les galeres i els de Montjuïc disparen salves de gaubança mentre Sancho es queda mirant els rems de les naus, admirat de «*cómo pudiesen tener tantos pies aquellos bultos que por mar se movían.*» La felicitat es troba sens dubte a Barcelona, segons ens explica Cervantes: «*El mar alegre, la tierra jocunda, el aire claro, sólo tal vez turbio del humo de la artillería, parece que iba infundiendo y engendrando gusto súbito en todas las gentes.*»

On avui es troba la Facultat de Nàutica hi havia el portal de Mar, la porta de la muralla que discorria paral·lela a la costa i per la qual el Quixot i Sancho van penetrar a la ciutat. La muralla de Barcelona era sòlida i molt ampla. Tant que, per la part superior, hi transcorria un passeig al qual s'accedia per rampes i que constituí, durant moltíssims anys, l'únic respir d'un nucli urbà comprimit al màxim, amb carrers estretíssims, gairebé sense espais oberts, sense llocs d'esbarjo ciutadà. L'amfitrió dels nostres protagonistes, Antonio Moreno, els conduirà a casa seva, «*que era grande y principal*», però Cervantes no precisa on es troba. Podem suposar que és un habitatge proper als barris que hi ha vora el port (el carrer de Montcada, el Born, el carrer Ample?), que són els únics als quals el nostre escriptor fa referència. La Barcelona de Cervantes viu abocada al mar com correspon a una capital marinera i comerciant similar a Venècia, Lisboa o Gènova.

Tanmateix, abans d'endinsar-nos en la ciutat, hem de contemplar el panorama que avui es pot veure i imaginar el que fou la platja de Barcelona davant la muralla. Allà on avui comença la Barceloneta, el Quixot és derrotat per sempre. És un indret principal de la història de la literatura. Aquí acaba, en la pràctica, una de les novel·les més importants, quan el batxiller Sansón Carrasco, disfressat com el cavaller de la Blanca Luna, justa contra el Quixot, combat contra ell i el derrota: «*...y sin tocar trompeta ni otro instrumento bélico que les diese señal de arremeter, volvieron entrambos a un mesmo punto las riendas a sus caballos, y como era más ligero el de la Blanca Luna, llegó a don Quijote a dos tercios andados de la carrera, y allí le encontró con tan poderosa fuerza, sin tocarle con la lanza (que la levantó, al parecer, de propósito), que dio con Rocinante y con don Quijote por el suelo una peligrosa caída. Fue luego sobre él y, poniendo la lanza sobre la visera, le dijo: "—Vencido sois, caballero, y aun muerto, si no confesáis las con-*

diciones de nuestro desafío"». El xoc entre els dos cavallers es produí en algun punt indeterminat de la platja, probablement paral·lel a la muralla o en direcció vers el que va ser l'illa de Maians. No hi ha, en l'actualitat, cap inscripció que informi el viatger de la importància literària de l'indret, per més que sigui el mateix Cervantes qui ho destaqui en fer dir al Quixot: «*Al salir de Barcelona, volvió don Quijote a mirar el sitio donde había caído y dijo: —¡Aquí fue Troya! ¡Aquí mi desdicha, y no mi cobardía, se llevó mis alcanzadas glorias, aquí usó la fortuna conmigo de sus vueltas y revueltas, aquí se escurecieron mis hazañas, aquí finalmente cayó mi ventura para jamás levantarse*!».

En deixar enrere la Facultat de Nàutica, hem flanquejat imaginàriament la muralla de Barcelona. Hem de suposar l'escena i gairebé no hi ha representacions gràfiques dels capítols barcelonins de «Don Quijote de la Mancha» (potser les més cèlebres són les de Gustave Doré). Per això, no podem deixar de visitar les interessantíssimes i poc conegudes pintures que decoren una de les dependències privades del delegat del Govern a Catalunya. Es tracta, lògicament, d'un indret d'accés restringit, antiga decoració de les habitacions dels governadors de Barcelona. Són sis pintures, dues de grans dimensions i quatre de més petites, que representen l'entrada del Quixot i de Sancho a Barcelona, el ball a casa d'Antonio Moreno, la trobada amb Roque

Don Quixot en combat a la platja de la Barceloneta, en la pel·lícula* Don Quijote *(1948), dirigida per Rafael Gil i amb Rafael Rivelles i Fernando Rey com a protagonistes
Arxiu Fotogramas

Guinart i la derrota del Quixot a la platja de Barcelona. No tenim constància del nom del pintor, però semblen de la fi del segle XVIII, potser inspirades en les il·lustracions que Antonio Carnicero preparà per a la luxosa edició de la Real Academia Española de 1780. El Quixot llueix melena i bigotis com un mosqueter, i Sancho, en algunes imatges amb barba i en d'altres afaitat, no és gaire gros, sembla fins i tot un truà, un tipus de condició baixa com els que van pintar Velázquez i Murillo.

Des de l'antic Govern Civil ens dirigim a la casa de Cervantes. La Barcelona que conegué Cervantes i la que fa visitar al Quixot i Sancho Panza tenia el seu centre econòmic aquí, al Pla de Palau, al voltant de l'edifici de la Llotja, on es mostrava l'extraordinari espectacle, bulliciós, bigarrat, viu, d'un dels grans ports de la Mediterrània. Una intensa olor de mar impregnava els comerciants, portaveus, escrivents, notaris, camàlics, carreters, descarregadors del port, mariners i pescadors que deambulaven entre un sorprenent laberint de caixes de fusta, bótes i barrils de diverses mides, sogues, cordes, sacs de gra, de farina, de sucre, coixins, teles, merceries, vidres, bastons, espelmes de cera, ganivets, tisores de ferro, búcars, alfàbies, tapins i xinel·les. Tota necessitat havia de ser abastada.

Casa del passeig de Colom, número 2, on se suposa que s'allotjà Cervantes
Pep Herrero

No sabem a quina casa s'estigueren el Quixot i el seu escuder, però sí, en canvi, aquella on, segons la tradició urbana, s'hostatjà Miguel de Cervantes. Una vegada més, ens manca la confirmació documental, i hem de recórrer a allò que, sense ser del tot segur, sembla el més probable. L'edifici que duu el número 2 del passeig de Colom (prop de la seu de Correus) és un edifici estret i bell construït a mitjan segle XVI. Per aquest motiu, el cap humà de pedra que adorna una de les finestres del tercer pis no pot ser un retrat de Cervantes, tal com alguns pretenen. Amb tot, la tradició determina que la residència de l'escriptor castellà es trobava al tercer pis de l'edifici.

La possibilitat de veure Barcelona des d'on la veié Cervantes, possiblement des del mateix lloc on potser escrivia, entusiasma fins i tot el lector més tebi. L'edifici s'identifica fàcilment, és molt elegant, tot i que la placa commemorativa és gairebé il·legible, massa lluny dels ulls, massa bruta i negra.

El tercer pis està ocupat per unes oficines, les de Ibérica Marítima, una empresa que, en certa manera, i pel fet de dir-se així, fa bé d'ocupar la que fou casa de l'escriptor. Les finestres, això volem veure, si us plau, les finestres, això mateix, moltes gràcies, la vista que saltava la muralla de la ciutat i albirava la platja sense problemes. El decorat en què Cervantes flairà el perfum salabrós de Barcelona; provem de reconstruir la perspectiva que tant el va impressionar. Però no. Avui, des del tercer pis no es veu sinó una frondosa filera de plàtans que gairebé arriben al tercer pis i, allà lluny, algunes construccions de la Barceloneta i del Maremàgnum. Truquem sense èxit a totes les portes del quart, del cinquè i del sisè pis. Ningú no ens obre; la fotografia des de l'estudi de Cervantes resulta impossible.

En sortir de la casa de Cervantes i endinsar-nos al carrer Ample —anomenat així perquè fa sis metres d'amplada, davant l'angoixant estretor de la resta dels carrers del començament del segle XVII—, continuem perseguint la lluminosa mirada de Cervantes... Aquest era el carrer principal d'aleshores, el passeig de Gràcia de l'època, i allà segurament portaren el pobre Quixot per tal que tothom el veiés, amb un cartell a l'esquena on es llegia el seu nom. Veure i deixar-se veure, aquest és un dels temes principals del *Quijote*. Recordem la retòrica descripció de la sortida del sol a Barcelona, i com té molt en comú amb la descripció de l'alba a la primera sortida del Quixot pel camp de Montiel. Allà parla de «*las puertas y balcones del manchego horizonte*» i a la Ciutat Comtal es refereix a «*cuando comenzó a descubrirse por los balcones del oriente la faz de la blanca aurora, alegrando las yerbas y las flores...*». Exacte, d'això es tracta ara, dels balcons.

Quan Cervantes arribà a Barcelona s'adonà, sens dubte, de la fascinació ciutadana pels balcons, de la profunda revolució arquitectònica que suposaren. Moltes ciutats a Itàlia i a Espanya van viure aquest fenomen, però és precisament a Barcelona on el Quixot surt a un balcó («*...y sacarle a vistas con aquel su estrecho y acaramuzado vestido... a un balcón que salía a una calle de las más principales de la ciudad, a vista de las gentes, y de los muchachos, que como mona le miraban*»). Al començament del segle XVII i coincidint amb l'enorme expectació popular que suscitaven les processons religioses (recordem que la placeta de Montcada i la placeta d'en Marcús van ser construïdes perquè les processons poguessin fer la volta als extrems del carrer de Montcada), moltes finestres es transformaven en portes que s'obrien sobre lloses que es recolzaven gràcies a barres de ferro encasta-

Carrer Ample, la principal artèria de la Barcelona del segle XVII
Pep Herrero

des a la paret. Els barcelonins de gust embellien qualsevol façana que es preués amb aquest afegitó i es van construir miradors per a la contemplació dels carrers i de la ciutat des de dins, com el que avui podem admirar a la plaça de Sant Just. Sens dubte, la primera notícia que tenim del paisatge urbà nasqué des de la mirada abocada a una talaia.

El carrer Ample és un carrer de molts balcons i moltes mirades, com ho és el de Montcada i el passeig del Born. En algun d'aquests grans palaus urbans (que en català s'anomenen simplement *casa* i no *palau* com alguns s'entesten a afirmar) el Quixot va ser afalagat per Antonio Moreno i pels seus amics, que era el més preuat de la societat local, amb el virrei al capdavant. Allà es desenvolupà l'episodi del cap parlant i el del Quixot ballarí. Allà fou on el nostre heroi comprovà el tradicional luxe barceloní, sòlid però discret, poc ostentós, amb tapissos de Flandes, setins de Milà, domassos, velluts, miralls, imatges sa-

***Don Quixot en una impremta, segons un dibuix de Paret gravat per Moreno Tejada** (s. XVIII)*

IMPRENTA

grades, rajoles valencianes, closques de tortuga, cadires de vaqueta de Moscòvia i tarongers als jardins interiors, plantats en testos de ceràmica brillant.

El Quixot i Sancho no visitaren les Drassanes, però van participar en una petita incursió per mar contra un vaixell àrab a bord de la galera capitana de l'esquadra de Catalunya. Gràcies a aquest episodi s'ha pogut determinar l'exactitud del passatge de la novel·la tot contrastant-lo amb els fets històrics ocorreguts a la ciutat pels volts de 1610. No hem d'oblidar que Miguel de Cervantes, «el Manco de Lepanto», participà en la famosa batalla naval i que el nostre Museu Marítim disposa d'una reproducció a escala natural de la galera capitana de Joan d'Àustria (vegeu la pàgina 134). Quelcom de molt íntim uneix Cervantes amb Barcelona, i l'aparició de les galeres a la cacera del moro amb el Quixot i Sancho a bord té sens dubte alguna cosa de tornaveu biogràfic, de fascinació pel mar, pels vaixells de guerra, per un món en què Cervantes va viure la seva joventut. El germà de l'escriptor va ser, igual que ell, soldat professional i morí a Flandes. Veure Barcelona des del mar (altra vegada la mirada) és allò amb què Cervantes premia els seus personatges i els seguidors de la ruta cervantina. Properes a les Drassanes hi ha les cèlebres «golondrinas» de Barcelona, si se'ns permet de recordar-ho.

Podem aprofitar el passeig per la Rambla per imaginar aquella riera sense urbanitzar i sense arbres que marcava el límit de la ciutat antiga. A mà esquerra (de pujada) s'estenia el Raval, és a dir, els suburbis de la ciutat, molt poblat per grans finques de convents i altres institucions religioses. A mà dreta també abundaven aquests edificis i els seus jardins, almenys fins al que avui és el carrer de Ferran. Cervantes dibuixa un bucle sobre la història del Quixot, tot aprofitant l'adversitat que suposa l'aparició del fals *Quijote* d'Avellaneda. Resulta sorprenent que aquest personatge que es tornà boig de tant llegir llibres de cavalleries visités, precisament en la que està cridada a ésser capital mundial de l'edició en castellà, una impremta en què s'està estampant el *Quijote* apòcrif. La tradició (altra vegada) ha identificat el lloc amb la impremta de Sebastián de Comellas, un indret on se suposa que Cervantes, per boca del Quixot, dóna la seva opinió sobre l'art d'imprimir.

L'edifici de la impremta llueix encara una façana molt bonica amb esgrafiats del segle XVIII referents al comerç de llibres, i avui una mena de ferreteria ocupa la planta baixa. Una amable velleta ens indica que viu exactament a la casa on hi va haver «la llibreria del Quixot». Els veïns del davant, els responsables de l'Hotel Call, ens diuen amb ac-

Diorama que representa el Quixot a la impremta, obra del figurinista M. Castells i de l'escenografista Francisco de Paula Roig. Es va presentar a la Primera Exposición Monográfica del Arte Impreso Comercial y Publicitario, celebrada el juliol de 1948 a la cúpula del Coliseum
Museu de les Arts Gràfiques de Barcelona. Donació de Josep Moreno i Verdú, 1975. MAGB 3-1975

cent argentí que no entenen el català i que no ens deixen fer fotos «per res». S'imposa, per tant, una imatge des del carrer.

El carrer de Perot lo Lladre també forma part de les tradicions de la ciutat, atès que suposa que l'esmunyedís bandit i heroi nyerro s'amagava en aquest passatge estret durant les seves visites a Barcelona. L'indret ens serveix per recordar el passatge previ a l'arribada a Barcelona, en el qual aquell «desfacedor de entuertos» o «especie de Robin Hood» català, com l'anomenà Nabokov,[3] fa amistat amb el cavaller boig. Destaquem que, a diferència de les xanxes sobre els biscaïns al Quixot, Cervantes tracta sempre els personatges catalans amb molt de respecte, i no s'està d'assenyalar que parlen en català i fins i tot cita directament un insult com el de «lladres».

Acabarem el nostre recorregut pel carrer del Carme, potser el mateix camí que utilitzaren el Quixot i Sancho per deixar Barcelona i tornar al seu llogarret de la Manxa. Hem intentat veure allò que Cervantes veié a Barcelona i dibuixà després en la seva gran novel·la.[4] A la Biblioteca de Catalunya, a partir del fons donat per Isidre Bonsoms es troba una de les biblioteques cervantines més riques i millor dotades del món. És el fastuós testimoni de l'amor de molts catalans per Cervantes i el seu *Quijote*. En una tradició com la catalana, sense clàssics, la *Comèdia* de Dant i el *Quijote* supliren la manca de llibres insígnia per aprendre a llegir i escriure amb sensatesa. La sala cervantina del carrer del Carme és la justa correspondència a l'amor que Cervantes tingué per Barcelona. El seu Quixot ha passat gairebé quatre-cents anys (es compleixen aquest 2005) «*cabalgando por las junglas y las tundras del pensamiento humano, y ha crecido en vitalidad y estatura.*

Esgrafiat de la impremta de Sebastián de Comellas. En aquest establiment, Cervantes fa descobrir al Quixot l'art d'imprimir llibres
Pep Herrero

Carrer de Perot lo Lladre, batejat amb el nom del bandoler i heroi nyerro
Pep Herrero

Ya no nos reímos de él. Su escudo es la compasión, su estandarte es la belleza. Representa todo lo amable, lo perdido, lo puro, lo generoso y lo gallardo. La parodia se ha transformado en parangón». Aquestes paraules també són del mestre Nabokov. ■

PROCEDÈNCIA DELS TEXTOS

1. Totes les citacions d'aquest capítol relatives al Quixot pertanyen a l'edició: Miguel de Cervantes. *Don Quijote de la Mancha*. (Edició revisada, introducció i notes de Martí de Riquer). Planeta, 2002. També s'ha consultat l'edició: Miguel de Cervantes. *Don Quijote de la Mancha*. (Edició de l'Institut Cervantes dirigida per Francisco Rico, 2 vol.). Crítica, 1998.
2. *Novelas ejemplares*. Castalia. Madrid, 1993.
3. Vladimir Nabokov. *El Quijote*. Ediciones B, 1987.
4. Hem utilitzat com a fonts documentals: Martí de Riquer. *Para leer a Cervantes*. El Acantilado. 2003 i Albert García Espuche. *El inventario*. Muchnik Editores, 2002.

Casa del baró de Maldà, al carrer del Pi
Pep Herrero

3. La Barcelona del Baró de Maldà

Joan de Déu Domènech

“*Feia vuit dies que el cavaller Casanova posava a l'Hostal de Santa Maria... Barcelona li recordava alguna ciutat italiana o moltes al mateix temps. Barcelona, reclosa, amuntegada, amb carrers ombrívols, entortolligats, cases sinistres, panxudes i tronades, casalots humits i aristocràtics, jardins secrets i convents glacials, esglésies espectaculars, tancada per les muralles de pedra moradenca i el color gris deslluït de la ploma de gall dindi.*”

Néstor Luján. *Casanova o la incapacitat de perversió.* Plaza & Janés, 1989.

escales de l'itinerari

❶ casa de la caritat
L'edifici de la Casa de la Caritat, ubicat al carrer de Montalegre, es va construir el 1802, per ordre del rei Carles IV. Actualment, el Centre de Cultura Contemporània de Barcelona (CCCB) ocupa part de les dependències de l'antic hospici.

❷ palau maldà
La principal casa del carrer del Pi era el Palau Maldà, edificat el 1745. El casal encara es conserva, mentre que el jardí ha desaparegut, transformat en les actuals galeries comercials Maldà.

❸ catedral
Encara que ja existia durant el segle IV una basílica paleocristiana en aquells terrenys, les obres de l'actual catedral gòtica s'iniciaren l'1 de maig de 1298 durant el pontificat del bisbe Bernat Pelegrí i el regnat de Jaume II i foren pràcticament enllestides a mitjan segle XV.

❹ passeig de l'esplanada
El passeig de l'Esplanada, o de Sant Joan, situat davant de la Ciutadella, va ser inaugurat el 1798, la vigília de Sant Joan. Allà, segons l'autor de l'article, *«es podien veure les forques, amb els ajusticiats, podrint-se a la serena»*.

❺ mercat del born
El Mercat del Born va ser construït segons els plànols de l'enginyer Josep Maria Cornet i Mas, executats per Josep Fonteré durant els anys 1873 i 1876. En el passeig del mateix nom van tenir lloc els llegendaris torneigs entre cavallers de l'edat mitjana.

❻ carrer de la pescateria
Al barri de la Ribera, aquest carrer encara manté el nom de l'antic establiment que es trobava allà.

❼ carrer ample
Vegeu la pàgina 33.

❽ carrer d'en trentaclaus
Carrer on vivia el botxí en temps del baró de Maldà. Aquest carrer s'anomena avui oficialment Arc del Teatre.

⑨ sants

Un camí rural al llarg del camí ral va ser l'origen de Sants, amb una parròquia dedicada a sant Bartomeu. Sants va ser un municipi independent fins que es va annexionar a Barcelona el 1897.

⑩ sant andreu de palomar

Aquest poble ja existia en temps dels romans. Des del segle XI es coneix com *de Palomar*, suposadament perquè era un lloc òptim per caçar coloms. El poble va ser annexionat a Barcelona el 1897.

⑪ sant martí de provençals

Fins a l'any 1716, Sant Martí de Provençals va ser una parròquia sufragània de Santa Maria del Mar. A partir d'aquesta data, a conseqüència del Decret de Nova Planta, es va convertir en un municipi independent, fins que el 1897 es va agregar a Barcelona.

⑫ plaça de la virreina

La plaça de la Virreina va néixer el 1878. Allà es troba l'església parroquial de Sant Joan i un grup de cases baixes on vivien antigament els obrers de la fàbrica tèxtil de la vila de Gràcia.

⑬ laberint d'horta

El Laberint d'Horta és un exemple viu dels jardins neoclàssics dels segles XVIII i XIX. El construí a la propietat Joan Antoni Desvalls, marquès de Llupià, inspirat en el mite de Teseu.

⑭ convent de sarrià

Entre el carrer de la Bonanova i la Via Augusta, el 1578 i a l'anomenat *Desert de Sarrià* es va construir un convent de caputxins que va ser destruït el 1835.

Claustre de la catedral. Un total de tretze oques simbolitzen l'edat que tenia santa Eulàlia quan va ser martiritzada
Triangle Postals

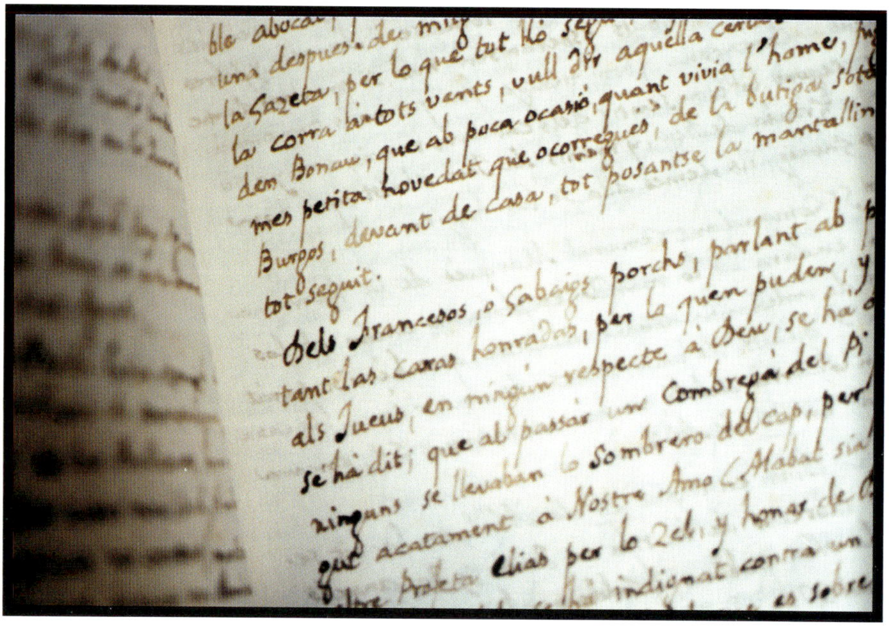

Rafael d'Amat i de Cortada, baró de Maldà (Barcelona, 1746-1819), va començar a vint-i-tres anys un dietari que va batejar com *Calaix de sastre*. El va escriure durant cinquanta anys, fins pocs dies abans de morir. La constant dedicació a l'escriptura, la vocació de cronista que tenia i, també, el seu tarannà xafarder, fan del dietari del baró de Maldà un valuós document per conèixer la vida barcelonina del set-cents.

Detall del* Calaix de sastre *manuscrit pel baró de Maldà
Jordi Oliver

A la Catedral ja hi havia oques. Però també garses, gavians, corbs i estruços i altres aus que no sortien volant perquè les que no estaven engabiades tenien les ales retallades. Els arbres del claustre eren tarongers i de tothom era conegut el batlle de la seu, sempre vigilant i malhumorat. La seva feina era procurar que la gent no orinés al jardí, i per això, popularment, se'l coneixia com «el batlle de les pixarel·les».

Davant les parròquies hi havia un cementiri, el fossar que en deien. Cada any, abans de la Quaresma, es feia l'escurada de cadàvers i la reducció de les restes, a fi d'alleugerir les tombes i donar-hi cabuda per a nous enterraments. Qui s'ho podia permetre, com uns coneguts del baró de Maldà que vivien a la placeta del Pi, que és on hi havia el fossar, marxaven uns quants dies de casa per estalviar-se l'espectacle macabre i, sobretot, la fetor que impregnava cases, robes i en feia caure malalt més d'un. Molt més agradable i distret era veure la neteja de les parets exteriors del temple. Des del terrat, un home, subjectat amb cordes, baixava per la façana i anava arrencant els herbots que brotaven entre les pedres.

D'esglésies i convents, n'hi havia tants que no te'ls acabaries. El Raval era ple de fàbriques i de més convents. També era l'espai on estaven recloses les persones estigmatitzades. Malalts, bords, boigs, putes. Les putes, a la casa de la Galera, al carrer de Sant Pau. La resta, en els establiments de misericòrdia: la casa de convalescència i de la caritat. Maldà parla algunes vegades d'un intern. Era un inventor. El 1771

> “*Francesc Lentisclà acude a menudo a Santa Maria del Mar, y puesto que otros itinerarios interrumpen cada vez menos su vida retirada, el breve recorrido entre su casa y la iglesia se ha ido convirtiendo casi en el único diálogo con la ciudad. Pero si la asidua visita al templo parroquial le permite cumplir con sus obligaciones religiosas, es cierto que hay algo más que llena de sentido ese común paseo, pues, una vez franqueada la salida de la puerta de la iglesia permanece siempre inmóvil un corto tiempo, dominando desde lo alto la plaza del Born.*”
>
> ***Albert García Espuche.*** *El inventario.* Muchnik editores, 2002.

havia creat un cotxe que marxava per si sol, sense cavalls. El tancaren per boig. La reclusió no li estroncà l'enginy perquè, temps després, va sorprendre novament, ara amb «*una màquina de ressorts i molles que consisteix ab set o vuit debanadores que corren per si soles per debanar seda*».[1] Al Raval també hi vivia el botxí. Tothom coneixia la casa, al carrer d'en Trentaclaus, i també l'individu, fàcilment identificable. Com a divisa i ensenya del seu ofici havia de dur al barret una petita escala de plata, llaçada amb cinta negra.

Aleshores, en aquella Barcelona de la fi del segle XVIII, els carrers «millors per lo amples» eren Hospital, Carme, Ample, Sant Pere més Alt, Portal Nou, Santa Anna, Portaferrissa i Pi. El carrer del Pi, que és on vivia el baró, era «*algo solitari, per haver-hi pocas botigas de menestrals y las pocas són de sastre, daurador y algun sabater, però en casi tot lo carrer són cases de senyors. És ampla per dos coches y dels prou ben empedrats*».[2] La principal casa de senyors d'aquell carrer era la seva, el Palau Maldà, edificat el 1745. El casal encara es conserva, bé que destinat a altres usos. Del que no queda res és del jardí. És on ara hi ha els establiments comercials de les Galeries Maldà.

La ciutat tenia set carnisseries públiques. Les més importants, entorn de la Catedral, a la Tapineria i a la Canonja. El Born era el mercat de compra i venda de verdura i fruita. També hi havia «*tendes de arengades, de formatges y altres coses*».[3] Al costat, la Pescateria, el mercat de peix en el carrer que encara conserva el nom. Ben a prop, hi havia els Encants. La fira d'Encants, a tocar de la Llotja, és on es venien objectes vells o de segona mà. També s'hi feien les fires de bestiar. Anyells, per Pasqua. Aus, per Nadal. El vi, l'oli, i també el carbó per cuinar, es venien a les tavernes.

Per passejar no hi havia gaires opcions. El passeig de l'Esplanada, davant de la Ciutadella, era un gran conjunt arbrat i amb fonts. Tanmateix, algunes vegades, el panorama es tornava desagradable. Es podien veure les forques, amb els ajusticiats, podrint-se a la serena. La Rambla era més animada, i encara més els passeigs de muralla. A la de Terra era agradable buscar-hi el sol d'hivern. La de Mar, a l'estiu, aplegava molta gent, distreta amb el moviment d'embarcacions i agraïda per la brisa. Poques distraccions més hi havia. Representacions teatrals (sotmeses als criteris de les autoritats militars i eclesiàstiques), toros a la Barceloneta, cafès —en bona part concentrats entre el Pla de Comèdies i Escudellers—, i el joc de pilota, al carrer dels Tallers vora de la muralla de Terra. Referida a la pilota, Maldà explica aquella història tantes vegades repetida: anar rere la pilota i la pilota porta a una descoberta. Ara són uns xicots que juguen a la Rambla, una pilota que ningú no pot atrapar i queda penjada. En enfilar-se per recuperar-la, van trobar un embolcall sospitós. Van avisar l'autoritat i es va descobrir que era un nadó mort. De tant en tant, hi havia un nou entreteniment. A les cantonades s'instal·lava, per uns quants dies, una barraca. Exhibia mones, camells, elefants. Peixos monstruosos i mai vistos, gegants i altres fenòmens de barraca i de la natura.

En més d'una ocasió, Maldà va deixar escrit quin era el problema de Barcelona: la manca d'espai podia ofegar la ciutat. Ell vivia en un magnífic i ample palau. La majoria, però, només tenia un pis, fosc i brut, o, pitjor encara, vivia en una única habitació, «*tenint en lo mateix quarto la cuina, lo llit i un quartet de mal endreç*».[4] El 1797, el baró veia que:

> «*de continuo se van obrant o edificant moltes cases ab molts pisos, torratxes i terrats en aquesta ciutat, no podent-se estendre per fora, per causa de les muralles; pujant ja molt més les cases i fàbriques vàries, respecte lo tros de muralla de Terra, des de l'Àngel a Jonqueres; aumentant-se cada dia més i més la població de Barcelona, que penso arriba ja al número de cent cinquanta mil per-*

Plafó ceràmic al carrer de la Portaferrissa, original de Joan Givernau de 1959, i un detall que mostra la vida quotidiana del lloc a mitjan segle xviii
Rossend Casanova

sones, no veient-se ja com antes botigues i pisos per llogar, perquè, a penes acabats, ja hi ha inquilinos».[5]

Barcelona quedava tancada per les muralles. Per contra, muralles enllà, un gran pla, només limitat, per una banda, per Collserola i pel Tibidabo, un cim aspre, ple de «*maleses de terra, llicorelles i herbes i passos summament estrets los més, i de bastant pedregosos*».[6] A un cantó, el Llobregat, un riu que havia de travessar-se amb barca. A l'altre, el Besòs que només es podia passar a gual amb tranquil·litat quan baixava escàs. Tancava el pla, el mar, sempre amb problemes i perills. Quan no hi havia una llevantada que s'enduia mig port, hi havia alarma perquè el guaita de Montjuïc havia anunciat la presència de naus enemigues.

Les muralles eren un problema, i el parer de Maldà és el que van fer seu els burgesos i revolucionaris de mig segle més tard. Sense saber-ho, quan cridaven *¡Abajo las murallas!*, proclamaven el mateix que aquell baró, un noble de l'antic règim. Per exemple, el 1804 escrivia que fóra convenient «*derribar les muralles, que per res serveixen, i ab estes fora, esténdrer-se la població, que ja és massa en el dia, fins a Sarrià, Sants i convent de Nostra Senyora de Gràcia*».[7] Era una preocupació del moment, perquè, al cap de pocs dies tornava a insistir. «*Sent angustiada Barcelona ab les muralles, que casi ja no serveixen per res, ab dos-centes mil boques dintre, que tan dimontre de fàbriques i fabriquetes ne són la principal causa*».[8]

De fàbriques de la ciutat, el baró en parla ben poques vegades. Per contra, Sarrià, Gràcia i tots els altres pobles del pla de Barcelona apareixen sovint en el seu dietari. Bé perquè hi tenia finques, o bé perquè visitava amics i parents que en tenien, el cas és que el baró de Maldà coneixia tots els pobles de la rodalia i, en un moment o altre, en fa una descripció. Per anar a Esplugues, on tenia un gran casal, passava per Sants. «*Dista mitja hora de la ciutat de Barcelona, a la part de ponent de ella, és tan sols vicaria, pertanyent a la rectoria de la parroquial iglésia de Nostra Senyora del Pi. Part del lloch queda en lo camí que va directe al de l'Hospitalet, ab cases a un y altre costat, nomenadas las de la Bordeta.*»[9]

A l'altre extrem, Sant Andreu. Hi solia passar unes quantes setmanes l'any, coincidint amb la Festa Major, el 30 de novembre:

> *«Està situat en paratge pla y és medianament gran y poblat, consistint ab un carrer solament, que és prou ample y llarch, servint de carretera principal, qual comensa des de lo portal Nou a fora, carretera del Clot y recte sempre per anar-se a Vic (...). La iglésia ve a ser dins y fora del lloch, pués que és apartada después de una gran plaza ab algunes cases ab lo cementiri al devant, a la banda de llevant» (...). Per aquell lloch passa molta gent de contínuo, que fa alegre a aquell poble. Hi ha bastantas cases dins y fora del poble, de pagesos acomodats y algunes torres de senyors.*»[10]

Paratge prop del riu Llobregat (juny de 1865) i una vista des de Sant Boi de Llobregat (octubre de 1873), segons dibuixos de Lluís Rigalt
Fons d'Art Municipal de l'Ajuntament del Prat de Llobregat

La masia Can Canals de Sant Martí de Provençals
Arxiu Municipal del Districte de Sant Martí. Ajuntament de Barcelona. Reproducció de Pep Parer

“...EXPÒSIT DEULOFEU (??1786-BARCELONA, 1803)...». La inscripció no és pas cap làpida, ni de bon tros. Molt haurien d'haver canviat les coses perquè als orfenets de l'hospici els enterressin sota una làpida de marbre, o de pedra, ni que fos. No, és un simple gravat a cisell sobre fusta, similar al que penja a la porta de la capella («CARITAT PER LOS POBRES DEL HOSPITAL DE NOSTRA SENYORA DELS YNFANTS ORFENS»)... El Casal dels Infants Orfes, igual que la contigua Casa de la Misericòrdia, amb qui després de dos segles de veïnatge es va unificar per fundar l'Hospici, camuflava sota la pietosa aparença de la beneficiència una veritable funció productiva que feia la competència als industrials. Els nanos hi eren acollits, és veritat, i se'ls donava alguna cosa semblant a menjar i un racó per dormir, però a canvi els feien treballar deu hores diàries fregint-se de calor a l'estiu i pelant-se de fred a l'hivern.”

Pau Vidal. *Homeless*. Edicions 62, 2003.

Sant Martí de Provençals tampoc no li era desconegut:

> *«Lo poble de Sant Martí està situat a mitja llegua de distància de Barcelona y un quart de llegua del poble de Sant Andreu de Palomar al llevant. És curt en caseria. (...) Queda el tal poble a la vista de las cases del Clot, torre del Comandador, Fort Pío, etc. El Clot consisteix ab una rengla de cases, moltes de noves y algunes pintades, tenint al davant la carretera ample per tres coches de frente. Queden allí los molins reals.»*[11]

Amb Gràcia, hi tenia lligams familiars. Manuel d'Amat i de Junyent, l'oncle que havia estat virrei al Perú, a la seva tornada, es va fer construir dos grans palaus. L'un, a la Rambla. És el Palau de la Virreina. L'altre, igualment fastuós, a Gràcia. Fou enderrocat el 1878, i avui, com a record, només queda el nom de la plaça de la Virreina, en el lloc on hi havia el que es coneixia com la torre del Virrei. Uns dies que el baró va estar-hi hostatjat, es va animar a fer una excursió pels voltants. Va descobrir un paratge idíl·lic. «*Riera amunt a la vora de Gràcia, fins arribar a Vallcarca, pareixent-nos veure casetes de pessebre en plans i muntanyetes, entre tota aquella verdura de recreo a la vista.*»[12]

Cada any, a mitjan octubre, el baró sojornava per unes setmanes a Horta, a la torre del Sitjar. Algun d'aquells dies, era obligada la visita a la finca del marquès de Llupià, famosa pels jardins, en especial el Laberint, «*que el poble ne diu lo labariento*».[13] I, per fi, el darrer poble del pla de Barcelona, Sarrià. Entre el convent de caputxins i les

Carrossa del virrei Amat i molt probablement usada pel seu nebot, el baró de Maldà, en els seus desplaçaments a la ciutat
Jordi Oliver

moltes cases de barcelonins adinerats, fins al punt que el baró considerava que quasi era un barri de Barcelona, Sarrià era un poble distingit:

> *«Situat al peu de les muntanyes de Collserola, no molt lluny de la de Sant Pere Màrtir y un quart de hora distant del convent de Pedralbes, és prou furnit de cases, part disperses, las més unides a la parròquia, que formen totes aquelles un carrer ample, llarch y muntada fins dalt al convent dels caputxins, havent-hi al mig del carrer una plasa regular, immediata al cementiri y a las parets colaterals de la iglésia».*[14]

El Palau de la Virreina, construït el 1772 per Felip Manuel d'Amat i de Junyent, virrei del Perú. Actualment acull la seu de l'Institut de Cultura de Barcelona
Institut de Cultura. Ajuntament de Barcelona

En el pla de Barcelona, doncs, hi havia el futur de la ciutat —*«lo demasiat poblada que queda Barcelona; i, a més, no sé aon arribarem, a no estendre-la fins a Sarrià»*,[15] havia escrit el baró—, un futur que anihilaria camps, pobles, vinyes, camins, masies, i també les cases de senyors, que s'hi refugiaven els mesos de calor. I qui a l'estiu no podia gaudir de la fresca en una finca espaiosa i amb racons d'ombra, anava a mar, a banyar-se a la Mar Bella. És de les poques coses que no han canviat. ■

> “*En su parte alta, el desdichado edificio olvidaba el mundo: la fina simplicidad de las cornisas, y las delicadas líneas de las ventanas dulcificadas por la huella colonial, lo colmaban de aristocrática elegancia. A nivel de calle, evocaba con nostalgia el siglo enciclópédico y antijesuita. Alma se complacía en decir que aquel Palacio de la Virreina —como lo llamaban los barceloneses— constituía un maravilloso y perfecto retablo de época.*”

José Luis de Vilallonga. *Las Ramblas terminan en el mar*, 1953.

procedència dels textos

1. Rafael d'Amat i de Cortada. *Calaix de sastre*, vol. 1. Curial, 1987. Pàg. 58.
2. Rafael d'Amat i de Cortada. *Viles i ciutats de Catalunya*. Barcino, 1994. Pàg. 133.
3. Ibid, pàg. 134.
4. Rafael d'Amat i de Cortada. *Calaix de sastre*, vol. 7. Curial, 1994. Pàg. 213.
5. Rafael d'Amat i de Cortada. *Calaix de sastre*, vol. 3. Curial, 1988. Pàg. 205.
6. Rafael d'Amat i de Cortada. *Calaix de sastre*, vol. 7. Curial, 1994. Pàg. 237.
7. Íbid. pàg. 20.
8. Íbid. pàg. 29.
9. Rafael d'Amat i Cortada. *Viles i ciutats de Catalunya*. Barcino, 1994. Pàg. 207.
10. Ibid. pàg. 213.
11. Ibid. pàg. 214.
12. Rafael d'Amat i de Cortada. *Calaix de sastre*, vol. 8. Curial, 1996. Pàg. 56.
13. Rafael d'Amat i de Cortada. *Calaix de sastre*, vol. 7. Curial, 1994. Pàg. 33.
14. Rafael d'Amat i de Cortada. *Viles i ciutats de Catalunya*. Barcino, 1994. Pàg. 208.
15. Rafael d'Amat i de Cortada. *Calaix de sastre*, vol. 3. Curial, 1988. Pàg. 107.

Vista general del Laberint d'Horta
Parcs i Jardins. Ajuntament de Barcelona

Santiago Rusiñol dibuixat
per Ramon Casas
MNAC - Museu Nacional d'Art
de Catalunya. Barcelona. 2004
Fotògrafs: Calveras/Mérida/Sagristà

4. La Barcelona costumista

Julià Guillamon

> “*Li agrada la penombra humida dels passatges estrets, l'arc de la Glòria quan es perfila al fons del campanar de la Seu, les raconades ombrívoles de l'Arc de Sant Miquel i de la volta del carrer d'en Malla. Li plau de sotjar amb ulls encuriosits la vellúria sòrdida i grisa del pati de l'antic Hostal de l'Oli, o passar per la Riera de Sant Joan i contemplar la desolació del pati senyorial de l'antic palau del marquès de Sentmenat. Les arcades i les columnes dels vells palaus del carrer de Mercaders i, per damunt de tot, l'estretor grisa del carrer de Basea, amb la vella casa on ha nascut. Allí tindrà, durant tota la seva vida, la seva taula de treball al costat d'un finestral...*”

Antoni Vilanova. *Emili Vilanova i la Barcelona del seu temps.* Quaderns Crema, 2001.

escales de l'itinerari

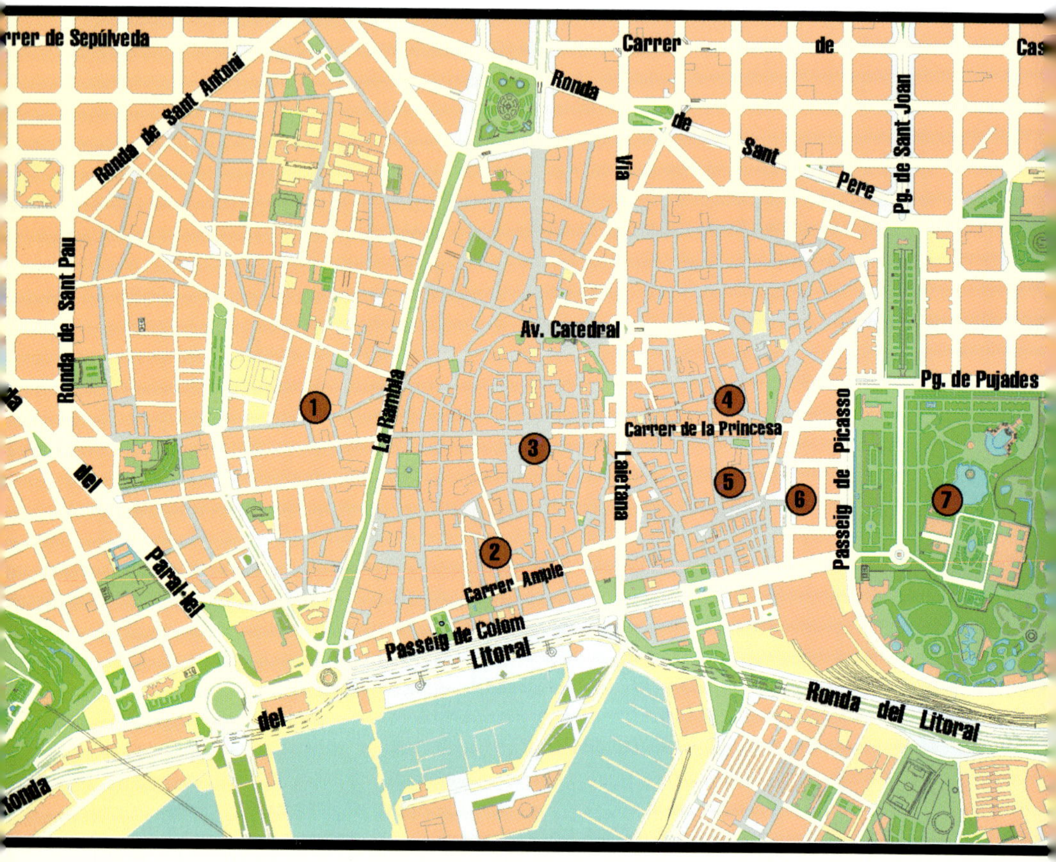

❶ llibreria millà

Situada al carrer de Sant Pau, 21, era punt de trobada de les tertúlies on participaven Santiago Rusiñol i els seus amics. Lluís Millà (1865-1946), regent de la llibreria, va ser un editor i escriptor molt vinculat al teatre d'aquella època.

❷ restaurant pitarra

La rebotiga de la rellotgeria de la família del dramaturg Frederic Soler, *Pitarra*, al carrer d'Avinyó, 56, es va transformar en un restaurant que funciona des de l'any 1980.

❸ Casa de la Ciutat
L'Ajuntament de Barcelona prové del Consell de Cent, que té el seu origen a l'edat mitjana. L'edifici consistorial data de l'any 1831 i la seva façana és d'estil classicista.

❹ Carrer de la Princesa
Santiago Rusiñol va néixer al número 37 del carrer de la Princesa de Barcelona el 25 de febrer de 1861.

❺ La Ribera
Rusiñol situa la botiga de vetesifils, escenari principal de la seva obra *L'auca del senyor Esteve*, al barri de la Ribera. Possiblement en una zona compresa entre els carrers del Rec i de Tantarantana.

❻ Mercat del Born
Vegeu la pàgina 49.

❼ Parc de la Ciutadella
Durant la Revolució de Setembre, el 1868, el general Prim va decretar la donació de la Ciutadella a la ciutat de Barcelona i es van enderrocar les muralles de la fortalesa. La restauració general del Parc de la Ciutadella es va iniciar el 1927.

Emili Vilanova segons una escultura de Pere Carbonell de 1908, emplaçada al Parc de la Ciutadella
Rossend Casanova

La literatura costumista ofereix les primeres imatges de la Barcelona moderna. Poemes, obres de teatre satíric, quadres de costums, recullen un repertori d'ambients i de tipus humans (cadascun amb la seva manera de parlar que el distingeix), amanits amb elements crítics i humorístics, dramàtics o nostàlgics. Com a tes-

> *Novedades Xirgau: aquest era el nom de la botiga de teles, al carrer Ample, del tercer dels Xirgau. El senyor Modest, que havia mamat batans, pujat entre moarés, jugat amb russos i que sabia distingir a ull un teixit de filoja d'una xarpellera, per a qui el cambrai no tenia secrets, que coneixia el setí només tocant-lo i que es movia amb absoluta seguretat entre les bobines, llargues i terses, de la seva botiga, remenava el cap i deia «No, no, no. No pot ser...»*
>
> ***Isabel-Clara Simó.*** «El somni de Plató». Dins *Barcelona, un dia*. Alfaguara, 1998.

timoni d'un món perdut o com a denúncia dels vicis col·lectius, com a burla de la mentalitat menestral o com a defensa dels valors humans enfront de la introducció de la nova societat capitalista.

En les seves col·laboracions a la revista satírica *Un Tros de Paper*, entre el maig de 1865 i el febrer de 1866, Robert Robert va establir un dels models a seguir. Robert era un escriptor liberal, en els seus escrits es mostrava partidari de la renovació, en contra del «sentit comú» i del conformisme paralitzant. Un dels textos de les seves *Barcelonines* presenta el contrast entre la ciutat antiga i la ciutat nova que comença al passeig de Gràcia.

> *«Lo passeig de Gracia es més passeig que la Rambla, perque es molt més ample; perque te vistas més dilatadas y amenas; perque'ls edificis ara comesan á vorejarlo. No recordan com los de la Rambla lo cástich del travall y la codicia de la industria, sinó lo grat descans, lo benestar, la riquesa, lo luxo.*
>
> *Per allí s'explaya lo cor veyent las tentativas artisticas de las fatxadas, sisquera no sempre lo bon gust hagi inspirat al arquitecto: los ulls no's troban may traidorament ofesos per un carreró asquerós com lo de detrás del correu ni l'arch de Trentaclaus».*[1]

Aquestes transformacions provoquen la nostàlgia per un món cridat a desaparèixer. En els seus sainets i quadres de costums, Emili Vilanova reflecteix els ambients de la Barcelona vella, amb el petit comerç, arraïmat al voltant del mercat del Born, les seves tradicions i els seus tipus característics.

> «*Als claustres de la Catedral de nostra ciutat, hi solen concorre, casi be tots los dias, uns quants menestrals més aviat bells que joves, los quí, passejant, fent rotllo ó prenent lo sol asseguts en los grahons de la paret del Capítol passan la estona comentant los successos del dia, ja's refereixan á política forastera, á assumptos de la localitat, á las noticias que tot sovint arrivan de Madrid per partes del telégrafo ó per vía del correu*».[2]

Les festes tradicionals marquen el pols de la ciutat vella. Una de les fites principals és la processó del Corpus:

Processó del Corpus davant de la Catedral amb l'arquitecte Antoni Gaudí en primer terme, en una imatge de 1924
Fotografia de Branguli

> «*Tocan las batalladas de las duas y las de la oració que rompen plegadas; trontollan las reixas de la Casa de la Ciutat y s'obran pausadament. Al fons s'hi veu lo gegant, grave, enciriat, ab sos ulls terroríflchs, fixos, clavats que no se sap ahont guaytan ni á qui amenassan. La quitxalla'l saluda ab remors de respecte y'l contempla embadalida. Las trampas, lo floviol y'l tamborino afinan la marxa; lo gegant avansa magestuosament voltat dels camálichs que alsan los brassos y caminan enrera per ampararli la cayguda, y encara no's veu fora de casa's posa á ballar ¡tan sério que sembla! millor que un letxuguino*».[3]

En les seves obres de teatre i en els seus «singhlots poetichs» Frederic Soler, *Pitarra*, retrata de manera guinyolesca un seguit de situacions i personatges urbans. A *Grá y palla* (1857) relata la història del senyor Cinto Matalasser, botiguer del barri vell que es fa una torre al Putxet:

> «*Primer, sols eren uns baixos,*
> *y un primer pis ja s'hi feu.*

Després, com que cada estíu
hi anavan tots los parents,
fenthi'l segón, se vá creurer
que estarían molt més bé».

Després de successives ampliacions i reformes, i de comprar el terreny del davant perquè no li prenguin la vista, la dedicació a la torre amenaça d'arruïnar el negoci dels matalassos. Aleshores Cinto es malvèn la torre. Ho fa amb alegria:

«Puig la torre es una cosa,
com ja sabrán més de tres.
Que, tant com quan un la compra,
está content quan la ven».[4]

El contrast entre l'ordre de la ciutat tradicional i la vida més lliure dels afores, entre els costums de les famílies de tota la vida i les dels forasters (l'*indiano*, el valencià, el francès o el castellà), són motiu d'innombrables facècies. A l'obra de teatre *¡Ous del dia!* (1865) Pitarra retrata una família que ha viscut un temps en una masia de la Bordeta, fugint del còlera:

«DOLORES.—Donchs li dich que la Bordeta
es molt bonica, papá.
ONOFRE.—¡Potsé hi voldrías torná!
DOLORES.—¡Donaría una pesseta!
May me canso de pensá
ab aquellas dugas trujas,
los moltons de can Tramujas
y las vacas d'en Samá.
Aquí d'animals tant grossos
¿no n'hi haurá gayres? ¿Veritat?
ONOFRE.—No, perque allá s'han criat
pel camp y sobre'ls terrossos.
DOLORES.—Jo sempre'm recordaré
Quan pe'l cólera hi estavam,
Aquella carn que menjavam».[5]

Al costat d'aquest panorama idíl·lic de les masies que acabaran engolides per l'expansió de Barcelona, hi ha el suburbi, la ciutat pobra. Juli Vallmitjana és el gran cronista del carrer del Migdia, el novel·lista dels

Frederic Soler, Serafí Pitarra, *en un gravat al·legòric que el presenta com a fundador del teatre català*
Jaume i Marc Roig, Restaurant Pitarra

gitanos del carrer de la Cera i d'Hostafrancs. El mercat de Sant Antoni marca el límit de la ciutat, que s'enfila cap a Montjuïc.

«Al carrer se sentien els crits de les dònes que venien cartes per rifar lleminedures, passejant-les arreu, amb gran satisfacció de les mosques que s'hi enganxaven. Els venedors ambulants també cridaven. La mainada jugava. Les dònes entraven i sortien de les botigues. A cal triper tenien els gibrells plens de tripes de bè i ramells de llengues penjades en un ganxo. De les tavernes n'eixia la flaira de l'escabeig, i en els portals les taules plenes de bunyols de bacallà i arengada, pebrots confitats i un plat d'alioli. En aquella hora del dematí una fortor atenyia l'altra. Llençols, flaçades, tot penjava per balcons i finestres, i tot aquella disbauxa de colors bruts armonisava en l'atmosfera amb els contrasts de sol i ombra».[6]

La ciutat s'estén també en l'entramat de fàbriques i canyissars que envolten el riu Bogatell:

«Pel Bogatell l'aygua bruta baixava calmosa, fumejant. Pels costats, la verdiça de les motes d'escardots hi donaven cert aspecte fresc prò estrany, les fàbriques de les vores trontollaven ses parets treyent fums de colors indifinits. La boyrina de la calitja ensopia les cases que, mirades contra-sol, resultaven morades, y les que la llum hi batia de plè tenien tons pàlits pel regruix de la carregada atmósfera...

Un caminet cercat de canyes seques, recargolants'hi verdices, conduhia a la fundició».[7]

A *L'auca del senyor Esteve* (1907) Santiago Rusiñol va refondre els temes principals de la literatura costumista de Pitarra, de Robert Robert i d'Emili Vilanova: el contrast entre la ciutat vella i la ciutat nova, entre el món menestral i la nova generació de l'hereu escampa. La novel·la retrata diversos ambients de la Barcelona tradicional, com l'antiga Ciutadella o el Jardí del General. Per batejar l'Estevet, la família surt en comitiva cap al passeig de Sant Joan, carrer de la Princesa, plaça de Sant Jaume, carrer del Bisbe, plaça Nova, i d'allà, a camp obert, fins a Sant Cugat.

Una botiga del passeig del Born, durant la primera dècada del segle XX

«Tot el carrer de la Princesa, el dels assaonadors, fins al Born, era una espeçor de carros, de crits, de trasbalç, i de bullici. D'un magatzem plè de teranyines, en treien bales de cotò, les hi donaven una empenta, les apoiaven a n'el carro, i amb un salt les tiraven a sobre: al costat, a una altra botiga, anaven tirant pells de bou a terra, qu'aixecaven una polsina, que feia flaire de benzina i de bestia dissecada; més enllà, entraven drogues al fons d'una cova, i s'havia vessat una gran ampolla que feia un regueró de fum; més lluny es tiraven bacallans secs am les ganyes esteses i prempsades; aqui rodolaven botes; allí descarregaven jàssenes, amb un terratremol de metralla, i per tot-arreu apuntaven, cridaven, escrivien, renegaven, i el soroll era tan fort, que dintre del faetó se sentia una remor com qui es posa un corn a l'orella».[8]

Rusiñol dóna la seva forma definitiva a un dels llocs característics de la literatura costumista: la botiga de vetesifils.

«Li tenien tant per venerable, aquells menestrals de veinat, que hi compraven am quietut, am religiositat de creients, am la seguritat de qu'l gènero venia de la velluria i es podia comprar am confiança; i, oh poder de la tradició! Tenien tanta fe en els rodets i les troques de «La Puntual», que si s'hagués tancat, per etzar, i haguessin hagut d'anar a una altra tenda, de desde'l carrer del Rec al carrer Tantarantana, no s'haurien fet més bànoves, ni canaris de

llana groga, ni respaldos *de ganxet, ni marededéus de Montserrat, treballades al* canyamasso».[9]

Aquesta tradició d'observar la realitat, estudiar indrets i costums i escarnir el caràcter dels personatges i les seves conviccions estretes continua al llarg del segle XX. En la seva primera novela, *Paulina Buxareu* (1919), Josep Maria de Sagarra en el seu ambient retrata alguns tipus habituals en la literatura de costums (el galant, la tieta soltera, el mestretites). El carrer de la República Argentina, prop del Putxet, on tenia la torre en Joan Matalasser, és el lloc escollit pels Buxareu per fer-s'hi la casa.

«En Víctor s'instal·là, amb la seva dona, les criatures i la Lluïseta, en una torre de l'Avinguda de la República Argentina. Tenien un jardinet bastant entretingut, amb gran profusió d'unes flors que la sogra d'en Víctor en deia Diegos de noche. *Al mig del jardí hi havia un brollador amb una mena d'oca de pedra que tenia el coll enravenat i treia pel bec una misèria d'aigua, però aquell jardinet era excel·lent per a la canalla. La tia Paulina en deia «el meu jardinet». Aquelles quatre flors, aquella mica de sorra, el balancí o una cadira feta amb vímets i en forma de confessionari, que en Víctor va comprar-li expressament, li semblaven a Paulina un raconet de la glòria celestial on fes la més agradosa de les feines, que al seu entendre era xafardejar infinitament, posar-se sentimental a estones i engolir orxata de xufla, a la caiguda de la tarda, quan feia una mica de calor».*[10]

Carles Soldevila

També Carles Soldevila utilitza un tema típic del costumisme —la convalescència als afores— per explicar una història d'amor esguerrada, amb molts elements de crítica social. Llucià i Adelaida surten a passeig i observen Barcelona des de Vallvidrera:

«De cop l'apologista canvia de to. Ha descobert unes cases de cinc pisos a la Bonanova, entre el rengle de les torres.

—¿No és indigne que permetin edificar així aquests carrers? Aquí no hi ha consciència civil: aquí no hi ha res. Tots els que han estat regidors de vint anys ençà podien ésser

penjats sense injustícia. ¿Saps quina gràcia tindria, a hores d'ara, aquest suburbi, si fos fet de casetes de dos pisos voltades de jardí? Jo recordo prou un petit aplec de neules que escriu sobre la ciutat-jardí. No és qüestió d'escriure, sinó d'apedregar regidors, d'insultar arquitectes, d'incendiar barriades bunyol...!».[11]

De la Barcelona que reflecteixen aquests llibres se n'ha perdut l'ambient, però en resten els carrers i les cases. També s'han conservat alguns dels indrets de la geografia íntima dels seus autors, com l'antiga rellotgeria de Frederic Soler, al carrer d'Avinyó, actualment el Restaurant Pitarra, que exhibeix llibres i fotografies relacionats amb la seva obra (i també alguns dels seus rellotges) o la llibreria Millà, al carrer de Sant Pau, on feien tertúlia Rusiñol i els seus amics. ■

Altell de la rebotiga de Frederic Soler, al carrer d'Avinyó, 56, avui Restaurant Pitarra
Pep Herrero

procedència dels textos

1. Robert Robert. *Colecció de Travalls literaris*. Biblioteca Popular Catalana, 1898. Pàg. 114.
2. Emili Vilanova. *Escenas barceloninas*. Imprenta La Renaixensa, 1886. Pàg. 78.
3. Emili Vilanova. *Escenas barceloninas*. Imprenta La Renaixensa, 1886. Pàg. 177-178.
4. «Grá y palla. Paper per a matar ratos». Antoni López, Editor, 1857.
5. «¡Ous del dia! Joguina en un acte. Original de D. Serafí Pitarra». Llibreria Espanyola de López, Editor. 1865.
6. J. V. Corominas (Juli Vallmitjana). *Sota Montjuic*. Tip. «L'Avenç», 1908. Pàg. 30-31.
7. J. V. Corominas (Juli Vallmitjana). *De la ciutat vella*. Tip. «Universitat», 1907. Pàg. 87.
8. Santiago Rusiñol. *L'auca del senyor Esteve*. Llibreria Espanyola, Antoni López, Editor, 1907. Pàg. 29-30.

9. Santiago Rusiñol. *L'auca del senyor Esteve*. Llibreria Espanyola, Antoni López, Editor, 1907. Pàg 134.
10. Josep Maria de Sagarra. *Paulina Buxareu*. Editorial Catalana, 1919. Pàg. 71-72
11. Carles Soldevila. *L'abrandament*. Editorial Catalana, 1917.

La llibreria Millà, al carrer de Sant Pau, especialitzada en obres de teatre
Pep Herrero

L'església de Betlem, a la Rambla, en una imatge del principi de segle xx
Arxiu Fotogràfic de l'Arxiu Històric de la Ciutat de Barcelona

5. Verdaguer i Barcelona

Joan Nogués

“L’enterrament arribà a Betlem —davant per davant del Palau de Comillas—; allí, enfront de l’església, es cantà un respons, que ho fou pels companys del poeta d’aquella comunitat. Tornà a posar-se en marxa, i de seguida es produí l’acte més emocionant de l’enterrament. Les floristes de la Rambla, totes a l’una, com si s’ho haguessin dit, començaren a escampar per terra les flors de les seves parades, fins a cobrir-la tota d’una espessa catifa; sobre aquesta catifa va passar el fèretre amb l’acompanyament. De tots els homenatges era sens dubte el que li hauria plagut més, el que més l’hauria emocionat.”

Sebastià Juan Arbó. *La vida tràgica de mossèn Jacint Verdaguer.* Editorial Planeta, 2002.

escales de l'itinerari

❶ *monument a verdaguer*

A la confluència entre el passeig de Sant Joan i la Diagonal, s'alça el monument al Poeta, projectat per l'arquitecte Josep Maria Pericas, l'any 1924. L'escultura que el corona és de Joan Borrell i Nicolau. (Més informació, a les pàgines 304 i 308.)

❷ *carrer canuda*

Verdaguer va viure en un pis auster, on tenia la seva cel·la, al carrer de la Canuda, prop del convent de les Descalces.

3 església de betlem

És una antiga església dels jesuïtes que es va incendiar el 1671 i que es va començar a reconstruir l'any 1680. Es troba a la Rambla, a la cantonada amb el carrer del Carme, i és coneguda per les seves exposicions de pessebres durant les festes de Nadal.

4 palau moja

El Palau que va edificar el marquès de Moja i la seva esposa, María Luisa de Copons, va ser construït sobre la torre i la muralla de Portaferrissa i inaugurat l'any 1784. L'arquitecte encarregat de l'obra va ser Josep Mas.

5 catedral

Vegeu la pàgina 49.

6 carrer dels mirallers

En una cambra d'aquest carrer i l'any 1890, Verdaguer va començar a practicar les seves sessions d'exorcisme en companyia del mossèn Joaquim Pinyol.

7 capella de la santa creu

Al costat de la font de Vall-Par, els Germans Terciaris Carmelites Descalços van aixecar el 1862 la capella de la Santa Creu. Verdaguer es va endeutar després de comprar aquesta propietat.

8 finca güell

Obra d'Antoni Gaudí, conserva els dos pavellons i la gran reixa d'accés a la finca d'Eusebi Güell, a l'actual avinguda de Pedralbes, 7.

9 vil·la joana

Alberga el Museu Casa Verdaguer i està obert al públic des del 1963. Aquest edifici es troba a Vallvidrera, al districte de Sarrià-Sant Gervasi.

Retrat de Verdaguer llegint
Museu d'Història de la Ciutat de Barcelona

Jacint Verdaguer és una figura literària polièdrica i inabastable: trobem el poeta èpic, fabulista de llegendes, que s'alça imponent als ulls del lector comú; també trobem el Verdaguer pietós, cristià fervent i (gairebé) místic; ara bé, a nosaltres ens interessarà fixar-nos ara en l'autor ciutadà, que renova el cap i casal entès com a matèria literària, fins al punt que es pot afirmar que inaugura tot un gènere poètic (l'oda a Barcelona) que gaudirà de força predicament en les nostres lletres:

> *«Verdaguer inaugurà una molt productiva sèrie de poemes en els quals es presentava una visió exaltant de la ciutat de Barcelona. Aquest enfocament ha tingut en alguns casos un gran impacte popular. Verdaguer havia tingut un precedent, romàntic, en el poema de Rubió i Ors, «A Barcelona», però ell sabé escriure una singular* Oda a Barcelona, *premiada en els Jocs Florals del 1883, la qual, per acord del Consistori, fou editada poc després amb un tiratge de 100.000 exemplars. Traçà la versió romàntica del tema: fortament atret pels elements històrics i llegendaris, en el poema s'interessava pels orígens de la ciutat i establia les coordenades de la consciència urbana que en tenien els habitants del vuit-cents, just en el moment en què s'iniciava la urbanització de l'Eixample».*[1]

Aquests tres Verdaguers (l'èpic, el místic i el ciutadà, als quals podríem afegir el viatger i el polemista) no són excloents: es barregen i s'ajuden mútuament. Així, en la seva oda «A Barcelona» Jacint Verdaguer incorpora elements mitològics (per exemple: la referència a Alcides amb què s'inicia, com també les al·lusions posteriors a Venus, Hèrcules i les Gràcies) i també religiosos (mitjançant l'enumeració de les esglésies més rellevants de l'*skyline* pietós de la ciutat). Serà a través d'aquests elements religiosos (amb algun afegitó historicista) que Verdaguer ens farà més proper l'itinerari barceloní que ell coneixia millor i que estava constituït per les parròquies principals de la ciutat, algunes de les quals visitava assíduament durant el temps que va viure a Barcelona:

> *«Té a un cap Sant Pau, a l'altre Sant Pere de les Puelles;*
> *Santa Maria estrella del mar, i la del Pi;*
> *i entre eixes flors li naixen de l'art gentils poncelles:*
> *¡jamai tanta florida s'és vista en son jardí!*
>
> *Mes, ¡ai!, com entre els arbres del bosc la fulla d'heura,*
> *lo cor s'aferra als temples i monuments més vells,*

Retrat de Verdaguer fet per Ramon Casas
MNAC - Museu Nacional d'Art de Catalunya. Barcelona, 2004
Fotògrafs: Calveras/Mérida/Sagristà

i, en hores de misteri, d'amants records s'hi abeura,
sentint-los com conversen i conversant amb ells.

¡De Sant Miquel oh temple que els àngels construïren,
anys ha que jaus en terra dels hòmens oblidat,
i encara apar que et cerquen i de dolor sospiren
les gòtiques imatges de Casa la Ciutat!

Ja que han perdut per sempre tan dolça companyia,
¡vegessen cara a cara sant Just i sant Pastor!;
santa Àgata en sa hermosa capella somriuria;
¡en cel i en terra els àngels se tenen tant amor!».[2]

Més endavant esmentarà també la Catedral (*«amb un mantell de pedra nuat amb gòtics llaços / l'abriga, alçant als núvols sos campanars, la Seu...»*), que Verdaguer coneixia prou bé de totes les vegades que hi havia anat a oir missa. El treball gairebé d'orfebre que durà a terme a l'hora de combinar amb encert els elements mitològics, històrics i religiosos en aquest poema tindrà la seva recompensa en el ressò ciutadà que obtindrà. Enric Bou ja ens informava, en el primer text que hem reproduït, que l'Ajuntament de Barcelona en va fer un tiratge de cent mil exemplars, quantitat no gens habitual per a l'època. Si volem fer-nos una idea de l'impacte que aquest poema tingué en la societat barcelonina del moment, tan sols cal que llegim aquests mots que li dedica Josep Maria de Sagarra, tot recordant la impressió que li va provocar la lectura dels versos de Verdaguer quan encara era un jove estudiant:

«*Encara que sembli estrany, no havia estat mai ni al Tibidabo, ni a Montjuïc, i el carril de Sarrià, i en l'època que era de vapor, l'havia agafat només una vegada per anar a veure uns* Pastorets, *i això em semblà el fet més extraordinari de la meva vida. Es comprendrà, doncs, que aquella Barcelona de Mossèn Cinto, filla d'Alcides gegantí, truculenta d'història i d'arqueologia i dilatant-se per costes i muntanyes, creés en el meu pensament una realitat prodigiosa, damunt la realitat migradíssima que les meves experiències podien presentar. I és certíssim que la música d'aquells alexandrins em va sembrar l'orgull d'haver nascut a Barcelona, la ciutat que jo no havia definit encara, ni de la qual tenia un concepte clar, però que, gràcies a Mossèn Cinto, se'm convertia en un país al·lucinant i considerable*».[3]

Josep Maria de Sagarra no se n'amaga pas, de la seva devoció per aquesta «Oda a Barcelona», el text de la qual tenia estampat al final d'un llibre de lectura, anomenat *El manuscrito moderno*, que utilitzaven al col·legi, segons ens explica en el text *Mossèn Cinto i el seu espectre*, on també ens informa que el mestre l'havia escollit com a recitador modèlic d'aquest poema. No deixa de ser curiós que sigui un poeta de terra endins l'artífex de la idealització literària més reeixida de la ciutat de Barcelona. De fet, Verdaguer trigà força anys a residir de manera més o menys permanent a Barcelona; a les seves infantesa i joventut osonenques (viurà a la casa dels pares a Folgueroles, a la masia de can Tona i a la parròquia de Vinyoles d'Orís, la seva primera destinació sacerdotal), cal afegir-hi els seus viatges, que l'ocuparan ben bé dos anys, a bord d'un vapor de la Companyia Transatlàntica en qualitat d'inspector dels capellans de la naviliera. Abans, però, de la seva etapa com a capellà de la Companyia Transatlàntica, ja havia estat una temporada, malalt i abatut, a Barcelona; serà precisament com a resposta terapèutica al seu mal que acceptarà la proposta de viatjar a través de l'Atlàntic. En tornar, comença la seva etapa diguem-ne barcelonina i s'instal·la, com a capellà privat, al Palau de Comillas (l'actual Palau Moja, situat al carrer de la Portaferrissa amb la Rambla), que esdevindria la residència d'Antoni López, propietari de la Companyia Transatlàntica i primer marquès de Comillas. El Palau es troba just davant de l'església de Betlem, de la qual mossèn Cinto serà beneficiat en el tram final de la seva vida. En la seva biografia de mossèn Cinto, Sebastià Juan Arbó descriu el Palau de Comillas en els termes següents:

Saló Blau del Palau Moja, en una imatge del primer quart del segle xx
Arxiu Fotogràfic de l'Arxiu Històric de la Ciutat de Barcelona

> *«El palau és enorme, amb amples sales, estrets corredors obscurs, escales nombroses, que condueixen a les golfes, i amb un ampli pati interior en el qual són junyits els cavalls a les luxoses carrosses. Predomina el luxe, la severitat i l'ordre. Els criats van vestits cada dia amb jaqué negre i amb guants blancs; ordinàriament estan tancades totes les portes dels salons, i cadascuna de les antesales, cadascun dels rebedors, són il·luminats únicament per un blener de gas dins un globus opac».*[4]

Ben prop del Palau de Comillas, on passarà gairebé totes les hores del dia (dient missa al matí, resant el rosari al vespre i compartint els àpats amb Claudi López, fill d'Antoni López, i la seva família), Verdaguer podrà gaudir d'una certa pau i tranquil·litat a la seva cel·la del carrer de la Canuda, entre la Rambla i la plaça de l'Àngel, a tocar del convent de les Descalces, on tenia el confessionari. El poeta, però, no és feliç: troba que la vida que mena, plena de comoditats i vanitats satisfetes, no és la més adequada per a ell; se sent com si estigués traint la seva vocació religiosa. Verdaguer viatjarà força (a Terra Santa, per exemple), però això no farà minvar la seva angúnia pel fet de ser el capellà domèstic i també almoiner d'una de les famílies més riques d'Espanya, ans al contrari. A partir d'aquí començarà el que alguns han anomenat el *cas Verdaguer*, un dels episodis més controvertits i polèmics de la nostra història literària, la gènesi del qual Narcís Garolera descriu amb els mots següents:

> *«Verdaguer es troba, de sobte, descontent de si mateix, com a capellà que ha cedit als afalacs de la fama i que ha fet una brillant carrera d'escriptor. El desassossec li furga l'ànima, i es lliura de ple a l'oració i a l'apostolat, a la confessió i a la caritat. Mossèn Cinto no té un no per a ningú, els pidolaires professionals s'aprofiten de la seva bona fe, i aviat el marquès comença a preocupar-se per l'actuació del seu almoiner».*[5]

Tot plegat s'agreuja quan Verdaguer entra en contacte amb un grup de gent (encapçalat per mossèn Joaquim Pinyol) que tenia una mena de casa d'oració al carrer dels Mirallers, que l'induirà a la pràctica d'exorcismes. Entre aquest grup de gent també es troba la família Duran, amb qui Verdaguer mantindrà una relació estreta que sovint serà causa d'escàndol entre la «bona» societat barcelonina i que donarà peu a tota mena de rumors i de comentaris malvolents. Malgrat tot, però, la relació de Verdaguer amb Doña Deseada Martínez (vídua de Duran) i els seus tres fills persistirà al llarg dels anys i resistirà tots els embats i vituperis, fins al punt que viuran plegats en diferents habitatges barcelonins; de fet, es pot dir que l'últim domicili barceloní de Verdaguer fou el pis que compartí amb la família Duran al carrer d'Aragó, número 235 (entre la rambla de Catalunya i el carrer de Balmes). A tot això, cal afegir-hi els problemes econòmics derivats de la seva prodigalitat com a almoiner dels Comillas i del deute contret en haver adquirit una finca amb la finalitat de restaurar-hi la capella de la Santa Creu de Vallcarca. El fragment següent ens informa prou bé de l'estat d'ànim en què es trobava Verdaguer quan va decidir adquirir aquesta finca:

> «*A últims d'octubre de 1891 me donaren avís de que s'anava a malvendre una capella de la Mare de Déu, al capdamunt de Vallcarca, cinc minuts més enllà dels "Quatre Camins", a mà dreta en lo punt en què la carretera d'Horta s'embranca amb la de Sant Cugat. Desitjós d'evitar aquella venda que a mi em semblava un sacrilegi, l'aní a visitar. És una capella pobra i senzilla, situada en la falda d'una de les estribacions orientals del Tibidabo. Té part davall, una cova de penitència, i, davant, un rengle de xiprers que, drets com sentinelles, semblen guardar-la i fer-li companyia en aquella soletat. En l'altar major hi havia una devota imatge de la Verge del Carme, que en altre temps havia sigut passejada en professó per aquells camps i carreteres, i pujada en triomf per tots aquells cims. En un altaret lateral hi havia una imatge de santa Teresa i, en quadros i estampes plantades a la paret, s'hi veia lo místic sant Joan de la Creu, sant Elias i altres sants penitents del Carmelo. Com més jo els mirava, més s'encenia en mi el desig de salvar aquella ermita, costàs lo que costàs.*»[6]

A conseqüència de tots aquests despropòsits financers i espirituals, la figura de Verdaguer caurà en desgràcia. Els mateixos que abans el protegien i agombolaven, ara li giraran l'esquena, fins al punt que el marquès de Comillas decideix prescindir dels seus serveis. El bisbe de Vic, Josep Morgades, li «prescriu» una temporada de repòs al santuari de la Gleva, que Verdaguer viurà com un veritable exili forçat, agreujat pel fet que sospita que se'l vol fer passar per boig. Queden lluny els dies en què la seva estreta relació amb el marquès de Comillas el portava a participar en distingits actes socials i a fer-se amb el bo i millor de la societat barcelonina, com ara la família Güell. Cal no oblidar que Eusebi Güell estava casat amb Isabel, filla del marquès de Comillas, i que les visites a la finca Güell, batejada per Verdaguer amb el nom de *torre Sa-*

Els pavellons de la Finca Güell (1883), un homenatge d'Antoni Gaudí a Eusebi Güell amb evocacions a* L'Atlàntida *de Verdaguer
Triangle Postals

talia, eren freqüents. Aquesta finca ocupava unes trenta hectàrees i anava des de l'actual Camp Nou fins al monestir de Pedralbes; encara s'hi poden trobar avui dia els anomenats *pavellons Güell*, projectats per Antoni Gaudí (protegit d'Eusebi Güell), units per una gran porta de ferro forjat on apareix un drac inspirat en la descripció de l'Hort de les Hespèrides que trobem a *L'Atlàntida* verdagueriana.

El que ens interessa més d'aquest difícil moment de la vida del poeta, després de la ruptura amb els marquesos de Comillas, és que Barcelona és presentada com una terra de missió desitjada, contraposada a la reclusió forçada al santuari. De fet, Verdaguer transgredirà de manera reiterada la prohibició de venir a Barcelona, cosa que agreujarà el conflicte que mantenia amb el bisbe Morgades. De tot aquest terrabastall ens ha quedat el testimoni literari dels articles de Verdaguer que componen el volum *En defensa pròpia*. Finalment, gràcies en part a la intercessió del bisbe de Madrid, Verdaguer acceptarà de retractar-se (l'any 1898) de la seva actitud rebel davant del bisbe Morgades, que

li torna les llicències sacerdotals que li havien estat suspeses temps enrere, quan la corda s'havia tensat fins al límit i l'enfrontament havia arribat al seu punt més àlgid.

La polèmica ha acabat, però la salut del poeta n'ha quedat afectada. Verdaguer caurà malalt de tuberculosi i traslladarà la seva residència a la vil·la Joana, a Vallvidrera:

> *«La vil·la es trobava magníficament emplaçada. Estava voltada d'altures que davallaven pels quatre costats en suaus vessants coberts de pinedes i d'espès boscatge. Al davant es veia el Tibidabo, amb la silueta de l'església; a la dreta, sobre l'altura, s'albiraven alguns edificis de Vallvidrera; però la vista més bella, la que havia de produir-li al poeta més alegria, s'obria a la part posterior. Les altures s'obrien per aquella banda com una doble cortina, i al bell mig mateix, es dreçava la muntanya de Montserrat, sencera, límpida, llunyana, il·luminada de sol en els dies serens».*[7]

Vil·la Joana, al nord de la ciutat, fou la darrera residència de Verdaguer
Museu d'Història de la Ciutat de Barcelona. Fotografia d'A. G. Funes

Després de llegir aquesta descripció que Sebastià Juan Arbó ens ofereix de la vil·la Joana, podem estar segurs que el poeta hi trobà la pau que li havia estat negada els últims anys. El cos, però, ja està molt afeblit i el poeta expira el dia 10 de juny. El seu enterrament, al qual acudirà una gernació, serà la manifestació de dol més gran que s'havia produït mai a Catalunya, un veritable acte de desgreuge en què la ciutadania barcelonina va voler homenatjar el poeta i acompanyar l'home. Es podria dir que el recorregut del seguici de l'enterrament constitueix l'últim passeig de Verdaguer, abans de trobar el repòs definitiu al cementiri de Montjuïc, pels indrets de la ciutat que ell freqüentà en vida:

> «*El cotxe amb el taüt enfilava el pendent de Montjuïc, vora el mar, seguit del poble en massa. El cotxe pujà els revolts del cementiri, fins a l'extrem occidental, a la part alta, en un dels indrets més bells; allí s'aturà i baixaren el taüt... En tot el recinte s'amuntegava una gran multitud, multitud que sobreeixia per les senderes, per les dreceres, omplia les altures, ocupava tots els espais... El cadàver fou dipositat en una tomba provisional, al peu d'una gran mata de ginesta florida, molt a prop del lloc on havia de tenir la sepultura definitiva... Era ja vers el capvespre. El cel continuava ennu-*

volat; de tant en tant plovisquejava; però la gent continuava allí, com si esperés quelcom, tal vegada un miracle. Al peu de Montjuïc, sobre la ciutat emboirada, anaven davallant les ombres; se sentien encara, molt fondes, les campanes, i era com si plorés la ciutat».[8] ■

Procedència dels textos

1. Enric Bou. «Odes a Barcelona». Article inclòs en el Quadern Central núm. 20 de la revista *Barcelona: Metròpolis Mediterrània*. Ajuntament de Barcelona, 1991. Pàg. 81.
2. Jacint Verdaguer. *Pàtria*. Edicions de 1984. 2002. Pàg. 31-32.
3. Josep Maria de Sagarra. *El meu Verdaguer*. Edicions La Campana, 2002 Pàg. 34.
4. Sebastià Juan Arbó. *La vida tràgica de mossèn Jacint Verdaguer*. Editorial Planeta, 2002. Pàg. 262.
5. Narcís Garolera. *Homenatge a Jacint Verdaguer: esbós biogràfic i antologia*. Generalitat de Catalunya, 2002. Pàg. 37.
6. Jacint Verdaguer. *En defensa pròpia*. Tusquets Editors, 2002. Pàg. 107-108.
7. Sebastià Juan Arbó. *La vida tràgica de mossèn Jacint Verdaguer*. Editorial Planeta, 2002. Pàg. 640.
8. Sebastià Juan Arbó. *La vida tràgica de mossèn Jacint Verdaguer*. Editorial Planeta, 2002. Pàg. 663.

Cambra on morí Verdaguer a la vil·la Joana
Museu d'Història de la Ciutat de Barcelona

Josep Maria de Sagarra mirant revistes en un quiosc de la Rambla el 1954
Arxiu Francesc Català-Roca

6. La rambla, riera de vides

Sergi Doria

“Travessà l’arc i enfilà, a pas lent i cautelós, la corba del carrer dels Tres Llits. Sortosament els dies ja eren llargs i li quedava ben bé una hora de llum... No hi havia botigues, tret d’una, a la cantonada, que venia balances, ni llocs de concurrència on camuflar-se. Era un carreró quiet i silenciós, un apèndix oblidat dels budells de Barcelona...”

Roser Caminals. *El carrer dels Tres Llits.*
Rosa dels Vents, 2002.

escales de l'itinerari

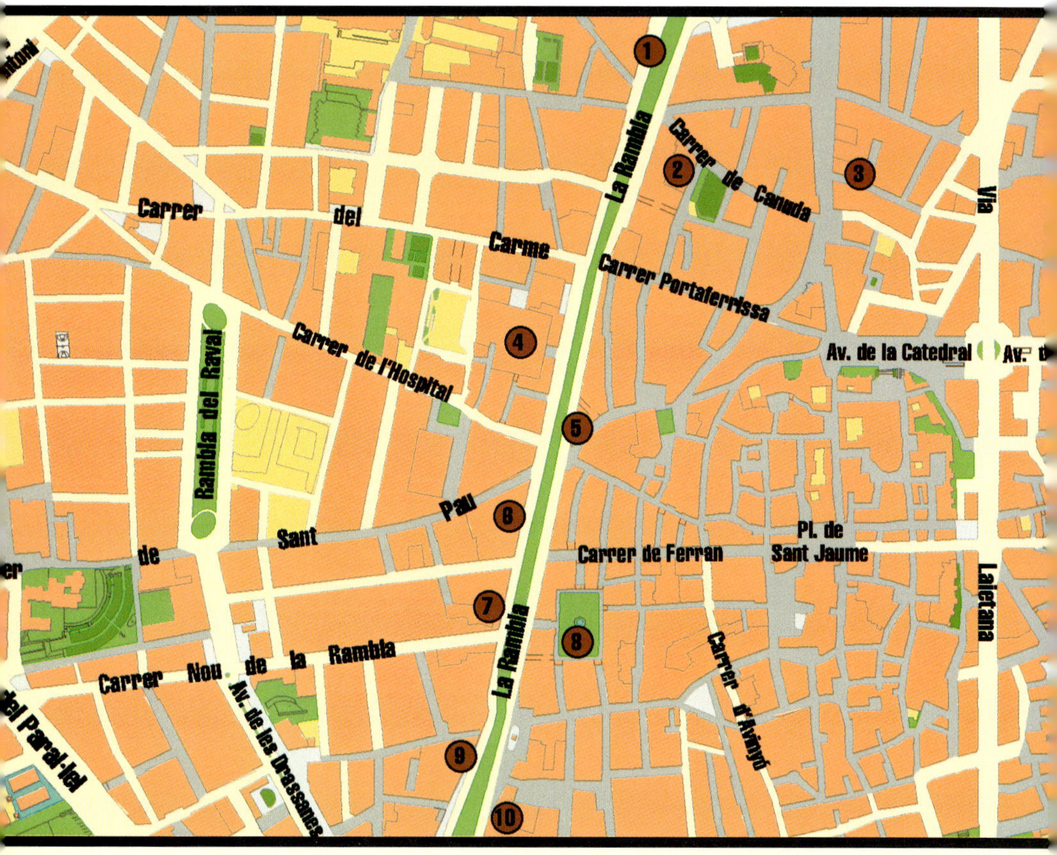

❶ font de canaletes

Aquesta font, inaugurada al segle XIX, dóna nom al primer tram de la Rambla, tot partint des de la plaça de Catalunya. Diu la llegenda que qui begui de la seva aigua tornarà un altre cop a Barcelona.

❷ ateneu barcelonès

L'Ateneu Barcelonès, que es troba des del 1906 al número 6 del carrer de la Canuda, va ser fundat l'any 1872 en fusionar-se dues institucions de forta tradició a Catalunya, l'Ateneo Catalán i el Casino Mercantil Barcelonés.

3 els quatre gats

Taverna per excel·lència dels modernistes, situada als baixos de la casa Martí (obra d'un jove Josep Puig i Cadafalch), al carrer de Montsió, número 3 bis, inaugurada el 12 de juny de 1897 gràcies a una idea del polifacètic Pere Romeu.

4 mercat de la boqueria

El dia de Sant Jaume del 1835, el convent i l'església de Sant Josep van ser incendiats durant un avalot. L'edifici religiós va ser enderrocat i allà mateix es va construir el mercat de la Boqueria.

5 casa dels paraigües

Construcció d'estil orientalitzant de l'arquitecte Vilaseca que té un drac (a imitació d'un drac xinès) a la façana i que al seu interior, ocupat per una oficina bancària, conserva el mobiliari modernista de l'època. Es troba al número 82 de la Rambla.

6 gran teatre del liceu

El primer Liceu (Rambla, 51-59), construït als terrenys d'un antic convent, es va inaugurar l'any 1847. Aquest primer teatre tenia capacitat per a 3.500 espectadors. El Liceu ha patit en la seva història dos grans incendis, el 1861 i el 1994. Just al davant obre les portes l'històric Cafè de l'Òpera.

7 hotel oriente

Situat a la Rambla, número 45, era ja conegut abans com la Gran Fonda d'Orient.

8 plaça reial

Va ser construïda l'any 1850 al solar d'un antic convent de caputxins i va ser obra de Francesc Daniel Molina. Posteriorment s'hi van afegir dos fanals de sis braços, dissenyats per Antoni Gaudí.

9 teatre principal

L'any 1568, el rei Felip II concedí a l'Hospital de la Santa Creu el privilegi de construir un teatre. Els terrenys foren cedits per Joan Bosch i l'any 1603 es va aixecar un teatre de fusta al mateix lloc on hi ha l'actual.

10 frontó colón

La casa del fotògraf Napoleó allotja actualment el frontó Colón, recuperat el 1992 com a seu olímpica de les proves de pilota.

La Rambla de Barcelona, riera humana que s'aboca a la Mediterrània, se segmenta en trams diversos. És la Rambla de les floristes, la del Liceu, la de la marginació, la dels quiosquers, la de les manifestacions polítiques, la dels ocells, la del futbol, la dels botiguers, la dels turistes, la dels immigrants, la dels artistes immòbils, la de les prostitutes, la de la Boqueria, la de les cadires i les terrasses, la de Pitarra, la que porta a la plaça «Reial, o al barri Xino», o a la Catedral, la dels escriptors... Veus. Rambles viscudes o Rambles somiades, aquesta és la qüestió. Partint de la condició de riera de la Rambla, Andreu Avel·lí Artís, *Sempronio*, cronista de Barcelona, estableix una divisió geogràfica i social:

> «...*Els barris situats a una banda i l'altra eren distints, antagònics. A mà dreta, baixant, la gent votava els demagogs lerrouxistes; altrament, els de l'altra banda, donaven llurs sufragis a la conservadora Lliga Regionalista. Els de la part dreta freqüentaven ateneus i casinos llibertaris; els de l'altre marge anaven a missa. I així tot... és lògic que la bohèmia es trobés més a gust a la dreta, és a dir, al districte cinquè. Els costums i l'abillament estrafolaris no hi desentonaven tant... els temps que evoco als carrers de Fernando, Banys Nous i Avinyó i a la Plaça Reial hi abundaven els pisos de senyor. Els estrets i humils dels Tres Llits i de la Lleona exercien la funció de carrers de servei...*».[1]

Vista general de la Rambla
Pep Herrero

Maria Aurèlia Capmany al despatx del seu domicili, el 1975
Arxiu Fotogràfic de l'Arxiu Històric de la Ciutat de Barcelona. Fotografia de Colita

A la rambla de les Flors, l'Aureli Capmany obre les portes de la seva cistelleria. S'ha instal·lat amb la dona, Maria Farnés, i els dos fills, després de viure a la ronda de Sant Pere, on el 3 d'agost de 1918 va néixer la filla, la Maria Aurèlia. La família fa la vida a l'entresòl de la Rambla i va a dormir a un pis del carrer de la Petxina. La botiga és plena de cistells i de capses de llibres, partitures de velles cançons i fotografies que el pare, estudiós del folklorisme, ha preservat de l'oblit. Les històries del pare i els sorolls de la Rambla nodriran l'obra literària de la Maria Aurèlia. A *Un lloc entre els morts*, la seva novel·la més reeixida, ressona la riera de vides de la fi del segle XVIII, la «*dels crits dels carreters que s'encallaven al fangar de la Rambla, del reclam de les marmanyeres del Pla de la Boqueria, dels cops de picot que enderrocaven la muralla davant dels Caputxins, i de les cançons del cec de la cantonada del carrer de l'Hospital*».[2]

La Rambla com a principi i final. En el darrer tram de la seva vida la Maria Aurèlia seguirà sentint l'aire de la riera urbana, des del pis de la plaça Reial i del Palau de la Virreina estant, com a regidora de Cultura de l'Ajuntament de Barcelona. Comprendrà que la seva memòria i la dels altres «*s'haurien d'enllaçar en algun moment o en algun punt*». I amb falsa modèstia recrearà vivències en un llibre que titula *Mala memòria*. Es torna a veure amb el seu germà Jordi, quan es disfressa per Carnaval i desvetlla la seva vocació teatral. «*Teníem a mà els vestits dels Petits Dansaires i bo i convertits en un pagès i una pa-*

gesa ens llançàvem a la rua que passava per la Rambla. La Rambla quedava sense circulació rodada durant el pas de la rua i les criatures del barri podíem fruir d'una immunitat única durant l'any».[3]

Tertúlia de la penya d'en Quim Borralleras a l'Ateneu Barcelonès
Biblioteca de l'Ateneu Barcelonès

A la fi dels anys vint, una altra noia, la Fanny, protagonista de la novel·la homònima de Carles Soldevila, sent la crida del *music-hall* entre el brogit d'una Rambla com a espectacle:

> *«Estic tan bé aquí a la Rambla! L'entrada de tardor és el millor temps a la ciutat. Hi ha una mena de febrer, d'alegria. Crits de venedors de diaris, remor de passos i de converses, botzines... Autos, autos, autos; gent, tramvies. Tot plegat és una vibració que s'encomana... I les resplendors dels anuncis que cauen a l'asfalt humit i sembla que hi rebotin. Resplendors blaves, vermelles, blanques, morades, verdes... Això ben mirat fa com un escenari de revista...».*[4]

Hem dit que la Rambla és una riera i no hem de menystenir els seus afluents. Des de la Rambla, el passejant pot escollir qualsevol ramificació: la Rambla és una història que es pot escriure de maneres ben diferents. El carrer de la Canuda ens condueix a l'Ateneu Barcelonès. El 12 de gener de 1919, Josep Pla es dóna d'alta en aquesta entitat on bullen les iniciatives culturals de més gruix. És soci transeünt i paga 7,50 pessetes el mes. Troba un refugi acollidor a la ben nodrida biblioteca i passa les tardes de diumenge observant les palmeres del jardí. De vegades s'impacienta: què li depara el destí?: «*En ple atac em demano si els qui venim a la Biblioteca de l'Ateneu els diumenges a la tarda no som la flor i nata de l'estupidesa humana*», anota el dia primer de febrer de 1919 al dietari.

A l'Ateneu hom pot passar les hores en volguda solitud o compartir preocupacions i humors amb la resta dels socis. El trobem a la penya d'en Quim Borralleras. Pujols, Sagarra, López-Llausàs, Rahola, Aguilar, Plana... Solter, refinat, exigent, Borralleras sent curiositat pel que Eugeni d'Ors denomina *les palpitacions del temps* i ho desferma en multitud d'idees i de projectes que es desborden amb la conversa com la bromera de la cervesa.

> *«Quan la tertúlia es dissol, el doctor Borralleras baixa, llavors, Rambla avall, amb un cigarret als llavis —el cigarret que no l'abandona mai. Sempre l'acompanya algú: ara, generalment, Josep M. de Sagarra. Fet el tomb de Rambla hom entra al Gambrinus i es produeix, com per encant, la producció d'una altra tertúlia al seu voltant —que sol durar fins a les cinc o sis del matí.»*[5]

"Al mediodía, a dos metros de mí, en la esquina de Los Caracoles, presencié un asesinato. Ambos, el matón y el muerto, tendrían poco más de veinte años. Bueno, me imagino que lo mató. Le encajó una navaja en el vientre. Las sobrinas del dueño del hostal, las chicas que hacen el aseo, me preguntaron después: «¿Se acercó mucha gente?, ¿detuvieron al gamberro?, ¿no se les escaparía?» No supe responderles nada, aún ahora no logro precisar nada. Sólo recuerdo que el herido se recargó de espaldas a la pared, después, con cara de ser el más asombrado de todos, trató de echar el cuerpo hacia delante, no lo logró, se dobló en sí mismo, como un acordeón que se fuera cerrando. ¿Presencié realmente cómo le extraían la navaja? Tengo la memoria turbada. Seguí caminando. Entré en una librería de viejo, el tufo a humedad me hizo sentir náuseas. Estoy seguro de haber comprado El cuarto de Jacob *de Virginia Woolf, en una edición de Janés que no conocía, pero lo cierto es que llegué a mi habitación sin él."*

Sergio Pitol. *El arte de la fuga*. Anagrama, Barcelona, 1996.

A *El quadern gris,* Pla evoca la Rambla dels temps d'estudiant, en una Barcelona enriquida per la neutralitat espanyola a la Guerra Gran, però trasbalsada pel pistolerisme i per la repressió de Martínez Anido: *La rosa de fuego*, que ha novel·lat Joan Agut. «*En el camí de retorn a casa, a Canaletes, una parella de la guàrdia civil —diverses parelles— escorcollen la gent. Els transeünts es posen amb els braços enlaire. Quin espectacle!... Barcelona està presa militarment. L'agitació social creix...*».[6]

Al jove Pla l'embadaleix aquesta torrentera de vides; es deixa endur pel corrent... «*Havent sopat, vaig al Cafè Suís... El cafè és meravellós i enlluernador de color de mantega fresca, d'estada absolutament agradable... Quan roda la porta giratòria del carrer, sembla que tota la Rambla entra en tumult dintre del cafè...*»[7] L'empordanès no resta indiferent a l'aventura carnal: «*La Rambla abans de sopar. Les dones sota la llum viva. Fascinació palpitant. A tot arreu deu ésser fàcil de renunciar a les coses de l'esperit i les obligacions normals —però tan fàcilment renunciables com en aquest clima dubto que hi hagi un ambient comparable...*».[8]

Pla s'està a la Biblioteca de l'Ateneu fins a les dues de la matinada. Abans de tornar a la dispesa passeja per la Rambla: «*Al Pla de les Comèdies, el mercat eròtic és impressionant. Gran abundància de senyoretes del migdia de França, altes, grosses, majestuoses. Les anques passen, girant, com esferes que roden en virtut d'un moviment mecànic*».[9] La falta de llum té efectes afrodisíacs: «*Torno a la dispesa a les palpentes. A partir de Canaletes, la densitat humana s'aclareix...*».

A la font més famosa de Barcelona anirà a raure l'antiheroi d'*El misterio de la cripta embrujada*, d'Eduardo Mendoza. Addicte a la Pepsicola, el nostre home acaba de sortir del frenopàtic i es troba a la Rambla de la Transició: venedors ambulants, *harekrixnes*, manifestacions del PCE (internacional) i reivindicacions de tota mena —gairebé sempre extraparlamentàries. L'han deixat tirat «*de un preciso puntapié ante la fuente de Canaletas, de cuyas aguas clóricas me apresuré a beber alborozado...*».[10]

Des de la Rambla hom pot entrar a la plaça Reial: gerres de cervesa gegants amb patates fregides. El 1969, Sebastià Gasch enyora «*aquella plaça Reial d'antany tan plena de*

Josep Pla a Barcelona en una imatge de 1967
Eugeni Forcano

senyoriu i encís on regnaven el comerç de luxe i el Suís, on es donava cita la Barcelona més adinerada i presumida, i que ara els cervesaires deixen plena de musclos, clofolles de gambes i pinyols d'oliva...».[11]

Al tram més baix de la Rambla, la Universitat Pompeu Fabra s'aixeca avui on les pensions acollien l'ofici més antic del món. Abans de l'enderrocament, encara es podien veure les petjades petrificades en marbre de les professionals de l'amor. A una d'aquestes cases es dirigeix el jove protagonista de *Prínceps*, novel·la de Josep M. Carandell, una data inoblidable per a Barcelona: l'any 1952, quan se celebra el Congrés Eucarístic. Es troba la rambla de Santa Mònica plena de bisbes i capellans: «*Una dona grossa em va rebre. "Quin dia has escollit fill meu!". Em va dur a un dormitori que tenia el balcó obert de bat a bat. "Vine amb nosaltres al balcó... Després t'atendran quan acabi la processó"*».[12]

Tres dècades més tard, l'anarquista Dani Cajal malviu a la Barceloneta. Acaba de sortir de la Model i no troba encaix en l'Espanya de la Transició. Amb la seva companya, la Raquel, freqüenta el pub Abracadabra al carrer Nou de Sant Francesc, «*una cova negra i pudent, però amb la millor música psicodèlica dels Grateful Dead, Zappa i Pink Floyd*».[13] El protagonista d'*El cel de l'infern*, de David Castillo, va de la cruïlla entre la Rambla i el carrer Ferran fins a la part baixa. El desig contra l'avorrida tarda de diumenge:

> «*Venedors ambulants repartien el* Gol, *un fullet amb els resultats de la jornada futbolística i la travessa. A partir de la plaça del Teatre, a l'esquerra, les prostitutes ocupaven el carrer davant dels bars Amaya i Sanlúcar. A la cantonada, en el revolt amb el passatge de la Pau, darrere de l'escultura de Pitarra, el bar Cabales era un incessant riu de dones, macarres i badocs de tota mena. S'hi va ficar. El Cabales era un dels locals habituals en les batudes de la policia per detenir prostitutes i xulos...».*[14]

Per la Rambla passegen sempre turistes, és clar. Entranyable és el *Viatge per Espanya*, de Hans Christian Andersen. El periple s'enceta a Barcelona, un setembre de 1862. L'autor danès s'allotja a la Fonda Oriente (l'actual Hotel Oriente)... Descriu una Rambla bullidora: un regiment de soldats, pagesos, oficinistes, comerciants, barberies i parades curulles de taronges, carabasses i melons. Havent dinat, passeja. Veu cavallers elegants que fumen cigars, amb monocle i una revista francesa a les mans i dames abillades amb l'afavoridor mantó de Manila:

«Hi havia molta gent asseguda als bancs de pedra, a les dues bandes del passeig, o en cadires a l'ombra dels arbres: i fins i tot arribaven a desbordar les voreres molts dels qui seien a les taules dels grans cafès, tots atapeïts, tant a fora com a dins...».[15]

Andersen visita el Liceu i el Teatre Principal... El darrer dia de la seva estada, plou copiosament. La Rambla s'inunda: «*Tot eren crits i clamors a la Rambla i els carrers laterals...*». Després d'aquell diluvi tot resta de panxa enlaire: parades, cotxes, cadires i taules dels cafès. El danès constata que, abans de passeig, la Rambla fou riera.

Som al temps de *La febre d'or*, de Narcís Oller. Gil Foix i família es disposen a gaudir del tenor Masini, que interpreta *Faust* al Liceu. El nom del tenor presideix amb grans lletres de llum fosforescent el balcó central del coliseu operístic:

Façana del Gran Teatre del Liceu
Triangle Postals

Fotograma de la pel·lícula* Mariona Rebull, *dirigida per José Luis Sáenz de Heredia el 1947, amb Tomás Blanco, Blanca de Silos i José María Seoane al Saló dels Miralls del Gran Teatre del Liceu
Arxiu Fotogramas

«La Rambla estava animadíssima. Els passejadors es paraven, s'eixamaven, sense voler, amb el vesper negrós de curiosos que s'havia format davant del Liceu, i, tots plegats, ocupaven ja quasi l'amplada entera del passeig. Per l'empedrat d'ambdós costats s'escolaven amb estrèpit, i en corrents contraposats, dos rius de cotxes, damunt dels quals tremolaven els prims fuets com interminable viver de vímets assotats per impetuós corrent. Quatre municipals de cavall podien amb prou feines posar en ordre de desfilada el perillós garbuix que al cantó del carrer de Sant Pau formaven els cotxes en enfrenar el pas...».[16]

Narcís Oller

Som a la darreria del segle XIX. Temps de febres borsàries i socials, de «pensiero e dinamita» en paraules de Malatesta. El 7 de novembre de 1893. El Liceu: punt de trobada burgesa. Mirar la riquesa, de fit a fit. A les graderies se sent el fru-fru dels vestits de seda i les polèmiques entre wagnerians i italianòfils. Els segons estan satisfets: el Guillem Tell de Rossini inaugura temporada. L'escriptor Ignacio Agustí ens mostra el senyor Rius i la Mariona Rebull. Bé, no exactament. La Mariona ha anat a retrobar una antiga relació. Cap a les onze del vespre comença el segon acte. Tell i els seus acòlits es conjuren per alliberar el seu país de l'opressió estrangera. Des d'un fosc passadís del *paraíso*, un home amb mostatxos —l'anarquista Santiago Salvador— deixa caure una bomba Orsini sobre la butaca 24 de la fila 13 de platea. L'explosió converteix la sala en un batibull de butaques i vellut esventrat: sedes i sang; una multitud que malda per escapar de la mort. Joaquim Rius cerca la Mariona. Escruta les localitats superiors. Els seus passos atabalats el menen fins al segon pis esquerra... Un fil de sang li marca el camí. Obre la porta i troba allò que es resistia a acceptar: la Mariona morta amb el cap repenjat sobre l'espatlla del seu amant. El silenci de la mort, només el pertorba una remor: «*Y al fin del primer tramo, casi en el rellano, se detuvo, porque había oído un rumor de algo que se perdía, que huía cristalinamente; eran golpecillos secos y redondos, saltarines, sobre el mármol de los peldaños, hasta ganar el suelo, las perlas del collar. Sintió en su espalda el gran escalofrío...*».[17] La vida de Rius quedarà marcada per aquesta visió, i la fàbrica de teixits i el fill esdevindran la seva única raó per viure.

William Somerset Maugham va dir que la Rambla és el carrer més maco del món. Una llarga llista d'escriptors forans han passat per la riera de vides. No tots amb la mateixa capacitat d'observació. Els francesos en van fer de les seves els anys vint i trenta. Delerosos d'exotisme, Francis Carco, André Legru, Pierre Mac Orlan, Paul Morand, René Bizet o Henry de Montherlant ajusten l'escriptura a una concepció prefabricada de Barcelona. D'aquesta «penya», Mac Orlan esmenta el carrer del Cid anomenant-lo *la rue du Cid Campeador*. A *Rutes secretes*, confegeix una guia dels barris de mala nota mediterranis: sobresurt Barcelona i el seu «quartier chinois». El circuit del «Cid Campeador», el «Paralello» i el «Moulin Rouge» apareix en altres títols d'aquest autor com *Fille d'amour et ports d'Europe* o *La tradition du minuit*. La seva novel·la més celebrada, *La Bandera*, s'enceta al «Xino», exactament a l'Hotel des Iles, on s'hostatja el legionari Pierre Gilieth. A Mac Orlan no se li escapa el protagonisme del futbol. La rambla de Canaletes, com ara, ja és l'àgora dels afeccionats: «*Joves amb sweaters i tocats amb barrets anglesos discutien, al voltant del monument al futbolista desconegut les darreres notícies dels grans clubs de la regió*».[18]

El *morbus* barceloní nodreix *El blau del cel*, novel·la de Georges Bataille escrita el 1935 en una Barcelona traumatitzada pels fets d'octubre del 34. I ja que es comencen a sentir trets, William Irish, pseudònim del mestre de la sèrie negra Cornell Woolrich, fa córrer un saxofonista fugitiu i innocent pels hotels de la Rambla al relat *Una nit a Barcelona*. I com hem passat als anglosaxons, no oblidem que el 1953

André Pieyre de Mandiargues
Arxiu La Vanguardia

Henry Miller s'asseu al Cafè de l'Òpera, on retroba un vell amic, l'austríac Alfred Perlés. Aquell retrobament i l'estada a l'Hotel Viena, del carrer del Carme, passarà a la posteritat a *Reunió a Barcelona.*[19]

Tornem als francesos. André Pieyre de Mandiargues situa *Al Marge* a la Barcelona dels «XXV años de Paz» franquista. El seu *alter ego* literari, Sigismond, vagareja pels marges de la Rambla i pel barri «Xino» enfront de la ciutat de fires i congressos que pretén suavitzar la imatge de la dictadura de Franco, a qui bateja com el *Fürhranculo*. El pus de la pobresa s'aiguabarreja amb el sexe. L'Hotel Tibidabo, del carrer dels Escudellers, és el punt de partida del recorregut literari més minuciós que s'ha fet sobre la Rambla i afluents: bordells, «gomas y lavajes», afluents de bona teca i afluents i olors de la Boqueria. Després d'endinsar-se en el greixós bar Los Cuernos, de Sant Oleguer cantonada Sant Pau, «*completamente lleno de gruesos hombres de raza verde,*

> “*—En realidad —alzó la copa de martini y fingió examinarlo al trasluz—, no hay en mi obra, ni creo que lo haya nunca, nada que justifique la vinculación de mis personajes a un escenario concreto. Se mueven en el territorio de la memoria y el deseo.*
> *—Vaya —resopló Magda—. No me digas que nunca has sentido el afán de contar, no sé, un día en la Rambla. Te sientas en la terraza del Café de la Ópera, miras, apuntas, y ya está.*”
>
> **Maruja Torres.** «La garrapata». Dins *Barcelona, un día*. Alfaguara, 1998.

que beben vino amarillo y comen moluscos rojos ensartados en mondadientes que luego escupen por doquier», Sigismond cerca un àpat més seductor a Casa Leopoldo:

> *«Cerca de la puerta, la gente come sobre mármol desnudo (agrietado en el sitio donde Sigismond se sienta); no hay vasos y se bebe a chorro; tampoco hay servilletas, pero el tenedor y el cuchillo ocupan su sitio... Una pizarra, colgada sobre un aparador, confirma el menú pegado fuera: tres platos, con opción a carne o pescado para el principal. Sigismond, que antes de que venga el cama-*

rero tiene tiempo de refrescar su memoria, tomará sopa, pescado frito y ensalada, y beberá un cuarto de vino blanco».[20]

Detall del drac xinès de la Casa del Paraigües, edifici modernista al pla de l'Òs
Triangle Postals

A la rambla de Sant Josep, Sigismond s'atura davant d'una botiga d'estètica xinesa: «*Un colosal y sinuoso dragón de bronce, que sostiene entre los dientes la cadena de un farol, sobresale en el ángulo formado por los muros, y la fachada se halla cubierta de motivos en forma de abanicos y sombrillas...*».[21] Sigismond travessa la Rambla i se submergeix en el brogit de la Boqueria. Coneix molts mercats però pocs com el de Sant Josep, «*uno de los más atiborrados, de los más hormigueantes y de los más sensuales (sí) que nunca haya visto*». La Boqueria apareix com un laberint, un viatge iniciàtic darrere de dones d'ulls negres:

«*Una morena Isis parece darle la orden de que la siga entre las paradas de los verduleros, hasta los desbordados montones de pimientos rojos y de tomates. Otra, no menos seria, lo arrastra al puesto de pescados, donde lo abandona en medio de grandes langostas, que mueven dolorosamente sus antenas, de langostinos, de carabineros cuyo color púrpura es más intenso en estado crudo*

que después de cocidos, de pulpos, de sepias y de largos calamares jaspeados como leopardos... Y es todavía otra mujer, sombríamente parecida a las anteriores, la que lo lleva al extremo de las carnicerías y las pollerías, donde no hay nada que no provenga de la matanza. Examinando y regateando, ella le obliga a examinar conejos desollados, cabezas desolladas de cordero, cabritos partidos en dos, haces de pollos con las alas cortadas, suspendidos de garfios, y por ese lado los comerciantes venden también sangre cuajada, horrible producto de los degollamientos. Sigismond se sumerge en esos residuos de la matanza con una exaltación que tiene mucho de ebriedad».[22]

Els personatges de *Vida privada*, de Josep M. de Sagarra, enceten a la Rambla el seu particular «viatge al fons de la nit». Crònica implacable de la Barcelona que esclata amb l'Exposició del 29 i veu arribar la República, descriu amb cruesa la decadència de l'aristocràcia que va gaudir sota el paraigua de la Dictadura la riquesa improvisada de la neutralitat espanyola. Guardonada amb el premi Crexells el 1932, organitzat per l'Ateneu, *Vida privada* continua sent «la gran novel·la» de Barcelona, un recorregut per la ciutat, des de les seves pompes als racons més amagats dels vicis inconfessables. Abundoses i realistes són les descripcions d'excursions nocturnes dels burgesos cap a locals i prostíbuls on contemplen quadres pornogràfics. Els nostres personatges són al carrer de l'Arc del Teatre, delerosos d'emocions fortes:

«...varen deixar els dos cotxes que els conduïen davant del Lion d'Or i varen entrar a peu pel carrer de l'Arc del Teatre. Era la una de la matinada i aquell carrer bullia una mica d'ombres amb la direcció distreta, estava ple de gasos amoniacals, i a terra, de tant en tant hi havia un gat mort que dormia el seu fàstic etern damunt d'un llit de peles de taronja...».[23]

“Me apeé ante la Boquería y atravesé el mercado para permitirme el paseo entre las paradas y admirar alguna pescadera bien pertrechada, expuesta en su trono de hielo como una reina de los mares, entre ofrendas de limón y clave de especies y fragancias de marisco semoviente.”

Pablo Tusset. *Lo mejor que le puede pasar a un cruasán.*
Lengua de Trapo, 2001.

Entre els establiments del fons de la nit brilla amb llum tèrbola La Criolla. Els protagonistes de *Vida privada* estan a punt d'arribar-hi: «*Al carrer de Peracamps, que baixa cap al carrer del Cid, s'adonaren del color tètric de roig de farmàcia que es desprèn de l'anunci lluminós de La Criolla*». Aquest tuguri de turbulències apareix il·luminat per «*la llum de blau de metilè*» i fa «*més lívides les cares i més entomològic el vici*». El legionari de *La Bandera* també passa per La Criolla. Troba «*una estació curulla d'immigrants, saturats d'alcohol. Una orquestra infernal, mig mecànica, mig humana, distribueix automàticament blues i foxtrot*».[24] L'espectacle de la misèria no escapa tampoc a Jean Genet en escriure el *Journal du voleur*: «*A menudo íbamos juntos a La Criolla. Hasta entonces nunca se le había ocurrido explotarme. Cuando le entregué las pesetas que había ganado con algunos hombres de los meaderos, Stilitano decidió que yo iba a trabajar en La Criolla... ¿Te gustaría que me vistiese de mujer? —murmuré*».[25]

El Villa Rosa, d'Arc del Teatre, és un altre

Jean Genet conversant amb Juan Goytisolo

Entrada al mercat de la Boqueria
Triangle Postals

punt del recorregut. Sagarra pondera el perill de la brutícia per sobre de les ganivetades: «*Entrar en fred a Villa Rosa una nit com aquella, potser fins i tot era imprudent. Per adaptar-se a l'estat de les ànimes calia una temperatura alcohòlica prèvia i un nas desaprensiu*». Els burgesos de *Vida privada* topen una gitana vella que mostra una cama «*embolicada amb una bena bruta: ha estat mossegada per un gat rabiós*».[26]

L'estiu de 1945, Daniel Sempere acompanya el seu pare per la rambla de Santa Mònica a trenc d'alba xafogós. «*Al llegar a la calle Arco del Teatro nos aventuramos camino del Raval bajo la arcada que prometía una bóveda de bruma azul. Seguí a mi padre a través de aquel camino angosto, más cicatriz que calle, hasta que el reluz de la Rambla se perdió a nuestras espaldas...*».[27] Pare i fill s'aturen davant un portal de fusta treballada i ennegrida pel temps i per la humitat. És el Cementiri dels Llibres Oblidats; a cada volum rau una ànima que es revifa quan un lector el fulleja. Daniel agafa un llibre: *La sombra del viento*, de Julián Carax. Quan torna a la seva casa del carrer de Santa Anna ja intueix que aquest llibre l'ha estat esperant molts anys; que marcarà el seu destí, entre realitats i ficcions. El misteri de *La sombra del viento* empeny Daniel fins a Els Quatre Gats, del carrer de Montsió, on el llibreter Gustavo Barceló manté una tertúlia sobre els escriptors i els llibres que devora l'oblit. «*Contables, soñadores y aprendices de genio compartían mesa con el espejismo de Pablo Picasso, Isaac Albéniz, Federico García Lorca o Salvador Dalí. Allí, cualquier*

Villa Rosa, un local de trobada del pintoresquisme barceloní
Arxiu Fotogràfic de l'Arxiu Històric de la Ciutat de Barcelona

pelagatos podía sentirse por unos instantes figura histórica por el precio de un cortado». Amb Barceló i la seva neboda Clara, Daniel examina una tarda plujosa a l'Ateneu el llibre de Carax. La noia cega li roba el cor: «*Al amparo de la luz embrujada del Ateneo, sus manos escribieron en mi piel una maldición que había de perseguirme durante años...*».[28]

Una altra criatura literària, el Pijoaparte de *Últimas tardes con Teresa*, es belluga pel frontó Colón, tot controlant una moto que pugui pispar: «*Más tarde los rambleros empezaron a escasear, algunos se inmovilizaban en medio del paseo, reflexionaban, dudaban, habían perdido aquel apresuramiento que les lanzaba de un local a otro, escopeteados por Dios sabe qué afanes comunicativos y las últimas energías eran gastadas en disputarse un taxi...*».[29]

L'any de l'Exposició Universal, «la ciutat dels prodigis» ja rep els sorollosos mariners nord-americans amb les seves bronquines nocturnes. Sagarra els representa a *Vida privada*, amb metàfores ben escaients...

> «*Quan es tancava l'Exposició, les Rambles i els cabarets rebentaven. L'esquadra americana engegava a darrera hora uns ninots agegantats, vestits de criatura, inflats d'aiguardent i de màlaga, que queien pels bancs o duien les dones al coll i be, després una mena de generals lluents i desllorigats com un xarleston els reduïen a cop de porra, els estibaven en un camionàs i quan eren a la Porta de la Pau els llençaven als canots i aquells mariners queien dintre la fusta i feien un «xap» de bala de cotó mullada*».[30]

Els Quatre Gats, la taverna modernista que reuní artistes entre la fi del segle* XIX *i el principi del* XX*, i que un segle després manté el seu caràcter popular
Pep Herrero

És en aquesta hora, entre transvestits, àrabs i remors de *peepshows*, quan s'esgota el febrós ritme *ramblero*, quan hom pot preguntar-se el mateix que Jesús Ferrero a *Lady Pepa*: «*¿Las Ramblas fueron en otro tiempo arroyos que bajaban hasta el mar? ¿Las Ramblas siguen siendo eso? Arroyos de carne hirviendo: agua que continúa bajando por el mismo sitio. La vida se empeña en repetirse a sí misma bajo formas cambiantes. La vida acecha en las ramblas, y a veces también la muerte...*».[31]

La Rambla: antiga riera d'aigües, moderna riera de vides... *Panta rei*, que diria Heràclit, flux constant d'adrenalina. ■

Procedència dels textos

1. Sempronio. *La Vall dels Reis*. Planeta, 1985. Pàg. 105.
2. Maria Aurèlia Capmany. *Un lloc entre els morts*. Nova Terra, 1969. Pàg. 43.
3. Maria Aurèlia Capmany. *Mala memòria*. Planeta, 1987. Pàg. 144-145.
4. Carles Soldevila. *Fanny*. Selecta, 1946. Pàg. 94.
5. Josep Pla. *El quadern gris*. Destino, 1966. Pàg. 547-548.
6. Josep Pla. *El quadern gris*. Destino, 1966. Pàg. 480.
7. Josep Pla. *El quadern gris*. Destino, 1966. Pàg. 479.
8. Josep Pla. *El quadern gris*. Destino, 1966. Pàg. 471.
9. Josep Pla. *El quadern gris*. Destino, 1966. Pàg. 510.
10. Eduardo Mendoza. *El misterio de la cripta embrujada*. Seix Barral, 1979. Pàg. 29.
11. Sebastià Gasch. *Les nits de Barcelona*. Pòrtic, 1969. Pàg. 55.
12. Josep M. Carandell. *Prínceps*. Laia, 1985. Pàg. 157.
13. David Castillo. *El cel de l'infern*. Proa, 1999. Pàg. 172.
14. David Castillo. *El cel de l'infern*. Proa, 1999. Pàg. 98.
15. Hans Christian Andersen. *Viaje por España*. Alianza editorial, 1988. Pàg. 26-36.
16. Narcís Oller. *La febre d'or*. Edicions 62, 1993. Pàg. 107.
17. Ignacio Agustí. *Mariona Rebull / El viudo Ríus*. Planeta, 1973. Pàgs. 257-263.
18. Pierre Mac Orlan. *La Bandera*. Gallimard, 1931. Pàg. 23.
19. Vegeu Àlex Broch. «La ciutat literària: "Reunió a Barcelona": la història d'una vella amistat». *Barcelona Metròpolis Mediterrània*, núm. 7, primavera 1988. Pàg. 130-133.
    «El blau del cel: sexe i mort a l'obra de Bataille». *Barcelona Metròpolis Mediterrània*, núm. 8, estiu 1988. Pàg. 153-156.
    «El saxofonista de William Irish que s'amagava a la Rambla». *Dins Barcelona Metròpolis Mediterrània*, núm. 10, hivern 1988-89. Pàg. 157-160.
20. André Pieyre de Mandiargues. *Al marge*. Áltera, 1996. Pàg. 92.
21. André Pieyre de Mandiargues. *Al marge*. Áltera, 1996. Pàg. 198.
22. André Pieyre de Mandiargues. *Al marge*. Áltera, 1996. Pàg. 199-200.
23. Josep M. de Sagarra. *Vida privada*. Proa, 1988. Pàg. 169.
24. Pierre Mac Orlan. *La Bandera*. Gallimard, 1931. Pàg. 27.
25. Jean Genet. *Diario del ladrón*. Seix Barral, 1988. Pàg. 68.
26. Josep M. de Sagarra. *Vida privada*. Proa, 1988. Pàg. 179.
27. Carlos Ruiz Zafón. *La sombra del viento*. Planeta, 2001. Pàg. 9.
28. Carlos Ruiz Zafón. *La sombra del viento*. Planeta, 2001. Pàg. 19 i 28.
29. Juan Marsé. *Últimas tardes con Teresa*. Seix Barral, 1966. Pàg. 57.
30. Josep M. de Sagarra. *Vida privada*. Proa, 1988. Pàg. 196.
31. Jesús Ferrero. *Lady Pepa*. Plaza & Janés, 1988. Pàg. 136.

Vista aèria de l'Eixample
Triangle Postals

7. L'eixample literari

Joan Nogués

«Recordaba Gil de Biedma que, con diez años y recién llegado a Barcelona al terminar la guerra, estaba obsesionado por contar los pisos de las casas del Eixample. Pero lo que recordaba de una manera más nítida y vehemente de esa época en que iba al colegio eran los portales del Eixample, con aquellas garitas de las porteras que había en el fondo. Los portales del Eixample vistos por la noche al pasar el tranvía. Y recordaba cómo en los vidrios de aquellas puertas de hierro historiadas le parecía ver una coloración submarina; Barcelona es la luz submarina de los portales del Eixample vistos al volver del colegio.»

Enrique Vila-Matas. «Eixample y melancolía». Dins *Desde la ciudad nerviosa*. Alfaguara, 2004.

escales de l'itinerari

❶ *jardins de montserrat roig*

Els jardins de Montserrat Roig ocupen una illa entre els carrers Rosselló, Dos de Maig, Provença i Cartagena. Abans que es construïssin els jardins, l'empresa cervesera Damm posseïa unes instal·lacions en aquests terrenys.

❷ *casa de montserrat roig*

L'escriptora Montserrat Roig va néixer a la dreta de l'Eixample, concretament al número 37 del carrer de Bailèn.

❸ cúpula coliseum
La cúpula del cinema Coliseum (construït el 1923 i situat a la Gran Via, 595) ha estat un escenari artístic des del 1936. El Museu d'Art Contemporani de Barcelona va néixer sota aquesta cúpula el 1960, impulsat per l'Associació d'Artistes Actuals.

❹ La universitat
L'edifici de la Universitat de Barcelona va ser obra de l'arquitecte Elies Rogent (1821-1897), inspirat en la Biblioteca estatal de Munic, projectada per Friedrich von Gärtner.

❺ el seminari
Pujant pel carrer de Balmes, entre els carrers de la Diputació i del Consell de Cent, es troba el Seminari Conciliar, obra d'Elies Rogent i construït entre els anys 1878 i 1888.

❻ casa amatller
Paret amb paret amb la Casa Batlló, de Gaudí, va ser l'arquitecte Josep Puig i Cadafalch qui va remodelar aquesta construcció localitzada al número 41 del passeig de Gràcia.

❼ casa batlló
Antoni Gaudí va esplaiar tot el seu art a la façana principal de la Casa Batlló, situada al número 43 del passeig de Gràcia.

Interior de la Cúpula Coliseum, situada a l'interior del conegut cinema de la Gran Via de les Corts Catalanes

❽ casa elizalde
Malgrat les transformacions sofertes, la Casa Elizalde, situada al carrer de València, 302 i projectada per Emili Sala el 1888, continua sent una bona mostra del tipus de palauet urbà de la burgesia catalana de la fi del segle XIX.

❾ casa milà
La popular Pedrera, construïda entre el 1906 i el 1912, és l'última casa que va realitzar Antoni Gaudí i es troba al número 92 del passeig de Gràcia.

❿ La model
El centre penitenciari, conegut com la Model i situat al carrer d'Entença, va complir, el 9 de juny de 2004, cent anys de vida.

L'aparició de l'Eixample en la geografia barcelonina ha estat força recent i, per tant, també ho són els testimonis literaris que el descriuen. L'Eixample és un espai ciutadà associat sovint a un moment històric (els últims anys de la Renaixença i el modernisme) i a una classe social (la puixant burgesia barcelonina de la fi del segle XIX i del començament del XX). És per això que escriptors com Narcís Oller i Joan Maragall en parlen amb una certa expectació, atès que l'Eixample és el símbol urbanístic del creixement econòmic de Barcelona i la porta d'entrada de la ciutat a la modernitat racionalista. Al mateix temps, però, l'Eixample també és considerat com un territori de frontera, de separació de la ciutat antiga d'una banda i de les poblacions (que amb el temps esdevindran nous barris) que envoltaven la ciutat (com ara Gràcia o Sant Gervasi) de l'altra. Anys a venir, un cop superat l'impacte inicial de la creació de l'Eixample, aquest nou «barri» s'integrarà en l'imaginari literari de la ciutat amb normalitat, tot i que no acabarà mai de perdre aquest aire de «no-lloc», de zona de trànsit per on s'escola la vida dels seus habitants.

> “*Els primers vestits escotats i sense mànigues de la primavera, passar-se a la roba d'entretemps, seure a una terrassa del passeig de Gràcia i beure un bíter Cinzano. Agafar un taxi, abaixar el vidre de la finestra i agrair la fresca. Només l'idealisme pastoralista ens podria fer creure que la ciutat no viu ben de veritat el canvi d'estacions cada any.*"
>
> *"Dia de ruixats corprenedors i de dones que salten els bassiots amb el paraigua, talment una estampa del passeig de Gràcia quan Josep Carner hi passava els migdies amb una flor al trau. Esplendorosa grisor de Barcelona, i la pluja als vidres.*”
>
> ***Valentí Puig.*** *Cent dies del mil·lenni.* Edicions 62, 2001.

Entre els escriptors posteriors a la generació d'Oller i de Maragall (que fou anomenada per Josep Pijoan *la primera generació del passeig de Gràcia*) que han utilitzat l'Eixample com a espai literari, trobem Mercè Rodoreda, en les novel·les de la qual aquest «nou» territori urbanitzat fa les funcions de barrera, entre la Rambla d'una banda i Sant Gervasi o Gràcia de l'altra, que cal travessar a l'hora d'ascendir socialment (pensem sobretot en el personatge de Teresa Goday de Valldaura). També Josep Pla, amb obres com *Un senyor de Barcelona*, ha estat un dels cronistes destacats de l'Eixample:

«Cerdà inventà el xamfrà, és a dir, tallà els angles de les quadrícules convertint-les en octògons irregulars. Si no ho hagués fet, l'Eixample hauria tingut la mateixa planta d'un joc de dames, amb uns angles rectes d'una tal perfecció que la gent, fins la més acomodatícia, hi hauria resultat escairada a la perfecció (...) Els xamfrans foren considerats indispensables perquè, segons Cerdà, els vehicles a vapor arribarien a marxar, dins de les poblacions, a una tal velocitat, que era prudent de prevenir-la i facilitar-la eliminant els angles excessivament bruscos».[1]

La imatge urbanística del xamfrà esdevindrà el signe d'identitat més destacat de l'Eixample. De fet, l'eixam constituït per les illes de cases (amb els seus xamfrans) serà aprofitat cada cop més com a metàfora d'una determinada visió del món pels escriptors barcelonins. Per exemple, Félix de Azúa inclourà una digressió sobre l'Eixample i els seus habitants en el *Diario de un hombre humillado*, mentre que Enrique Vila-Matas establirà (a la seva novel·la *El viaje vertical*) un insòlit agermanament entre Barcelona i el continent perdut de l'Atlàntida mitjançant la seva mútua estructura quadriculada:

«La segunda y última diapositiva dejó inquieto a Mayol. Era un plano de la Gran Llanura, un barrio que estaba situado al norte de la capital de la Atlántida. Había en esa zona veintinueve canales verticales y diecinueve horizontales. La Gran Llanura, por la perfecta geometría cuadriculada de sus calles y canales, le recordó a Mayol lo que originariamente ideara el arquitecto Cerdà para el Ensanche de Barcelona.

Sin poder evitarlo, Mayol empezó a asociar cierta nostalgia del Ensanche –que era donde había nacido– con la melancolía que le inspiraba el hundido continente de la Atlántida».[2]

Enrique Vila-Matas
Daniel Centeno, Anagrama Editorial

De tota manera, potser ha estat l'escriptora Montserrat Roig qui més atenció ha dedicat a l'observació d'aquests topants de la ciutat i els seus habitants, sempre amb una mirada còmplice i crítica alhora. Nascuda al mateix Eixample (al número 37 del carrer de Bailèn), la seva presència en l'obra de Montserrat Roig, tant la de ficció com la de no-ficció, és constant. Potser és per això que la ciutat ha batejat amb el nom de jardins de Montserrat Roig els que hi ha emplaçats a l'illa de cases entre els carrers Provença, Rosselló, Cartagena i Dos de Maig. Montserrat Roig s'interessarà vivament pels balcons i per les galeries dels pisos de l'Eixample, que li permetran construir tot un joc literari que tindrà com a punt de referència la mirada femenina de la ciutat:

> *«Jo vaig néixer a la dreta de l'Eixample, quan al meu carrer encara hi havia llambordes, i els plàtans eren d'un verd lluent i esponjat. Avui agonitzen i creixen raquítics, esgrogueïts. Alguns ja són morts. Pels celoberts s'alçaven les olors de totes les cuines –col bullida, peix fregit, brou a l'hivern... Em vaig acostumar a les espieres modernistes, als sostres estucats, a la peça de ferro treballat per a treure el fang, als dracs de les baranes. Tota la Barcelona modernista en va plena, de dracs.*
>
> *També em vaig avesar a la diversitat dels dibuixos dels balcons. En Josep Pla els detestava. "Aquests ferros de barana us punxen el front com una corona d'espines, o us furguen en la boca de l'estómac amb una persistència maligna." A mi m'agradava contemplar-los –ben aviat em vaig acostumar, a l'Eixample, a mirar cap*

Montserrat Roig amb el seu fill Jordi sortint de casa seva, a l'Eixample, el 1976
Pilar Aymerich

amunt, i pensava que l'originalitat de cada ferro amagava una vida diferent de les altres més enllà del balcó. Darrere de cada porticó, hi havia una història per a narrar.

Una història per a narrar des de la galeria estant, quan entrava la llum tamisada d'un capvespre de postguerra. Veig l'àvia asseguda a la galeria en una butaca de vímet. Llegeix històries de reines destronades o decapitades tot movent els llavis. (...) Recloses a la part del darrere d'uns pisos immensos, les senyores de l'Eixample idearen com sentir-s'hi bé».[3]

Les dones de la burgesia barcelonina que viuen a l'Eixample tindran un paper destacat en el conjunt de l'obra de Montserrat Roig. Cases com la que avui dia allotja el centre cívic Casa Elizalde (erigida, com moltes altres construccions a l'entorn del passeig de Gràcia, per una

“*Al carrer Mallorca vaig agafar l'esquerra fins a la Rambla de Catalunya... La Rambla de Catalunya és la via barcelonina que més bé conserva l'atmosfera d'abans de la guerra, la d'aquella ciutat senyora que jo vaig conèixer, per primera vegada, quan m'hi dugué el pare a curar-me d'una afecció urinària. Tots els carrers em semblen canviats llevat de la Rambla de Catalunya. Cada balcó, cada finestral, cada galeria de vidriera i cada sobreteulat em semblava un prodigi de bon gust, tots distints i tanmateix formen un conjunt harmoniós i serè.*”

Teresa Pàmies. *Amor clandestí.* Galba edicions, 1976.

família d'*indianos* que havia fet fortuna en terres americanes) representen la construcció típica de l'Eixample on els balcons i les tribunes permeten practicar l'urbaníssim esport de mirar. També els edificis modernistes que trobem en la nostra passejada per l'Eixample, com ara la Casa Milà, la Casa Batlló o la Casa Amatller, busquen delerosos la mirada (cap endins i cap enfora). No cal dir que ha estat precisament el passeig de Gràcia l'espai escollit durant molt de temps per la bona societat barcelonina a l'hora d'exposar-se a la contemplació pública dels seus semblants, que al seu torn també eren observats minuciosament amb una avidesa digna d'un entomòleg:

«El carrer de Còrsega és airós i barceloní. El travessa un guirigall de gent perquè s'aboca al passeig de Gràcia. És ple de cubanus *i dels*

La Casa Milà (1906-1912), d'Antoni Gaudí, al burgès passeig de Gràcia
Triangle Postals

*qui viuen de rendes del camp. I no els agrada el camp sinó la ciutat. Ara anem cada dia a passejar pel passeig de Gràcia i hi comencem a conèixer les cares. Són les mateixes que trobem als concerts o al Liceu. Són gent de l'*Ensanche, *ben vestida i moderna. Tots els gestos, les mirades, les salutacions, són propis de barcelonins nascuts més enllà de les muralles. El passeig de Gràcia és el centre dels qui viuen en bona posició. De vegades seiem a prendre l'aperitiu a La Punyalada i jo no em deixo perdre ni els bastons, les armilles, les ombrel·les, els barrets, les joies, els gossets dels qui caminen pel davant. En Francisco no hi desentona, amb la seva armilla i la nova dentadura postissa».*[4]

La iniciació literària de Montserrat Roig també anirà molt lligada a uns determinats espais situats a l'Eixample. Un d'aquests espais és la cúpula Coliseum, on va assistir, quan encara era una adolescent, als assajos i representacions dels muntatges (com ara el de *La pell de brau*) que hi va fer l'Escola d'Art Dramàtic Adrià Gual, de la qual Montserrat Roig era alumna. Va ser aquí on va conèixer la Maria Aurèlia Capmany, que hi feia de professora i codirectora, amb qui mantindria a partir d'aleshores una amistat constant. El seu pas per l'Escola d'Art Dramàtic Adrià Gual va començar a preparar el terreny per a la seva arribada a la Universitat, on es consolidaria la seva vocació d'escriptora. Ella mateixa explica que va ser al bar de l'edifici de la Universitat on se li desvetllà la dèria d'escriure:

> *«El meu aprenentatge literari va ser molt diferent. Va iniciar-se en un local tancat, ple de fum i que feia olor de salsitxes de frankfurt. (...) Asseguda en aquest bar, voltada de gent que cridava, vaig començar a escriure un dels meus primers contes. Li vaig posar un títol ambiciós i un pèl emfàtic:* La ciutat dels tristos destins. *(...) Al bar de la Universitat, per on s'arribava després de travessar el pati de lletres, hi vaig fer mitja vida. No hi havia vinyes roges, d'un roig madur, ni un xiprer que somniava. Ni res es desfeia, a ponent, en suc de taronja. Només hi havia parets d'un color groc dubtós, una llum de color cendra que s'escolava per unes finestres brutíssimes i unes taules que pudien de tanta suor acumulada. Si ho veig amb la distància del temps, diria que érem un munt de matèria jove que ens encofurnàvem en aquell espai tancat perquè així no teníem tanta por. Però potser no era així, perquè ens divertíem, i els grisos, encara que apallissaven a cor què vols, eren un pèl matussers en l'estratègia de la dissuasió per la força. Així, l'espectacle que se m'oferia per a posar els fonaments de l'ofici d'escriure no era sinó un espai tancat i rònec».*[5]

Però si parlem de l'edifici de la Universitat (veritable última «línia de defensa» que separa l'Eixample del carrer de Pelai, la plaça de Catalunya i la Rambla) no podem oblidar-nos de Carmen Laforet i la seva no-

Carmen Laforet

Fotograma de la pel·lícula* Nada*, dirigida per Edgar Neville el 1947, amb Conchita Montes en el paper d'Andrea. Basada en la novel·la homònima de Carmen Laforet, l'escena situa els personatges en un altell de la Universitat de Barcelona
Arxiu Fotogramas

vel·la *Nada*, guanyadora del premi Nadal l'any 1944, el primer que es convocava aquest guardó. A *Nada*, Carmen Laforet ens explica la història d'una noia, Andrea, que arriba a Barcelona amb la intenció d'estudiar Lletres a la Universitat i que s'allotja a casa de la seva àvia, al carrer d'Aribau, número 36. Tots els lectors d'aquest llibre recorden les pàgines inicials en què es descriu l'arribada de la protagonista a la nostra ciutat:

> *«El coche dio la vuelta a la plaza de la Universidad y recuerdo que el bello edificio me conmovió como un grave saludo de bienvenida. Enfilamos la calle de Aribau, donde vivían mis parientes, con sus plátanos llenos aquel octubre de espeso verdor y su silencio vívido de la respiración de mil almas detrás de los balcones apagados».*[6]

El carrer d'Aribau és omnipresent en aquest llibre, ja que és el camí que enfila cada cop que va a la Universitat i cada cop que en torna;

> “*Añoraba el silencio de las calles barcelonesas y la visita de* monumentos *durante la Semana Santa; la compra de palmas y palmones en la Rambla de Cataluña; el recorrido por las importantes pastelerías a la búsqueda del escaparate que exhibiera la* mona *más espectacular.*”
>
> **Jorge de Cominges.** *Tul ilusión.*
> Seix Barral, 1993.

aquest trajecte constitueix l'«hàbitat natural» d'Andrea durant la seva estada a Barcelona:

> *«Corrí, de vuelta a casa, la calle de Aribau casi de extremo a extremo. Había estado tanto tiempo sentada en medio de mis pensamientos que el cielo se empalidecía. La calle irradiaba su alma en el crepúsculo, encendiendo sus escaparates como una hilera de ojos amarillos o blancos que mirasen desde sus oscuras cuencas... Mil olores, tristezas, historias subían desde el empedrado, se asomaban a los balcones o a los portales de la calle de Aribau. Un animado oleaje de gente se encontraba bajando desde la solidez elegante de la Diagonal contra el que subía del movido mundo de la plaza de la Universidad. Mezcla de vidas, de calidades, de gustos, eso era la calle de Aribau. Yo misma: un elemento más, pequeño y perdido en ella».*[7]

> *“Esta mujer tiene un problema, pensé. Y lo comprobé unos minutos después, en la esquina del Paseo de Gracia con la calle Provenza, cuando se apoyó durante unos segundos en un semáforo para ponerse acto seguido en el camino de un autobús que bajaba a toda velocidad.”*

Ramon de España. «Paseo de Gracia-Provenza». Dins *Barcelona, un dia*. Alfaguara, 1998.

Els encontorns de la Universitat i el Seminari formen també un territori molt «proper» a la figura de Josep Maria Espinàs. Conegut popularment pels seus articles a la premsa diària i per les narracions dels seus viatges a peu per contrades ben allunyades de Barcelona, cal no oblidar que Espinàs també és novel·lista i cronista ciutadà:

Plaça de la Universitat xamfrà amb el carrer d'Aribau, amb l'edifici de la Universitat de Barcelona
Pep Herrero

«Caminant per l'Eixample, miro els balcons que ja són centenaris. Balcons al carrer, galeries al darrere, la cultura mediterrània de l'eixida. Fa anys vaig començar a fotografiar baranes de ferro dels balcons, admirat per tants detalls diferents que hi ha en l'aparent repetició, però ho vaig deixar córrer. Era una feina per a sistemàtics, i jo només era un badoc. I no he deixat de ser-ho.

Un balcó vol dir que una casa no renuncia a tenir una mirada sobre el món. El complement de l'espai privat. Sovint passo pel carrer del Consell de Cent i miro dos balcons, el de la meva infància i el de la meva primera joventut, en dues cases diferents, l'una gairebé al davant de l'altra. Des del balcó de la infància vaig descobrir, i veig encara, la màgia nocturna d'una foguera de Sant Joan, encesa al xamfrà. I mig amagat darrere les persianes, un juliol, el pas de camions plens de gent que cridava, enlairant fusells. I el fum que sortia del Seminari, tan a prop. Des del balcó de la joventut primera vaig aprendre a mirar els núvols, i allà, no sé si al balcó o als núvols, vaig instal·lar una cadira, una tauleta i una Remington portàtil del meu

Interior d'illa de l'Eixample
Pep Herrero

Josep Maria Espinàs, a la dècada de 1950, a la seva casa del carrer d'Aragó
Arxiu Francesc Català-Roca

pare, i hi vaig escriure una novel·la tan ingènua com jo durant les plàcides i llargues tardes d'estiu».[8]

Els xamfrans, els balcons, les galeries: els elements arquitectònics tenen un paper protagonista en la fixació simbòlica de l'Eixample com a espai literari. A aquests elements, cal afegir-hi l'arbrat, els plàtans de l'Eixample, immortalitzats per Víctor Mora a la seva novel·la *Els plàtans de Barcelona*.

Malgrat que té poc més d'un segle d'existència, l'Eixample ha aconseguit atreure l'atenció dels nostres escriptors, que n'han forjat una

“*La Horchatería Valenciana, por ejemplo, donde me llevaba mi padre. Nunca jamás en mi vida he vuelto a tomar un helado como el arlequín de la Horchatería Valenciana de Barcelona. Era el sabor de la infancia, el primer sabor.*”

Ana M. Matute. «La noche de Primera memoria». *Dietario de posguerra.* Arcadi Espada (ed). Anagrama, 1998.

imatge literària polièdrica i canviant. La llista d'autors que hi han escrit no s'exhaureix ni de bon tros amb els que han aparegut en aquest capítol; podria continuar amb José Antonio Garriga Vela (i la seva novel·la *Muntaner, 38*), Juan Marsé (amb la inquietant presència, per exemple, de la presó *La Modelo* a *La oscura historia de la prima Montse*) o Terenci Moix (que no deixa perdre l'oportunitat de parlar-ne a les novel·les *El dia que va morir Marilyn* i *El sexe dels àngels*). ■

Procedència dels textos

1. Josep Pla. *Un senyor de Barcelona*. Edicions Destino, 1989. Pàg. 149.
2. Enrique Vila-Matas. *El viaje vertical*. Editorial Anagrama, 1999. Pàg. 166-167.
3. Montserrat Roig. *Digues que m'estimes encara que sigui mentida*. Edicions 62, 1991. Pàg. 147-148.
4. Montserrat Roig. *Ramona, adéu*. Edicions 62, 1980. Pàg. 104.
5. Montserrat Roig. *Digues que m'estimes encara que sigui mentida*. Edicions 62, 1991. Pàg. 159-160.
6. Carmen Laforet. *Nada*. Ediciones Destino, 2002. Pàg. 12.
7. Carmen Laforet. *Nada*. Ediciones Destino, 2002. Pàg. 225.
8. Josep Maria Espinàs. *Temps afegit*. Edicions La Campana, 2001. Pàg. 52.

Una fotografia pictoralista del port amb la Torre del Rellotge en primer terme i la muntanya de Montjuïc al fons
Arxiu Fotogràfic de l'Arxiu Històric de la Ciutat de Barcelona

8. Barcelona i el mar

Joan Nogués

“*A l’entrada del port de Barcelona, i davant la mola de la muntanya de Montjuïc, Pau Valls, el comissionat orador, va tenir la idea de recordar les notícies del seu pretès creixement, és a dir, del creixement de les pedres. Quan vaig llegir les seves notes, aquest afer, naturalment, em va interessar. ¿Creixen o no creixen les pedres?*”

Joan Perucho. *El Baró i les bèsties de l’infern.* Columna, 1994.

escales de l'itinerari

❶ *museu marítim*

Les Drassanes Reials, on actualment es troba el Museu Marítim de Barcelona, són una estructura gòtica construïda al segle XIV.

❷ *moll de la fusta*

Al moll de la Fusta es troba el monument a Joan Salvat-Papasseit, el gran poeta del port de Barcelona, on va treballar de vigilant nocturn. (Més informació, a la pàgina 310.)

❸ museu d'història de catalunya
El Palau de Mar, un antic magatzem portuari erigit l'any 1880, acull actualment el Museu d'Història de Catalunya, a la plaça de Pau Vila.

❹ església de sant miquel del port
Quan es va començar a urbanitzar la península de la Barceloneta, obra de l'enginyer militar Juan Martín Cerreño, el 1749, també es va construir l'església de Sant Miquel del Port.

❺ biblioteca de la fraternitat
L'edifici de la cooperativa obrera La Fraternitat, situat al carrer del Comte de Santa Clara, 8-10, es va transformar en biblioteca municipal el 22 de maig de 2001. La biblioteca posseeix un ampli fons sobre la Barceloneta.

❻ casa de tomàs garcés
El també poeta i amic de Joan Salvat-Papasseit, Tomàs Garcés, va néixer al carrer de Sant Carles, de la Barceloneta.

❼ font de carmen amaya
La *bailaora* Carmen Amaya, natural de les barraques del Somorrostro, va viure a la plaça de la Brugada, i és per això que el barri de la Barceloneta li ha dedicat una font.

❽ consorci del far
El Far és un consorci públic creat l'any 1993 amb l'objectiu de promocionar la formació, l'activitat econòmica, l'ocupació i la recuperació i difusió del patrimoni i la cultura del mar. La seu d'aquest organisme es troba al carrer de l'Escar, 6-8.

❾ torre del rellotge
Al moll dels Pescadors es troba la Torre del Rellotge, que va ser l'antic far del Port de Barcelona i que ara es coneix així per les quatre esferes horàries que s'hi van instal·lar al segle XIX.

L'escriptor Tomàs Garcés
Jordi Morera

❿ torre de sant sebastià
El clàssic telefèric del Port de Barcelona uneix la Torre de Sant Sebastià, a la platja de la Barceloneta, amb Montjuïc. A la part de dalt d'aquesta torre de 75 metres es va instal·lar el restaurant Torre de Altamar, que té les millors vistes de la ciutat.

Gravat del segle XVIII, que mostra la ciutat de Barcelona vista des del mar

Barcelona és sens dubte, juntament amb Gènova, Marsella o València, una de les grans capitals de la Mediterrània occidental, capitalitat reivindicada per José Enrique Ruiz-Domènec en el seu llibre *El Mediterráneo*. És el fet de viure a la ribera d'aquest mar el que confereix als barcelonins, tant als nouvinguts com als qui hi tenen els seus avantpassats des de fa un grapat de generacions, un caràcter especial, una disposició d'esperit amable i serena que potser es troba a l'arrel d'allò que alguns anomenen *el fet diferencial*.

Barcelona i els seus artistes sovint han mantingut una relació d'amor i odi amb la Mediterrània; un cas representatiu d'aquesta doble actitud és el del poeta Guerau de Liost (pseudònim literari de Jaume Bofill i Mates), un dels capdavanters del moviment noucentista, que l'any 1908 va publicar el llibre de poemes *La muntanya d'ametistes*, on es deixava seduir per la força tel·lúrica de l'orografia montsenyenca, mentre que deu anys més tard abandonava la feixuguesa de la vida selvatana i es decidia a buscar recer en l'harmonia de la polis mediterrània: és quan publica *La ciutat d'ivori*, llibre dedicat a Barcelona on trobem un poema titulat «Vora el port»:

«Retreta viu la graciosa dama
vora del port on és la mar llatina.
Mes del llebeig, cada matí, la flama
li colra el braç sota la randa fina.

Braç d'almoinera, a poc a poc l'inclina
al mirador que un lligabosc enrama,
i d'amagat rega la clavellina
darrera el test arrecerant la cama.

Un oronell travessa que enamora,
i, tot volant, frega la regadora
i esquitxa el braç, que es decantava un xic.

Cap a llevant la boira s'esclarissa.
Unes campanes van tocant a missa,
i el sol ixent ensagna Montjuïc».[1]

De tota manera, si hi ha un nom que representi l'enllaç literari entre la ciutat de Barcelona i el seu mar, aquest nom és el de Joan Salvat-Papasseit (1892-1924), la biografia i els versos del qual estan lligats indissolublement al barri més mariner de la ciutat, la Barceloneta, malgrat que en realitat ell havia nascut no gaire lluny de la parròquia de Santa Madrona, on va ser batejat.

Joan Salvat-Papasseit

Si volem rastrejar la petjada de Salvat-Papasseit a la Barcelona marinera potser hauríem de començar per l'església barroca de Sant Miquel del Port, on es va casar amb Carme Eleuterio, veïna del barri. De fet, va ser el seu festeig i el tracte amb amics que havien nascut a la Barceloneta (entre els quals destaca Tomàs Garcés, també poeta) el que el va convertir primer en un visitant habitual dels seus carrers, i posteriorment en un estadant. La Barceloneta esdevindrà ben aviat la

> *“Desde cualquier punto de la Muralla del Mar, y principalmente desde el extremo inmediato a Atarazanas, se ve, asomado uno al muro que besan las tranquilas o alborotadas olas, cómo entran y salen del puerto de Barcelona infinidad de buques.”*
>
> **Antonio Altadill.** *Barcelona y sus misterios.* Font y Torrents editores, 1860.

llar adoptiva de Salvat-Papasseit, tal com es pot comprovar en aquests mots que Tomàs Garcés li dedica:

«Salvat-Papasseit viu a la Barceloneta, respira intensament el port. És l'època del "berenar a les roques". Lents passeigs a l'Escullera, converses a la platja bevent el sol de l'hivern. La Barceloneta és com una península lligada a la ciutat per esplanades mig desertes (el moll, les proximitats de l'estació de França, veritables no man's lands*) i voltada de mar pertot arreu. D'anar cap al centre de la ciutat en dèiem "anar a Barcelona". Al final del meu carrer hi havia la platja, i els bruels dels temporals de llevant. Les fosques nits de l'estiu, també, sembrades de focs de Sant Joan. A cada carrer hi ha la seva festa, amb el sostre de cadeneta virolada, i el seu "cossi de pomes", i la cridòria dels infants. Les "societats" (polítiques i recreatives, amb les seves banderes que pugen i baixen, solemnes, espectaculars, al balcó, en el capvespre, entre el foc de les bengales, quan tornen les caramelles d'un camp que no conec) són altres tantes cledes, per a cada estament i cada partit,*

amb els seus cors i les seves funcions de teatre. (Recordo el vellut amb olor de floridura de l'"Ateneu Marquès de la Mina", i algunes de les bones funcions que hi vaig veure.) Ens agradava de passejar per la Riba (l'actual Passeig Nacional), que era ben bé una frontera. I a dintre, un món formiguejant: pescadors catalans i llevantins, treballadors del moll, i tants de menestrals, que eren els nostres amics».[2]

Encara avui podem trobar algun record arquitectònic d'aquest associacionisme bulliciós que Tomàs Garcés descrivia en el fragment que acabem de reproduir, com ara l'edifici de La Fraternitat, concebut inicialment com a cooperativa obrera de consum i actualment seu de la biblioteca pública del barri. Situat al carrer de Santa Clara, molt prop de l'església de Sant Miquel del Port, aquest edifici d'estil modernista va ser projectat per l'arquitecte Francesc Guàrdia i Vial, gendre de Lluís Domènech i Montaner.

Cal tenir present que la Barceloneta havia anat acollint progressivament tota una sèrie d'empreses dedicades a la indústria pesant; això provoca que la fesomia del barri vagi canviant i que el seu caràcter mariner es barregi amb l'activitat fabril. L'arc d'entrada a La Maquinista Terrestre y Marítima, que encara es conserva a la intersecció dels carrers de Cermeño i de La Maquinista (ben prop del passeig de Joan Salvat-Papasseit), és el testimoni silent d'una època que els mots de Tomàs Garcés aconsegueixen fer-nos més propera.

«Si recordo els temps de la meva infantesa, només veig menestralia i classes humils al meu entorn. Els veïns, els companys de col·legi, els clients de les botigues del meu pare, què eren? Amb qui jugava jo pels carrers, sinó amb el fill del barber del davant de casa i amb aquell pobre orfe, sempre enginyós i fantàstic, acollit ara a l'Asil Municipal? Als catorze anys, qui em deixava fullejar la seva col·lecció de diaris de la setmana, que guardava gelosament a causa dels seus gravats en helio, blavencs o verdosos? Era José, el jove metal·lúrgic de La Maquinista, *tan pulcre i ensabonat, el diumenge al matí, amb la seva negra gorra d'alpaca. I de llibres, ¿on en trobava, sinó a casa del descarregador del moll, i del carboner del carrer de l'Alegria i del brigada de la caserna propera? Quan anava i tornava del col·legi a casa, amb qui formava colla?: amb el noi de l'altra barberia de vora el passeig i el del quiosc de begudes del moll o el fill del delineant de* La Maquinista».[3]

Església de Sant Miquel del Port, al barri de la Barceloneta, on es va casar Salvat-Papasseit
Arxiu Fotogràfic de l'Arxiu Històric de la Ciutat de Barcelona

Vista aèria del barri de la Barceloneta
Triangle Postals

Si ens deixem perdre pels carrers de la Barceloneta, potser ens trobarem amb la font de Carmen Amaya, situada al peu d'unes escales que permeten accedir al passeig Marítim, que ens recorda la figura d'aquesta cèlebre *bailaora*, nascuda al Somorrostro barceloní, antic barri de barraques emplaçat ben prop de la platja, entre la Barceloneta i el Poblenou. Si tirem endavant i enfilem el carrer de Sant Carles en direcció al mercat, situat a la plaça de Joan Boscán, passarem just per davant de la casa natal de Tomàs Garcés. Un cop recorregut del tot el carrer de Sant Carles, ens trobarem que hem sortit al passeig de Joan de Borbó (abans passeig Nacional, tal com l'esmentava Tomàs Garcés en el primer fragment que li hem reproduït en aquest capítol).

Arriba el moment d'allunyar-se del cor de la Barceloneta, tot vorejant el port, però abans d'encaminar-se cap al Portal de la Pau, el passejant farà bé d'acostar-se a l'actual plaça del Mar (ben prop d'on s'havia instal·lat l'Escola del Mar l'any 1922, fins que fou parcialment destruïda pels bombardejos de 1938), a la Torre de Sant Sebastià (des del capdamunt de la qual gaudirem d'una de les vistes més espectaculars i insòlites de Barcelona, a més de poder agafar el telefèric del Port), a la Torre del Rellotge (antic far del port de la ciutat, construïda l'any 1745 i convertida en el rellotge actual l'any 1912), al Consorci del Far (entitat dedicada a l'estudi i la recuperació del patrimoni marítim, que té una biblioteca especialitzada en diferents aspectes de la vida marinera ben nodrida), i al Museu d'Història de Catalunya (ubicat a l'edifici dels antics Magatzems Generals de Comerç, conegut actualment amb el nom de Palau de Mar). Aquests són també alguns dels topants favorits de Carles Barral, escriptor barceloní apassionat per la vida marinera, que en el seu llibre *Catalunya des del mar* en fa una descripció a voltes enyoradissa i a voltes desencantada, com quan ens parla de l'antiga escullera:

> *«Hi ha hagut èpoques en què l'escullera ha estat incorporada amb més o menys intensitat al programa dels ocis ciutadans. El restaurant de la farola va tenir una llarga temporada de prosperitat i rebia clientela tant per l'aigua, port a través, com per carretera, en una època en què arribar fins aquí era quasi una excursió dominical. També a l'altre extrem hi ha hagut restaurants i cafès amb pretensions d'exclusivitat que volien aprofitar una situació de mirador sobre la mar oberta i, a la part de dedins, entremig de les musclères, també hi recordo pontons amb funcions gastronòmiques tavernàries. Però res de tot això no ha durat prou per a inscriure's als costums ciutadans».*[4]

> “*Fora una nit de meitat d'octubre inusualment plujosa. Vivíem a la Via Laietana de Barcelona, en un pis principal, on els dies de maregassa grossa penetrava la remor del mar i la saladina podia arribar a impregnar els vidres.*”

Carme Riera. *La meitat de l'ànima*. Proa, 2004.

També el port de Barcelona, i l'escullera, apareixen en l'obra d'un altre escriptor marcat per la presència del mar. Estem parlant de Baltasar Porcel, que a la seva novel·la *Ulisses a alta mar* permet que Barcelona ocupi el protagonisme habitualment atorgat en altres llibres a la seva Mallorca nadiua:

> *«—¿Em pots acompanyar a passejar pel port?*
> *—¿Passejar pel port? Dona, si poguéssim... Bé, sí. ¿Per què hi vols anar?*
> *—Per explicar-te d'on vinc, quina és la meva família, què sóc i què no vull.*

Parem el cotxe a l'escullera. El sol i el ventijol. Les ones picades, d'un blau cel. Com el cel. Hi ha uns pescadors de canya, pacients en els monstruosos pedrots. Algú que vagareja mirant l'horitzó mort o les grues, els camions, que damunt els molls descarreguen uns vaixells. Darrere, Barcelona, amb el llarg promontori de Montjuïc entotsolat en els seus arbres, en el cementiri radiant de calor, i la façana de presumptuosos i tronats edificis portuaris del dinou, el pla de teulats ascendents cap a Collserola perduda dins la boirina grisosa que sura damunt la ciutat».[5]

Baltasar Porcel el gener de 1970, al port, poc després de guanyar el premi Josep Pla
Anna Vergès

Abans de deixar definitivament enrere la Barceloneta, no podem deixar de recordar alguns altres testimonis literaris que l'han escollida com a protagonista, com ara la comèdia en tres actes *Miss Barceloneta* (de Santiago Rusiñol), l'*Embruix* (d'Alexandre Font), *Esta cara de la luna* (novel·la primerenca de Juan Marsé), o la poesia religiosa de Bertran i Oriola. En el capítol de l'anecdotari, cal esmentar que l'explorador britànic Stanley (autor d'una autobiografia absolutament recomanable per als afeccionats a la literatura de viatges) va conèixer aquest barri, que Ferdinand de Lesseps (constructor del canal de Suez) hi va viure mentre era cònsol de França a Barcelona, o que aquest era el racó de Barcelona més estimat per Federico Fellini i Giulietta Masina. Finalment, no oblidarem que Quim Monzó bateja un dels seus primers llibres de relats (*L'illa de Maians*) amb el nom d'un petit illot format per l'acumulació de sediments, que en fondre's amb els terrenys guanyats al mar va donar lloc a l'actual Barceloneta.

Quan arribem a l'altura del pla de Palau i ens disposem a recórrer el traçat de l'antiga muralla de Mar en direcció al Portal de la Pau, podem recordar que molt prop d'allí es troba la casa on Cervantes es va allotjar durant la seva estada a Barcelona (vegeu el capítol 2, pàgina 38), situada a tocar dels límits del popular barri de la Ribera, presidit per la basílica de Santa Maria del Mar. Un cop al moll de la Fusta, quan ja som gairebé a tocar de la nova rambla de Mar, descobrim la presència del monument a Salvat-Papasseit, que ens recorda que el poeta havia treballat com a vigilant nocturn guardant fusta al moll, durant l'hivern dels anys 1915-1916. D'aquesta experiència laboral, sens dubte no gaire escaient per a un jove de salut fràgil, ens n'ha quedat el testimoni del poema «Nocturn per a acordió»:

«Heus' aquí: jo he guardat fusta al moll.
(Vosaltres no sabeu
què és
guardar fusta al moll:
però jo he vist la pluja
a barrals
sobre els bots,
i dessota els taulons arraulir-se el preu fet de l'angoixa;
sota els flandes
i els melis,
sota els cedres sagrats.

Quan els mossos d'esquadra espiaven la nit
i la volta del cel era una foradada

El moll de la Fusta que va inspirar el poema «Nocturn per a acordió»
Centre de Documentació Marítima, Museu Marítim de Barcelona

sense llums als vagons:
i he fet un foc d'estelles dins la gola del llop.

Vosaltres no sabeu
què és
guardar fusta al moll:
però totes les mans de tots els trinxeraires
com una farandola
feien un jurament al redós del meu foc.
I era com un miracle
que estirava les mans que eran balbes.

I en la boira es perdia el trepig.

Vosaltres no sabeu
què és
guardar fustes al moll.
Ni sabeu l'oració dels fanals dels vaixells
—que són de tants colors
com la mar sota el sol:
que no li calen veles».[6]

Una de les sales d'exposició del Museu Marítim de Barcelona amb la rèplica de la Galera Reial de Joan d'Àustria
Centre de Documentació Marítima, Museu Marítim de Barcelona

Finalment arribats al Portal de la Pau, protegits per la presència imponent del monument a Colom, les antigues Drassanes Reials queden massa a prop per deixar perdre la possibilitat de visitar el Museu Marítim que s'hi allotja. Es tracta d'una magnífica obra d'arquitectura gòtica civil on el visitant podrà deixar volar la seva fantasia recordant que la Mediterrània ha estat des de sempre (és a dir, des d'Ulisses) un espai d'aventura, de descoberta. Aquest és justament l'esperit que trobem en la poesia de Salvat-Papasseit, que ens exalta i ens repta a no girar-nos d'esquena al mar, a mirar-lo de front i sentir en el rostre la seva promesa de llibertat:

«Ara no es fa prô jo encara ho faria:
una galera armaria de nits
o un galió

amb les veles més fines,
i amb cent pirates com la meva sort.
No pregunteu quines mars fendiríem
—foren aquelles on calgués valor.

Ara no es fa prô jo encara ho faria:
ells foren lladres de l'argent i l'or
i foren lladres si perles hi havia
—jo robaria només per amor.
Fos amb engany
si de grat no venien,
jo robaria les noies dels Ports.

I encar sóc cert de trobar una illa
on les penyores pogués amagar,
i fer pagar les més belles estrenes
de les donzelles sota el meu capçal.
Al pler del vent, desplegades les veles,
voldria ésser el més brau capità.

Ara no es fa prô jo encara ho faria
—si d'un amor sofrís el desengany—
lligar l'atzar de la mar a ma vida
i anar tan lluny que no pogués tornar.
Oh, si el vaixell duia el nom de l'amiga
—de tant d'enyor llanguiria la mar».[7] ■

procedència dels textos

1. Guerau de Liost. *Obra poètica* completa. Editorial Selecta (Biblioteca Perenne), 1983. Pàg. 335-336.
2. Tomàs Garcés. *Sobre Salvat-Papasseit i altres escrits*. Editorial Selecta (Biblioteca Selecta), 1972. Pàg. 22-23.
3. Tomàs Garcés. *El temps que fuig: escrits amb data*. Editorial Laertes, 1984. Pàg. 215-216.
4. Carles Barral. *Catalunya des del mar*. Edicions 62, 1982. Pàg. 156.
5. Baltasar Porcel. *Ulisses a alta mar*. Edicions 62 (El Balancí), 1997. Pàg. 107.
6. Joan Salvat-Papasseit. *Poesies completes*. Editorial Ariel, 1988. Pàg. 225-226.
7. Joan Salvat-Papasseit. *Poesies completes*. Editorial Ariel, 1988. Pàg. 241-242.

Mercè Rodoreda, pels volts de 1948
Arxiu Mercè Rodoreda de l'Institut d'Estudis Catalans

9. Mercè Rodoreda i les novel·les de Barcelona

Joan Nogués

«Rodoreda era una barreja de timidesa i d'orgull, d'espontaneïtat i d'hermetisme, de fortalesa i d'indefensió. Tenia dues grans passions, les flors (i els jardins) i l'escriptura (o la lectura). De fet, va passar tota la infantesa reclosa en una torre de Sant Gervasi, un poble avui devorat per Barcelona, però aleshores moblat amb modestes torres d'estiueig o d'artesans i pensionistes, cada una, amb el seu tros de jardí... I just davant del seu, avui ocupat per un garatge, n'hi havia un altre, el dels Brusi, aquest de més il·lustres proporcions, que s'ha conservat en forma de parc públic.»

Joaquim Molas. «La Rodoreda que vaig conèixer». Pròleg d'*Agonia de llum. La poesia secreta de Mercè Rodoreda*. Angle Editorial, 2002.

escales de l'itinerari

❶ *església de sant josep de gràcia*

A la plaça de Lesseps, número 25, es troba l'església de Sant Josep, que acull la parròquia de la Verge de Gràcia. En aquesta església es va casar Mercè Rodoreda.

❷ *carrer de manuel angelon*

Mercè Rodoreda va viure de petita en una casa amb jardí del carrer de Manuel Angelon, molt prop del carrer de Balmes (antiga riera de Sant Gervasi de Cassoles) i, anys més tard, tornaria a aquesta casa per escriure dins del colomar familiar.

❸ carrer de corint
Quan Mercè Rodoreda va retornar a Barcelona es va instal·lar en un pis del carrer de Corint, al mateix barri de Sant Gervasi.

❹ arxiu maragall
Al carrer d'Alfons XII, 79 bis, es troba la casa museu del poeta Joan Maragall.

❺ plaça del sol
Creada a mitjan segle XIX, té una marquesina a la seva vessant est, i a l'oposada, l'escultura *Astrolabi*, de Joaquim Camps, que representa un rellotge de sol amb els dotze signes del zodíac.

❻ plaça del diamant
A la plaça del Diamant, hi destaca l'escultura de Xavier Medina-Campeny titulada *La Colometa*, en homenatge a la protagonista de la novel·la de Mercè Rodoreda. (Més informació, a la pàgina 320.)

❼ carrer de les camèlies
Al carrer de les Camèlies, 36-38, es troba l'Arxiu de Gràcia i, molt a prop, la Biblioteca del Districte, que porta el nom de Mercè Rodoreda. Escenari d'una de les novel·les cèlebres de Mercè Rodoreda —*El carrer de les Camèlies*—, ha perdut, com la ronda del Guinardó, la personalitat que tingué en la primera meitat de segle arran de la construcció del primer Cinturó de Ronda.

De nena, amb l'avi, vers el 1911
Arxiu Mercè Rodoreda de l'Institut d'Estudis Catalans

El casal Gurguí, amb la bandera catalana al terrat, en una imatge de 1916
Arxiu Mercè Rodoreda de l'Institut d'Estudis Catalans

Una de les obsessions lletraferides habituals entre els nostres crítics consisteix a cercar «la» novel·la de Barcelona, obsessió que Sergi Pàmies ha satiritzat en un acte d'higiene literària amb el recull de relats *La gran novel·la sobre Barcelona*. De fet, però, sortosament cada cop són més els qui estan convençuts que, si apliquem aquesta recerca al conjunt de la producció literària d'un autor, la resposta és clara: les novel·les de Mercè Rodoreda són «les» novel·les de Barcelona.

No cal dir que l'obra que més difusió i projecció internacional ha proporcionat a Mercè Rodoreda és *La plaça del Diamant*, però no es pot deixar de banda que *Mirall trencat*, *Aloma* i *El carrer de les Camèlies* també són novel·les profundament barcelonines, en què la ciutat esdevé no solament escenari de l'acció, sinó també coprotagonista. És evident que alguns altres títols, com ara *Quanta, quanta guerra* o *La mort i la primavera*, no formarien part d'aquest corpus ciutadà.

Una de les simplificacions habituals, quan es parla de la narrativa de Mercè Rodoreda, consisteix a convertir el barri de Gràcia en el protagonista absolut de les seves novel·les ciutadanes. Una lectura atenta ens descobrirà que, tot i que aquest és el seu escenari més conegut, és tota la ciutat la que batega en les pàgines d'aquestes obres, des de la Rambla (amb el seu Liceu i el mercat de la Boqueria) fins al barri de Sant Gervasi (que la va veure néixer), sense oblidar-nos de l'Eixample i, és clar, de les places i dels carrers de Gràcia.

De fet, convindria que dediquéssim molta atenció a Sant Gervasi, atès que és l'espai de la infantesa de Mercè Rodoreda, una infantesa enyorada i evocada sovint en la seva obra. L'escriptora ens en parla en el fragment següent:

> *«Sí, em sembla recordar que damunt del tren de Sarrià —es baixava a l'andana per dues escales una per a baixar i una altra per a pujar—, hi havia un pont; una altra possible barana des d'on mirava a baix i al carrer d'Alfons XII hi havia el lampista al davant de la casa de Maragall i el meu avi, sempre que anàvem a casa del lampista, assenyalava la casa i deia veus aquella placa? Diu que aquí havia viscut el més gran dels poetes catalans, després de Mossèn Cinto, és clar. I les estades a casa del lampista eren llargues. També hi havia dues nenes però a aquestes les coneixia perquè també, com jo, anaven al col·legi de Lourdes. (...) Tots estàvem contents, sobretot jo i el meu avi quan tornàvem a casa després de les excursions per les torres de Sant Gervasi, de Cassoles. Per què? Trobava lleig que al nom d'una barriada amb tants jardins hi afegissin de Cassoles».*[1]

Cal tenir present que Mercè Rodoreda va viure durant la seva infantesa en una casa amb jardí, propietat del seu avi, que hi havia al carrer de Manuel Angelon, molt prop del que actualment és el carrer de Balmes. Carme Arnau ens ofereix un retrat del Sant Gervasi d'aquell temps que permet fer-nos una idea de l'aspecte que oferia aquest barri al començament del segle XX:

> *«La família vivia en una torreta amb jardí del barri de Sant Gervasi, un barri tranquil i allunyat del centre de la ciutat, on la vida transcorria com si es tractés d'un poblet. Les grans cases senyorials donaven el to de Sant Gervasi i dues magnífiques propietats en destacaven: la torre de Sant Salvador del Mont, dels jesuïtes, dita El Frare Negre, i can Gomis, dels dominics, dita El Frare Blanc. Però també hi abundaven les petites cases o torres per a viure-hi o passar-hi les vacances o festes. Sant Gervasi s'unia a Barcelona, d'ençà del 1890, amb el tren de Sarrià, mitjançant l'estació on ara hi ha la plaça Molina».*[2]

La presència del jardí a la torreta no és anecdòtica; qualsevol lector de Mercè Rodoreda s'adona de seguida de la importància simbòlica que les flors tenen en la seva obra. No és irrellevant en aquest sentit el fet que durant els últims anys de la seva vida passés llargues temporades a la casa de Romanyà de la Selva. Sens dubte l'amor que sentia per aquesta casa (i pel seu jardí) té molt a veure amb la seva passió per les flors, una passió nascuda en el barri de Sant Gervasi durant les passejades que feia acompanyant l'avi i mantinguda durant els anys viscuts a Ginebra, una ciutat plena de parcs i d'aigua. Cal tenir en compte, a més, que l'aigua és un element lligat en l'obra de Mercè Rodoreda a la metamorfosi, als processos de canvi d'alguns dels seus personatges; pensem, per exemple, en la funció central de la bassa de la torre dels Valldaura a *Mirall trencat*. Aquesta atracció per les flors es reflecteix fins i tot en els títols d'algunes de les seves obres, on apareixen amb una freqüència sospitosa elements vegetals (*Jardí vora el mar*, *Viatges i flors*, *El carrer de les Camèlies*, els contes *Aquella paret, aquella mimosa* i *Una fulla de gerani blanc*, i encara podríem continuar).

> “*Se había retirado por voluntad propia con una fortuna atesorada piedra sobre piedra pero sin artificios demasiado amargos, y había escogido como refugio final el muy antiguo y noble pueblo de Gràcia, ya digerido por la expansión de la ciudad. Había comprado el entresuelo en ruinas, siempre oloroso a arenques ahumados, cuyas paredes carcomidas por el salitre conservaban todavía los impactos de algún combate sin gloria.*”
>
> ***Gabriel García Márquez.*** «María dos Prazeres». Dins *Doce cuentos peregrinos*. Plaza & Janés, 1992.

Aquest lligam entre la infantesa i el barri de Sant Gervasi amb els seus jardins és ben explícit en el fragment següent, extret del pròleg de *Mirall trencat*:

> *«Darrera de casa, quan jo era petita, el que ara és carrer de Balmes era la riera de Sant Gervasi de Cassoles. A l'altra banda de la riera hi havia el parc abandonat del marquès de Can Brusi. Des del menjador es veia frondós d'arbres centenaris. Ple de rossinyols a les nits d'estiu. Anava de la plaça Molina fins a l'Ateneu de Sant Gervasi a tocar del que ara és Mitre. Al capvespre se sentien crits de paons. Aquest parc, idealitzat, és el parc de la torre dels Valldaura. El jardí de tots els jardins».*[3]

Però la figura de l'avi, Pere Gurguí i Fontanills, no ens interessa només pel fet de ser la persona que desvetllés en la petita Mercè l'amor per les flors i pels jardins, sinó també perquè va ser una de les persones que més van influir en ella a l'hora d'interessar-se per la literatura catalana. Se sap que l'avi havia instal·lat al jardí de casa un monument «privat» (prou exòtic i d'inspiració vagament modernista, segons els testimonis que ens n'han arribat) erigit a la memòria de mossèn Cinto Verdaguer; de fet, aquesta devoció per Verdaguer ja apareixia en el primer fragment que hem reproduït en aquest capítol, quan, en passar per davant de la casa dels Maragall (la casa que avui dia allotja l'Arxiu Maragall), l'avi feia grans elogis de l'autor de *Visions i Cants*, tot mantenint la figura de Verdaguer encimbellada dalt de tot del seu cànon particular. No cal dir que Mercè Rodoreda sempre guardarà un record molt afectuós de l'avi, que sovint l'anomenava *Princesa del Putxet*, per la proximitat d'aquest barri.

En referir-se a la narrativa de Mercè Rodoreda, Carme Arnau ens ha parlat del mite de la infantesa, una infantesa esdevinguda paradís perdut que marcarà tota l'obra rodorediana i que no es pot deslligar d'aquest barri de Sant Gervasi. Aquesta enyorança de l'espai d'infan-

A taula amb l'avi i amb els pares, el 1918
Arxiu Mercè Rodoreda de l'Institut d'Estudis Catalans

Imatge actual de la plaça del Diamant
Pep Herrero

tesa es confirmarà quan retorna a Barcelona i s'instal·la en un pis del mateix barri de Sant Gervasi, al carrer de Corint (situat a la intersecció de Balmes amb Pàdua). Cal entendre que el retorn de Rodoreda a Barcelona serà progressiu: primer vindrà com a visitant, després residirà al pis del carrer de Corint i finalment s'instal·larà a Romanyà de la Selva, on recuperarà, envoltada de flors, la tranquil·litat i pau que li permeten escriure sense distraccions ni noses. En realitat, el seu retorn a Barcelona és inicialment agredolç, tal com també li passà a Pere Calders: la ciutat que ella havia conegut no és la mateixa que es troba, ni la llengua que es parla majoritàriament al carrer és la seva, ni tampoc no ho és el traçat dels carrers del seu barri de Sant Gervasi, del qual han desaparegut la majoria de torres i cases senyorials amb jardí.

De la mateixa manera que associem Sant Gervasi a la infantesa (i a una maduresa desenganyada) de Mercè Rodoreda, el barri de Gràcia va lligat a l'animació i les distraccions pròpies de la jovenesa, tot i que de fet es tractava d'un barri que ella coneixia prou bé de ben petita, ja que hi passejava sovint amb l'avi, amb qui solia anar al cinema, o amb

la mare. En qualsevol cas, la fixació literària dels seus records graciencs contribuirà a la mitificació d'aquest barri en l'imaginari rodoredià, tal com ella mateixa ens explica:

> *«Una nit, per la festa major de Gràcia, vaig anar amb els meus pares a seguir carrers guarnits i a veure envelats: la plaça del Sol i la plaça del Diamant. Recordo, ho he recordat en moltes ocasions, que jo passava per carrers plens de música com una ànima en pena de tan trista que anava. Devia tenir dotze o tretze anys. De la manera més insòlita, com per art d'encantament, se'm va acudir de fer passar en un envelat el primer capítol de* La plaça del Diamant *que no recordava com era ni per quins carrers s'hi anava.»*[4]

La tristesa d'aquesta Mercè Rodoreda de dotze o tretze anys mentre passejava per la Festa Major de Gràcia era provocada pel fet que ella es delia per ballar, i els pares li ho tenien prohibit. Aquest record anecdòtic de pubertat és significatiu justament perquè comença a introduir la tristesa, lligada a la frustració. Mentre que la infantesa és aquell món de felicitat que troba el seu recer en el jardí de la torreta de l'avi, l'accés a la joventut eixampla el marc geogràfic dels interessos de Mercè Rodoreda i causa els primers conflictes derivats de l'enfrontament amb el món real. De ben segur que la mort de l'avi no és aliena a aquesta sensació de pèrdua d'un temps idíl·lic (la infantesa) i d'accés a un moment de canvi i de conflicte (la joventut). Aquesta associació d'un moment de «trànsit», de transformació personal, amb el barri de Gràcia es reforça si tenim en compte que Mercè Rodoreda es va casar molt jove amb el seu oncle (Joan Gurguí i Guàrdia, catorze anys més gran que ella) a l'església de Sant Josep de Gràcia.

Gràcia serà l'escenari principal, que no pas l'únic, de la novel·la més coneguda de Mercè Rodoreda, *La plaça del Diamant*, cosa que ha contribuït a la identificació d'aquest barri com a «territori rodoredià». Així doncs, ens trobarem amb tot un seguit d'espais (la plaça del Diamant, per descomptat, però també la plaça del Sol, el carrer Gran, i molts altres) que formen part de l'imaginari literari dels lectors de Mercè Rodoreda. De tota manera, fins i tot en aquest cas cal recordar que és tota Barcelona, la Barcelona de la República i de la Guerra Civil principalment, la que serveix de marc a les vicissituds de la Natàlia/Colometa, tal com ens recorda Carme Arnau:

> *«Un món bulliciós, renouer i vital, que és precisament la Barcelona que l'autora duu ficada al moll dels ossos. Perquè si Colometa*

i Quimet es troben a la Festa Major de Gràcia, ho fan precisament a la plaça del Diamant; i si beneeixen el ram ho fan als Josepets, i si prenen vermut ho fan al Monumental. Tot lliga, d'una forma entranyable amb una ciutat concreta pel fet de transcórrer-hi l'acció en llocs ben coneguts. Perquè Colometa i Quimet viuen al carrer Montseny, la mare de Quimet a la "banda" dels periodistes, la senyora Enriqueta ven castanyes al Smart, Colometa mira sempre els aparadors del carrer Gran. Però si la vida de Quimet i Colometa se centra en un barri determinat, no per això deixen d'incloure's a la ficció uns altres escenaris; perquè si el primer trobament de la parella té lloc a la plaça del Diamant, un altre té per escenari el parc Güell, lloc significatiu de la ciutat i que dóna peu a parlar de l'arquitecte, Gaudí, que ha marcat amb alguns edificis la topografia urbana barcelonina. Encara es parla d'un altre indret, Montjuïc, on van Quimet i Natàlia el dia del casament "a fer gana"».[5]

És curiós de veure com Mercè Rodoreda recrea amb mestratge literari des de l'exili aquella Barcelona que havia conegut abans de l'ensulsia-

La tradicional Festa Major de Gràcia en una imatge del primer terç del segle *xx*
Arxiu Fotogràfic de l'Arxiu Històric de la Ciutat de Barcelona

da del 1939; sembla que l'exili físic li proporcionés la distància literària necessària per donar l'empenta decisiva a la seva carrera com a novel·lista. A aquesta distància literària, cal afegir-hi, òbviament, l'experiència vital: el tràngol de la guerra i dels primers anys d'exili ha provocat que Mercè Rodoreda s'enfronti a situacions dramàtiques que marcaran el to de la seva obra. El que ens interessa destacar aquí és que sovint el retrat literari d'una ciutat requereix una certa llunyania (geogràfica o espiritual, o totes dues alhora) que permeti trobar el to

“La vida en aquest barri no ha canviat tant com sembla. La gent segueix anant a comprar al mercat de l'Abaceria o al de la Llibertat com fa més de cent anys i allà decideixen sobre el que val la pena de parlar i sobre el que no. I després, a casa o a l'escala, van fent segons senten. Hi ha veïns que encara protesten contra l'ajuntament de Barcelona com si l'annexió del barri a la ciutat hagués estat fa quatre dies. Hi ha homes que volen ser poca cosa i dones que viuen espantades pel que no saben però suposen. I així els dies i les vides passen, amb sol i lluna, de terra mateix estant, aquest terra del barri que és gairebé tot asfaltat i a penes deixa respirar, o a vista d'ocell menut que no sap volar i necessita enfilar-se per balconades i colomars per tenir suficient perspectiva de les coses. L'existència humana és un laberint ple de cantonades. Darrera cada vèrtex d'aquests carrers de la vida no se sap què hi pot haver. Aquesta era l'emoció del nen que mirava des del balcó per jugar a veure com les coses passaven.”

Rafael Vallbona. *Gràcia.* Rosa dels Vents, 2003.

precís, sovint inabastable quan les coses es miren de massa a prop; en aquest sentit, s'ha comparat sovint la relació entre Mercè Rodoreda i Barcelona amb la relació entre James Joyce i Dublín.

Quan en començar aquest capítol parlàvem de la polèmica cíclica sobre la gran novel·la de Barcelona, també podríem haver esmentat una variant: la que correspon a la recerca de la gran novel·la sobre la Guerra Civil. És evident que *La plaça del Diamant* és molt més que una novel·la sobre Barcelona o sobre la contesa bèl·lica, però també és cert que es tracta d'una obra emblemàtica d'un lloc i d'un moment determinats; és aquest caràcter emblemàtic el que ha contribuït en bona mesura als elogis que li va dedicar Gabriel García Márquez, que la va quali-

La Festa Major de Gràcia de 2002
Triangle Postals

ficar com la novel·la més bella publicada a Espanya després de la Guerra.

El carrer de les Camèlies comparteix amb *La plaça del Diamant* la referència a llocs situats a Gràcia. De fet, el carrer de les Camèlies està situat a l'extrem nord del barri, a tocar del Guinardó. De tota manera, si comparem aquestes dues novel·les ens adonarem que el tractament de l'espai geogràfic és diferent, malgrat que totes dues tenen títols extrets del nomenclàtor urbà (títols que, d'altra banda, tenen un valor simbòlic evident, atès que remeten a joies i flors, dos elements molt presents en la narrativa rodorediana). La diferència rau en el fet que *El carrer de les Camèlies* és una novel·la on l'espai apareix molt més difuminat, despersonalitzat, que no pas a *La plaça del Diamant*, i això es reflecteix també en els espais urbans, ja que se n'han ampliat els límits: els personatges ja no es mouen principalment pel barri de Gràcia, sinó que tota la ciutat esdevé l'escenari de les seves vicissituds; una ciutat, a més a més, on les referències explícites a localitzacions urbanes no són tan abundants com a *La plaça del Diamant* (tot i que a la segona meitat d'aquesta novel·la ja es comença a percebre aquest afany d'essencialitzar els espais geogràfics concrets).

Imatge actual del carrer de les Camèlies
Pep Herrero

L'explicació d'aquesta diferència (relativa) entre aquestes dues novel·les pel que fa al tractament de la geografia urbana, potser cal trobar-la en el context històric en què se situen: *El carrer de les Camèlies* és una novel·la de postguerra (una postguerra, a més, descrita des de l'exili com un moment de desfeta i anorreament), mentre que *La plaça del Diamant* inicia la seva acció abans del 36.

Si es parla de la relació literària entre Mercè Rodoreda i Barcelona no podem deixar d'esmentar *Aloma*, potser la més barcelonina de totes les seves obres. Considerada la seva primera novel·la de maduresa, després d'alguns intents més o menys fallits (com ara *Sóc una dona honrada?* o *Del que hom no pot fugir*), *Aloma* és una novel·la publicada l'any 1938, però cal tenir present que l'autora la va revisar de dalt a baix l'any 1968. Deixant de banda les nombroses correspondències que es poden establir entre el personatge d'*Aloma* i Mercè Rodoreda (que quan escriu aquesta novel·la és gairebé una adolescent encara), el protagonisme de la ciutat queda ben clar des del primer capítol, que s'inicia amb una «accidentada» visita d'Aloma a la Rambla:

> *«Quan va arribar a la Plaça de Catalunya va veure que tothom es girava. La Rambla s'havia animat molt, es sentia una gran cridòria, i al fons, per damunt de la gent, es veien unes quantes banderes. Un noi que passava anava dient a tothom que al carrer de la Canuda hi havia guàrdies civils a cavall. Una onada de gent la va voltar i durant una estona no va veure res».*[6]

Ja des d'aquest primer capítol queda ben clar que, a més de Sant Gervasi (on gens casualment resideix la protagonista) o Gràcia, molts altres indrets de la ciutat apareixeran en aquesta novel·la: Montjuïc, la Diagonal, Pelai, Muntaner i, sobretot, la plaça de Catalunya com a porta d'entrada a la Rambla. Es pot afirmar sense por d'equivocar-se que *Aloma* inaugura un dels vincles més fecunds de la literatura catalana: el que s'estableix entre Mercè Rodoreda i la ciutat de Barcelona, un vincle que ni la desfeta de la Guerra ni la llunyania de l'exili van aconseguir esquinçar. ■

procedència dels textos

1. Mercè Rodoreda. *Un cafè i altres narracions*. Fundació Mercè Rodoreda, 1999. Pàg. 221-222.
2. Carme Arnau. *Mercè Rodoreda*. Edicions 62 (Col·lecció Pere Vergés de biografies, 35), 1992. Pàg. 11.
3. Mercè Rodoreda. *Mirall trencat*. Edicions 62 (MOLC), 1988. Pàg. 24.
4. Mercè Rodoreda. *Mirall trencat*. Edicions 62 (MOLC), 1988. Pàg. 16.
5. Carme Arnau. *Introducció a la narrativa de Mercè Rodoreda (El mite de la infantesa)*. Edicions 62, 1993. Pàg. 126.
6. Mercè Rodoreda. *Aloma*. Edicions 62, 1980. Pàg. 13.

Fotogrames de la pel·lícula **La plaça del Diamant,** *de Francesc Betriu, de 1981, amb Sílvia Munt i Lluís Homar*

Els fets de maig: barricades a la Rambla
Arxiu Fotogràfic de l'Arxiu Històric de la Ciutat de Barcelona. Fotografia de Pérez de Rozas

10. La Barcelona revolucionària i els intel·lectuals europeus George Orwell (i Simone Weil)

Joan Nogués

"*Sobre l'asfalt de l'ample bulevard que rodeja la plaça, les bales saltaven com insectes. Quantes finestres! Puig va comptar les de l'hotel: més de cent i li va semblar que hi havia dues metralletes en les O de l'enorme cartell de la teulada: cOlOn...*"

André Malraux. *L'espoir.* Gallimard, 1937.

escales de l'itinerari

❶ hotel colón

A l'antic Hotel Colón (avui és la seu central del banc Banesto, a la plaça de Catalunya) el PSUC tenia instal·lat el seu Comitè Central durant les sagnants jornades de maig de 1937.

❷ edifici de la telefònica

El maig de 1937, el president de la Generalitat, Lluís Companys, va donar l'ordre d'assaltar l'edifici de la Telefònica, seu central de la CNT.

3 Hotel Continental
A l'Hotel Continental (la Rambla, 138) es va allotjar l'escriptor George Orwell amb la seva esposa Eileen.

4 Teatre Poliorama
Situat a la rambla dels Estudis, 115, el Teatre Poliorama comparteix l'emblemàtic edifici modernista amb la Reial Acadèmia d'Arts i Ciències.

5 Cafè Moka
Al costat del Cafè Moka (rambla dels Estudis, 126), tenia la seva seu el POUM (Partit Obrer d'Unificació Marxista), la Rambla, 128.

6 Palau de la Virreina
A la Rambla, 99, es troba aquest palau que va ser construït (1772-1775) pel que fou virrei del Perú, Manuel d'Amat i de Junyent, que morí prematurament. El palau va rebre aleshores el nom de Palau de la Virreina, en convertir-se en la residència de la seva vídua. Vegeu la pàgina 60.

7 Plaça de George Orwell
Situada a l'entroncament dels carrers dels Escudellers i d'Avinyó, la plaça de George Orwell també és coneguda com «la plaça del Tripi».

L'Hotel Continental, a la plaça de Catalunya
Arxiu Fotogràfic de l'Arxiu Històric de la Ciutat de Barcelona. Hauser i Menet

La Barcelona dels anys 1936 i 1937 és una ciutat en plena efervescència revolucionària, que atreu l'atenció de molts intel·lectuals europeus compromesos en la lluita contra el feixisme. Sens dubte, el cas més destacat és el de l'escriptor britànic George Orwell i el seu llibre autobiogràfic *Homenatge a Catalunya*. No hi ha cap espai barceloní a l'*Homenatge a Catalunya*, de George Orwell, que aparegui amb tanta freqüència com la Rambla: sia com a escenari d'episodis èpics (per exemple: l'acompanyament de la població de Barcelona a l'exèrcit milicià), o bé com a torrentera ciutadana que arrossega el desencís davant la fractura a la rereguarda durant els fets de maig de 1937. Els clarobscurs de la lluita per la vida, tan característics de tota l'obra d'Orwell (i d'una manera ben punyent d'aquest *Homenatge a Catalunya)*, s'encarnen a la perfecció en la geografia humana que trobem a la Rambla.

El fragment que es reprodueix a continuació, extret del final del capítol I, correspon precisament a la desfilada de l'exèrcit milicià per la Rambla fins a la plaça de Catalunya. Un fragment on hi ha aquest esperit coratjós, popular, triomfal, no exempt d'un tel d'inquietud que tenyeix tota l'escena:

> *«A la Rambla ens van fer alto mentre una banda interpretava una marxa revolucionària. Un cop més, tots els elements que contribueixen a fabricar els herois: crits i entusiasme, banderes vermelles i banderes vermelles i negres pertot, multituds amistoses que s'empenyien per veure'ns, dones que ens deien adéu des dels balcons. Que natural que semblava, llavors, tot plegat! Que remot i improbable que apareix ara! El tren estava tan atapeït d'homes, que amb prou feines hi havia lloc per a seure a terra; no cal dir en els seients! En el darrer moment la dona d'en Williams arribà, corrent per l'andana, i ens donà una ampolla de vi i un pam i mig d'aquest embotit vermell que té gust a sabó i provoca diarrea. El tren sortí de Catalunya arrossegant-se cap a l'altiplà d'Aragó a la velocitat normal del temps de guerra: menys de vint quilòmetres per hora».*[1]

Pel que fa als fets de maig de 1937, cal tenir present l'activíssim paper de l'anarcosindicalisme i del comunisme heterodox d'arrel trotskista (el POUM: Partit Obrer d'Unificació Marxista). Aquest últim, de fet, havia acollit en el seu si molts militants que procedien de l'anarquisme més combatiu, amb el qual compartia l'eslògan: «La guerra i la revolució són inseparables». Aquest plantejament era contrari a l'estratègia

George Orwell
AP - Radial Press

Desfilada del Batalló de la Mort, a la plaça de Catalunya, el 14 de febrer de 1937
Arxiu Fotogràfic de l'Arxiu Històric de la Ciutat de Barcelona

Desfilada de l'exèrcit popular, a la plaça de Catalunya, el 28 de febrer de 1937
Arxiu Fotogràfic de l'Arxiu Històric de la Ciutat de Barcelona. Fotografia de Pérez de Rozas

del govern republicà (que, tot sigui dit de passada, cada cop depenia més del suport de la Unió Soviètica), el qual s'havia fixat com a objectiu prioritari la victòria en la contesa militar. Tot i pertànyer tots plegats a la causa republicana, la diferència d'estratègies (i d'interessos més o menys inconfessables) va fer que el govern veiés cada cop més la puixança de les milícies anarquistes i del POUM com una amenaça per al seu poder. Aquests recels van anar creixent fins que van esclatar en els fets de maig de 1937.

La seu del POUM estava situada al costat del Cafè Moka, a la rambla dels Estudis. Un indret que apareixerà diverses vegades al llarg del llibre d'Orwell com a escenari del combat de carrer, que transcorre en paral·lel amb el combat ideològic que duen a terme des dels seus òrgans de propaganda les diferents organitzacions polítiques enfrontades. Aquesta diguem-ne guerra propagandística ens serveix en el llibre per situar les diverses seus dels partits i sindicats en aquell moment.

Arribem al Teatre Poliorama, seu també de la Reial Acadèmia de les Ciències de Barcelona, i entrem al seu vestíbul. Al terrat d'aquest edifici, Orwell hi va estar tres dies i tres nits (les més angoixants de la seva vida, segons el que el mateix escriptor va confessar) defensant la seu del POUM, que es trobava just al davant, per tal d'impedir que forces de seguretat i del PSUC hi imposessin el seu domini:

«Havíem de defensar els edificis del POUM si eren atacats, però els dirigents del POUM havien enviat instruccions en el sentit que havíem d'estar a la defensiva i no obrir foc mentre ho poguéssim evitar. Davant mateix hi havia un cinema, el Poliorama, amb un museu a sobre, i dalt de tot, molt per damunt el nivell general dels terrats, un petit observatori amb dues cúpules bessones. Les cúpules dominaven el carrer, i un grapat d'homes armats amb fusells i apostats allà dalt podien impedir qualsevol atac contra els edificis del POUM. [...] Per les finestrelles de l'observatori es dominava un panorama de quilòmetres i quilòmetres de radi —una estesa d'edificis alts i prims, de cúpules de vidre i teulades fantasioses, amb teules verdes i de color de coure, brillants; cap al llevant, el mar blau pàl·lid, que llambrejava —la primera vegada que veia el mar des que havia arribat a Espanya. [...] Al principi era molt difícil entendre què dimonis passava, qui lluitava contra qui, i qui

George Orwell (assenyalat amb un cercle) en formació a les Casernes Lenin del POUM
Agustí Centelles - VEGAP, Barcelona, 2004

guanyava. La gent de Barcelona està tan acostumada als combats del carrer i tan familiaritzada amb la geografia local, que sap, per una mena d'instint, quin partit polític domina quins carrers i quins edificis [...] a la dreta de la Rambla, els barris obrers eren clarament anarquistes; a l'esquerra hi havia una lluita confusa entre carrerons tortuosos, però en aquella banda el PSUC i la guàrdia civil es podia dir que dominaven la situació. En el nostre extrem de la Rambla, a tocar de la Plaça Catalunya, la posició era tan complicada que hauria estat completament inintel·ligible si cada edifici no hagués exhibit una bandera del partit. Allà la fita principal era l'Hotel Colón, quarter general del PSUC, que dominava la Plaça Catalunya. En una finestra, prop de la penúltima "O" de l'enorme rètol d'Hotel Colón que corria al llarg de la façana, havien emplaçat una metralladora que podia escombrar la plaça amb una eficàcia mortal».[2]

Els edificis de la plaça de Catalunya vistos des de l'observatori de la Reial Acadèmia de Ciències i Arts
Lucía Faraig

Observatori de la Reial Acadèmia de Ciències i Arts de Barcelona, a la Rambla
Lucía Faraig

Vista interior dels finestrals siuats sota l'observatori de la Reial Acadèmia de Ciències i Arts
Lucía Faraig

Al capdamunt de la Rambla, número 138, hi ha l'Hotel Continental, on Orwell i la seva muller van estar allotjats i on menjava de revolada per tal de continuar controlant la situació des del capdamunt del Poliorama. La plaça de Catalunya va ser, des de l'inici de la insurrecció militar, un dels escenaris bèl·lics urbans de més relleu. L'Hotel Colón (actualment banc Banesto), a la terrassa del qual, abans de la Guerra, literats, artistes i, de manera ben destacada, els joves arquitectes del GATPAC imaginaven una Barcelona nova i avantguardista, era un dels epicentres vitals d'aquesta plaça. En esclatar el conflicte, el combat urbà entre les forces governamentals i els insurrectes fa d'aquest Hotel una plaça forta i cobejada per ambdós bàndols; després d'una dura lluita esdevé seu central del jove, però influent, PSUC. Des de l'Hotel Colón, Dolores Ibárruri, *la Passionària*, emetrà a través de les ones radiofòniques la que tal vegada ha estat la consigna més coneguda i internacional de la Guerra Civil: *¡No pasarán!*

Just davant d'aquest establiment hoteler, a la cantonada entre Fontanella i Portal de l'Àngel, s'alça l'edifici de la Telefònica. A l'inici de la Guerra Civil, era una construcció nova i que reflectia ja un tipus de sensibilitat racional, moderna, ben allunyada de l'edifici oficial convencional fins aleshores. La seu de la Telefònica va tenir un paper essencial en els ja esmentats fets de maig de 1937. Ja feia un temps que les milícies anarquistes al front eren qüestionades, com també el do-

mini que exercien en determinats sectors de la societat. Un aspecte essencial en el control dels nuclis de poder, i sobretot en un moment de conflicte bèl·lic, són les telecomunicacions, i la Telefònica estava dominada pels comitès de la CNT. Els enfrontaments entre aquests i el Govern de la Generalitat anaven pujant de to i es van anar agreujant quan el Govern de la República també va exigir que la situació estigués sota control. Els estira-i-arronses acaben quan, des dels governs respectius, decideixen actuar i desallotjar amb les forces d'ordre públic l'edifici de la Telefònica. Orwell inicia el capítol IX així: «*El dia 3 de maig, cap al migdia, un amic que travessava el saló de l'hotel em va dir, sense donar-hi massa importància: "M'han dit que a la telefònica hi ha hagut una mica de soroll"*».[3]

L'Hotel Colón, situat al xamfrà entre la plaça de Catalunya i el passeig de Gràcia, actualment desaparegut
Arxiu Fotogràfic de l'Arxiu Històric de la Ciutat de Barcelona

Aquest esclat de violència s'escampa per tota la ciutat i s'inicia un dels episodis més lamentables i dramàtics de la Guerra Civil. Pere Calders, escriptor català que també participà en la Guerra Civil (i que es va haver d'exiliar en acabar-se) recrea literàriament l'assalt a l'edifici de la Telefònica durant els fets de maig de 1937, des d'una perspectiva marcada per l'humor i pel fantàstic, a la seva obra *Gaeli i l'home Déu*. De fet, aquesta obra de ficció de Pere Calders es pot llegir en paral·lel amb els capítols dedicats a la Guerra Civil a les memòries del seu cunyat, en Tísner (pseudònim d'Avel·lí Artís i Gener), publicades amb el títol de *Viure i veure*. També l'escriptor francès (de mare rossellonesa) Claude Simon es va fer ressò d'aquests dies convulsos a la rereguarda republicana a la seva novel·la *Le Palace*. Tal com passava en el cas d'Orwell, Claude Simon havia vingut a Espanya per tal de participar activament en la defensa de la causa republicana i, per tant, coneixia prou bé les misèries i contradiccions de la Barcelona revolucionària.

Una rereguarda fracturada presagia un final desastrós per a les llibertats de tots. Les anomenades *forces d'ordre*, controlades per l'entorn comunista, aplicaran mètodes estalinistes per eliminar l'adversari, el qual lluita en el mateix bàndol a la Guerra Civil. Andreu Nin, líder del POUM, serà segrestat davant del número 128, avui Hotel Rivoli, i dut fins a un revolt d'una carretera de Madrid, on serà assassinat. Es podria dir que la figura d'Andreu Nin és una ombra que plana per tot el llibre d'Orwell. Considerat un dels principals ideòlegs del marxisme a Catalunya, Andreu Nin també va destacar com a traductor al català d'alguns dels grans escriptors de la literatura russa, com ara Tolstoi, Dostoievski i Txèkhov.

Com diu el mateix Orwell, aquella Barcelona estava molt acostumada al combat urbà. Des del començament del segle, la nostra ciutat era un referent mundial per a molts homes i dones que lluitaven per una societat més justa. Els esdeveniments de la Setmana Tràgica del 1909, per exemple, i l'afusellament posterior de Francesc Ferrer i Guàrdia, van fer sortir milers de persones arreu del món per denunciar la injustícia que cometia el Govern espanyol i expressar la solidaritat amb el moviment anarcosindicalista català; aquest va ser el cas de Praga, tal com ho anotava al seu diari un aleshores jove i desconegut Franz Kafka.

Però George Orwell no va ser l'únic intel·lectual europeu que va voler conèixer aquell esperit revolucionari de primera mà. Ja hem esmentat el cas de Claude Simon, però tampoc no podem deixar de banda la figura de la pensadora francesa Simone Weil, que acudeix a Barcelona l'any 1937 empesa per un incontenible esperit de solidaritat revolucionària. De fet, però, Weil ja havia visitat Barcelona anteriorment, durant l'estiu de 1933, on entrà en contacte amb militants de la FAI i altres activistes revolucionaris. També li quedà temps per a la distracció, ja que Simone Pétrement (amiga i biògrafa seva) ens explica que va assistir a una cursa de braus i que fins i tot va mostrar interès per conèixer la vida nocturna de la ciutat, com ho demostra la seva visita al cabaret La Criolla:

«Con Patri y otros amigos, Simone fue una noche a La Criolla, cabaret donde hombres travestidos de mujeres bailaban. Había sobre todo un extraordinario cantor travestido de mujer. Simone decía: "Me gustaría ser Balzac". Sus amigos españoles se extrañaron de verla allí. Salió con Patri a las cinco o seis de la mañana y a continuación se fueron a dar un paseo en barco. El barquero les contó la insurrección de 1909 (contra la guerra de Marruecos), los incendios de iglesias... Les describió a los frailes corriendo como ratas. Pero como ratas de verdad corrían también por las escolleras, el barquero se las señalaba con el dedo para mostrarles cómo corrían los monjes. Simone le dijo: "Pero ¿por qué? ¿qué tienen ustedes que echarles en cara?". Y él le contestó: "Que no nos han enseñado a leer"».[4]

Simone Weil tornarà a Barcelona l'estiu de 1936 (uns quants mesos abans que hi arribi George Orwell) amb un passi de periodista i la ferma intenció d'aconseguir infiltrar-se en territori franquista a fi de trobar Joaquim Maurín, un dels fundadors del POUM, que havia desaparegut a Galícia durant els primers dies de la insurrecció armada. Com calia esperar, la seva proposta és refusada, i aleshores contactarà amb elements anarquistes pertanyents a la Columna Durruti. Arribarà a anar al front d'Aragó, però un accident farà que torni a Barcelona i que hagi de sojornar uns quants dies a Sitges, per tal de recuperar-se de les ferides. Els seus pares, preocupats pel proverbial esperit temerari de Simone, també vindran a Barcelona tot seguint-li la petja:

«Los Weil fueron entonces de una organización a otra. Estuvieron en la sede de Solidaridad Obrera y dejaron su dirección en todas partes. Un periodista les dijo: "¿Son ustedes los padres de Simone Weil? Me temo que ya no la volverán a ver". Al cabo de cinco o seis días, recibieron una carta firmada "Tía Louise" que decía: "He visto a Simone. Le he dado un tirón de orejas, porque hace muchas tonterías. Está herida, pero pronto la volverán a ver". "Tía Louise" era una vieja anarquista que tenía su dirección a través de Solidaridad Obrera. En vista de lo cual los Weil pasaron entonces la mitad de sus noches en las Ramblas, ante la sede del POUM, ya que era por la noche cuando llegaban los convoyes procedentes del frente. Pero llegó de día. Cuando estaban sentados a la mesa, comiendo, apareció Simone sonriente, feliz».[5]

Sens dubte, la seva experiència a la Guerra Civil espanyola va influir de manera decisiva en el pensament de Simone Weil, i concretament en la seva visió de la guerra i de la militància pacifista. El fet que dos dels intel·lectuals més compromesos amb la lluita antifeixista sentissin la necessitat de participar en la Guerra Civil espanyola no és pas un fet casual. Ferida per la tragèdia de l'enfrontament armat, Barcelona s'havia convertit en la primera escala de la lluita contra el feixisme, i així ho van saber veure George Orwell i Simone Weil. ■

procedència dels textos

1. George Orwell. *Homenatge a Catalunya.* Editorial Ariel, 1982. Pàg. 32.
2. George Orwell. *Homenatge a Catalunya.* Editorial Ariel, 1982. Pàg. 132-133.
3. George Orwell. *Homenatge a Catalunya.* Editorial Ariel, 1982. Pàg. 125.
4. Simone Pétrement. *Vida de Simone Weil.* Editorial Trotta, 1997. Pàg. 127.
5. Simone Pétrement. *Vida de Simone Weil.* Editorial Trotta, 1997. Pàg. 413.

Simone Weil vestida de miliciana de la CNT

Darreres barraques del Carmel i els primers blocs de pisos
Josep Maria Huertas Claveria

11. La Barcelona dels treballadors i el paisatge del pijoaparte

Josep M. Huertas Claveria

“*Al mig de la plaça Urquinaona vaig fer una monumental botifarra a Barcelona, i a tot el que representa aquesta Barcelona que s'assaona amb la sang dels despreciats que la peixen a cada pas. Hi havia d'haver una altra Barcelona, per a mi. No et creguis, no era un conte rosa, tot allò, vull dir que sí hi havia una altra Barcelona. I si no hi era me la vaig haver d'inventar. Però no va ser fàcil ni agradable. Treballar de manobre nou hores cada dia i després, a la nit, llegir. Jo creia que el món, a aquest món, els llibres eren la clau de l'èxit. No havia pogut estudiar i ningú no perdia una hora perquè jo estudiés: sembla que era millor que jo fes de manobre tota la vida. A Barcelona hi deu haver un bon grapat de mils de manobres i han de continuar sent-ho perquè Barcelona continuï essent Barcelona.*”

Pep Albanell. *El Barcelonauta.* Laia, 1977.

escales de l'itinerari

❶ barri del maresme (carrer de bolívia)

El barri se situa entre la Gran Via i el carrer de Llull, i entre el carrer de Prim i el de Maresme. Va néixer entre 1954 i 1964, fruit de la iniciativa privada per donar resposta a la gran demanda d'habitatges.

❷ rambla del poblenou

Al barri del Poblenou es poden trobar grans exemples de l'arquitectura industrial de la Barcelona de la fi del segle XIX, quan la zona era coneguda com *el Manchester català*. Un exemple n'és l'edifici Can Jaumeandreu, situat a la rambla del Poblenou, 152.

❸ placeta de prim

En una antiga fàbrica tèxtil de la placeta de Prim, també coneguda com *dels Pescadors*, es troba actualment el centre cívic del barri del Poblenou.

❹ parc diagonal mar

El parc Diagonal Mar, amb catorze hectàrees d'extensió, va ser concebut per l'arquitecte Enric Miralles i es va inaugurar el 2002.

❺ torre del rellotge

Vegeu la pàgina 125.

❻ mercat de la boqueria

Vegeu la pàgina 91.

❼ jardins de joan maragall

Aquests jardins del parc de Montjuïc són d'estil neoclàssic francès i van ser arranjats el 1970 per vestir el Palauet Albéniz, un vestigi de l'Exposició Internacional de 1929.

❽ zona franca

La primera factoria de la marca SEAT construïda a Espanya es va instal·lar a la Zona Franca de Barcelona i la va inaugurar Francisco Franco el juny de 1953.

❾ carmel

El nom del barri del Carmel prové del santuari que es bastí a mitjan segle XIX prop del turó de l'Argentera i és el punt culminant de l'alineació que formen els turons de la Creueta del Coll, del Carmel, de la Peira i de la Rovira, que dominen el pla de Barcelona i separen Gràcia de Sant Gervasi. Barreja de torres de planta baixa i barraquisme a partir de les onades immigratòries del 29 i dels anys de postguerra, els darrers anys ha experimentat una important transformació urbanística a la Rovira i a la rambla del Carmel, entre d'altres.

⓾ escorial

Trobem l'església de Sant Miquel dels Sants, coneguda com *Les Ànimes* a les novel·les de Juan Marsé.

⓫ carrer de les camèlies

Vegeu la pàgina 139.

La fabricació del cànem durant els anys de la col·lectivització anarquista
Josep Maria Huertas Claveria

Una casa del carrer de Bolívia en l'actualitat
Josep Maria Huertas Claveria

«Vam baixar en una parada del setanta, que continuava fins a Badalona, i el Néstor ens va presentar el Tomàs, que ens hi esperava (...). Així vaig veure el carrer Bolívia per primer cop amb la boca plena de riure. A la casa, s'hi havien de fer reformes i dar-li una pintada. Podíem comptar amb tota la tribu dels seus, "total, siete", va dir Tomàs, satisfet, i en un diumenge llestos. Em va agradar. Un roser, enfilat a la paret de la casa del costat es desviava quan era amunt i unes roses vermelles obrien els seus pètals d'olor. Venint del carrer Tarròs, era com tornar una mica a Linares, però sense oliveres».[1]

Aquest fragment de *Carrer Bolívia*, de Maria Barbal, retrata un món que hi és i no hi és. Les cases baixetes del carrer de Bolívia en arribar al barri del Maresme, un dels barris del Besòs, encara existeixen i són anteriors als blocs de pisos que es van fer als anys 50 i 60 del segle passat. El 70 era un tramvia conegut com *el tanc* que el 1965 va passar a millor vida. Pintar una casa en diumenge era habitual entre la gent treballadora, que no tenia temps lliure els dies feiners. Els personatges de Barbal eren immigrants arribats de Linares i havien passat primer pel rònec carrer de Tarròs, del barri de Sant Pere.

“ *Va arribar a una gran plaça plena de sol i de coloms afartats de veces. Es tractava d'allunyar-se com fos de les voreres odorífères que li impedien reflexionar sobre la seva situació. Va asseure's en una cadira fins que un home amb gorra va voler-li cobrar només per seure. Rachid ja sabia que la vida amb pocs diners no és pas fàcil. Però ara començava a experimentar que la vida sense diners és impossible.* ”

Joan Barril. *Un submarí a les estovalles.*
La Campana, 1988.

La segona parada d'aquest itinerari ens porta al Poblenou. L'estació del metro de Besòs (línia IV) és ben prop del carrer de Bolívia i, després de dues parades, porta a Maresme-Fòrum. Cal endinsar-se dins el parc de Diagonal Mar, obra dels arquitectes Enric Miralles i Benedetta Tagliabue, per trepitjar la terra sobre la qual s'aixecava una de les fàbriques més grans de Barcelona, Can Girona.

Maria Barbal
Tina Bagué

«Frente a laminación, pilas y pilas de lingotes de tamaño diverso se alzan en laberinto como pequeñas atalayas. Los llamamos los miradores. Subidos a los miradores solemos pasar los ratos de descanso con la viva acuarela del mar ante los ojos. Cerca, a un par de metros de la tapia, corre la vía del ferrocarril de Mataró. De tiempo en tiempo pasa un tren. Si estamos cantando, nada, pero cuando no hay más que cruce de bromas o desperdigado parloteo agitamos las manos en saludo y alborotamos de lo lindo. Muchos pasajeros nos contestan, jóvenes y niños sobre todo.»[2]

La fàbrica Can Girona en un moment de conflictivitat laboral el 1975
Josep Maria Huertas Claveria

Aquesta evocació de José Ramón Arana apareix a *Can Girona. Por el desván de los recuerdos,* i evoca els anys que l'autor va passar treballant a la foneria de Can Girona llargues jornades de dotze hores.

Can Girona i el tren de Mataró són records perduts en el temps; del que explica Arana, només en queda el mar que contemplaven aquells obrers dels anys 20. Sobre les hectàrees de la vella fàbrica desapareguda s'aixequen els blocs de pisos i el parc de Diagonal Mar. El tren, el primer de tot Espanya, va passar per darrera vegada el 31 de maig de 1989, quan les glòries olímpiques en van determinar la desaparició.

Cal tornar a agafar de nou la línia IV del metro, la groga, per anar, dues parades més enllà, a l'estació que porta el nom del Poblenou. Cal baixar per la Rambla i arribar fins al carrer del Doctor Trueta. De seguida s'hi troba l'embalum d'una antiga fàbrica. És el primer que esmenta Xavier Benguerel a *Icària, Icària*:

> *«I el Cànem, emparat per la caserna de la guàrdia civil, el carrer dels Gitanos amb els grans panys de paret de l'adoberia amb la buguenvíl·lea, i si saps escoltar encara t'agafarà de sorpresa el renill del cavall i trobaràs a terra les teves ombres torbadores... Sí, d'una manera o altra, tot això va unit a les nostres dues vides, fins la pistola que vaig aprendre a portar a la butxaca... De la placeta del general Prim al pas a nivell, si les comptes, no hi ha gaire més de sis passes».*[3]

Benguerel va ambientar aquesta novel·la, l'única guanyadora del premi Planeta que ha sortit alhora en català i en castellà, als primers anys 20, quan el pistolerisme regnava a Barcelona.

El paisatge ha canviat poc: el Cànem, reconvertit en diverses empreses, subsisteix; el carrer dels Gitanos és el nom popular del carrer del Joncar; la placeta de Prim, amb els seus bellaombres, és coneguda per un popular restaurant, antiga taverna de pescadors. En canvi, el pas a nivell va desaparèixer quan ho va fer el tren. Ja no hi ha tampoc cap buguenvíl·lea ni cap adoberia. Part dels personatges d'Icària eren obrers que lluitaven desesperadament contra les condicions de vida injustes. Si la novel·la només s'hagués publicat en català, Benguerel tenia decidit un altre títol més desesperançat: *No busqueu més on és Icària.*

«*El Varadero es uno de esos sitios en donde se pierde la noción del tiempo. Se bebe, se fuma, se discute y a nadie se le ocurre mirar el reloj. Cuando el Franela pone a calentar algo en la estufa, es que ha llegado la hora de cenar. Entonces, paseadores, mejilloneros y empleados de las obras van a sus casas o sacan la comida de las tarteras e invitan a los demás a compartirla. El ruido de las botas de los aduaneros que vienen a jugar al póquer o a tomar la barretxa (sic), os recuerda que son más de las diez. El cabo y la ronda de vigilancia suelen pasar a las doce... El pontón flota sobre el puerto y la oscilación del paisaje en las ventanas refleja el paso de barcos y motoras*».[4]

Xavier Benguerel en guanyar el premi Planeta el 1974
Fotografia de Pérez de Rozas

Aquest fragment correspon al conte «Otoño, en el puerto, cuando llueve», de Juan Goytisolo, del llibre *Para vivir aquí*. El paisatge que retrata un jove Goytisolo que descobreix la ciutat marginal dels obrers del port ja no existeix. Tan sols hi ha un carrer que porta el nom de Varadero en català, Escar. Podrien haver-li posat Varador, que també és correcte, però van triar Escar. Era prop del moll dels Pescadors i va desaparèixer fa molts anys, en una de les reformes portuàries. Goytisolo recorda un paisatge de joventut, quan al Varadero, situat al costat de les barques varades, es podia beure i menjar alguna cosa en companyia dels obrers portuaris. Per arribar al carrer de l'Escar, pobre record d'un món esvaït, cal tornar a agafar la línia groga i baixar a l'estació de la Barceloneta, i caminar uns quants metres. Al final del carrer de l'Escar s'aixeca encara la Torre del Rellotge, molt prop de la qual es trobava el Varador...

Vista general del port amb l'escar
Josep Maria Huertas Claveria

Deixem la Barceloneta i seguim amb la línia groga. Ara baixem a Jaume I, creuem la plaça de Sant Jaume i arribem a la Rambla, on s'aixeca el mercat més famós de la ciutat.

La mare de Víctor Mora tenia una parada a la Boqueria, una Boqueria molt diferent del temple dels sentits que és ara, on la gent lluitava per la supervivència perquè hi havia hagut una guerra. Així ho descriu a *Els plàtans de Barcelona*:

Víctor Mora
Grup 62

«Quan plovia, tots els que de dia recorrien el mercat de la Boqueria i els carrers veïns—plens de petits comerços del ram de l'alimentació— a la recerca de deixalles per poder menjar o de possibles distraccions per part de venedors i clients, es refugiaven a la Gardunya. Homes i dones, coberts de parracs, es reunien sota la gran teulada amb els seus farcells, a l'entorn de focs de fusta humida que ho omplien tot de fum».[5]

Les venedores de la Boqueria eren gent senzilla que lluitava per tirar endavant; ignoraven que amb els anys el seu mercat gaudiria d'una fama merescuda i els seus descendents podrien guanyar-se molt millor la vida. El paisatge es manté; però la Gardunya s'ha transformat en un aparcament.

La Rambla és sempre estimulant. Al final hi ha el mar, aquell que enamorava els obrers de Can Girona quan tenien un moment de tranquil·litat a la feina. Quan la ciutat era molt més pobra que ara, passaven coses com les que conta Llorenç Sant Marc a *Males companyies*:

«Despullats, voltant pel lloc on fan arribada les "Golondrines", corrien i jugaven una colla de nois, esperant el petit vaixell. Un cop arribat a l'atracament i mentre els passatgers iniciaven la sortida, començaven a cridar:

—Tireu cinc cèntims!

—Tireu cinc cèntims!

I, quan per diverses persones la demanda fou atesa, els nois es llançaren de cap a l'aigua i arreplegaren les monedes abans que arribessin al fons.

Divertits amb l'espectacle, alguns viatgers repetien la sort i els marrecs tornaren a capbussar-se.

—Quimet, n'has agafat cinc? —preguntà en Ramon, el més petit de la colla.

—Sí, cinc!

—Jo no. Comprarem cacauets?

—Sí. Ara hi ha una dona vella que en ven, i no l'havia vista mai. Darrera unes caixes de fusta, on guardaven la roba, en Ramon i en Quimet es vestiren mentre altres brivalls corrien per l'indret. La camisa i els pantalons. L'un, aguantats per un cordill, i l'altre, amb una tira de roba fent d'elàstic».[6]

Les «golondrines» segueixen al port, més de 115 anys després d'haver-se instal·lat el servei, però per sort no hi ha nois disposats a llançar-se a l'aigua per aconseguir cinc cèntims, ni que siguin d'euro.

Pocs com Francisco Candel han sabut crear un món on es reflecteixen els treballs i els dies dels immigrants que arribaven a Barcelona procedents de totes les Espanyes. No ho tenien fàcil. «*Vigilaban los trenes. A los paletos con maletica los detenían y los hacían volver, o los encerraban en Misiones, si ya era en Barcelona donde los cogían. Desde allí, vuelta a facturarlos para el pueblo...*», escriu a *Han matado un hombre, han roto un paisaje*.

Francisco Candel
Jordi Belver

El Palau de les Missions de l'Exposició Internacional de 1929. Posteriorment, entre el 1940 i la dècada de 1950, serví com a espai d'acollida per a immigrants
Josep Maria Huertas Claveria

El Palau de les Missions, construït per a l'Exposició de 1929, ja no existeix. El seu solar acull una part dels jardins de Joan Maragall, que envolten el Palauet Albéniz.

També explica Candel en aquesta novel·la el somni de treballar en una gran empresa:

> *«En un principio había habido pugna, afanes desmedidos, por entrar a trabajar en la ANSA, aquello era una ganga. Recomendaciones del cura, del brigada de la Guardia Civil, instancias. Una vez dentro la ganga ya no era tal ganga. Trabajar como en todas partes. Nadie regala el jornal, ni las empresas pequeñas ni las grandes. Hay que sudarlo. Muchos lo hacían por la vivienda, los rascacielos junto al Paseo».*[7]

La ANSA era, i és, la SEAT. Candel, escaldat pels problemes de *Donde la ciudad cambia de nombre*, on va posar els noms reals de persones i de llocs, va preferir posar aquesta vegada noms falsos. Els gratacels no eren res més que cases altes, les Vivendes SEAT, que encara es troben al passeig de la Zona Franca.

Ha estat un itinerari per la ciutat meridional, on hi ha barris obrers i on va haver-hi fàbriques que ja no hi són, quan la indústria tapava el mar. Ara ens endinsarem en uns altres barris, seguint la petjada dels immigrants.

La immigració de la postguerra va poblar les muntanyes de la ciutat, encara que fossin només turons. El Carmel, un dels Tres Turons, va veure com els nouvinguts aixecaven una munió de barraques per aixoplugar-se. Juan Marsé va retratar aquest món diverses vegades a les seves novel·les, com, per exemple, *Últimas tardes con Teresa*:

> «*...rueda por el suelo una caja de cartón con letras impresas en un idioma pronto familiar (*Dry milk-Donated by the people of the United States of America*) y tropieza en los pies de un joven inmóvil, de rostro moreno y cabellos color ala de cuervo, que contempla la ciudad desde el borde de la carretera como si mirara una charca enfangada. Es el Pijoaparte (...).*
>
> *Acaba de salir de su casa, que forma parte de un enjambre de barracas situadas bajo la última revuelta, en una plataforma colgada sobre la ciudad: desde la carretera, al acercarse, la sensación de caminar hacia el abismo dura lo que tarda la mirada en descubrir las casitas de ladrillo. Sus techos de uralita empastados de alquitrán están sembrados de piedras. Pintadas con tiernos colores, su altura sobrepasa apenas la cabeza de un hombre y están dispuestas en hileras que apuntan hacia el mar, formando callecitas de tierra limpia, barrida y regada con esmero. Algunas tienen pequeños patios donde crece una parra*».[8]

Marsé idealitza aquest suburbi barraquista del Carmel, que corresponia al nucli conegut com *Raimon Casellas*, anomenat així pel seu principal carrer. Duia el nom d'un escriptor que segurament cap dels habitants no llegiria mai. No és l'única vegada que l'escriptor plasmaria aquesta visió del Carmel més suburbial. Ho faria també a *Un día volveré*:

> «*Pasaron junto a la iglesia de las Ánimas y la calle de las Camelias y luego cruzaron Travesera de Dalt hacia Virgen de la Salud, torciendo hacia la derecha, en dirección al Guinardó. Jan Julivert reconoció la escenografía accidentada y humilde, pesebrista. Minutos después todo era subida y el barrio envejecía y se encastillaba...*».[9]

Les Ànimes, omnipresent en la prosa de Marsé, era una capella situada al carrer de l'Escorial, que després esdevindria el temple de Sant Miquel dels Sants. El carrer de les Camèlies i la travessera de Dalt es transformarien durant la construcció del Primer Cinturó de Ronda i perdrien tot signe d'humanitat. En la postguerra, però, formaven part d'un territori més ample de la Salut, des del qual sempre s'albiraven la muntanya Pelada i el Carmel, farcits de cases modestes autoconstruïdes on vivien els obrers, arribats d'altres terres, buscant un lloc de treball i una llar. I la primera llar solia ser una barraca o una habitació de pensió. També la mirada de la memòria marsiana arribava al Guinardó i a la seva avinguda de la Mare de Déu de Montserrat, com en la novel·la curta *Ronda del Guinardó*:

> *«Obreros en bicicleta sentados al desgaire en el sillín, el hatillo colgado en el manillar, se dejaban ir por la Avenida con un rumor de palillos en las ruedas. El inspector evocó una pandilla de muchachos de cabeza rapada en sus viejas bicis, años atrás, lanzados a tumba abierta por la Carretera del Carmelo con calaveras en el manillar».*[10]

Juan Marsé
Luis Miguel Palomares

Del Guinardó és fàcil baixar al Clot. Es pot fer agafant el metro de la línia 4 a l'estació que s'anomena precisament Guinardó per baixar a la de Camp de l'Arpa i després seguir pel carrer de Rogent. El record de les vagues pot sortir-nos al pas amb una de les més famoses, la que va seguir la dels tramvies el març de 1951.

«*"El lunes no se trabaja, el lunes no se trabaja..."*, *como el tam tam del Hombre Enmascarado la consigna se esparció por la ciudad. Sin embargo, pese a los rumores, las octavillas y las llamadas telefónicas (Arriba España, aquí la CNS..., le comunicamos que el lunes día 12 no se trabaja), la gente acudió al trabajo como siempre; se detenía en la puerta, remolona, cambiaba impresiones: en un sitio habían abierto, en otro no; en tal sitio unas mujeres, viendo a unos hombres trabajar, los habían llamado maricones. Se hablaba de piquetes que pasaban haciendo cerrar industrias y talleres*».[11]

Fotograma que representa un habitacle del Carmel en la pel·lícula* Últimas tardes con Teresa, *dirigida per Gonzalo Herralde el 1983, amb Ángel Alcázar en el paper del Pijoaparte, basada en la novel·la homònima de Juan Marsé
Arxiu Fotogramas

> *“Vés fins a la plaça Llucmajor, no és gaire lluny del centre, dues o tres hores, i allà pregunta per Trinitat Vella, i allà per Torre Baró, i allà per Ciutat Meridiana. Són barris com els d'Alger, li diu, entre turons, i la gent viu molt al carrer, com nosaltres, no tinguis por, si algú et mira malament no li facis cas.”*

Pep Subirós. Arribades internacionals, dins *Barcelona, un dia*, Alfaguara, 1998.

Explica tot això un novel·lista que va viure la seva infantesa en un barri obrer, el Clot. Antonio Rabinad incorpora en la novel·la *Memento mori* aquestes imatges de la por d'anar a la vaga el 1951, quan el franquisme prohibia qualsevol manifestació de signe obrer que demanés millores laborals.

Per la línia 1 arribarem fàcilment des de l'estació del Clot a l'estació d'Urgell. La Barcelona treballadora també vivia a l'esquerra de l'Eixample. I si convenia s'hi manifestava, tot i que estigués prohibit, quan arribava el Primer de Maig. Teresa Pàmies ho va viure un primer de maig dels anys setanta a *Amor clandestí*:

Fotograma de la pel·lícula* Si te dicen que caí, *dirigida per Vicente Aranda el 1989, amb Montserrat Salvador, basada en la novel·la homònima de Juan Marsé
Arxiu Fotogramas

Fotograma de la pel·lícula **El embrujo de Shangai,** ***dirigida per Fernando Trueba el 2001, amb Ariadna Gil, basada en la novel·la homònima de Juan Marsé***
Arxiu Fotogramas

«Tornen a xisclar els 091. Surto a la finestra. Noies i nois carrer amunt giren cap a Mallorca. Els 091 els empaiten disparant i també tomben a l'esquerra, contra direcció, exposant-se a provocar un accident de trànsit amb els cotxes que els vénen de cara. No hi ha regles de trànsit per a ells. Acorralats, els joves s'arrimen a la paret protegint-se la cara amb els braços, amb les mans de "dits joves, encara nets".
A horabaixa he tornat a sortir. Després de treballar tota la tarda en una traducció infecta, se'm feia insuportable romandre a casa perquè el Primer de Maig encara durava al calendari estès damunt l'escriptori, el calendari de l'Arimany que diu: "Primer de maig. Sant Josep obrer"».[12]

I, com sempre, aquest itinerari hauria pogut ser un altre. ■

procedència dels textos

1. Maria Barbal. *Carrer Bolívia*. Edicions 62, 1999. Pàg. 70-71.
2. José Ramón Arana. *Can Girona. Por el desván de los reduerdos*. Al-borak, 1973. Pàg. 47.
3. Xavier Benguerel. *Icària, Icària*. Planeta, 1974. Pàg. 246-247.
4. Juan Goytisolo. *Para vivir aquí*. Bruguera, 1983. Pàg. 27.
5. Víctor Mora. *Els plàtans de Barcelona*. Laia, 1972. Pàg. 94.
6. Llorenç Sant Marc. *Males companyies*. Selecta, 1970. Pàg. 109.
7. Francisco Candel. *Han matado un hombre, han roto un paisaje*. Plaza & Janés, 1975. Pàg. 276.
8. Juan Marsé. *Últimas tardes con Teresa*. Seix Barral, 1966. Pàg. 31-32.
9. *Un día volveré*. Plaza & Janés, 1982. Pàg. 83
10. *Ronda del Guinardó*. Seix Barral, 1984. Pàg. 103
11. Antonio Rabinad. *Memento mori*. Alba, 1997. Pàg. 389.
12. Teresa Pàmies. *Amor clandestí*. Galba. Pàg. 181-182.

D'esquerra a dreta, els germans Goytisolo, José Agustín, Luis i Juan segons una pintura de Gonzalo Goytisolo de 1999
Gonzalo Goytisolo, VEGAP, Barcelona, 2004

12. BARRIS ALTS

MIGUEL DALMAU

“Si tuviera que elegir una época para revivir de principio a fin, sería la de esos años barceloneses de comienzos de los setenta. Yo viví primero en la Vía Augusta y después viví en la calle Ocio, en el barrio de Sarrià, que es donde pasé la mayor parte de esos cinco años. Un barrio que en esa época no estaba del todo integrado a Barcelona. Todavía uno de los encantos que tenía Sarrià era que había una vida de pueblo allí. Uno podía, caminando por el barrio, llegar hasta la pastelería Foix, por ejemplo, y ver al gran poeta allí, detrás de su mostrador. Todavía eso era posible...”

Mario Vargas Llosa. «El día que me instalé en Sarrià».
Dins *Dietario de posguerra*. Arcadi Espada (ed.) Anagrama, 1998.

escales de l'itinerari

❶ *plaça de la bonanova*

La plaça de la Bonanova es va urbanitzar el 1850, en un terreny del camp de Suca. Abans, en aquella zona s'havia aixecat una capella dedicada a la Mare de Déu dels Afortunats.

❷ *la salle bonanova*

«La Salle» és com es coneix els Hermanos de las Escuelas Cristianas, una institució educativa que va ser creada per sant Joan Baptista de La Salle fa més de 300 anys. Aquesta institució té un centre al passeig de la Bonanova, 8.

3 jesuïtes de sarrià

El Col·legi Sant Ignasi-Sarrià de la Companyia de Jesús a Catalunya es troba al carrer de Carrasco i Formiguera, 32.

4 confiteria foix

Fundada el 1886 i situada a la plaça de Sarrià, aquesta confiteria era regentada pel pare del poeta J. V. Foix.

5 carrer dels caponata / carrer d'osi

Segons l'autor del text, Gabriel García Márquez i Mario Vargas Llosa van viure a pocs metres de distància, prop de la plaça d'Artós.

6 carrer de pau alcover

Els germans Goytisolo tenien la torre familiar al carrer de Pau Alcover.

7 bar pippermint

Situat al carrer de Bori i Fontestà, 20, en aquest bar, el poeta Gil de Biedma va escriure el poema «Contra Jaime Gil de Biedma».

8 carrer de marc aureli

El poeta Enrique Badosa es va traslladar a viure al carrer de Marc Aureli, número 14. El fet de viure aquí el va induir a escriure el poemari *Marco Aurelio 14*.

El poeta Jaime Gil de Biedma
Colita

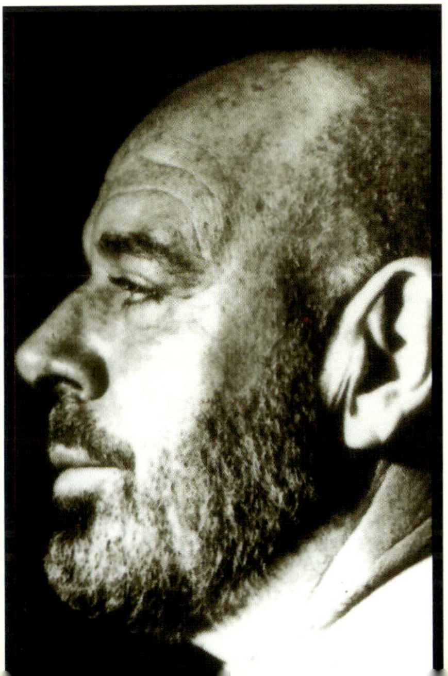

9 cristal city

Bar llibreria situat al carrer de Balmes, 294, on celebraven les seves tertúlies els Barral, Gil de Biedma, Goytisolo, Castellet i Salinas, entre d'altres.

10 carrer d'hercegovina

L'escriptor surrealista Juan Eduardo Cirlot va passar gran part de la seva vida al carrer d'Hercegovina, 33.

11 carrer de muntaner, 520

El poeta Jaime Gil de Biedma tenia el seu estudi al número 520 del carrer de Muntaner: «*Un sótano más negro que mi reputación —y ya es decir*», va escriure.

El tramvia blau pujant per l'avinguda del Tibidabo
Pep Herrero

És difícil escriure la història de la literatura moderna a Barcelona al marge de les profundes transformacions urbanístiques que la ciutat va experimentar durant el segle XIX. A la fi d'aquella centúria, els pobles propers a la muntanya del Tibidabo —Sarrià, Sant Gervasi, Gràcia i Horta— van ser absorbits lentament per l'expansió imparable de l'Eixample. Al principi, els barcelonins veien aquells barris perifèrics com a terra llunyana. Així, el protagonista de la novel·la *La tarde*, de Mario Lacruz, evoca la seva infantesa a la Barcelona anterior a la Primera Guerra Mundial: «*Al salir tomábamos el tranvía. Ir a la Bonanova, a San Gervasio o Sarriá representaba una excursión por las afueras*». Efectivament. Però, amb el temps, nombroses famílies benestants abandonaren l'Eixample dels seus grans per instal·lar-se en una àrea més o menys quadrangular compresa entre l'avinguda Diagonal i els voltants del passeig de la Bonanova, i entre la plaça de Sarrià i l'avinguda del Doctor Andreu. A aquesta zona «residencial» pertanyen figures literàries com Carlos Barral, Jaime Gil de Biedma, els germans Goytisolo, els germans Pániker, Félix de Azúa o Lluís Racionero, entre d'altres. També hi van créixer autores com Núria Amat i Esther Tusquets, i editors com Beatriz de Moura o Jorge Herralde. La vinculació amb els barris alts tampoc no pot descartar-se en el cas d'Eugenio Trías, Rosa Regàs, Cristina Fernández Cubas, Mario Muchnik, Eduardo Mendoza o Carme Riera. Altres autors com Juan Marsé, Clara Janés o Manuel Vázquez Montalbán han ambientat aquí algunes escenes de llurs novel·les.

On residia l'encant de la zona, gairebé destruïda? A diferència de l'Eixample comercial i de la bullidora Rambla, aquests carrers eren silenciosos, tranquils i deserts. Formaven un paisatge urbà integrat, en la seva majoria, per «torres», això és, vil·les de dues plantes amb tanques i barris de ferro i el corresponent jardí. Els nens hi creixien en un ambient benestant, amb una bona biblioteca familiar i diversos membres de servei. L'encanteri que aquest món exercí a la postguerra es fa palès a l'arrencada d'*Últimas tardes con Teresa*, de Juan Marsé (vegeu les pàgines 178 i 180). Un jove immigrant murcià, el Pijoaparte, hi roba una motocicleta per recórrer la ciutat:

> «*Su intención, esa noche, era ir al Pueblo Español, a cuya verbena acudían extranjeras, pero a mitad de camino cambió repentinamente de idea y se dirigió hacia la barriada de San Gervasio. Con el motor en ralentí, respirando la fragante noche de junio cargada de vanas promesas, recorrió las calles desiertas, flanqueadas de verjas y jardines, hasta que decidió abandonar la motocicleta y fumar un cigarrillo recostado en el guardabarros de un formidable coche sport parado frente a una torre*».[1]

Els propietaris d'aquestes torres eren empresaris, banquers, polítics o professionals liberals, i pertanyien a les classes conservadores. Alguns dels millors escriptors barcelonins van créixer, doncs, en famílies que manegaven parcel·les de poder a l'època de Franco. Els seus pares res-

El bar Tres Torres. Una mostra de torre unifamiliar al barri de Tres Torres
Pep Herrero

ponien al clàssic tipus burgès: pragmàtics, poc imaginatius, beats. Paradoxalment, serien els seus fills els qui enarboressin la bandera de la rebel·lia, tot entregant-se a la vida bohèmia i adoptant una posició política d'esquerres; també seran molt crítics amb el decorat que els veié néixer. Aquesta metamorfosi presideix les primeres obres de Luis Goytisolo, com el superb cicle *Antagonía*, on la zona alta adquireix un protagonisme singular. S'hi narra la joventut d'un personatge nascut al barri de Tres Torres i la seva peripècia vital a l'Espanya franquista. Luis Goytisolo tornarà a aquest escenari en la novel·la *Estatua con palomas*, que reviu la seva infantesa. Així descriu la seva arribada a un centre religiós de la plaça de la Bonanova:

> *«El cambio que supuso mi entrada en el colegio La Salle fue enorme. Los chicos que llenaban el aula a la que fui asignado, todos ellos desconocidos, multiplicaban por tres o por cuatro el alumnado global del parvulario, y el número 1148 bordado sobre el bolsillo de mi bata no hacía sino potenciar la sensación de magnitud hostil. De ahí las formulaciones, las filas, el silencio, los recreos entendidos como desfogue obligado a golpes de silbato, la iglesia, la confesión de los miércoles, la comunión de los jueves, el olor como a ropa usada de los corredores desnudos, las alineaciones de retretes al fondo del patio, semejantes en su concepción a las letrinas militares o carcelarias».*[2]

> *“Era tarde al salir de la tortillería. Pero la noche estaba tan agradable que prefirieron tomar por Travesera para volver a Ganduxer a pie. Mauricio no se dio cuenta de que alguien lo... ¿acompañaba?, ¿seguía? No, no, “alguien”, porque inmediatamente identificó la mirada que sentía en la nuca como la misma que había sentido todo el día de hoy...”*
>
> **José Donoso.** *Tres novelitas burguesas y otros cuentos.* Círculo de Lectores, 1971.

L'etapa escolar sota la fèrula del franquisme ocupa també algunes pàgines a l'obra del seu germà Juan, que reconstruí aquell món en el primer volum de les seves memòries, *Coto vedado*. El petit Juan reparteix la seva vida entre la torre familiar del carrer de Pau Alcover i el col·legi de capellans. L'opressió regnant l'ha convertit en un cleptòman consumat:

Panoràmica de la ciutat amb l'Observatori Fabra en primer terme
Triangle Postals

«Mientras la abuela escudriñaba la casa con el bolso de hule negro bajo el brazo, intentando recordar el lugar donde había puesto el dichoso billete, yo acariciaba tranquilamente éste en el bolsillo, pensando en el paquete de caramelos con el que asombraría a mis condiscípulos después de la pausa casi diaria en la portentosa confitería Foix».[3]

L'admiració del novel·lista per aquest establiment es fa extensiva al seu propietari, J. V. Foix, etern personatge de l'antic poble de Sarrià. Considerat un dels grans poetes catalans del segle XX, diuen que li agradava reunir-se a la vil·la d'una amiga amb un altre gran poeta, Josep M. de Sagarra, que vivia a la plaça de la Bonanova. L'ambient culte del domicili de Sagarra va ser descrit per l'elegant cronista urbà Lluís Permanyer a *Sagarra, vist pels seus íntims*. En qualsevol cas, molts nens burgesos no oblidaren la seva infància als barris alts. Així es fa palès al descriptiu text *Dos infancias y la guerra*, obra del polític Joan Reventós i el seu cosí Jacint, dels quals Gil de Biedma va dir: «*Sus memorias infantiles de la guerra son las más sostenidas, minuciosas y completas que me ha sido dado conocer*».[4] Tampoc no es pot deixar de banda *De memòria*, memòries de Lorenzo Gomis que evoquen l'atmosfera de postguerra.

L'adolescència en un col·legi religiós de la zona és un tema recurrent en molts escrits. L'enginyer Salvador Pániker, per exemple, acostumava a dur un diari quan estudiava als jesuïtes de Sarrià. N'incorporarà una part al volum inicial de les seves memòries, *Primer testamento*. El 3 d'octubre de 1942 s'hi llegeix: «*Le rompo el brazo a Goytisolo y me expulsan del colegio. Me es indiferente. Podría ir al* Virtèlia». És la típica reacció d'un *niño pijo* que amb el temps es traslladarà a un domicili de Pedralbes on ha compost dietaris com *Cuaderno amarillo*, un autoretrat lúcid al llindar de la vellesa.

A mitjan anys cinquanta, diversos joves poetes van anar a viure als carrers situats per damunt de la Diagonal. El 1954, Carlos Barral llogà un àtic al carrer de Sant Elies, prop de la plaça de Molina, al mateix immoble on sojornava el pintor Antoni Tàpies. En el segon volum de memòries, *Años sin excusa*, evoca els carrers del barri de Sant Gervasi, marcats encara pel *tempo* d'un discórrer provincià:

> «*Las calles y callejas estaban en su mayor parte formadas por humildes chaletitos de dos plantas, con ventanas orladas de adornos finiseculares al gusto del albañil y había corralones y vaquerías que olían fuertemente a pelo de animal estabulado... Los bares, apenas modificadas tabernas que aún vendían vino a granel, albergaban una clientela familiar y constante, adivinable según las horas, como en los pueblos.*»[5]

El Cristal City, actualment desaparegut, en una imatge de la dècada de 1980
Arxiu La Vanguardia

Al carrer de Balmes s'alçava el Cristal City, el bar llibreria més sofisticat que s'erigí en centre de la tertúlia literària més important de l'època. Barral, Gil de Biedma, José Agustín Goytisolo, José Ángel Valente, Francisco Rico, Josep M. Castellet, Ángel González o Jaime Salinas, entre d'altres, xerraren sovint en els seus tous seients de cuir, instaurant una manera d'entendre la nit —amb música i gintònics— que anticipava l'esclat festiu de la *gauche divine*. Lluny de les tertúlies alcohòliques, el poeta Enrique Badosa es traslladà aquells anys a viure al carrer de Marc Aureli, número 14, per sobre de la Via Augusta. Amb el temps, aquesta adreça serviria de títol i escenari al seu poemari *Marco Aurelio 14*, poblat de fantasmes personals que vagaregen per l'apartament del poeta. Així mateix, el poeta Joan Margarit ambientà «Nit fosca al carrer Balmes», versos dedicats al dolor d'una filla, a la propera Clínica del Pilar.

La majoria dels parroquians del Cristal City freqüentaren més endavant l'estudi de Gil de Biedma, al 520 del carrer de Muntaner, prop de la plaça de la Bonanova. Aquest soterrani, «*más negro / que mi reputación —y ya es decir*», segons el poeta, apareix en obres tan diverses com *Años sin excusa*, de Barral o *Evocación del sótano negro*, de Marsé.[6]

El seu record motivarà el poema «Contra Jaime Gil de Biedma», un intens monòleg on un cavaller burgès increpa el jove llibertí que va ser i els vicis del qual no aconsegueix de dominar. L'escena transcorre al nou apartament de Gil de Biedma, al carrer del Mestre Pérez-Cabrero, número 6, al costat del Turó Parc, i va ser escrit en un bar proper, el

Els jardins del Turó Parc
Parcs i Jardins. Ajuntament de Barcelona

La plaça de Francesc Macià
Parcs i Jardins. Ajuntament de Barcelona

Pippermint, del carrer de Bori i Fontestà, miraculosament intacte. Veí del barri, José Agustín Goytisolo passejava sovint pel mateix parc, on ubicà el poema «El ángel verde», parcialment inspirat en una estàtua de bronze que s'alça encara sobre la gespa i evoca en l'autor la veritable consciència de la Natura.

La fauna que pul·lulava per la propera plaça de Calvo Sotelo —avui Francesc Macià— circula a la novel·la *Beatriz Miami*, de J. A. Masoliver Ródenas. Dos joves disserten aquí sobre el mètode d'aproximació a les *niñas bien* del franquisme:

> «*Si quieres que te den las manos y que se te acerquen y que se te caigan encima y verles las piernas lo mejor es el* Skating, *además sólo tienes que pagarles la cocacola, mientras que si las llevas al* Boliche *te salen por un huevo y la yema del otro, porque allí toman cubalibre y encima tienes que pagar la bolera*».[7]

Un altre *enfant terrible*, Félix de Azúa, constitueix l'arquetipus d'escriptor de la seva generació vinculat a la classe benestant i molt atent al teixit urbanístic i humà de la ciutat: de vegades s'ha ocupat a classificar, a la manera nabokoviana, les alumnes dels col·legis de monges dels barris de la seva adolescència. Són les mateixes que estudien als Sagrats Cors a *Un clavel entre los dientes*, de Jorge de Cominges, o que viuen recloses en un internat a *El misterio de la cripta embrujada*, d'Eduardo Mendoza:

«Me preguntó si tenía una hija en el internado de San Gervasio. Asentí. Me preguntó si estaba dispuesto a hacerle un favor y a guardar un secreto. Me dio su palabra de que la nena no sufriría ningún perjuicio. ¿Qué podía yo hacer? Estaba, como se dice, entre la espada y la pared».[8]

En altres casos, la presència de l'àrea residencial resulta esporàdica. Vila-Matas, per exemple, ambientà en una torre de Sant Gervasi part de l'acció de *Lejos de Veracruz*, protagonitzada pels germans Tenorio, un encreuament novel·lesc dels germans Goytisolo i els Panero:

«Destrozado, convertido en un tímido sumamente raro y en un trágico muy apocado, el pobre Máximo, al descubrir que no podía ser feliz, decidió pasar a ser un genio encerrándose en el ático del inmueble de Sant Gervasi...».[9]

Però tant Vila-Matas com Javier García Sánchez, Marcos Ordóñez, Quim Monzó i Pedro Zarraluki pertanyen a altres latituds urbanes, on han ubicat els principals episodis de les seves obres. El transvasament realitat-ficció és freqüent en molts casos. Mercè Rodoreda va viure a Sant Gervasi, tot i que la seva cèlebre novel·la *La plaça del Diamant* pertany al barri de Gràcia, amb el qual l'autora ha quedat associada per sempre més. En els temps de la Barcelona cosmopolita dels seixanta, dos joves escriptors llatinoamericans —García Márquez i Vargas Llosa— van viure a pocs metres de distància, als

D'esquerra a dreta: Josep Maria Castellet, Gabriel García Márquez, Carlos Barral, Mario Vargas Llosa, Félix de Azúa, Salvador Clotas, Julio Cortázar i Juan García Hortelano en un restaurant de Barcelona, el 1972
Arxiu personal

carrers dels Caponata i d'Osi, prop de la plaça d'Artós. Eren els anys de la *gauche divine* i la sala de festes Bocaccio, que García Márquez descriu com «*el cabaret de moda en Barcelona*» i que apareix al seu relat *Tramontana*.[10]

La zona alta va tenir també autors de culte, poetes a contracorrent de la seva època, obsessionats per la fulgència irreductible dels mots. El gran surrealista J. E. Cirlot passà gran part de la seva vida al carrer d'Hercegovina, 33. Allà compondria el seu celebèrrim *Diccionario de símbolos* i el *Ciclo Bronwyn*, un dels poemaris més originals de la poesia castellana del segle XX. L'apassionant recreació d'un mite d'aire medieval potser és la major prova que la inspiració pot brollar sota les grises lloses urbanes. Al final, només la literatura redimeix de les transformacions que van destruir per sempre la fesomia romàntica de la ciutat. Així ho expressà amb malenconia l'últim llibre de José Agustín Goytisolo:

«Reinaba el limonero sobre el fondo
del jardín y aunque nadie lo regaba
debió beber la lluvia y el rocío
pues era hermoso y fuerte. Cuando echaba
la flor de azahar colmaba de lisura

Carrer dels Caponata, número 6, casa on residí Gabriel García Márquez
Pep Herrero

Col·legi Sant Ignasi dels Jesuïtes de Sarrià
Pep Herrero

el aire. Y aún ahora en el recuerdo
sigue ofreciendo frutos amarillos
como hizo siempre que el jardín duró.
Después —en donde estuvo— un edificio
señala la ignominia. A ojos cerrados
el verde oscuro y terso de las hojas
sigue brillando sobre el tiempo ido».[11] ■

PROCEDÈNCIA DELS TEXTOS

1. Juan Marsé. *Últimas tardes con Teresa*. Seix Barral, 1976. Pàg. 13.
2. Luis Goytisolo. *Estatua con palomas*. Destino, 1992. Pàg. 92.
3. Juan Goytisolo. *Coto vedado*. Seix Barral, 1985. Pàg. 107.
4. Jaime Gil de Biedma. *El pie de la letra. Ensayos, 1955-1979*. 1980.
5. Carlos Barral. *Los años sin excusa*. Barral Editores, 1978. Pàg. 72.
6. Juan Marsé. *Evocación del sótano negro*. Litoral, 1986.
7. Juan Antonio Masoliver Ródenas. *Beatriz Miami*. Anagrama, 1991. Pàg. 174.
8. Eduardo Mendoza. *El misterio de la cripta embrujada*. Seix Barral, 1996. Pàg. 151.
9. Enrique Vila-Matas. *Lejos de Veracruz*. Anagrama, 1995. Pàg. 30.
10. Gabriel García Márquez. *Doce cuentos peregrinos*. Mondadori. Pàg. 179.
11. José Agustín Goytisolo. *Las horas quemadas*. Lumen, 1996. Pàg. 11.

Vista des de Collserola de l'avinguda del Doctor Pearson, el carrer més lluminós de les famílies benestants
Pep Herrero

Manuel Vázquez Montalbán i l'actor Juanjo Puigcorbé, que encarnà el personatge de Carvalho, a la cocteleria Boadas el 1999
Agència EFE
Fotografia de Toni Garriga

13. Carvalho i Cia. Una sendera negrocriminal

Montse Clavé

“No ens vam tornar a parlar fins a les Corts, on ella vivia. Mai no m’havia deixat acompanyar-la-hi però avui va dir: Vine si vols. El farem aturar abans d’arribar a casa. En la fosca del cotxe, aïllats de mirades indiscretes vam unir les mans i, al cap d’una estona, quan ja anàvem per la Via Laietana, em va permetre d’abraçar-la. S’abandonà contra meu, el cap, però, alçat i els ulls clavats en els meus. Sospirà.”

Manuel de Pedrolo. *Joc Brut.*
Edicions 62, 1965.

escales de l'itinerari

1 relais d'orsà

Acollidor hotel de quatre estrelles en plena serra de Collserola, a Vallvidrera. Concretament està al carrer de Mont d'Orsà, 35.

2 plaça del sortidor

Punt neuràlgic del barri del Poble sec, on es troba el centre cívic i se celebren diverses activitats de la Festa Major. És una zona plena de bars entranyables, com l'antic Cafè Genius (que datava del 1908) i que avui acull el restaurant Sortidor.

❸ el molino

Durant anys, el Paral·lel va ser considerat el Montmartre barceloní. Entre les seves sales d'espectacle o *music-hall* destacava El Molino, que va tancar l'any 1997.

❹ sala apolo

Situada a Nou de la Rambla, 112, la Sala Apolo va funcionar com a saló de ball fins que es va quedar sense orquestra. Avui dia és un dels indrets capdavanters del *clubbing*, amb —segons els dies— discoteca, projecció de cinema o concerts.

❺ mercat de sant antoni

Durant els dies laborables és un tradicional mercat de queviures, però els matins dels diumenges es transforma, i sota la marquesina de l'edifici es troba tot un ventall de llibres de vell, filatèlia i numismàtica, jocs d'ordinador, cromos, pornografia i més objectes per comprar o canviar.

❻ carrers de la cera, d'en botella i de sant rafael

El restaurant Can Lluís, al carrer de la Cera, 49, era un dels llocs que freqüenta Carvalho. Carrer d'en Botella: l'escriptor Manuel Vázquez Montalbán va néixer al carrer d'en Botella, al barri «Xino». Casa Leopoldo: al carrer de Sant Rafael, 24, i que va començar com a celler i fonda per a dinars, freqüentada per gent del món dels toros i de la faràndula.

❼ pastís

Al carrer de Santa Mònica, 4, és un local d'ambientació francesa on es consumeix el pastís (una beguda anisada).

❽ panam's i restaurant amaya

El Panam's és un històric cabaret *porno* de la Rambla (número 27), que també té discoteca. Restaurant Amaya: situat a la Rambla, 20-24, aquest restaurant està especialitzat en tapes.

❾ plaça reial

L'itinerari de la novel·la negra proposa tres locals de nit enclavats a la mítica plaça Reial: són el Pipa Club, el Glaciar i el Jamboree (o Los Tarantos si es puja a la part de dalt del local). Vegeu la pàgina 91.

❿ bar nostromo

Situat al número 6 del carrer de Ripoll, molt prop de la catedral, aquest local va ser fundat l'any 1989 per Cecilio Pineda, antic capità de la marina mercant.

Barcelona és una ciutat dels crims en paper i tinta negra. Molts dels seus barris ambienten novel·les policíaques. Del Poble sec a Sant Andreu, de Vallvidrera a la Barceloneta.

Acompanyem Pepe Carvalho, el detectiu més conegut i que més ha viscut de la literatura negra espanyola. «*Los detectives privados somos los termómetros de la moral establecida, Biscuter.*»[1] Les seves perquisicions el van portar durant gairebé trenta anys a constatar la transformació moral d'una societat que perdia la memòria històrica. Pepe Carvalho és el detectiu més pessimista que mai hagi trepitjat els carrers de la Barcelona olímpica. «*Aquella nueva ciudad ya casi no sería la suya.*»[2] La seva mirada negra i incisiva guia aquest itinerari per una ciutat que va existir o que existeix encara, una ciutat que tant ell com el seu creador estimaven amb passió. Carvalho retrobarà el seu món. Autors i personatges que escriuen la ciutat en negre.

Serà un recorregut per la ciutat real, lluny de la Barcelona d'aparador. Ens situem al cim, Vallvidrera. Allà el detectiu Pepe Carvalho i el seu pare literari, Manuel Vázquez Montalbán, hi tenien la casa. Tots dos hi vivien i cuinaven: «*A las cuatro de la madrugada llegó Carvalho a su casa de Vallvidrera. Tenía el cansancio que dejan las horas doblemente vividas. Preparó un bocadillo de carne fría, lechuga y mayonesa. Abrió una lata de cerveza holandesa y se tumbó sin ánimos de encender la chimenea*».[3]

Tots dos cremaven llibres. L'escriptor, creiem, només metafòricament. El seu personatge, de manera real i selectiva. Els cremava perquè els tenia. Perquè els estimava.

> «*A la casa de Carvalho se llegaba por un camino ancho de tierra que reptaba entre viejas villas historiadas, de un blanco agrisado por la lluvia a lo largo de cincuenta años, salpicado por azulejos verdes o azules y los colgantes mechones de buganvilias o dondiegos que rebosaban por los bordes de las tapias. La villa de Carvalho no era un perro ni tan viejo, ni de tan buena raza. No la habían construido en pleno esplendor de Vallvidrera, sino en su segundo gran momento histórico, cuando algunos enriquecidos por el estraperlo de la posguerra habían buscado en la montaña un afortunado mirador del escenario de sus negocios afortunados. Se trataba de enriquecidos menores por un estraperlo menor. Gentes ahorrativas que habían conservado de los tiempos anteriores a la guerra el frenesí por la casita con jardín en las afueras, a ser posible incluso con su rincón para las lechugas, las patatas y las tomateras, fascinantes* "hobbys" *de fin de semana y vacaciones pagadas.*»[4]

Si aquí, en el punt més alt de la ciutat, voleu saber com es viu en una vella vil·la historiada, de les que descriu Vázquez Montalbán, i us ho podeu permetre, passeu una nit en un hotel amb vistes, el *relais* de quatre estrelles del carrer de Mont d'Orsà. Des d'allà veureu que lluny queda la Barcelona de la nostra sendera criminal.

Deixem l'indret que Carvalho escollí per viure i cuinar. Sens dubte vivia allà dalt per allunyar-se dels carrers estrets i humits de la seva infantesa i poder respirar l'aire net, amb aroma de riquesa, del cim de Barcelona.

Anem sense tardança al cor de la ciutat vella amb Carvalho. Podem acompanyar-lo amb cotxe: «*Dejó su Seat "coupé" rojo en el estacionamiento de la Plaza de la Villa de Madrid. Le gustaba dejar el coche al comienzo de las Ramblas para poder recorrerlas a pie hacia abajo, hacia el territorio de Charo*»,[5] o bé acompanyar-lo amb transport públic: «*El metro le fue acercando al corazón de la ciudad. Salió en el Paralelo, cruzó la destartalada vía entre soledades y se metió por la calle Conde del Asalto en busca de las Ramblas*».[6]

No ens endinsarem encara pels carrerons de la infantesa de Carvalho. Deixem-lo que vagaregi tot sol pel seu barri i, a la sortida del metro, ens trobarem amb un altre personatge i un altre autor. El desenganyat inspector Méndez i el seu creador, Francisco González Ledesma, pugen a un terrat d'un carrer proper, al Poble sec:

Francisco Gonzàlez Ledesma
Editorial Planeta

«La puerta del terrado está abierta. Buen asunto. El terrado le mostró el sol de la tarde, el milagro de las torres de la catedral, la elipse de las palomas, el pubis de una nena que tomaba el sol y los prismáticos de un viejo que, mientras la nena no se moviera, estaba dispuesto a tomar la luna. Había sábanas tendidas, braguitas unisex, camisas de soldado y camisetas de gala, con un anuncio de obras públicas. A un lado en la lejanía, se divisaba el Tibidabo con sus jardines, sus torres de porcelana y sus fincas construidas por el señor Mercedes Benz. Al otro lado el Montjuïc de las tres chimeneas, el campo del Poble Sec, la escalerita de la calle Margarit, los bares de caracoles y las verdes laderas que antes habían sido huertos familiares y barracas de porrón y conejo a la brasa. Toda una generación de niños de la República había descubierto allí que existía el sol».[7]

No emprendrem el descens fins al Paral·lel sense fer un tomb per la tranquil·la i assolellada plaça del Sortidor. Si el cos no ens demana una tapa de caragols en algun dels bars de la plaça, potser optarem per un «Poble-sec» —combinat d'anxoves, tonyina, olives i pebrot— o un cafè negre. De bars, no en falten, al Poble sec. N'hi ha per a tots els gustos i estats d'ànim:

«El bar con el mostrador blanco, ya cascado, pulido por todas las manos y todas las salivas, por el que a lo largo de casi un siglo, habían pasado docenas de tíos de la FAI que no creían en nada, de padres de familia que creían en sus hijos y de mujeres que hubieran querido olvidar su historia. Hay bares de Poble Sec en que cada vaso contiene una gota de silencio».[8]

El bar és un escenari negrocriminal. S'hi concerten cites mortals, cites d'amor que poden acabar amb sang, cites de negocis negres amb diner blanc i a l'inrevés.

Alicia Giménez Bartlett disseca aquells qui els freqüenten per motius laborals sense ser cambrers, aquells qui estan a l'altra banda del crim, del costat de la llei. A *Ritos de muerte*, Petra Delicado penetra en un d'aquells bars acompanyada del seu inseparable sotsinspector Garzón. Investiguen un cas de violació d'una menor:

«Teóricamente, un "peinado de bares" hubiera podido ser algo atractivo, un compendio entre sociología y baño neocultural. Pero las teorías pivotan sobre lo cualitativo y olvidan por completo la

reiteración. Estaba harta de ver muros despintados, barras gélidas, de las preguntas siempre parecidas del subinspector. Estaba hasta las narices de música estridente y de cerveza. Era casi la una de la madrugada y había empezado a preguntarme si todo aquel tiempo contaría como horas extraordinarias o si se pagaría como jornada normal, aunque lo más probable fuera que no se pagara de ningún modo, considerándose un gaje inherente a la profesión».[9]

Després de la primera parada de la ruta arribem al Paral·lel. Una avinguda que, com tantes d'altres d'aquest itinerari, ja no és allò que era. Dues visions del Paral·lel, una de més llunyana i una de més recent. Ens hi acompanyaran Rafael Tasis i *Un crim al Paralelo* i, de nou, González Ledesma:

«A llur entorn, regnava el brogit habitual del Paralelo. Les taules eren plenes de gent que conversava i reia. Enfront brillaven les bombetes que dibuixaven les entrades dels music-halls i els rètols dels teatres. Més avall, s'alçaven les tres xemeneies de la fàbrica d'electricitat i hom endevinava el port: algun toc de sirena arribava a penetrar entre els sons del carrer, els cops de clàxon i el dringar de les campanetes del tramvia, confonent-se amb l'ombra de la nit, la gran massa de Montjuïc posava una taca negra».[10]

Alicia Giménez Bartlett
Editorial Planeta

«Se lo llevó a las luces del Paralelo, a los gastados peldaños de los urinarios del Arnau, a la fábrica de las tres chimeneas que, lo mismo para el Andrade que para el Méndez, eran la imagen de su niñez perdida, aunque de la niñez perdida sólo se acordaba el Méndez. Atravesaron la ancha calzada para ir a la boca del funicular de Montjuic, ya en la acera del Viejo Pueblo Seco, la acera del Bataclán y del Cómico, la de las sombras que ya no existían. Sólo el Molino aguantaba más allá de los pisos milimetrados, negándose a morir.»[11]

L'autor s'equivoca. No solament ja no aguanta, sinó que van assassinar l'emblemàtic Molino. Però no ens deixem arrossegar per la

El Molino en una imatge de 1993, poc abans que les seves aspes s'aturessin
Arxiu Municipal del Districte Sants-Montjuïc. Ajuntament de Barcelona Fotografia de Nelson Herrera

nostàlgia. Alguns antres es mantenen i d'altres han obert les seves portes per a aquells que estimen la nocturnitat i traïdoria en aquesta sendera criminal. Avui, al Paral·lel, es pot pecar com aleshores, al so d'una *bachata,* d'un *merengue* o de la salsa més calenta de la ciutat al Palacio de la Salsa.

Situats a El Molino, creuem l'avinguda i caminem per la ronda de Sant Pau fins als encants del mercat de Sant Antoni. És diumenge. Els llibreters de vell treuen els seus llibres a prendre el sol i l'aire. Potser tindrem la sort de trobar aquella novel·la negra que un dia vam deixar i que notem que ens manca més que mai. En realitat, no podem viure sense ella. Es tracta de l'introbable *Crónica sentimental en rojo,* de Francisco González Ledesma:

«Era la zona de los Encantes, del Mercado de San Antonio, la zona entrañable del capazo en sábado, del libro viejo en domingo. Era

un cierto sector de una cierta juventud de Méndez, sector de luces macilentas, de tiendas pequeñas, de dependientas culonas, de tardes otoñales que uno ve morir. Era un pedazo de la Barcelona que Méndez amaba a pesar de todo, y a veces aún se detenía de noche ante la estructura de hierro del mercado y veía cómo un viento venido de muy lejos movía las luces amarillas, inmunes al tiempo».[12]

Abandonem el mercadet exultants amb el nostre llibre sota el braç. Travessem la ronda de Sant Antoni i ens endinsem al carrer de la Cera.

És un dels trams més impregnats de narrativa negra. El seguim amb una ràbia molt recent i un buit enorme. La pàtria de la nostàlgia de Carvalho i la del seu pare, Manuel Vázquez Montalbán: «*Recuperó rincones habituales como si volviera de un larguísimo viaje. La fea pobreza del Barrio Chino tenía pátina de historia. No se parecía nada a la fea pobreza prefabricada por los especuladores prefabricados prefabricadores de barrios prefabricados*»,[13] escriu a *Los Mares del Sur.*

Can Lluís subsisteix. Carvalho menja al restaurant de la cantonada del carrer de la Reina Amàlia amb la Cera ampla: «*Aún recordaba los ruidos del tiroteo entre atracadores y la policía que le costó la vida al antiguo propietario, en los años cuarenta. Pidió una olleta d'Alcoi y una espaldita de cabrito asada, la comida era excelente*».[14]

Deuen tenir encara olleta d'Alcoi? A la porta anuncien un «Menú de cine»... L'antic cinema Padró és avui un edifici modern de Núñez y Navarro. Al davant, el carrer de la Botella: aquí va néixer Manolo...

«...Y a la salida, el descenso de la calle le llevó por sí mismo hasta la calle de la Botella, su propia calle, la de Young, y se quedó un rato oteando el balcón de la que había sido su casa, del que pendían sábanas que no eran las suyas, ropas que no eran las de sus padres, manteles que no eran los de su mesa, colgado todo por las manos que no eran las de su madre y algo parecido a la congoja le hizo cerrar los ojos y encaramarse por los escalones del portal de Young hasta llegar al terrado compartido por dos o tres fincas, el escenario de los sueños soleados de infancia y adolescencia, al día siguiente de la guerra civil».[15]

Al seu *Estudi en lila,* Maria Antònia Oliver ens explica que també ella o la seva protagonista, Lònia Guiu, havien viscut en aquests carrers:

Maria Antònia Oliver
Pere Virgili

«*Aquests havien estat els meus carrers la primeria de ser a Barcelona. Aquí hi havia viscut jo tres anys amb una colla d'estudiantes mallorquines, a un pis minúscul*».[16]

Arribem a Casa Leopoldo, restaurant iniciàtic del Carvalho adolescent. Avui, la «senda de los bulldozers» l'ha deixat encarat al sol de llevant, sense edificis ni ombres: «*De vez en cuando le gustaba comer en Casa Leopoldo, un restaurante recuperado de la mitología de su adolescencia.*» Son pare l'hi va dur un dia quan era un simple restaurant de barri; fet insòlit en un home que deia «*que en los restaurantes sólo roban y dan porquerías. Alguien le había hablado de un restaurante del barrio chino donde daban unas raciones estupendas y no era caro*».[17]

Què pensaria Evaristo Carvalho dels preus actuals?

Carvalho deixa Casa Leopoldo i s'endinsa al carrer de l'Aurora. Busca els paisatges perduts de la seva infantesa: «*Al pasar delante de un edificio milagrosamente moderno en el contexto de una calle anclada en los tiempos del asesinato del Noi del Sucre, Carvalho vio cierto movimiento de gente ante la puerta. Un cartel discreto anunciaba una serie de actos sobre "novela negra".*»[18] (El Noi del Sucre va ser crivellat a cop de bala molt prop d'aquí, al carrer de la Cadena.)

El lector que ho vulgui pot seguir a *Los Mares del Sur* tota una dissertació de Carvalho - Vázquez Montalbán sobre la novel·la negra... El detectiu se submergeix al carrer de l'Arc del Teatre «*en busca de la futura senda de los bulldozers, zigzagueando por callejuelas entristecidas por la noticia y despidiéndose de edificios ennoblecidos súbitamente por su condena a muerte, porque hasta el estrangulador de Boston inspiraba compasión y adquiría dignidad en las horas precedentes a su ajusticiamiento. San Olegario arriba, desembocó en calle San Rafael...*».[19]

Però fem la ruta a l'inrevés. De Sant Rafael, poca cosa en queda; de Sant Oleguer, res. Som a les que van ser les entranyes del barri «Xino». Barri sense xinesos. Ahir i avui, barri d'immigrants. El barri que, com escriu Manolo a les *Barcelones*, «*Pieyre de Mandiargues convirtió en literatura*». A la confluència de Sant Pau i Sant Ramon, les portes rovellades del mític Marsella. Els dies d'absenta i de pastís han passat per sempre.

«Hay casas, sobre todo en el barrio barcelonés del Raval, el viejo barrio Chino, que están siendo pulverizadas por la piqueta. Quedan entonces al descubierto, en las que fueron paredes maestras, las baldosas de la antigua cocina, los garabatos que dibujó la nena en el comedor, las marcas de la cama donde papá y mamá se ve que hicieron maravillas. Quedan anclajes de la escalera vecinal, los marcos de las ventanas que daban a un patio interior. Queda la sombra de un mundo que estuvo lleno de vida, de sacrificio, de pecado y esperanza, y que ahora está envuelto en dos cosas: el silencio y un decreto municipal.»[20]

El carrer d'en Robador. Andreu Martín i Carles Quílez el descriuen així a la novel·la *Cop a la Virreina*:

«El sergent Chinchilla havia seguit el Tísic a un edifici del carrer Robador on havia entrat. Va esperar-lo amb paciència durant una mica més de mitja hora, recordant l'època en què aquell carrer estret, sinistre i pudent estava a vessar de gent nit i dia. Cada porta era un bordell, cada bar un puticlub, a cada pas hi havia una noia descarada i eren legió els badocs de poble, els adolescents, els pinxos, els viciosos, els habituals, que recorrien el carrer de dalt a baix, de baix a dalt amb aquelles mirades tenyides per diferents tipus de febre, mirades que era imposible de veure en cap altra part de la ciutat».[21]

Andreu Martín
Luis Miguel Palomares

Molt a prop, el carrer de les Tàpies ha donat pas a l'arquitectura oficial i asèptica: Consell Comarcal de Barcelona, la Casa del Món, i altres enclavaments lliures de tota sospita. A *Un crim al Paralelo*, Tasis recorda l'origen del seu nomenclàtor:

«...li venia de les tàpies que l'havien format, quan només era un passadís entre tot d'hortes i jardins arrecerats sota les muralles de la ciutat. Els jardins, les hortes i la muralla havien desaparegut temps ha, i el carrer continuava, amb el seu nom desuet, més baix que l'avinguda on desembocava. Una rampa llefiscosa salvava el desnivell. Però Josep sempre s'estimava més de donar la volta i anar-

se'n, a poc a poc i amb cigarreta penjada als llavis, cap al carrer de Sant Ramon».[22]

El carrer de Sant Ramon continua existint. Les putes també. Amb les mateixes cares que les d'abans i les mateixes misèries. Sense reciclar, ni elles, ni els seus macarrons, ni els seus clients. Al número 29, la darrera casa de la zona anuncia preservatius i gomes.

«Pero también acaban acorralados todos estos bares, que a veces tienen un nombre exótico, para que la gente sueñe los domingos en el viaje que nunca llegará a hacer.

El summum de todos los sueños imposibles es un bar, de la calle de las Tapias nada menos, que se llama "Bar Java", sueño de mar limpio entre las casas de gomas y los pedazos de ruinas».[23]

Travessem el carrer Nou de la Rambla. Fins no fa gaire, Conde del Asalto. Potser us trobareu amb alguna parella de turistes funcionaris de Pequín, que es pregunten per què anomenen *xino* aquest barri. El mateix els passaria als propietaris d'un «tot a...» del carrer, que anuncia la seva mercaderia amb dos fanalets vermells penjats al llindar de la porta. Dos xinesos perduts que van creure que aquesta seria la seva segona pàtria i es van trobar amb un barri xinès ple de paquistanesos. El nostre estimat Carvalho tenia el despatx per allà. Un despatx amb finestra a la Rambla:

«Biscuter le telefoneó agitado desde una cabina telefónica, que Carvalho podía ver desde la ventana de su despacho, en las Ramblas»;[24] *«(...) y con empuje subió de dos en dos los escalones de madera del caserón en otro tiempo casa de putas de Madame Petula y en la actualidad compartida colmena de despachos de industrias menores: fabricantes de colonia por lo libre, abogado de vicetiples y pequeños hampones, un gestor, un periodista ansioso de hundirse en los fondos del Barrio Chino para escribir una novela de realismo urbano, una vieja callista, una modista, una minipeluquería para clientes habituales desde la Exposición de 1929, algún que otro estudio habitado por pelotaris del frontón Colón y chicos del conjunto Barcelona de Noche. El despacho de Carvalho era un pequeño apartamento de unos treinta metros cuadrados: un despacho propiamente dicho, verdoso, con muebles de oficina de los años cuarenta; una pequeña cocina con nevera y un retrete. Al cuidado del despacho estaba Biscuter, excompañero de cárcel de Carvalho».*[25]

Caminem pel carrer de la Guàrdia. Al carrer de Santa Mònica subsisteix encara el càlid bar Pastís (tanca els dilluns), on la veu negre antracita d'Édith Piaf, carregada de tots els aiguardents del món, segueix abrigant nits portuàries, ara sense mariners tatuats i rossos com la cervesa i sense cap milord trencat per l'absència, però amb l'encant de sempre. Seguim Carvalho... «*Salió hasta las Ramblas y tomó la dirección del puerto. Al llegar frente a la iglesia de Santa Mónica se salió del paseo central, cruzó la calzada derecha y se adentró por la calleja que bordeaba la izquierda de la iglesia. Penetró en el bar de El Pastís y pidió absenta.*»[26]

Bar Pastís, local de culte per a la música francesa
Pep Herrero

Carrer de l'Arc del Teatre. Cementiri de records i de llibres oblidats: el cabaret Villa Rosa, la paradeta de la cassalla, el Panam's i els seus espectacles eroticocasposos.

La Rambla. Impermeable a totes les modes culinàries, el restaurant Amaya. Això sí, la llarga carta en un sol paper va sucumbir al disseny.

«*Si descubres algo estaré en el despacho hasta la una, luego me daré una vuelta por los billares. Comeré en el Amaya...*», diu Carvalho a Charo a *La soledad del manager.*[27]

Recordeu el Sanlúcar, al costat de l'Amaya? Avui és un Burger King. (Per què deu ser que els honorables polítics d'aquesta ciutat no consideren els bars monuments catalogables?) Carvalho sí que ho fa a *Los Mares del Sur:* «*Desanduvo lo andado en retorno a su despacho, pero aún buscaba con los ojos la posibilidad de Yes Rambla arriba. Se metió en una taberna junto al Amaya, en la que sólo se podía tomar vino del Sur. Bebió con sed tres manzanillas frías*».[28]

Arribem a la plaça Reial pel carrer dels Escudellers: «*Carvalho se sentó en la terraza del Versalles. El Bromuro merodeaba entre los clientes. Se detuvo ante los zapatos embarrados de Pepe y fue aceptado. El camarero puso ante Carvalho un "bitter" y una ración de aceitunas rellenas...*»[29]

La plaça segueix sent magnífica. En unes hores determinades més que no pas en unes altres. D'abans queden el Glaciar, el Jamboree... Així la veu Vázquez Montalbán:

> «*(...) en una ciudad paradójica que bajo el peso del toque de silencio desarrolló una curiosidad por el jazz sin equivalente en otras ciudades españolas. Es más, en los sórdidos años cuarenta, en los dancings y las boîtes, el jazz suministraba música viva a los clientes, en la prehistoria de la música enlatada, y aquellos herméticos diálogos imposibles de instrumentos concentraban los soliloquios de los locos por la música. Luego el jazz quedaría como un sustrato más de la ciudad, refugiado en la cava existencialista de Jamboree, en la plaza Real, y convertido en emblema en la persona del pianista ciego Tete Montoliu. No había duda, el jazz había sido la música de la madriguera interior, como la canción francesa en los años cincuenta fue la música de la salida dolorida de ese ensimismamiento, la nova cançó la búsqueda de una comunión civil, y ahora la palabra libre prometía su abierta desnudez sonora en una ciudad libre*».[30]

Los Tarantos. Qui sap?, potser, en aquest Pipa Club amenaçat, hi va anar, alguna tarda tot compartint el fum amb els fumadors del lloc, el millor detectiu del món, mestre de mestres, l'inimitable Sherlock Holmes. Sabeu que ell i el seu amic John H. Watson van estar a Barcelona? Aquest secret tan ben guardat, que ni tan sols coneixen els fanàtics del gènere negre, el revela Carlos Pujol a *Los secretos de San Gervasio*.[31]

Seguim Carvalho. El carrer de Ferran el condueix, a *El laberinto griego*, al barri Gòtic:

> «*Pateó los callejones abandonados a su historia inútil, en busca de la ciudad remozada para actuar como escaparate olímpico. La catedral se asomaba, aunque distante, a las obras de un parking subterráneo que permitía aumentar el número de japoneses que la visitarán antes llegara el año dos mil. Les rogamos disculpen las molestias. Trabajamos por usted. Barcelona, posa't guapa. Barce-*

Una de les sales del Pipa Club
Pep Herrero

Detall de la decoració sobre Sherlock Holmes al Pipa Club
Pep Herrero

lona més que mai. Todo el mundo parecía estar de paso, la ciudad incluso estaba de paso entre un pasado sabido y un futuro sin límites precisos».[32]

Molt a prop, al bar Nostromo —encara existeix—, Carvalho naufraga en rom nicaragüenc. Una ampolla que els propietaris del local li reserven en exclusiva. Heus ací l'ètica que gasta el detectiu en l'exercici de la seva professió:

«—¿Siempre hay un segundo cheque?

—Es el mejor sistema. Un cheque para comprar y otro para matar. Lo siento pero usted no tiene nada que venderme.

Carvalho se calló y le aguantó la mirada.

—No siempre se vende lo que se hace. A veces se vende lo que no se hace.

Brando Jr. repitió la frase de Carvalho mentalmente y le dedicó una mirada de interés.

—Yo tengo mi deontología profesional, señor Brando. Consulte usted entre las gentes del oficio, incluso entre los policías, algunos me odian, y le dirán que soy fiel a mi cliente hasta el final aunque el cliente me parezca un miserable. En ese caso todo termina

> *cuando entrego mi informe y le dejo entender que me parece un miserable.*
>
> *Yo nunca abandono un caso. Mi oficio es desvelar el misterio y luego ya no me interesa qué hagan con el misterio los almacenadores de misterios, los capadores de misterios, los vampiros de misterios... clientes, policías, jueces... Ése no es mi trabajo. Hubo un tiempo en que estudié filosofía y me enseñaron que todo consiste en quitarle velos a la diosa y detrás del último velo está la verdad. Alezeia creo que se llama esta técnica, o quizá no sea una técnica, sino una manera como otra de creer en que aún quedan desnudos misteriosos».*[33]

Després del barri Gòtic ens fiquem pel carrer de l'Argenteria, de la Ribera, un dels barris que ja mai més no podrà ser escenari de novel·la negra si no és per a un crim de disseny. Antic barri gremial i comercial en el qual no queda cap gremi; els petits comerços van rebre l'estocada i donaren l'alternativa a la moda més *cool*. Rondem amb Carvalho quan seguia el fil que el portaria a descobrir qui era aquell cadàver tatuat que un dia aparegué al port a trenc d'alba:

> *«Le costó malgastar la tarde paseando por el viejo barrio gremial que rodea el Borne. Las viejas callejas tejen un laberinto a veces umbrío, a veces bañado por un sol filtradizo y cariñoso con las piedras grises. Los bordes gastados de las casas, los jaramagos crecidos en cualquier grieta donde la arenisca de la erosión dejó blanduras para las raíces, los escudos heráldicos sobre los portales, el silencio sólo roto por el forcejeo de los mozos de almacén o el tañido de las herramientas lejanas, fugitivo de los portones entreabiertos de hondos talleres iluminados por bombillas de veinticinco watios, bombillas ciegas por las cagadas de moscas y la película de polvo antañoso. Los coches permanecían aparcados en las calles menos estrechas, pero apenas circulaban. Bebió agua en la fuente situada frente a la Iglesia de Santa María del Mar, compró aceitunas de distintas clases en una tienda de pesca salada y se las fue comiendo en compañía de un panecillo tierno que había encontrado solitario, casi abandonado en la despoblada alacena de la primera panadería abierta de la tarde».*[34]

Seguim pel passeig del Born, intentant no ensopegar amb els cables d'algun rodatge cinematogràfic. Més que passeig és una plaça allargassada, escenari d'antigues justes i torneigs. Dues fantàstiques adrogueries de l'època d'esplendor del barri, de quan el Born va ser el mercat central de Barcelona, queden molt a prop, al carrer del Comerç. Casa Torras i de La Ribera: «*Venda a l'engròs i al detall. Bacallà, olives, conserves*»... Adrogueries de productes seductors, aparentment a recer del disseny i amb saboroses mercaderies.

Andreu Martín ens descriu a la seva magistral i negríssima *Prótesis* un comerç d'aquells que van tenir raons òbvies per desaparèixer:

> «*El colmado de Benítez está en una de las callejas que unen el Paseo del Borne con la Avenida del Marqués de Argentera, muy cerca del puerto. Es una tienda oscura y todas las mercancías que tienen expuestas despiertan muy poca confianza. Seguro que los yogures están pasados de fecha y que la fruta está agusanada. El Benítez camina encorvado y cojea de una forma inquietante, como si se fuera a caer de un momento a otro. Odia a los policías y a los chorizos, pero un día se vio metido en el fregado y no le quedó más remedio que bailar porque estaba en el baile, y así le fue. Una paliza que recordará toda su vida gracias a la cojera que provocó, y un colmado de mierda que apenas le da para ir tirando malamente. Pero cuando uno está en el baile, tiene que bailar, aunque sea cojo y esté amargado*».[35]

Deixem la Ribera. S'apropa el final de la nostra ruta criminal i també de la terra ferma barcelonina. El port. El mar i la platja que no sempre acullen càlids cossos de banyistes. A *Tatuaje*, Carvalho xiuxiueja alguna cosa a Bromuro, l'enllustrador: «*Ha aparecido muerto un hombre en una playa. No tenía cara. Se la habían comido los peces y llevaba un tatuaje en la espalda: He nacido para revolucionar el infierno*».[36]

Hem arribat al barri que viu de cara al mar i d'esquena a Barcelona. Un dia acollí mariners catalans, de Castelló, d'Alacant, d'Almeria, italians... Un gresol de cultures. Un barri consolidat. Una destinació de tants ciutadans que cerquen el seu lloc al sol els diumenges al matí.

La Barceloneta és un miracle. Quant resistirà? Jaume Fuster ens acompanya... Al segle XIX a la Barceloneta hi havia ja 35 tavernes. Els nostres estimats bars de tot el recorregut no falten tampoc en aquest tros de territori. Els bars i el carrer són en aquest barri la prolongació de les sales d'estar de les petites cases:

> «*—I a més a més, el d'avui serà un sopar d'upa. Anirem a menjar peix. A la Barceloneta.*

Fotograma de la pel·lícula **Tatuaje,** ***dirigida per Bigas Luna el 1976, basada en la novel·la homònima de Manuel Vázquez Montalbán.***
A la imatge, Pilar Velázquez i Carlos Ballesteros passejant per la Rambla
Arxiu Fotogramas

—On?
—Al port. Menjar típic, ja ho veuràs.
—Que t'ha tocat la rifa?
—Gairebé, noia, gairebé.»[37]

A la plaça del poeta Boscán la Cova Fumada és un monument sense placa. Un bar que nasqué com a celler, un dels únics indrets del món on l'àvia cuinera rep el merescut títol de «creadora». És autora de la tapa més genuïna de la Barceloneta. La popular bomba sortí de les seves mans artesanes. Cuinera sense títol, de les d'abans. Tot un luxe.

El Jai-Ca és un dels locals més «negres»; no en va és el marc d'una de les darreres novel·les negres ambientades a Barcelona. Es tracta de *Negra y criminal*, una novel·la escrita a vint-i-quatre mans, és a dir, obra de dotze autors especialistes en la matèria negrocriminal:

«*Para Sibin exótica quería decir negra. No hubiera sabido decir si era negra de África o negra de América, como no hubiera sabido diferenciar al elefante africano del índico. La había conocido hacía días, en el bar Jai-Ca de la calle Ginebra. Estaba él jugando con una máquina tragaperras cuando entró ella y le sonrió. "Es puta" pensó Sibin nada más verla. "Y está buena"».*[38]

I molt a prop, al carrer de la Sal, s'hi troba el santuari del crim. «*Dicen que la especialización es el futuro de las librerías de tamaño reducido. En diciembre de 2002 abrió este sencillo local situado en el corazón de la Barceloneta dedicado a la novela negra.*» Ho explica Josep M. Huertas als seus *Paseos insólitos para descubrir Barcelona*. Procurem que no desaparegui.

Després d'un itinerari tan intens i amb tants bars, va sent hora de dinar. No us decidiu per una paella; el gastrònom Carvalho tampoc no ho faria: «*Los valencianos auténticos son los inventores del arroz guisado en compañía y no son los inventores de esa truculencia a la que llaman paella de pollo y marisco en muchos restaurantes*».[39] On? Ho preguntem i ho experimentem. Constatem quina és la casa de menjars que avui manté la millor relació qualitat-preu de tot el barri. Però ens han prohibit de publicar-ho. No som acusetes. I ja se sap: l'acuseta és el personatge més fràgil de qualsevol novel·la negra. ■

procedència dels textos

1. Manuel Vázquez Montalbán. *Los mares del Sur*. Planeta, 1979. Pàg. 15.
2. Manuel Vázquez Montalbán. *El delantero centro fue asesinado al atardecer*. Planeta, 1988. Pàg. 30.
3. Manuel Vázquez Montalbán. *Tatuaje*. José Batlló editor, 1974. Pàg. 145.
4. Manuel Vázquez Montalbán. *Tatuaje*. José Batlló editor, 1974. Pàg. 19.
5. Manuel Vázquez Montalbán. *Tatuaje*. José Batlló editor, 1974. Pàg. 25.
6. Manuel Vázquez Montalbán. *Los Mares del Sur*. Planeta, 1979. Pàg. 179.
7. Francisco González Ledesma. *El pecado o algo parecido*. Planeta, 2002. Pàg. 253.
8. Francisco González Ledesma. *Expediente Barcelona*. Júcar, 1987. Pàg. 199.
9. Alicia Giménez Bartlett. *Ritos de muerte*. Grijalbo, 1996. Pàg. 46.
10. Rafael Tasis. *Un crim al Paralelo*. Edicions Tres i Quatre. Pàg. 26.
11. Francisco González Ledesma. *Expediente Barcelona*. Júcar, 1987. Pàg. 127.
12. Francisco González Ledesma. *Crónica sentimental en rojo*. Planeta, 1984. Pàg. 55.
13. Manuel Vázquez Montalbán. *Los mares del Sur*. Planeta, 1979. Pàg. 179.
14. Manuel Vázquez Montalbán, *Historias de padres e hijos*. Planeta, 1987. Pàg. 19.
15. Manuel Vázquez Montalbán. *Historias de padres e hijos*. Planeta, 1987. Pàg. 19-20.
16. Maria Antònia Oliver. *Estudi en lila*. La Magrana,1987. Pàg. 16.
17. Manuel Vázquez Montalbán. *Los mares del Sur*. Planeta, 1979. Pàg. 68.
18. Manuel Vázquez Montalbán. *Los mares del Sur*. Planeta, 1979. Pàg. 68-69.

19. Manuel Vázquez Montalbán. *El delantero centro fue asesinado al atardecer*. Planeta, 1988. Pàg. 51.
20. Francisco González Ledesma. *El pecado o algo parecido*. Planeta. Pàg. 384.
21. Andreu Martín / Carles Quílez. *Cop a la Virreina*. Random House Mondadori, 2004. Pàg. 379.
22. Rafael Tasis. *Un crim al Paralelo*. Edicions Tres i Quatre. Pàg. 19.
23. Francisco González Ledesma. *Expediente Barcelona*. Júcar, 1987. Pàg.18.
24. Manuel Vázquez Montalbán. *El laberinto griego*. Planeta, 1991. Pàg. 181.
25. Manuel Vázquez Montalbán. *La soledad del manager*. Planeta, 1983. Pàg. 25.
26. Manuel Vázquez Montalbán. *Tatuaje*. José Batlló editor, 1974. Pàg. 158.
27. Manuel Vázquez Montalbán. *La soledad del manager*. Planeta, 1983. Pàg. 25.
28. Manuel Vázquez Montalbán. *Los mares del Sur*. Planeta, 1979. Pàg. 115.
29. Manuel Vázquez Montalbán. *Tatuaje*. José Batlló editor, 1974. Pàg. 30.
30. Manuel Vázquez Montalbán. *Barcelonas*. Empúries, 1990. Pàg. 305.
31. Carlos Pujol. *Los secretos de San Gervasio*. Pamiela, 1994.
32. Manuel Vázquez Montalbán. *El laberinto griego*. Planeta, 1991. Pàg 61.
33. Manuel Vázquez Montalbán. *El laberinto griego*. Planeta, 1991. Pàg. 125.
34. Manuel Vázquez Montalbán. *Tatuaje*. José Batlló editor, 1974. Pàg. 138-139.
35. Andreu Martín. *Prótesis*. Sedmay, 1980. Pàg. 133.
36. Manuel Vázquez Montalbán. *Tatuaje*. José Batlló editor. Pàg. 16.
37. Jaume Fuster. *De mica en mica s'omple la pica*. Edicions 62, 1972. Pàg. 95.
38. Diversos autors. *Negra y Criminal*. Zoela, 2003. Pàg. 66.
39. Manuel Vázquez Montalbán. *El delantero centro fue asesinado al atardecer*. Planeta, 1988. Pàg. 28.

Josep Carner

14. La Barcelona poètica

Borja Calzado

“*15, setembre, 1949: Ahir, abans de sopar, vaig anar a casa l'Espriu: és aquella casa d'en Domènech i Montaner, feixuga i una mica germànica, però alhora típicament modernista, que tanca el passeig de Gràcia. El pis és immens, amb uns passadissos amples i solitaris al fons dels quals, en un gran despatx sever, vaig trobar en Salvador.*”

Maurici Serrahima. *Del passat quan era present II - 1948-1953*. Edicions 62, 1974.

escales de l'itinerari

1 vallvidrera
El terme de Vallvidrera va formar part de Sarrià a partir de la seva agregació, l'any 1890.

2 monestir de pedralbes
A l'avinguda de Pedralbes. L'església i el monestir daten del segle XIV i són d'un marcat estil gòtic. El monestir acull el Museu de Pedralbes.

3 confiteria foix
Vegeu la pàgina 187.

4 torre castanyer
És una de les torres d'estiueig més antigues que es conserven al passeig de Sant Gervasi. Va ser construïda a la dècada de 1850.

5 parc güell
Projecte d'urbanització promogut per Eusebi Güell i construït per Antoni Gaudí, entre el 1900 i el 1914.

6 arxiu maragall
Vegeu les pàgines 139 i 141.

7 jardinets de gràcia
Els jardinets de Gràcia es diuen oficialment avui dia jardins de Salvador Espriu, perquè el poeta va viure a les cases número 132 i 118.

8 passeig de gràcia
El passeig de Gràcia podria considerar-se els Champs-Elysées de Barcelona. Passejar-hi és descobrir el millor modernisme català.

9 hotel majestic
Inaugurat el 1918, l'antic Majestic Hotel Inglaterra es va convertir en poc temps en el centre de la vida social, cultural i política de la ciutat. Aquest hotel es troba al passeig de Gràcia, número 68.

10 cinema coliseum
El Coliseum, a la Gran Via, 595, es va construir el 1923. La seva cúpula es va convertir en un escenari artístic després de la Guerra Civil. Vegeu més informació sobre la cúpula a la pàgina 111.

⓫ hotel continental

L'antic Hotel Continental, situat a la Rambla, número 138. Vegeu la pàgina 153.

⓬ ateneu barcelonès

Vegeu la pàgina 90.

⓭ llibreria d'en palau

Al carrer de Sant Pau, el pare d'Antoni Palau, amic de Joan Salvat-Papasseit, tenia una llibreria, que es va convertir en centre de tertúlies polítiques i poètiques.

⓮ mercat de santa madrona

Al costat de les Drassanes, al mercat de Santa Madrona, hi havia al principi del segle XX una parada de llibres vells.

⓯ montjuïc

La muntanya de Montjuïc ('Mont jueu') ha estat al llarg de la història la protagonista de molts esdeveniments, alguns de més gloriosos que d'altres. El seu edifici més antic és el castell, que data de la fi del segle XVII. A la muntanya es troba també el Cementiri del Sud-oest i l'Anella Olímpica amb l'estadi, l'edifici de l'INEF i el Palau Sant Jordi, d'Arata Isozaki, les «perles arquitectòniques» de la Barcelona dels Jocs del 92.

***La Biblioteca de l'Ateneu Barcelonès, en una imatge del primer quart del segle* XX**
Ateneu Barcelonès

Des de la fi del segle XIX, la ciutat de Barcelona, amb els seus avatars i anhels, ha estat motiu literari per a poetes de fort arrelament ciutadà. L'experiència poètica acumulada, com en un joc de miralls, ens retorna la imatge de la ciutat en la poesia i la mateixa expressió poètica com a resultat de l'experiència urbana. Veurem el reflex de tot plegat en els poetes que comentem, una visió calidoscòpica que és talment una successió d'esperances, d'amors i odis, en què Barcelona apareix diversificada com a protagonista, escenari, metàfora o simple tornaveu ambiental.

Joan Maragall en un dibuix de Ramon Casas
MNAC - Museu Nacional d'Art de Catalunya. Barcelona. 2004. Fotògrafs: Calveras / Mérida / Sagristà

La biografia urbana de Joan Maragall està marcada per les agitacions polítiques que la ciutat viu des de la fi del segle XIX i durant els primers anys del XX. Barcelona és ja una gran ciutat que acaba de recuperar la Ciutadella, que acull l'Exposició Universal, emblema del tret de sortida urbanístic. Són anys de transformació, de puixança burgesa, de cosmopolitisme, però també de reivindicacions obreristes i esclats revolucionaris.

Joan Maragall, que nasqué a l'antic barri de Sant Pere, amb carrerons foscos i poc saludables, en una família que gaudia d'una posició benestant, va tenir una infantesa malaltissa i solitària. Fa referència al canvi de residència de Ciutat Vella vers l'Eixample, al carrer de Roger de Llúria, número 2, a l'article «La ciudad del ensueño», de 1908: «*Al fin este barrio que va a morir me agobia y me enternece, y me voy, me lo llevo dentro; por mí, ya pueden derribarlo. Me voy; necesito salir, salir a las vías más anchas, a las calles de hoy y a su movimiento, a las plazas grandes, al aire del día, a la ciudad mía...*».

La seva vocació literària primerenca té un reflex de clares referències urbanes a les *Notes autobiogràfiques*: «*Un sábado por la tarde, me dirigía a la fábrica de mi padre y, al subir al tranvía, compré el periódico. Decidí echarle un vistazo y lo desplegué; lo primero que vieron mis ojos fue mis versos. Aquellas ideas, aquellas cosas que yo había inventado, estaban allí, legibles para los asiduos de un periódico de gran circulación*». Era el primer poema seu que es publicava: «Al veure't l'ànima entera», aparegut a *Lo Nunci*, el 22 de setembre de 1878.

Després arribaran la Universitat, la freqüentació de l'Ateneu, les tertúlies, les llargues passejades ciutadanes, l'exercici professional com a advocat i l'inici d'una brillant carrera periodística que farà que s'interessi més pels assumptes cívics i culturals de Catalunya. La seva imatge com a intel·lectual o artista modern es completa amb les traduccions que duu a terme de l'alemany.

Menjador de la casa Maragall
Biblioteca de Catalunya. Barcelona. Fotografia de Pep Parer

Testimoni directe de l'alteració social, que observa amb preocupació, es troba en una de les llotges del Liceu quan esclata la bomba anarquista. Aquella mateixa nit, en tornar a casa, escriu «Paternal», el primer poema en què Maragall parla de la violència civil i dels seus efectes: «*Furient va esclatant l'odi per la terra, / regalen sang les coll-torçades testes, / i cal anâ a les festes / amb pit ben esforçat, com a la guerra (...)*».[1]

Es trasllada a viure al passeig de Gràcia i més endavant al carrer del Consell de Cent, però ja ha iniciat les passejades per la zona de Sant Gervasi i comença a somiar de viure en aquella zona tranquil·la unida pel tren de Sarrià. Finalment arriba la possibilitat d'adquirir una casa, amb un jardí ampli, ja construïda, al carrer d'Alfons XII, als peus de l'estació: després de les reformes adients serà la destinació de tota la família. S'hi trobarà a gust. Tot i que no escriu gaire sobre Sant Gervasi, aquest va ser el barri residencial i amable del poeta.

La seva figura d'estatura mitjana, de salut precària, ullerosa, la barba fosca, és la que els seus conciutadans veuen caminar pels carrers de Barcelona amb un vestit blau marí i un barret de feltre marró, a l'estiu substituït per un de palla d'ala ampla.

La vaga general del 26 de juliol de 1909, que comença a Barcelona com a protesta per la guerra del Marroc, desembocarà en la històrica

Setmana Tràgica. La seva poesia d'abast cívic i moral, de denúncia i de reflexió, culminarà amb l'«Oda nova a Barcelona», en què el poeta dialoga amb la ciutat:

> «—*On te'n vas Barcelona, esperit català / que has vençut la carena i has saltat ja la tanca / i te'n vas dret enfora amb tes cases disperses, / lo mateix que embriagada de tan gran llibertat? (...)*». Esmenta els conflictes recents i les injustícies socials: «*(...) El fang dels teus carrers, oh Barcelona! / és pastat amb sang! (...)*»; «*I allí, a quatre passes, febrosa de sobres, / més ample que l'altra, la Rambla dels pobres / tremola en la fosca ses llums infernals (...)*». El poema acaba amb una declaració d'amor ciutadà: «*(...) Tal com ets, tal te vull, ciutat mala: / és com un mal donat, de tu s'exhala:/que ets vana i coquina i traïdora i grollera, / que ens fa abaixâ el rostre / Barcelona! i amb tos pecats, nostra! nostra! / Barcelona nostra! la gran encisera!*».[2]

A l'article «La ciutat del perdó», escrit arran de la repressió indiscriminada que seguí la revolta, un Maragall commogut pels afusellaments interpel·la els barcelonins: «*¿El cor no vos diu res, ara, mentres estan afusellant gent a Montjuïc solament perquè en ella es manifestà amb més claredat aquest mal que és el de tots nosaltres?*».[3]

La vinculació d'Antonio Machado amb Barcelona es produeix en el moment tràgic de la Guerra Civil quan, després de ser evacuat de Madrid a València per disposició del govern republicà, davant l'avanç dels *nacionals*, es trasllada a Barcelona el març de 1938. Arriba a una ciutat esgotada pel patiment i per la guerra. Machado i la seva família s'instal·len provisionalment a l'Hotel Majestic, del passeig de Gràcia, un indret confortable però mancat de la tranquil·litat necessària per al poeta. De seguida comença la sèrie d'articles a *La Vanguardia* amb el títol «Desde el mirador de la guerra», que constitueixen una de les visions més clarividents i tràgiques sobre la Guerra Civil escrites en aquests anys. Un mes després se'ls pot trobar en una nova residència, als peus de Collserola, al passeig de Sant Gervasi, la torre Castanyer, un palauet amb una bella entrada enjardinada, propietat de la família Moragas, plàcida i des de la qual es podia veure el mar. Aquí troba assossec, tot i que no deixa de treballar intensament. Suporta les fredes nits amb estoïcisme. Els seus amics el van a visitar els diumenges, el seu esperit ferm és traït per un físic decaigut; amb prou feines suporta el més mínim esforç, s'ajuda del seu inseparable bastó. Malgrat tot el

L'Hotel Majestic, al cèntric passeig de Gràcia, on s'hostatjà el poeta Antonio Machado el 1938
Hotel Majestic

dolor acumulat, aquests van ser, amb tota certesa, els darrers moments de felicitat de la seva vida. Els bombardejos sobre Barcelona no s'aturaven i el tall de subministrament elèctric deixava en penombra els salons de la torre Castanyer. Ilià Ehrenburg ens explica la seva visita al poeta «*en una fría casa de las afueras*», parla del seu mal aspecte en contrast amb la brillantor i vivesa dels seus ulls, i de com el poeta li parla de la mort: «*Todo consiste en cómo morir. Hay que reír, escribir buenos versos, llevar una vida buena, tener una buena muerte*».[4] En un dels articles que van apareixent a *La Vanguardia*, parla de Barcelona i de la relectura dels clàssics catalans:

«*En esta egregia Barcelona —hubiera dicho Juan de Mairena en nuestros días—, perla del mar latino, y en los campos que la rodean, y que yo me atrevo a llamar virgilianos, porque en ellos se da un perfecto equilibrio entre la obra de la Naturaleza y la del hombre, gusto de releer a Juan Maragall, a Mosén Cinto, a Ausias March, grandes poetas de ayer, u otros, grandes también, de nuestros días. Como a través de un cristal coloreado y no del todo transparente para mí, la lengua catalana, donde yo creo sentir la montaña, la campiña y el mar, me deja ver algo de estas mentes iluminadas, de estos corazones ardientes de nuestra Iberia».*[5]

El 22 de gener Machado serà evacuat vers la frontera amb la seva família: és l'exili... Ha acabat d'escriure el seu darrer article sobre el general Rojo; a la tràgica comitiva, hi viatjaven, entre d'altres, Carles Riba, J. Pous i Pagès... Barcelona caurà quatre dies després. Potser l'última anotació poètica que aparegué en una butxaca del gavany, després de la seva mort, tenia a veure amb els darrers dies de tranquil·litat passats a Barcelona: «*Estos días azules y este sol de la infancia...*».

Després de la personalitat de Maragall, la ciutat apareix com un model de vida. Els escriptors posteriors, enquadrats en el noucentisme, es decanten per una clara i ferma professió de fe civil i urbana. Josep Carner participa dels mateixos interessos polítics, morals i literaris del noucentisme actuant públicament des de diaris i revistes a favor d'una idealització que té en la ciutat el centre de la cultura i de la vida política. Nascut en ple Eixample, al si d'una família petitburgesa, esdevindrà un poeta clarament i finament urbà. Carner dibuixa el seu autoretrat literari amb pinzellades d'ironia: «*...D'altra banda, tot palesa —i això irrita—, que ell és feliç. Calia que qui així se la campa fos nat a Barcelo-*

Entrada de la torre Castanyer, on va residir Antonio Machado durant la Guerra Civil
Pep Herrero

na, que és la ciutat on la blanícia del clima i els costums us corromp fins i tot les substàncies espirituals més cuirassades de dignitat».[6]

Dotat de gràcia, de sensibilitat i d'intel·ligència, amb una personalitat pública atractiva, amb fama de gran conversador, simpàtic i enginyós, va bolcar els seus prodigiosos recursos verbals en la captació d'una Barcelona que esdevindria la ciutat noucentista ideal. *Auques i ventalls* és un exponent de l'humorisme carnerià, i l'autor creu que l'humor és altament civil; pels poemes d'aquest llibre desfilen personatges dels barris menestrals o burgesos de Barcelona (com Horta o el passeig de Gràcia) que són tractats pel poeta amb una ironia benvolent: «*El pobre senyor Pere, el senyor Pere / és, testagrís, un dependent tot llis; / viu en una dispesa escadussera / penjada, com un niu, en un quart pis». (...)*»; i el retrat femení: «*Ara veieu si no és cortesia / veure les dames en gran galanía, / totes folrades i amb joies de preu (...)*». La presència de la ciutat es va completant com un encaix en què apareixen parts de la seva geografia: «*Carrers de Sant Gervasi més ensonyats! La gràcia / us va minvant: us volten projectes i perills.*» Són impressions vives, obtingudes en passejades detallistes: «*(...) en més d'una torreta les noies sufocades / valsen encara amb pàl·lids i no fatals donzells (...)*». A voltes són detalls subtils: «*Dolç en la nit d'estiu com entre un vel de pluja, / la teva esgarrifança d'argent és sempre a punt, / petit fanal d'un carreró que puja, / dins Sarrià, muntanya amunt (...)*». O la consideració per la presència de la natura en l'espai ciutadà: «*Oh plàtans, aigua i vent, sol i matí, / plàtans que feu, secretament, juguesques / sobre aquesta ciutat i el seu destí, / i empareu el renou, l'anar i venir, / amb moviment de fulles fresques (...)*». I pel reconeixement de la singularitat: «*Tu, l'ametller més franc, / on t'improvises, blanc, / qui t'hi cobeja? / Ets al pendís de fang, / penjat sobre un barranc / que el tren sacseja*».[7]

A *Les planetes del verdum*, recopilació de trenta articles que tenen com a escenari la part antiga de la ciutat, es descriuen escenes ciutadanes variades. El mateix farà a *Les bonhomies,* però amb diferent ubicació dels escenaris descrits, que passaran a ser els barris de Sant Gervasi i de Sarrià: «*Sant Gervasi té barrancs, i elevacions, i petits plans: tot i aqueixa diversitat, conserva sempre, característicament, un entelament suau de melangia. Sant Gervasi és melangiós com Sarrià és alegre*».[8]

Foix (vegeu la pàg. 191), com molts altres poetes coetanis, va ser molt crític amb la ciutat, la qual va qualificar ben significativament com «La Barcelonota» en un article periodístic de 1920. La intenció de fomentar les virtuts cíviques i alhora criticar el que es consideraven vicis o defectes que calia corregir apareix sovint en alguns poemes i, sobretot, en articles. La seva vida és un complet itinerari urbà que comença i culmina al seu mític Sarrià. El Sarrià de la seva infantesa estava separat de Barcelona per camps i vinyes, horts i jardins particulars. Acostumat a caminar, fa llargues passejades amb el seu amic Obiols en direcció a Esplugues o van sovint d'excursió per Vallvidrera o més enllà dels turons propers, fins a les fonts amagades. El veiem deambular pels carrers de la vila tot parlant de literatura o besant per primera vegada la Roser, «*esmussat de llum entre dos flams de gas*».

Assisteix a les lliçons de Pompeu Fabra a la Universitat. Participa en la tertúlia del Continental, on coneix Folguera, López-Picó, Riba, Salvat-Papasseit, Junoy, Manent, etc. Un dia que visita les Galeries Laietanes, observador, comenta: «*M'he aturat un moment al llindar de la botiga per contemplar la Granvia sota la pluja perquè en modifica, amb avantatge, l'estètica. És en aquests moments, i a sol colgant, quan aquesta avinguda guanya en qualitats plàstiques i poètiques*».[9] Compra llibres als encants de les Drassanes i, al carrer de Sant Pau, a la llibreria d'En Palau, els clàssics en l'edició francesa de Garnier per dues pessetes.

J. V. Foix
Arxiu Francesc Català-Roca

Foix, al costat del grup format per Salvat-Papasseit, Sebastià Gasch, Lluís Montanyà i Salvador Dalí, i a través de la revista *L'Amic de les Arts* i d'altres activitats públiques, contribuí al fet que Barcelona assumís aviat les propostes avantguardistes i que adquirís un nou aire de modernitat tot i que, a diferència dels seus col·legues, mai no participà en cap acte de provocació avantguardista, tot i que publicà articles significatius i polèmics.

A *Gertrudis,* llibre de proses poètiques, trobem un exemple de com el poeta empra la realitat més propera per transformar-la en material literari, en un món fantàstic. Allò que succeeix en aquestes escenes té un àmbit que pot ser Sarrià, amb al·lusions a les comunicacions amb Barcelona:

«(...) El vehicle, un tram d'imperial, era, en aquells moments, sense passatgers; jo, que el sabia tot ocupat, en vaig ésser sorprès: podia jurar que no havíem fet cap parada. Em va

venir una angoixa que em negà del tot en adonar-me que mancava el conductor i que el trajecte que recorríem m'era desconegut. Només tres xiprers de prop de l'estació de Gràcia foren copsats de lliscuentes, però desplaçats del tot. (...)»

Fa esment d'un mar, un port, unes platges, i indrets concrets com Sant Pere Màrtir: «*La meva vila és sobre una plataforma circular. Totes les cases donen per llurs portals a la plaça i, perpendiculars, els deu carrers sense sortida. Al mig de la plaça, alta de cent metres, s'alça una torre mil·lenària sense cap obertura. Al cim oneja una bandera negra teixida d'estels retallats de paper d'argent (...)*».[10]

Crític amb les transformacions urbanes, parlava d'una Barcelona plebeua i de mal gust, mancada del sentit de la convivència. En els darrers anys, passejava cada dia pel passeig de la Reina Elisenda, sempre amb el seu barret, fins al monestir de Pedralbes.

S'ha dit que la seva obra era el resultat d'una lluita entre els sentits i la raó, entre la realitat de cada dia i la realitat absoluta. La vida va ser per a ell una successió d'instants i, a cada instant, va estar en contacte amb la idea d'eternitat.

La pastisseria Foix, al barri de Sarrià, un establiment familiar del poeta
Pep Herrero

Salvador Espriu passà la major part de la seva adolescència entre Barcelona i Arenys de Mar, d'on procedia la seva família, i les mitificà totes dues com Lavínia i Sinera. La seva vinculació amb Barcelona-

Salvador Espriu
Guillermina Puig

Lavínia és força crítica; l'ha tractat amb ironia i sarcasme, malgrat que això no li va impedir estimar-la profundament, un amor que anà quallant en els llargs anys, gairebé tota la vida, que hi va passar. La seva imatge quotidiana —pausada, reflexiva, ombrívola— durant el trajecte des de la part alta del passeig de Gràcia, on vivia, fins al despatx davant l'illa de la discòrdia —el territori més freqüentat—, formava ja part del paisatge urbà. Així es descriu: «*Arrossega els peus / amb manca de ganes. / Surt a poc a poc, / quan el vent s'encalma. / Sec, esgrogueït, / mig caigut de barres (...)*».[11] Com en tants d'altres, la seva visió de la ciutat es va veure condicionada pel drama de la Guerra Civil: un abans i un després que, en el seu cas, va marcar de manera decisiva la seva trajectòria literària i, per descomptat, la personal. Va ser el contrast entre un món esperançador i ple de sentit i un altre de miserable, brut i trist.

La mitificació de Lavínia està lligada a la recreació del mite del laberint, que apareix per primer cop a *Ariadna al laberint grotesc*, en què l'autor, talment un Teseu ajudat pel fil d'Ariadna, intenta orientar-se en el laberint de la vida, una vida que presenta unes formes grotesques. En aquest univers, Sinera està vinculada als records d'infantesa i Lavínia es vincula a un indret sòrdid: «*Carrerons avall, aviat ens perdíem entre xiscles de mainada i veus de venedors de cacauets. Capvespre. Calda. La calma planava damunt Lavínia. Pols, mandra, batusses, blasfèmies. De tant en tant, una pluja d'escombraries queia dels balcons. Els gossos es precipitaven sobre les deixalles i es disputaven cada rosegó de la immundícia*». És l'Espriu sarcàstic que bolca la seva indignació contra l'egoisme estúpid i vanitós dels seus conciutadans: «*Com us deia, jo vaig néixer a Lavínia, una gran ciutat, sí, i el focus nacionalista dels lavinians, els quals constitueixen un grup a part dintre Konilòsia. Tenen una llengua diferent i tots els defectes konilosians augmentats*».[12] A més de l'Espriu sarcàstic, hi ha l'Espriu que assumeix la veu d'un poble, el profeta civil desconsolat que recela de salvacions pròpies i alienes: «*Però ara sóc al carrer, a la dura ciutat, / sol entre la multitud que d'esma va dient / paraules allunyades d'una promesa pau, / i jo escolto i miro i cerco, i no hi ha pau enlloc*».[13] Les seves darreres impressions sobre Barcelona ens transmeten la imatge

Els jardins de Salvador Espriu, al capdamunt del passeig de Gràcia
Pep Herrero

d'una ciutat desvirtuada que havia perdut irremissiblement la seva dimensió humana, estranya per a un home de la seva generació.

José María Fonollosa comença a ser el poeta desconegut més important de la seva generació. Poeta secret, rar, diferent, receptor sensible d'un món aspre, el seu vers col·loquial i transparent tradueix l'atmosfera d'una ciutat opaca i asfixiant, amb l'angoixa agotzonada a cada cantonada: «*Yo no quisiera estar aquí. Me agobia / esta casa, esta gente, esta ciudad (...)*».[14] Les veus que ens parlen en els seus poemes són petjades de l'home de ciutat: «*Voy por la calle solo entre los otros. / Contemplo a los demás desde sus ojos / y me parece entonces que no existo.*»[15] Els seus poemes són miralls de la ciutat de l'home, mostren una realitat en la qual no és difícil reconèixer-se: «*Por eso necesito estar a solas. / Necesito estar solo mucho tiempo. / Tengo que construirme cada día / mi mundo, que destruyen los demás*».[16]

Barcelona queda reflectida en la seva obra per la utilització dels carrers de la ciutat, un pretext per parlar-nos de l'escepticisme: «*Nada tiene sentido. Estoy cansado / de esforzarme por cosas que han perdido / interés. Ya no ansío obtenerlas. / No valían la pena por lo tanto*»,[17] la resignació: *Porque ha de entretenerse de algún modo / mientras gasta su vida. Tan inútil»,*[18] el fracàs: «*Alguien con mi fracaso obtendrá su éxito. / Es el raro equilibrio de la vida*»,[19] temes constants en la temàtica dels seus poemes. La seva confessió és com una temptativa autobiogràfica que vol formar part del batec col·lectiu de tots els qui compartim l'espai urbà. La seva imatge és la imatge del passejant solitari, un home de la multitud atrapat per xarxes invisibles: «*La ciudad está llena de caminos. / Todos son buenos para escapar de ella. / No importa adónde vayan. En cualquier lado / hay sendas que conducen a otra parte. / El lugar nunca importa. Es otro sitio / —otro siempre— el objeto de mi viaje.*»[20]

La poesia de Gabriel Ferrater s'inscriu en el corrent de la poesia de l'experiència, hereva de la tradició de poetes anglesos que tant va influir en la seva formació. Actua com un observador atent que reflexiona sobre el sentit del que constitueix una vida i sobre la petja que les coses deixen en l'experiència, actitud propera als poetes en castellà de l'anomenada *escola de Barcelona*, una mica més joves que ell.

La distància, l'estranyesa amb què es tracten les vivències de la ciutat, el pas del temps o l'erotisme seran característiques de la seva poesia.

Barcelona, a la qual havia arribat per primer cop durant la primavera de 1938, en plena Guerra Civil, esdevindria la seva ciutat adoptiva. A «Cançó idiota» recorda aquesta anècdota: «*Any de distrets Any trenta vuit / Havien prohibit la platja / i ens anàvem a banyar nus / lliscant per sota una alambrada / Vaig apendre de fer l'amor / a l'ombra dels pins de Pedralbes (...)*».[21] Després d'una breu etapa a França retorna a Barcelona i comença els ritus iniciàtics urbans: passejades inacabables per l'univers de la Rambla, prostíbuls...; però també els jardins i la plàcida biblioteca de l'Ateneu, les primeres tertúlies, els primers amics, dels quals en sortiria el grup de l'escola de Barcelona. L'amistat i el reconeixement que obtingué d'alguns d'ells, com Gil de Biedma o Carlos Barral, el convertiren en centre d'atenció i ànima de tertúlies etíliques i vagaroses des de l'àtic de Barral, al carrer de Sant Elies.

Durant els anys de residència a Sarrià ha madurat una poesia amb un nou tractament d'allò col·loquial, reflexiva i austera, que projecta sobre el decurs dels dies: «*La primavera del cinquanta-dos, les noies / portaven bruses blanques i rebeques / verdes, i pel carrer sentíem el fresseig / precipitat de flors i fulles (...). Vaig fer / trenta anys, que també em semblen prematurs*».[22] A Sarrià, portat per l'admiració que sent, freqüenta la casa de J. V. Foix els diumenges a la tarda, o passeja, inquiet, per altres racons del barri: «*Viure en un barri extrem, ens indueix / a caminar inquiets... (...) Vaig passejant, i ara sé on em porto. / Hi ha un altre camp de joc, al pati d'una / fàbrica de productes farmacèutics. / Aquí juguen al bàsquet, al capvespre*».[23] Massa sovint se'l veia al bar Carioca, proper a casa seva, sol o amb algun amic dels que esmenta en diferents moments de «Poema inacabat»: «*I com que tinc molta ignorància / i em cal freqüent auxili, gràcies, / Antoni Comes que de nits / véns al Carioca on bec gin / esmolat*» (...).[24] Apareixen altres escenaris urbans: «*El metro anava ple. Jo m'agafava / al barrot niquelat vora la porta. / Tenia el braç tibat, i tolerava / aquell pes tebi, persistent, a l'avantbraç.*»[25]

O la idea de l'allunyament de la ciutat: «*Vindrà el dia més llarg d'algun llarguissím / estiu. De bon matí, ans que el telèfon / cridi a platja o bosc, ens n'anirem. / Entre el baf dels carrers regats de fresc / travessarem la ciutat, fins a prendre / el tren més lent que surti*».[26] Fins a la visió global:

> «*Plena de carrers per on he tombat / per no passar els indrets que em coneixien. / Plena de veus que m'han cridat pel nom. / Plena de cambres on he cobrat records. / Plena de finestres des d'on he vist créixer / les piles de sols i de pluges que se m'han fet anys. / Plena de dones que he seguit amb la vista. / Plena de nens que només sabran / coses que jo sé, i que no vull dir-los*».[27]

José Agustín Goytisolo va néixer al carrer de Raset, prop de Ganduxer, en una casa amb jardí des d'on es veia passar el tren de Sarrià, descobert, per la Via Augusta (vegeu la pàgina 188). Recordava la impressió que li produí, essent un nen, la primera visió del parc Güell i l'arquitectura de Gaudí del col·legi de les Teresianes. Però la idea de Barcelona des dels anys d'infantesa està lligada a la figura de la seva mare:

> «*Conocí esta ciudad me habitué a ella / paseando contigo (...) / avenidas que nunca terminaban / gente con prisa y niños / mayores como yo. El mar / quedaba lejos entre pájaros (...)*».[28]

Durant una estada a Viladrau, on passa la Guerra Civil, la seva mare mor en un dels bombardejos sobre Barcelona, al costat del Coliseum; era el matí del 17 de març de 1938. Els tornaveus d'aquell bombardeig no van apagar-se mai al llarg de la seva vida. Potser va ser la ferida d'aquella guerra la que tardà més a cicatritzar: «*Por la ira fui un niño*

El parc Güell, d'Antoni Gaudí, evocat en la infantesa de José Agustín Goytisolo
Ramon Manent

sin sonrisa / un hombre derrotado.»[29] La visió de la ciutat canviarà irremissiblement en els anys de postguerra: «*...mi adolescencia más que peor fue pésima... todo era oscuro y difícil, desde besar a una muchacha o comer caliente...*».[30] Però hi ha una estranya atracció per conèixer la ciutat, la Rambla i els barris populars, atret pel món de la gent que no era com ell. Veia la misèria terrible d'alguns barris, anava per les zones del port, pel barri «Xino», per la perifèria, pels cementiris: «*(...) Carne barro o ceniza / seguís en vuestra muerte: / salud abandonados*».[31] Durant els anys d'universitat es forgen les noves amistats i es va definint el grup poètic dels 50 del qual formarà part; després vindran els bars i les tertúlies, l'activitat política. A «Algo sucede», poema dedicat a tots els qui protagonitzaren el tancament al convent dels Caputxins de Sarrià, el març de 1966, parla d'aquests aspectes: «*(...) Nos hemos reunido ciertas veces / en extraños cafés / en tu casa en la mía / hemos charlado largamente / redactado pasquines hasta el alba (...)*».[32]

La realitat arquitectònica va ser tractada en nombroses ocasions, des de diferents consideracions. A «La sesión» aborda el tema de l'especulació urbanística: «*Escuchad: estos hombres ya olvidaron / que la tierra fue suya como el agua o el aire / y no quedan señales ni contratos de su antiguo dominio / que no hayan caducado.*»[33] Tots els aspectes de la realitat urbana tenen cabuda a la seva poesia; humor i ironia apareixen en el reflex de la realitat humana: «*Cuando llega el otoño las gentes de esta bendita ciudad / comienzan a telefonearse rápidamente / organizan tremendas fiestas y se besan y se saludan / hola qué tal cuánto tiempo te quiero mucho llámame».*[34] Una de les seves darreres contribucions a l'imaginari de la ciutat va ser la *Novísima Oda a Barcelona*, un passeig per la història de la ciutat de Barcelona des del segle III a. C. fins als Jocs Olímpics de 1992. Poema èpic, dividit en sis capítols narrats per sis personatges diferents: Petrus Barberanus, cristià descendent de gals transalpins; Hammad Al-Musar, un esclau musulmà; Isach Caravida, jueu descendent de jueus conversos de Montblanc; Andreu Roig, un notari; Joan Manuel Horta i López, arquitecte municipal que narra el desenvolupament de l'Eixample, i Víctor Alexandre, nascut a la ciutat quan se li assigna l'organització de la XXV Olimpíada: *«(...) Yo, Víctor Alexandre, estudiante de historia, / he visto cómo cambia de continuo / esta ciudad, hoy ya una gran metrópoli, / que difunde cultura y cortesía / y que está abierta al mar, al mar, y al mundo».*[35]

Les torres de la Vila Olímpica, símbol vora mar de la Barcelona olímpica
Fundació Barcelona Olímpica

Jaime Gil de Biedma, el més reconegut dels poetes de la generació del 50, és també l'exponent més clar de la poesia de l'experiència. La seva biografia personal i poètica està molt vinculada a la ciutat, de la qual era un gran coneixedor (vegeu la pàg. 193), atès que n'havia gaudit lúdicament i intel·lectualment. La seva poesia, reunida a *Las personas del verbo*, al·ludeix en nombroses ocasions a l'escenari barceloní. Els seus primers records infantils tenen a veure amb el soroll de la sirena dels vaixells que arriben a port, al capvespre, que sentia des de casa seva i la màgia dels portals modernistes de l'Eixample, on vivia. Recorda una ciutat de conte per als ulls d'un nen —fascinant, sobretot, per l'arquitectura modernista— fins al moment en què l'abandona, el 1936. En tornar, passats tres anys, perviu encara quelcom d'aquella fascinació. Barcelona serà la llum submarina dels portals de l'Eixample vistos en tornar d'escola. Però la ciutat dels anys quaranta és una ciutat trista i bruta, sumida en la derrota i la postguerra: «*(...) Barcelona y Madrid eran algo humillado. / Como una casa sucia donde la gente es vieja, / la ciudad parecía más oscura / y los metros olían a miseria (...)*».[36] Ja durant els anys cinquanta i seixanta, coincidint amb l'etapa universitària i els primers acompliments professionals, l'amistat assoleix una importància cabdal. Entre els integrants del seu grup generacional, allò fonamental en el pla poètic era fer una poesia de l'experiència urbana, preferir —en el poema— la complexitat de l'experiència a la seva intensitat. Són anys de tertúlies, de bars, de prostíbuls, de conspiració..., presidits sempre pels amics propers. De la ciutat que va conèixer pam a pam, creia que només la Rambla, on es trobava el seu despatx a Tabacos de Filipinas, era la zona que havia conservat el seu caràcter. Per la resta, sentia que havia sobreviscut a la ciutat de la seva joventut. A més del tractament poètic de les vivències urbanes, l'agudesa de Gil de Biedma es projectà en peces com el celebrat article «Revista de bares», en el qual descriu, entre d'altres, els concurrents de l'Stork Club amb distància i ironia:

> «*Después de largos años de acostarse tarde, de tener pequeños amores, de beber mezclando, de sentirse inadaptados, de trabajar sin ganas, de transmigrar de los bares sórdidos, cercanos a las Ramblas, a los bares sofisticados de más arriba de la Diagonal, helos aquí por fin a todos reunidos, un poco deteriorados ya, un sí es no es patéticos, pero aún impenitentes portavoces de la inquietud de su generación.*»[37]

Però de tots els poemes en què apareix la ciutat, sens dubte el més ampli i memorable és «Barcelona ja no és bona, o mi paseo solitario en primavera», una reflexió que uneix la història personal i la col·lectiva mentre el poeta passeja pel Montjuïc de l'Exposició de 1929, el *despedazado anfiteatro de las nostalgias de una burguesía*:

> «*(...) Así yo estuve aquí / dentro del vientre de mi madre, / y es verdad que algo oscuro, que algo anterior me trae / por estos sitios destartalados. / (...) Algo de aquel momento queda en estos palacios / y en estas perspectivas desiertas bajo el sol, / cuyo destino ya nadie recuerda. / Todo fue una ilusión, envejecida / como la maquinaria de sus fábricas, / o como la casa en Sitges, o en Caldetas, / heredada por el hijo mayor (...)*».[38]

El Palau Nacional de Montjuïc, símbol de l'Exposició Internacional de 1929, segons una fotografia d'època de Rossend Mandri

Entre els poetes de les generacions posteriors a la dels anys cinquanta no n'hi ha cap que conegui l'obra i les aportacions dels autors precedents amb major agudesa crítica que Pere Gimferrer. Autor barceloní, resumeix la tasca intel·lectual i creativa de tots els anteriors, com a escriptor, crític i traductor. La seva és ja una altra Barcelona, la del *desarrollismo* i els grans canvis socials. Els seus gustos i vinculacions estrenyen vincles amb la realitat urbana: el descobriment del jazz, la seva passió pel cinema i, ja al final de l'adolescència, posant fi al seu aïllament amb el món exterior, el conreu de l'amistat. *Flâneur* habitual, se'l pot veure passejant amb un aire inconfusible, enfundat en abric o gavardina i barret entre els til·lers de la rambla de Catalunya, lloc de residència, la visió nocturna de la qual considera molt poètica, fins a qualsevol racó de la ciutat antiga on coneix l'única botiga on podrà trobar la rara pel·lícula que busca. El seu recorregut abasta allò que per a ell té més vida literària, tota la zona marítima i el barri antic.

La consideració de Barcelona com a escenari literari a la seva obra és tardana. Abans, la ciutat se li mostrava com quelcom de neutre, a voltes en termes mixtos d'atracció i rebuig. No comença a tractar la ciutat com a objecte de literatura fins que no es produeix la llunyania d'aquesta experiència pròpia i col·lectiva convertida ja en passat. Serà als *Dietaris* i als poemaris *Els miralls* i *L'espai desert* on trobarem seccions importants dedicades a la ciutat. El reflex de la realitat urbana que apareix al seu primer llibre escrit en català, *Els miralls*, obeeix a una intenció d'ultrapassar la realitat mateixa i convertir-la sobretot en objecte poètic, però tot i així podem veure com en alguns poemes ens situa en moments concrets. Així, a «Tròpic de Capricorni», amb forma de monòleg dramàtic: «*(...) Tu no te'n pots recordar / però la gent feia pel carrer una altra cara —no com / després—, / i eren els anys del Glacier, del bar Colón*». O a «Segona visió de març»: «*(...) i les nenes que juguen al carreró, com en un vell film / de Chaplin / —rosses, un jersei de color esmorteït, els ulls de perla / marina—, / ofegades amb llaços i cintes i la foscor del Metro, / quan el carrer d'Aribau semblava tret d'un noticiari / de postguerra (...)*»[39]

La utilització de la primera persona en un dels seus poemes més ambiciosos, «L'espai desert», li atorga un to confidencial i deixa en-

Pere Gimferrer
Daniel Mordzinski

treveure una vinculació més estreta entre l'experiència de viure en una època i un lloc determinat. En un moment de la part VI del poema diu:

> *«Damunt del Coliseum, un cel tètric, / amb clarors vermelloses, feia irreals les cases, / com el record d'un somni, o com quan somiem / allò que el dia abans hem viscut, fragmentari, / entrant, sortint, fent gestos, tancant portes / i repetint moments incomplets de converses, / veient-nos a nosaltres mateixos, blancs i negres / com negatius fotogràfics, parlant, / inaudibles i roncs, com actors de Kabuki, / sense que ni la veu sigui nostra: irreals / com la ciutat en les devastacions d'aquell capvespre.»*[40] ■

procedència dels textos

1. Joan Maragall. *Poesies*. Sala Parés Llibreria, 1929.
2. Joan Maragall. *Poesies*, Sala Parés Llibreria, 1929.
3. Joan Maragall. *Elogi de la paraula i altres assaigs*. Edicions 62, 1978.
4. Ilià Ehrenburg. *Corresponsal en España*, Júcar, 1979.
5. Antonio Machado. *Juan de Mairena II*. Ed. d'Antonio Fernández Ferrer, Cátedra, 1986.
6. Josep Carner. *Teoria de l'ham poètic*. Edicions 62, 1970.
7. «El diumenge del senyor Pere», «Les dames del Passeig de Gràcia», «Carrers de Sant Gervasi», «Un diumenge a Vallcarca: ja és de nit», «Fanal de Sarrià», «Flora urbana», «Els ametllers de Sarrià». Dins Josep Carner. *Antologia poètica* (a cura de Carles Riba). Ed. Selecta, 1974.
8. Josep Carner. *Les bonhomies i altres proses*. Edicions 62, 1981.
9. J. V. Foix. *Catalans de 1918*. Edicions 62, 1965.
10. «Plaça de Catalunya-Pedralbes» i «La vila». Dins J. V. Foix. *Gertrudis*, Quaderns Crema, 1983.
11. «Malalt». Dins S. Espriu. *Les cançons d'Ariadna*. Edicions Proa, 1973.
12. «Barris baixos» i «El meu amic Salom». Dins S. Espriu. *Ariadna al laberint grotesc*. Edicions 62, 1981.
13. «En aquest nadal, lliçó d'un vell profeta». Dins S. Espriu. *Les cançons d'Ariadna. op. cit.*
14. «Carrer Ample 3». Dins José María Fonollosa. *Ciudad del hombre*. DVD edicions, 1996.
15. «Carrer de Magallanes 1», *op. cit.*
16. «Carrer de Girona», *op. cit.*
17. «Carrer de Vila i Vilà 1», *op. cit.*
18. «Passeig de Gràcia 1», *op. cit.*
19. «Carrer de Colom», *op. cit.*
20. «Rambla de Santa Mónica 4», *op. cit.*
21. Gabriel Ferrater. *Les dones i el dies*. Edicions 62, 1974.
22. «Floral». Dins Gabriel Ferrater, *op. cit.*
23. «Els jocs». Dins Gabriel Ferrater, *op. cit.*
24. Gabriel Ferrater, *op. cit.*

25 «Amistat del braç. Dins a Gabriel Ferrater, *op. cit.*

26. «El secret». Dins Gabriel Ferrater, *op. cit.*
27 «La ciutat». Dins Gabriel Ferrater, *op. cit.*
28. «El mar quedaba lejos». Dins a José Agustín Goytisolo. *Final de un adiós.* Lumen, 1984.
29. «Amapola única», *op. cit.*
30. Al pròleg a *Salmos al viento.* Llibres de Sinera, 1973.
31. «Cementerio del Sudoeste». Dins José Agustín Goytisolo. *Del tiempo y del olvido.* Lumen, 1977.
32. José Agustín Goytisolo. *Del tiempo y del olvido.* Lumen, 1977.
33. José Agustín Goytisolo. *Sobre las circunstancias.* Laia, 1983.
34. «Sobre la temporada en Barcelona». Dins José Agustín Goytisolo. *Del tiempo y del olvido.* Lumen, 1977.
35. José Agustín Goytisolo. *Novísima oda a Barcelona.* Lumen, 1993.
36. «Años triunfales». Dins Jaime Gil de Biedma. *Las personas del verbo.* Seix Barral, 1982.
37. «Revista de bares». Dins Jaime Gil de Biedma. *El pie de la letra. Ensayos 1955-1979*, Crítica, 1980.
38. «Barcelona ja no és bona, o mi paseo solitario en primavera». Dins Jaime Gil de Biedma. *Las personas del verbo.* Seix Barral, 1982.
39. Pere Gimferrer. *Mirall, espai, aparicions.* Edicions 62, 1981.
40. Pere Gimferrer, *op. cit.*

La ciutat vista des de la serra de Collserola amb la torre de telecomunicacions de Norman Foster
Fundació Barcelona Olímpica

15. Barcelona postmoderna: la ciutat dels prodigis

Julià Guillamon

“De vegades baixàvem als mítings de Barcelona... Tot ho trobava ple de vida. La Rambla era un esclat de tipus diversos que no paraven de pul·lular en totes direccions. La font rodona de la Gran Via i el passeig de Gràcia em semblava enorme i plena d'alegria. L'Eixample era d'una esplendorosa riquesa que m'enlluernava... Aquell mes de maig i els primers dies de juny del setanta-set vaig descobrir una Barcelona formidable que es perpetuava a les façanes de les cases i en aquella remor de fons, constant, que marejava una mica i que, alhora, m'excitava.”

Jordi Coca. *Dies meravellosos.*
Edicions 62. 1996.

escales de l'itinerari

1 *el tibidabo*

El parc d'atraccions del Tibidabo és el més antic de Barcelona (data de 27 de desembre de 1917) i d'aquell primer només es conserva el Museu dels Autòmats, una col·lecció de 35 ninots, veritables joies de la mecànica.

2 *les rondes*

Les rondes van ser creades poc abans dels Jocs Olímpics del 92 per facilitar la comunicació viària de la ciutat. El responsable d'aquesta obra va ser l'arquitecte Josep Anton Acebillo.

❸ el carmel
Vegeu la pàgina 167.

❹ bar resolis
El bar Resolis es troba a la plaça del Raspall, zona vital dels gitanos de Gràcia.

❺ plaça de les glòries catalanes
A la plaça de les Glòries Catalanes es troba el tradicional mercat de productes de segona mà, conegut com *Bellcaire* o *els Encants Vells*.

❻ vila olímpica
La Vila Olímpica, al barri del Poblenou, va néixer per acollir els esportistes dels Jocs Olímpics del 1992. Després es va convertir en un barri residencial de nova fornada.

❼ plaça reial
Vegeu la pàgina 91.

Vista del crepuscle des de l'Anella Olímpica de Montjuïc
Fundació Barcelona Olímpica

Quim Monzó dins un taxi bicolor típic de la ciutat
Pedro Madueño

Des de la fi dels anys setanta, Barcelona ha protagonitzat un procés de reconstrucció urbana, que n'ha canviat la fesomia i que ha estat objecte de nombrosos premis i reconeixements internacionals. Sorprenentment, la ciutat s'ha convertit en un tema recurrent en l'obra dels creadors des d'uns paràmetres oposats, i sovint radicalment crítics amb aquesta intervenció arquitectònica i urbanística, i amb el canvi de model de vida que ha comportat. Resulta curiós, si més no, constatar el pes que ha tingut en l'imaginari recent de Barcelona la pel·lícula de José Luis Guerín *En construcción* (2001), que relata el procés de *gentrificació*, i la desaparició dels usos de la ciutat tradicional, en un dels barris més populars, a l'entorn de l'antiga església de Sant Pau del Camp. També els novel·listes han sentit una marcada predilecció per aquesta ciutat condemnada, mig amagada sota la ciutat residencial i la ciutat turística, mentre que els espais recuperats i els barris de nova construcció apareixen en la ficció molt tímidament.

Un recorregut per la Barcelona dels darrers trenta anys ha de començar a la Rambla i a la plaça Reial dels darrers anys del franquisme, quan Barcelona va ser capdavantera del moviment contracultural i alternatiu a Espanya. D'aquesta època són els primers llibres de Biel Mesquida (*L'adolescent de sal*, 1975) i Quim Monzó (*L'udol del griso al caire de les clavegueres*, 1976), on Barcelona apareix descrita com una ciutat dual: esguerrada per edificis monstruosos i vies ràpides (la Barcelona de la plaça de Cerdà, envoltada d'oficines, és descrita per Monzó com «*una de les ciutats més vulgars del planeta*»), ofereix en canvi el refugi de la Rambla i la plaça Reial, el Born i el barri «Xino», preservats de l'esventrament, de la zonificació i de l'especulació immobiliària:

> «*Hi ha matins en què, en mirar aquests plàtans engroguits i bruts davant la finestra, en sortir, amb els ulls plens de lleganyes, al trespol negre del carrer, veure els cotxes dins fums de benzina, topar-me amb un calabruix de fesomies humiliades, de cossos cansats que suporten la feixuga grisor d'un cel de verins i entremesclant tot allò amb la basarda personal, sento com se m'estreny la gargamella ofegant aques-*

Fotograma de la pel·lícula* El perquè de tot plegat, *dirigida per Ventura Pons el 1994, amb Abel Folk i Sergi Mateu, basada en el llibre de Quim Monzó
Arxiu Fotogramas

ta maror agra i salada, pitjor que el vòmit (...). Com si la construcció, entre tots i per tots, de la Ciutat Lliure o la Ciutat Bella o la Ciutat de la Copulació Universal fos una terrorífica mentida».[1]

A mitjan anys noranta, l'infern urbà i la Ciutat de la Copulació Universal de la contracultura han deixat lloc a una realitat més pragmàtica. Max Riera, l'«exhippy» que protagonitza la novel·la de Xavier Moret *Qui paga, mana* (1997), també viu a la plaça Reial, com un resistent dels vells temps de la contracultura. S'ha construït una teoria per explicar la fascinació i l'atracció d'aquest espai:

«L'encant de la plaça és que es tracta d'un d'aquests escassos llocs on hi conflueix tota mena de gent. No hi ha una única plaça Reial, sinó moltes places Reials i les faunes més diverses s'hi relleven en busca de protagonisme: filatèlics, traficants, famílies endiumenjades, noctàmbuls, aficionats al jazz, taxidermistes, bevedors de cervesa, flamencos de postal, desvagats, malabaristes, músics de carrer, numismàtics, estudiants, borratxos de tetrabrik, lletraferits, artistes, gitanos, expresidiaris, macarrons, enllustradors, pispes, bojos, maricones, indocumentats, ionquis, putes, turistes, jubilats, policies...».[2]

Des de *Uf, va dir ell* (1978) fins a *El millor dels mons* (2001), Monzó ha escrit una biografia de Barcelona marcada pel pas dels ideals col·lectius a l'individualisme, de la utopia a l'estupor. Els seus llibres componen una mena de psicogeografia (els indrets preferits, units amb transports rapidíssims): bars, restaurants, edificis i carrers de Barcelona es poden reconèixer en moltes pàgines. La seva novel·la *La magnitud de la tragèdia* (1989) descriu el moment de màxima euforia, amb el protagonista anant d'una punta a l'altra de la ciutat, creant un itinerari de desig i exaltació urbana:

«Ho van fer en l'única escala de veïns que van trobar oberta, després d'haver-ne rebutjat catorze de tancades. Ho van fer amagats darrera dels lleons de l'estàtua de Colom, i en una boca de metro closa, i entre les veles del Mercat de Sant Antoni, mentre sentien la fressa de les rodes de ferro de les caixes dels comerciants, travessant el carrer Comte d'Urgell. Van contemplar com el sol s'aixecava, des d'una terrassa de la plaça de Catalunya. Van tornar-hi en una biblioteca de la Caixa, i en el funicular del Tibidabo, i en el camí que duu a la gossera. I en una de les sales de Sanxo d'Àvila.

I a les escales del camp del Barça. I darrera la gasolinera de l'Arrabassada, i en un confessionari de la catedral, mentre sentien les veus somortes dels turistes que eren a fora, a la nau, admirant arcades, columnes i vitralls».[3]

L'altre autor que destaca en aquest moment de la fi dels anys setanta és Eduardo Mendoza. Amb les novel·les *El misterio de la cripta embrujada* (1979) i *El laberinto de las aceitunas* (1982), presenta també una ciutat aparentment caòtica, però en el fons sòlidament vertebrada per distincions econòmiques i de classe. Per poder introduir-se en totes les diferents capes, Mendoza recorre al personatge d'un foll, escapat del

Eduardo Mendoza
Xavier Bertral

Fotograma de la pel·lícula **El misterio de la cripta embrujada***, dirigida per Cayetano del Real el 1981, amb Marta Molins i José Sacristán, basada en la novel·la homònima d'Eduardo Mendoza*
Arxiu Fotogramas

manicomi, un brivall modern que és l'únic capaç d'anomenar la nova realitat de la ciutat contemporània. Per fer-ho se serveix d'un llenguatge desajustat, fragmentari, irònic i ple de referències entremesclades a l'alta i a la baixa cultura:

> «*El colegio de las madres lazaristas, como tú sin duda ignoras —empezó diciendo el comisario mientras contemplaba cómo el precio del habano se le iba en humo— está situado en una callejuela recoleta y pina de las que serpentean en el aristocrático barrio de San Gervasio, hoy ya no muy en boga, y se precia de reclutar a su alumnado entre las mejores familias de Barcelona; todo ello con fines de lucro. Usted, madre, corríjame si me equivoco. El colegio, claro está, es exclusivamente femenino y funciona en régimen de internado. Para acabar de contemplar el cuadro agregaré que todas las alumnas visten uniforme gris especialmente diseñado para eclipsar sus incipientes turgencias*».[4]

L'any 1986, quan Barcelona aconsegueix la nominació per als Jocs Olímpics, l'entusiasme popular, més o menys induït, l'agitació, més o menys general, contrasta amb les crítiques i el desinterès dels escriptors. Els anys 1986-1992 es consuma un canvi de paradigma de ciutat, amb la planificació d'intervencions urbanístiques massives, l'organització de grans certàmens dirigits a la promoció exterior i la creació d'un nou imaginari col·lectiu basat en la propaganda institucional. Un dels llibres que millor han explicat aquest procés és *La ciudad de los prodigios* (1986), d'Eduardo Mendoza. Tot i que aparentment es tracta d'una novel·la històrica, que explica la transformació de Barcelona entre les dues grans exposicions internacionals de 1888 i 1929, el relat té unes evidents derivacions contemporànies. El personatge d'Onofre Bouvila, que sorgit de l'anarquisme arriba a ser un factòtum, encarna l'individualisme i la manca d'escrúpols d'una oligarquia que prescindeix del bé comú per obtenir el màxim profit personal. En el seu moment, *La ciudad de los prodigios* va ser interpretada com un cant a la reconstrucció de Barcelona, en la vigília dels Jocs, però en realitat es tracta d'una novel·la crítica, que permet múltiples salts temporals i paral·lelismes reveladors entre la situació de la fi del segle XIX o dels anys vint, i la que es viuria a la fi dels vuitanta.

“*L'escullera del Port Olímpic, més alta, al fons, s'omple de figures ennegrides pel retall del contrallum, pescadors i badocs, peces d'un absurd teatre silenciosament llunyà quan es mouen, estàtues del decorat d'aquest mateix teatre, més absurdes encara, quan s'estan quietes.*”

Miquel de Palol. «La Platja del Bogatell».
Dins *Barcelona, un dia.* Alfaguara, 1998.

Lluís-Anton Baulenas
Jordi Belver

Només els periodistes, els que han integrat la nova ciutat sorgida dels Jocs Olímpics en les seves creacions: Lluís Permanyer, a *Un amor a l'ombra de la pedra blava* (2000), i Màrius Carol, a *Les seduccions de Júlia* (2002). Sorprenentment, però, en la novel·la de Carol, la major part dels escenaris que hi apareixen (el restaurant Casa Leopoldo, la cocteleria Boadas, la truiteria Flash Flash) no són resultat de la nova Barcelona: vénen d'un món que sobreviu als canvis. Les dues novel·les fan servir la mateixa estratègia: un narrador, que com una mena de *cicerone*, presenta la ciutat transformada a una dona que fa anys que en va marxar, que se senti seduïda i meravellada pel tomb que han fet les coses. A *Amor d'idiota* (2003) Lluís-Anton Baulenas ofereix la contraimatge d'aquest descobriment de Barcelona, a través d'una visió retrospectiva i crítica:

Anella Olímpica de Montjuïc
Fundació Barcelona Olímpica

«Passejo per Barcelona, capital mediterrània, antiga i olímpica. Orgullosa, posseeix tot d'habitants indígenes que diuen que li falta el que constitueix el caràcter de les grans urbs europees (però tot i amb això, no se'n van). Desorientada, acull tot d'habitants forans que la titllen de provinciana. No accepten que la ciutat és el que és, no pas allò que ells voldrien que fos (però tot i amb això, s'hi queden). Barcelona és com una senyorassa d'edat que s'havia tornat a sentir jove i maca gràcies al lífting dels Jocs Olímpics».[5]

Els nous escenaris de Barcelona 92 triguen a sortir en les novel·les i encara, gairebé sempre contraposats als espais residuals carregats de memòria. El poeta Enric Casasses troba un espai immutable, indiferent a les transformacions de l'urbanisme municipal, en el bar Resolis, a la plaça del Raspall, on viuen des de fa segles els gitanos de Gràcia:

«Algú/del bar/o de/la plaça/se'n va/un mes/o dos/a Per-/pinyà/i torna/que és l'en-/demà/mateix,/que no/s'ha per-/dut res:/com és/això?/Només/sabem/que és/així,/avui/és l'en-/demà/d'ahir/per sempre/i fins/que/un dia/serà/mai més.»[6]

Les novel·les de Julià de Jòdar, en canvi, estan construïdes sobre un sentiment de pèrdua. A *Zapata als encants* (2000) el narrador recorre el barri del Clot, on havia treballat el seu pare, i arriba als Encants Vells, després de passar per la plaça de les Glòries. La nova arquitectura li provoca un sentiment d'estupor. El món obrer, que constituïa una de les essències de Barcelona, ha desaparegut, sota l'empolainament de la Barcelona del «disseny»:

> *«Obligat, doncs, a renunciar als rèdits incerts de la memòria paterna, vaig caminar xano-xano pel ramal de muntanya de l'autovia cap a la plaça de les Glòries, i en paral·lel amb l'antiga fàbrica Olivetti, bastió obrer en gloriosos temps d'antifranquisme i continent, avui d'hipermercat i casal popular en una peça. Arribat a les voltes de l'inútil escalèxtric de les Glòries, inauguraven la nova Farinera del Clot, un edifici fabril a l'anglesa, o sigui, a cavall entre un asil forçat de pobres i una mansió neogòtica estil* Psicosi, *desfigurada amb els vidres, metalls i rètols de rigor en l'anivelladora estètica regnant, que es veu que tocava a eleccions».*[7]

Miquel de Palol comparteix aquest desengany. *El jardí dels set crepuscles* (1989) és una faula universal que es pot interpretar a partir de les descripcions concretes dels escenaris de la Barcelona dels setanta —el barri de la Ribera, la Rambla i la plaça Reial— com una metàfora de la fi de les utopies i del nou imperi de les multinacionals. Però és a *L'àngel d'hora en hora* (1995), amb la seva crítica de l'arquitectura de les places dures i de les pretensions dels arquitectes de redimir la societat, on Palol defineix més clarament el seu joc a la contra.

> *«L'arquitecte no ha de pretendre ser un dirigent ni un profeta de models de vida, sinó un artesà al servei de la ciutadania; l'arquitecte que insensatament obligui vàries generacions de criatures a alimentar els seus somnis, els magatzems de la memòria on es fonamenta el que des de l'inconscient, és l'individu i la societat, amb malformacions mentals en forma de places, avingudes, façanes i monuments, hauria de ser condemnat per un tribunal popular».*[8]

La ciutat en obres (2002), de Mercè Ibarz, tracta també el tema de la ciutat antiga. Un dels contes té com a escenari una casa de l'Eixample, modesta, de les que no surten a la ruta del modernisme. A partir del record de l'amiga morta, Ibarz evoca una ciutat que desapareix substituïda per espais artificials i deshumanitzats:

La plaça de les Glòries Catalanes
Pep Herrero

«En el temps que fa que ella és morta, les solucions aïlladores i emmudides han arribat també als barris vells de la ciutat, esponjats (diuen els urbanistes) d'aglomeracions de cases impossibles d'habitar que han estat substituïdes per cases amb finestres reixades horitzontalment —d'alumini, matèria sense empremtes— que no deixen ni estendre roba, ni veure cossos a la finestra pensant en les seves històries, ni mirades xafardejant la cosa pública».[9]

A diferència d'altres ciutats com València o Mallorca, que han generat aproximacions balzaquianes a l'entramat cultural, polític i econòmic, i la cara fosca dels negocis, la prostitució i els tripijocs del poder, Barcelona no ha tingut fins ara un novel·lista que l'hagi abordat sencera. Tampoc no trobem en literatura un fenomen equivalent al «realisme d'avantguarda» (una pintura moderna en la tècnica i realista en el fons,

enfocada cap a la ciutat d'avui no per descriure les seves misèries sinó per mostrar una societat opulenta i tecnològicament avançada). Per obtenir una imatge de Barcelona segons els paràmetres d'aquest nou realisme caldria superposar episodis i personatges de diversos llibres: el començament d'*Ulisses a alta mar* (1997), de Baltasar Porcel, amb el protagonista contemplant Barcelona des de la finestra d'un gratacel que podria ser el del banc Atlàntic:

> *«Més enllà del mapa urbà atalaio des des pis quinze del superb edifici on habito, precisament situat a la cruïlla Diagonal-Balmes, un teló de fons circular i doble: d'una banda, la serra de Collserola arranada, abstreta, amb la inversemblant torre metàl·lica, d'un futurisme de Flash Gordon; i, de l'altra, la mar pàl·lida, llarga tira plomosa, esclarissada mescla de cel i aigua. I tot immers en una llunyania irreal, com si només una desertització inerta rodegés la ciutat».*[10]

Una idea semblant apareix a *Los juegos feroces*, primer llibre de la trilogia *El día del Watusi* (2002), de Francisco Casavella. La novel·la comença amb una visió panoràmica de Barcelona des del cim del Tibidabo. És el dia de Reis de l'any 1995 i l'equívoc financer Roberto Pistacho repartirà joguines entre els nens orfes dels «Hogares Clarinet». La descripció té un marcat caràcter irònic, semblant al de les primeres novel·les de Mendoza:

> *«—¡Cuánta propiedad urbana! —Y se ríe—: Eso es lo que dijo un alcalde desde aquí. Enseñaba la ciudad a unos visitantes, me parece. Y ante la emoción del paisaje no se le ocurre decir otra cosa que: "¡Cuánta propiedad urbana!". Hay que ser paleto...*
>
> *—Es una manera de verlo... —Trueta echa la cabeza hacia atrás y me mira, sorprendido de mi réplica—. A lo mejor lo paleto son las efusiones líricas ante el paisaje. Mi madre, ante un espectáculo parecido, solía decir: "Barcelona es una ciudad peligrosísima!"».*[11]

Màrius Serra ha estat el primer autor a fer aparèixer les rondes a la seva novel·la *Mon oncle* (1996), en una estranya escena, quan el protagonista, acompanyat del seu oncle, monjo cartoixà, fa dues vegades la circumval·lació de Barcelona:

> *«El nebot engega el motor i enfila cap a la Ronda de Dalt a pas de bou. Pres d'una loquacitat extrema, com la que experimenta en moments de gran perill, fa un panegíric atropellat de les Rondes.*

El monjo l'escolta impassible fins al Nus de la Trinitat. Ara hi entrarem, anuncia el nebot. Podem fer la volta completa a Barcelona en trenta quilòmetres. Una eufòria sobtada l'envaeix. Engega la ràdio i es disposa a circumdar la seva ciutat. Li farem la circumcisió a Barcelona, anuncia feliç. L'oncle Canut obre molt els ulls. La circumcisió el remet als anys de seminari».[12]

Un altre dels autors que han reflectit els nous ambients de la Barcelona dels anys noranta és Emili Rosales a *Mentre Barcelona dorm* (1999), una novel·la de «yuppies» que viuen a la Vila Olímpica i van de copes als bars moderns del Tibidabo:

«Les rodes de la quadriga es fonien pel carrer Aragó, a Aribau es treia la corbata mentre feia ziga-zagues entre els taxistes endormiscats, a Balmes, massa semàfors, i l'avinguda del Tibidabo, com un passeig triomfal pel Colosseu, que desembocava al Rosebud, la primera ratlla i el primer Jack Daniel's, i al Mirablau, on deixava de banda la vida social i se centrava en l'objectiu personal de la nit, la peça a batre (...). Després, la camisa oberta, el cigarret fumejant que gairebé no tastava, tornava a marxa lenta cap a la Vila Olímpica pel centre desert i somort de la ciutat».[13]

> *“—Cómo ha cambiado Barcelona en unos pocos años —suspiró el padre Romanyà a la altura de Diagonal con el cinturón de Ronda—. ¡Cómo ha cambiado, en bien y en mal! Tú quizás no puedes recordarlo, pero aquí, donde ahora ves esos desafíos de la arquitectura moderna, aquí había barracas...! Qué ofensivos en su hermosura estos rascacielos! Tú no puedes imaginarte con cuánto sudor y sangre fueron construidos. ¡El milagro de nuestro desarrollo! ¡Insensatos!”*
>
> ***José Luis Giménez-Frontín.*** *El idiota enamorado.* Argos Vergara, 1982.

La descripció de Rosales contrasta amb la que fa Kiko Amat a *El día que me vaya no se lo diré a nadie* (2003). És l'altra cara de Barcelona, la ciutat de la diversió massificada, que creix al marge de la planificació:

«Había decidido caminar desde Trafalgar al estudio de Poble Nou, bajando por Almogàvers, esa calle horriblemente fea y fascinante

a la vez que empieza como un tobogán gigante. Entras en Almogàvers y tienes montañas rusas dos veces hasta que caes al llano y te desperdigas por la antigua zona industrial de Barcelona, perdido entre los almacenes y las antiguas fábricas de cosas en desuso, y los locales han sido habilitados para conciertos, o bares, o abrevaderos masificados para adolescentes analfabetos».[14]

Barcelona apareix com un tema obsessiu de la literatura d'aquests darrers trenta anys. Com una ferida, com un problema, com una alternativa, com una esperança o com una realitat que fa patir. A l'hora d'escollir els indrets per representar la Barcelona postmoderna haurem de fugir, doncs, del monumentalisme, del turisme, de la propaganda del *Posa't guapa* i del *Fem-ho bé*, per anar a buscar en carrers aparentment insignificants i en racons carregats de memòria que no sempre són els que surten a les guies. ■

Procedència dels textos

1. Biel Mesquida. *L'adolescent de sal*. Edicions 62, 1975. Pàg. 317.
2. Xavier Moret. *Qui paga, mana*. Empúries, 1997. Pàg. 15.
3. Quim Monzó. *La magnitud de la tragèdia*. Quaderns Crema, 1989. Pàg 42.
4. Eduardo Mendoza. *El misterio de la cripta embrujada*. Seix Barral, 1979. Pàg. 19.
5. Lluís-Anton Baulenas. *Amor d'idiota*. Edicions 62, 2003. Pàg. 13.
6. Enric Casasses i Figueres. *Plaça Raspall. Poema en set cants*. Edicions 62 / Empúries, 1997. Pàg. 173.
7. Julià de Jòdar. *Zapata als encants*. Quaderns Crema, 1999. Pàg. 22.
8. Miquel de Palol. *L'àngel d'hora en hora*. Proa, 1995. Pàgs. 221-22.
9. Mercè Ibarz. *A la ciutat en obres*. Quaderns Crema, 2002. Pàg. 45.
10. Baltasar Porcel. *Ulisses a alta mar*. Edicions 62, 1997. Pàg. 9.
11. Francisco Casavella. *Los juegos feroces. El día del Watusi*. Mondadori, 2002. Pàg. 21.
12. Màrius Serra. *Mon oncle*. Proa, 1996. Pàg. 349.
13. Emili Rosales. *Mentre Barcelona dorm*. Columna, 1999. Pàg. 32.
14. Kiko Amat. *El día que me vaya no se lo diré a nadie*. Anagrama, 2003. Pàg. 167.

La Via Laietana vista en direcció al mar.
Arxiu Fotogràfic de l'Arxiu Històric de la Ciutat de Barcelona

16. L'etern retorn

Sergi Doria

"Lleó Jausssely va esguardar un dia el conjunt de Barcelona; i se'n va enamorar i volgué donar a l'obra de Barcelona futura son propi esforç... Fem, entre tots, barcelonins, que aquesta primera visió no hagi de modificar-se davant de la percepció dels detalls!... I per lograr-ho, corresponguem amb amor a l'esguard dels ulls encesos de Lleó Jaussely, noucentista, arquitecte de ciutats..."

Eugeni d'Ors. *Glosari 1907*. Tallers gràfics Montserrat. 1915.

escales de l'itinerari

❶ *mercat de la concepció*

Entre els carrers Aragó, Bruc, València i Girona, es troba el mercat de la Concepció, que actualment acull la seu del districte de l'Eixample i l'Escola de la Concepció.

❷ *hotel ritz*

L'octubre de 1919, Barcelona va tenir el seu hotel de luxe i de cinc estrelles. Era el Ritz, situat a la Gran Via de les Corts Catalanes, 668.

❸ Passeig de Gràcia
Vegeu la pàgina 223.

❹ Rambla de Catalunya
Al número 72 de la rambla de Catalunya, es va instal·lar la família d'Agustí Calvet, *Gaziel*, provinent de l'Empordà i atreta per l'Exposició Universal de 1888.

❺ Llibreria Catalònia
L'any 1924, amb Antoni López i Llausàs i Manuel Borràs com a socis, Josep Maria Cruzet obrí (primer a la plaça de Catalunya, 17, i després emplaçada a la ronda de Sant Pere) la llibreria Catalònia.

❻ Via Laietana
El 1908 es va començar a obrir la Via Laietana.

❼ Born
Espai d'antigues justes medievals, el mercat del Born es va construir durant els anys 1873-1876.

❽ Ciutadella
L'antiga fortalesa va ser enderrocada per ordre del general Prim, l'any 1878. Deu anys després, els seus terrenys van albergar l'Exposició Universal.

❾ Estació de França
Va ser construïda amb una impressionant estructura metàl·lica sobre l'antiga estació del ferrocarril, el 1929, amb motiu de l'Exposició Internacional.

❿ La Llotja
Vegeu la pàgina 17.

⓫ Carrer de Balmes
Antiga riera de Sant Gervasi de Cassoles.

⓬ La Universitat
Vegeu la pàgina 111.

13 carrer de joaquín costa

Terenci Moix va néixer al carrer Ponent, número 37, que actualment es coneix per carrer de Joaquín Costa.

14 plaça del pes de la palla

Terenci Moix va titular el primer volum de les seves memòries *El pes de la palla.*

15 mercat de sant antoni

Vegeu la pàgina 201.

16 paral·lel

Considerat durant anys com el Montmartre de Barcelona, entre els cabarets que acollia aquest carrer destacava El Molino, que va tancar l'any 1997.

17 plaça d'espanya

La urbanització d'aquesta plaça i del parc de Montjuïc es culmina arran de l'Exposició Internacional de 1929. La gran font del mig és una obra de Josep Maria Jujol.

18 avinguda del tibidabo

A l'avinguda del Tibidabo, número 32, situa Carlos Ruiz Zafón, a la seva novel·la *La sombra del viento*, el palau de la família Aldaya.

Mirant llibres en un estand de la Rambla durant el Dia del Llibre, el 23 d'abril de 1935
Arxiu fotogràfic de l'Arxiu Històric de la Ciutat de Barcelona
Fotografia de Pérez de Rozas

Barcelona va plena de veus que s'escolen entre les planes d'un llibre com psicofonies. Algunes històries barcelonines ens parlen d'una burgesia comercial i fabril que va substituint l'aristocràcia. L'economia mana. Catedrals i xemeneies. Fàbriques i sindicats. Modernisme i bombes. Exposicions. Una peripècia que s'enceta a la Barcelona antiga del Born, a l'ombra de Santa Maria del Mar, i culmina a l'Eixample amb parada i fonda a la Borsa, al Ritz i al Liceu. «La gran novel·la sobre Barcelona»..., el repte de Narcís Oller, de Josep M. de Sagarra, d'Ignacio Agustí o d'Eduardo Mendoza. L'hivern del 42 trobem Agustí a Zuric: és corresponsal de *La Vanguardia*. Enllesteix el primer tram d'una novel·la-riu amb nom femení: *Mariona Rebull*... «*La familia Rebull habitaba un principal espacioso en la calle de la Puertaferrisa. Vivía allí desde tiempo inmemorial. Don Desiderio había casado con la hija de un joyero; unidos los dos establecimientos, pasó a ser el más importante artífice de la calle de la Platería y, por tanto, de la ciudad...*»[1] Ja ho tenim! Una història molt barcelonina. Mariona, la filla de Don Desiderio, coneix Joaquim Rius, jove empresari del tèxtil. Gaudeixen plegats del passeig de Gràcia a punt d'estrena en l'Eixample puixant: «*Era opinión de todos que cuando dicha avenida estuviera absolutamente urbanizada; cuando al lado y lado, hasta Gracia, las fachadas estuvieran completamente alineadas, Barcelona no tendría nada que envidiar a un pequeño París. Habría que ver lo que sería esta gran vía cuando las tres casas que habían sido encargadas al arquitecto Gaudí estuvieran edificadas*».[2]

A *El viudo Rius*, Ignacio Agustí segueix les petjades d'aquest barceloní que ofega la vida entre balanços i proteccionisme econòmic. El 1893, amb l'atemptat del Liceu perd la Mariona però li queda el fill, Desiderio, el qual acompanya fins als Escolapis de Sarrià:

> «*La enorme mole del colegio se apercibía desde lejos. El trecho que el carruaje había salvado, desde la ciudad, le parecía que contribuía aún más a agrandar las dimensiones del edificio. Era como si se hubieran trasladado a otra ciudad, a otro mundo... Sin embargo, era una sensación placentera la de adentrarse por el estrecho callejón y, de pronto, penetrar entre dos anchas puertas de hierro, en un hermoso parque, con sus parterres y caminos, por los que el coche discurría suave-*

Ignacio Agustí
Arxiu La Vanguardia

mente. El jardín olía intensamente a magnolio, a laurel, a mirto. Y por él caminaban numerosos colegiales, acompañados de sus padres, apresuradamente».[3]

Quan esclata la bomba del Liceu, fa poc que un altre burgès, el senyor Calvet, ha arribat de Sant Feliu de Guíxols. Atret per l'Exposició Universal de 1888, canvia la fàbrica surera empordanesa per la confortable existència de rendista a Barcelona. El pare d'Agustí Calvet *Gaziel* s'instal·la amb la família: primer, en un pis del carrer del Bruc i després al 72 de la rambla de Catalunya cantonada València, aleshores la darrera frontera de l'Eixample. Dels vitralls de la tribuna estant, l'Agustí Calvet albira els Rippert de La Nueva Condal, pintats de groc i vermell, i descobreix en Clavé:

«En aquell encreuament, entre les quatre cantonades guerxes, que a Barcelona en diuen xamfrans, hi havia com una mena de placeta rodona, cenyida amb un voraviu de pedra, i enmig del cercle, damunt un sòcol feixuc, s'alçava una estàtua enorme, més aviat paorosa, tota ella fosca, de bronze. Era la d'un home de mitjana edat, curt, rabassut i carregat d'espatlles; duia un gran bigoti espès i una levita que almenys devia pesar deu quintars. Amb la mà dreta una mica avançada sostenia una batuta de director de música, que més aviat semblava un perpal per a fer alçaprem. Era l'estàtua d'Anselm Clavé, l'ingenu mestre cantaire del proletariat de Catalunya...».[4]

L'Exposició que impulsa l'alcalde Rius i Taulet el 1888 atreu molts catalans a Barcelona: uns, com el pare de l'Agustí Calvet, vénen a eixamplar el capital i fumar un bon cigar a les llotges del Liceu; d'altres, per canviar les espardenyes de la ruralitat pel vestit ben tallat de la riquesa ràpida. Barcelona es vol embellir i seduir el món. I comença a amagar espais sinistres com la Ciutadella, que li va donar un aire de presó arran de la derrota de 1714 i que s'omple de jardins, d'estàtues i de fonts. Un procés de representació cosmopolita amb guarismes clau: 1888 i 1929. A *La ciudad de los prodigios*, Eduardo Mendoza crea un personatge: Onofre Bouvila encarna l'esperit de «la gran encisera». Quan arriba a Barcelona, en els prolegòmens de l'Exposició, és un de tants anònims vividors que pul·lulen pels carrerons humits. Hostatjat en una modesta pensió del carrer del Xup, observa una ciutat apressada amb 416.000 habitants i que creix a un ritme de 12.000 ànimes l'any. El nostre home descobreix l'amor amb la noia de la pensió, la Delfina, i vagareja per la Barceloneta, pel

Fotograma de la pel·lícula **La ciudad de los prodigios,** *dirigida per Mario Camus el 1999, basada en la novel·la homònima d'Eduardo Mendoza*
Arxiu Fotogramas

Born i per la Ciutadella on creix l'Exposició. Si Rius i Taulet vol situar Barcelona en la constel·lació de les ciutats europees, l'heroi de Mendoza enceta en aquell recinte la seva ascensió social... De moment reparteix propaganda anarquista, ven locions per fer créixer el cabell i organitza una xarxa de nens delinqüents, activitat que Antonio Altadill ja va anticipar amb els lladres enllustradors de *Barcelona y sus misterios*. La Ciutadella és la primera base d'operacions d'aquest *self-made-man* que veu entre els arbres com els enginyers proven el globus captiu de l'Exposició. El 20 de maig de 1888 la regent Maria Cristina i un Alfons XIII amb només dos anys i mig assisteixen a la inauguració de l'esdeveniment que es perllongarà fins al desembre d'aquell any amb dos milions i mig de visitants. L'Exposició llegarà edificis simbòlics com el que allotja l'actual Museu de Zoologia o l'Arc de Triomf, porta d'accés del recinte. Com escriu Mendoza, l'arc *«daba paso al Salón de San Juan, una avenida amplísima, arbolada, pavimentada con mosaicos y adornada por grandes farolas y también por ocho estatuas de bronce que recibían al visitante. Pase usted, parecían decir...»*.[5]

Barcelona, ciutat coral: bombes, comerç, indústria. Joaquim Rius: un home que fa números per tirar endavant la fàbrica i que conversa amb el fidel contable Llobet, o s'endinsa en especulacions borsàries. Crits de riquesa fàcil que el neguitegen en veure l'edifici italianitzant de la Llotja de cara al port...

«Rius se admiraba de que, al entrar, lo hiciera vacilante, como el muchacho que por vez primera pone los pies en un antro prohibido. Dio un empujón a la puerta de nogal y quedó un instante de pie en el quicio, aturdido por el vocerío. Sin ver más que fugaces bultos que se removían en la humareda, a la que la intensa luz de las arañas daba una calidad maciza y opaca, casi borrosa.»[6]

La riquesa intimida. Narcís Oller enceta *La febre d'or* a la Borsa. Josep Rodon penetra al temple dels diners per trobar Gil Foix i proposar-li un negoci de ferrocarrils... Des dels reixats de la monumental escalinata esguarda el pla de Palau: hi circulen tramvies i cotxes de cavalls... Bocabadat, observa els rotllats que batallen per comprar i vendre valors. «*La Borsa s'ha ensenyorit del món*», mormola:

«Dins d'aquella mena d'hivernacle de pedra picada i grans vidrieres brunzia ja la remor de cent converses. Molts enraonaven tot fumant, abocats de colzes als cubells; d'altres, arrambats a les massisses parets o passejant... Hi abundaven els ulls sortits i espurnejants, els mostatxos estiregassats, les barbes eriçades, les entrecelles arrugades i la mirada frisosa del jugador».[7]

Anys abans que Foix i Rius restin admirats davant la Llotja, el pla de Palau va ser l'escenari d'un moment històric. A dos quarts de dotze del diumenge 10 de novembre de 1838, un grup de persones es va congregar en un terrat de l'aleshores plaça de la Constitució. Eren temps de

Fotograma de la pel·lícula* La febre d'or*, dirigida per Gonzalo Herralde el 1992, amb Gemma Brió i Mercè Pons, basada en la novel·la homònima de Narcís Oller
Arxiu Fotogramas

bullangues, còlera, morb, carlinada i romanticisme líric. Els presents havien desafiat el temps ventós per assistir a una experiència mai vista. Encapçalats per Ramon Alabern, deixeble de Daguerre i introductor del seu invent, el daguerreotip, a Espanya, compareixen els senyors Mer, Roura i Pere Felip Monlau, metge higienista i conspicu lliberal, impulsor i redactor d'un manifest per l'enderrocament de les muralles que asfixien la ciutat. Després de les explicacions d'Alabern, té lloc el prodigi. Tal com recorda Josep Coroleu a les *Memorias de un menestral de Barcelona*, al cap de vint minuts de col·locar-se la planxa prèviament preparada a la càmera, apareix neta i brillant la Llotja i la casa de Xifré. La fotografia inaugurava la seva crònica barcelonina.[8]

Tornem a la família Calvet. Després de passar per un pensionat als jesuïtes de Sarrià, l'Agustí va a raure als jesuïtes del carrer de Casp. La façana abasta des del carrer de Pau Claris fins a Llúria. En aquells temps encara passa pel seu davant la riera d'En Malla... És el *Quadrat d'Or* dels *homo-fabers* catalans, barri de magatzems tèxtils i despatxos burgesos. Al col·legi, l'infant sent *«ressonar de sol a sol els carros de transport dels cotoners, llaners o seders, carregats de troques de filat i peces de teixit. Totes les voreres eren interceptades pels carretons que descarregaven i carregaven, entrant i sortint dels magatzems profunds»*.[9]

Façana principal de la Llotja segons una fotografia de mitjan segle XIX
Arxiu Fotogràfic de l'Arxiu Històric de la Ciutat de Barcelona

L'aire du l'aroma dels havans que fumen els encarregats i els caliquenyos dels mossos que traginen fardells. Els col·legials escolten les melodies dels pianos de maneta, fragments de *La Verbena de la Paloma*, cançons sicalíptiques i tangos: «*El pare professor arrufava el nas, i nosaltres, respectuosos amb les consignes, féiem veure que no sentíem aquells cants de sirena, però els ballavem per dintre*», recorda Calvet.[10]

Passen els anys; Barcelona pateix convulsions politicosocials. Prosperen més avingudes sobre antics carrers medievals... El Joaquim Rius i el seu fill Desiderio es troben a trenc d'alba per anar plegats a la fàbrica; la caminada cap a Tejidos Rius té quelcom de ritu iniciàtic entre els paisatges dels records:

> «*Caminaban apresuradamente, uno al lado del otro. Entraron plaza de Cataluña abajo, por la Puerta del Ángel. Luego por la calle Arcos hasta la Plaza Nueva. El eco de sus pisadas resonaba limpiamente en el aire. De la calle de la Paja surgió un leve, antiguo olor a hierbabuena, y Joaquín Ríus seguía caminando, por la calle del Obispo, junto a la Catedral, por la plaza del Ángel, por la calle de la Platería. El paso de su hijo era rítmico, enérgico. Las persianas estaban cerradas aún. Su propio paso no era como aquel de antes, el de muchos años atrás, por esos mismos caminos. Y al doblar una esquina reconoció una losa antigua, antiquísima en su recuerdo. Cuando con su padre se dirigía a la fábrica cruzaba la calle Ancha por aquella misma losa, justamente por aquélla, y recuerda que, por una estúpida costumbre, inconscientemente, se apartaba a un lado para no pisarla. Ahora estuvo a punto de hacerlo, pero su pierna mutilada le obedeció a última hora. Y no la pisó. Una vieja, cansada, se dirigía a la misa matinal, a la Merced; él apenas la vio; un llanto sordo le nublaba los ojos*».[11]

Al carrer de Llúria, 72, cantonada Aragó, una nena prima i galtuda mira per la finestra. Es diu Mercedes. Nascuda un 18 de setembre de 1916, té cognoms arrelats: Salisachs Roviralta. Quan aprengui a escriure s'abocarà a la pàgina en blanc malgrat que la senyoreta li desaconselli maridar feminitat i literatura. Les novel·les són perilloses per a les senyoretes de casa bona. La nena prima i galtuda no fa cas de la recomanació: esgarrapa fulls; vol seguir l'afecció lectora del pare. El primer escrit, el titula *La vida*. Mercedes Salisachs evoca aquell microclima a *Derribos*:

Mercedes Salisachs
Daniel Mordzinski

> *«Nuestra vivienda se hallaba situada en la planta tercera (más tarde nos instalamos en la planta principal de aquel edificio) y, desde el balcón del salón, se podía observar la calle, ancha y despejada, cuyo pavimento, macadamizado, se hallaba alterado por las vías de un tranvía. Adosada a la construcción del inmueble se alzaba la Iglesia de la Concepción, cuyo campanario (que se ponía en marcha cada cuarto de hora) invadía de sonidos metálicos nuestro dormitorio. Su tañido era agradable; algo necesario para dormir... A veces el repique era distinto al habitual: ello significaba que doblaban a muerto, o que anunciaban el rosario, o que tocaban a Misa...».*[12]

Esglésies i campanes. Al barri de la Ribera, la senyora Ramona esguarda Santa Maria del Mar del menjador estant. Feines i crepuscles que descriu *A l'ombra de Santa Maria del Mar*, d'Alexandre Plana: *«De petita, que no havia vist passar dia que a una hora o altra els seus ulls no veiessin la pedra torrada dels quatre murs de l'església, i les seves oïdes no sentissin el so de les campanes com una veu conegu-*

da...».[13] La senyora Ramona mira també per la finestra del balcó; espera el seu fill entre els mobles de casa tocats de foscor.

Quan la foscor s'apodera de la ciutat bullen les redaccions dels diaris. En la novel·la autobiogràfica *Servitud*, Joan Puig i Ferreter s'emmascara amb el nom d'Andreu Rojals i converteix *La Vanguardia* en *La Llanterna*. Vol ser periodista i la primera feina que li toca és traduir telegrames. Al diari, no s'hi senten campanes, sinó la remor metàl·lica de l'estereotípia. Un terratrèmol sonor anuncia que les rotatives comencen a escopir exemplars. És l'hora de plegar, li diuen. Quan Rojals surt a l'aire fresc de la matinada encara és de nit: «*El rellotge de la Universitat marcava més de les quatre —I cada dia plegaré tan tard?— em vaig dir jo...».*[14]

Per la plaça de la Universitat i pel carrer dels Tallers, que marcarà el seu destí periodístic, havia deambulat un Agustí Calvet estudiant de dret. A la plaça s'aixequen el monument del doctor Robert i un quiosc, on els estudiants van a menjar un llonguet amb botifarra o pastissos de pasta fullada amb vi ranci. Després del modest tiberi, escalfats per la curiositat, s'endinsen pel carrer dels Tallers, «*estret i llarg com un budell*».[15] Juguen al billar i fan timbes de cartes; altres dies s'arriben a la llibreria acadèmica de Penella i Bosch de la ronda de la Universitat, o a les llibreries de vell de Tallers, d'Aribau, de la ronda de Sant Antoni i dels voltants dels Escolapis.

Joan Puig i Ferreter
Arxiu Històric de la Ciutat de Barcelona

Puig i Ferreter publica el 1926 *Servitud* a la llibreria Catalònia de la plaça de Catalunya, 17, fundada per Antoni López i Llausàs, Josep M. Cruzet i Manuel Borràs. Són anys preparatoris de l'Exposició del 29, *music-hall*, cabells *garçon* i actuacions de Josephine Baker i Maurice Chevalier. La bona societat ara ja va amb cotxe pel passeig de Gràcia que admiraven el Joaquim Rius i la Mariona. Ara circulen automòbils i, com recorda Sempronio, unes dames volen fotografiar el baró de Viver a l'altura del Cinc d'Oros, que encara no ha abandonat el seu tronc de cavalls.[16] Els cinemes es multipliquen: al novíssim Coliseum estrenen la pel·lícula que va consolidar el cinema sonor: *El desfile del amor*, amb Chevalier; poc després obriran les portes el Publi i el Fantasio. El tango sona a Barcelona; Carlos Gardel actua al Teatre Goya i li agraden el Barça i l'Hotel Ritz. Inaugurat el 1919, l'hotel simbolitza la ciutat enriquida per la neutralitat en la Gran Guerra. Un jove reporter, el manresà Josep Maria Planes, ha arribat fa poc a la capital catalana. La brillantor de la seva prosa dignifica la crònica esportiva, el periodisme decoratiu, el columnisme polític i el reportatge d'investigació. Amb els amics de l'Ateneu no triga a trepitjar cada llamborda de la vida pri-

L'Hotel Ritz, símbol del luxe, a la Gran Via de les Corts Catalanes
Hotel Ritz

vada barcelonina. Al Ritz va prenent notes per a un llibre, *Nits de Barcelona*:

> «*El Grill del Ritz té dues hores hàbils. L'hora del te i l'aperitiu, al vespre, i l'hora del cabaret a la sortida dels teatres... L'hora de l'aperitiu és l'hora de la calma, del jazz tocat amb sordina. Hom no té cap interès a trencar la rêverie dels il·lustres patricis que seuen en les taules arraconades a la paret. Els majors contribuents, els grans industrials, els rendistes més notoris prefereixen una música tèbia, sense compromisos, que no els esvaloti les delicades senyoretes que els acompanyen a la taula. Hi ha una calma de club per a senyors de més de cinquanta anys. Les noies no parlen a crits ni riuen amb estrèpit, com en els altres cabarets. Allí, més que enlloc, saben que el silenci és or... Les nits de Liceu, les petxeres dels smokings presenten al Grill del Ritz un paisatge d'una blancor al·lucinant. Els inexperts en aquests espectacles estan temptats de posar-se ulleres verdes per protegir-se els ulls de la blancor. Sort que els escots de les dames posen una nota dolça sobre la cruesa del blanc i del negre de l'elegància masculina*».[17]

La nena Salisachs també va al Ritz. És el dia de Carnaval: la mare la disfressa de Josephine Baker per participar en un ball infantil:

> «*De pronto descubrí al príncipe. Era un niño disfrazado de señor antiguo, al que le habían encasquetado una peluca blanca con la colita recogida en la nuca por un lazo negro y dos bucles horizontales junto a las sienes... me sacó a bailar. Resultó una tarde gloriosa: quintaesenciada. Al despedirnos nos estrechamos la mano: —Nos veremos en el paseo de Gracia. En aquella época era costumbre que algunos niños de Barcelona pasearan por allí al filo de las mañanas domingueras: —Nos veremos*».[18]

Els anys vint, l'Onofre Bouvila ja ha tret uns bons calés dels «prodigis» de la ciutat, sobretot els immobiliaris. Ha deixat de ser un trinxeraire amb les mans a les butxaques i ha guanyat molts diners amb els pisos de l'Eixample. Si el 1888 el nostre home albirava els globus símbol de l'Exposició del 88, ara contempla des del cotxe amb xofer les obres que han d'enlairar l'Exposició del 29. Barcelona ha doblat la població i s'acosta al milió d'ànimes. Els braços de la immigració, que s'allotja en barraques i cases barates a l'ombra de Montjuïc, enlairen la renovada consagració urbana. Si l'odiada Ciutadella va canviar de pell, la muntanya del castell presó militar aporta les pedres de la nova Barcelona. «*Els murcians treballaven a les obres públiques amb un ritme de java. Els murcians, negríssims, suaven la medul·la i no tenien temps de pensar en vagues*», escriu Sagarra a *Vida privada.*[19] L'Onofre Bouvila de Mendoza és testimoni d'un temps i activista de la riquesa:

> «*La calle Sepúlveda desembocaba en la plaza de España, convertida ahora en un cráter pavoroso; allí empezaban las obras de la Exposición Universal; de allí partía la avenida de la Reina María Cristina, flanqueada de palacios y pabellones a medio edificar; en el centro de la plaza estaba siendo construida una fuente monumental y junto a la fuente la nueva estación de Metro*».[20]

El nou-ric Bouvila comparteix la tribuna de les classes benestants que havia ocupat en exclusiva l'aristocràcia decadent que caracteritza Frederic de Lloberola a *Vida privada:*

> «*I mentre a Barcelona s'anava produint tota una vida nova, i els pirates, els espardenyers i els escapats de les fàbriques es convertien en grans industrials; mentre els botiguerets arraconadors de sous es trobaven amb un capital gras, i es dedicaven a les noves construccions i a l'engrandiment de la ciutat, aquesta aristocràcia, sense imaginació, sense una ombra d'iniciativa, es va anar desinflant, empobrint, anorreant del tot...*».[21]

Com escriu Sagarra, l'any 29 la ciutat viu un moment brillant i decoratiu. La Barcelona de l'Exposició s'enlaira com el zepelí que corona la inauguració sobre els jardins de Le Forestier, les fonts lluminoses de Buïgas i la cúpula del Palau Nacional de Montjuïc esquitxada de raigs multicolors. Es tanca una d'aquestes històries tan barcelonines. L'Onofre Bouvila fa memòria, abans de desaparèixer com a criatura literària: de l'espardenya al botí, del carrer del Xup a les altures:

> «*Ahora veían a sus pies la ciudad entera, la sierra de Collcerola, el Llobregat y el Besós y el mar inmenso y luminoso. Ay, Barcelona, dijo con la voz rota por la emoción, ¡qué bonita es! ¡Y pensar que cuando yo la vi por primera vez de todo esto que vemos ahora no había casi nada! Ahí mismo empezaba el campo, las casas eran enanas y estos barrios populosos eran pueblos... por el Ensanche pastaban las vacas; te parecerá mentira. Yo vivía allí en un calle-*

jón que aún sigue como estaba, en una pensión que cerró hace siglos...».[22]

El novembre de 1932, Federico García Lorca arriba a Barcelona per llegir *Poeta en Nueva York* al Conferentia Club, que coordina Carles Soldevila. Al *hall* l'esperen Ignacio Agustí, el poeta Félix Ros i el pintor Grau Sala. Els joves admiradors es donen a conèixer amb timidesa. Agustí acaba de fer 19 anys, i Grau Sala, 21. Enmig de la gentada que el felicita, Lorca els diu que l'esperin al restaurant El Canari de la Garriga, davant l'hotel. La vetllada comença a dos quarts de deu i es perllonga fins a les tres de la matinada. Com recorda Agustí a les seves memòries: «*Nada más entrar, Andreu, el dueño, dio la bienvenida al poeta recordándoles una velada que, un par de años antes, había dado Lorca en el local, en presencia de Santiago Rusiñol. En aquella ocasión, poeta aún primerizo, que no había publicado más que su primer libro,* Canciones, *había deleitado a los oyentes, entre ellos don Santiago, con un recital de guitarra*».[23]

Els poetes intercanvien versos. Federico recita *Canciones*, el *Romancero gitano*. Li demanen *La casada infiel*, però s'hi nega. Prefereix *El Romance de la Guardia Civil*, *Antoñito el Camborio*, o la *Oda a Walt Whitman*: «*Costaba apagar el eco de los versos. Como las cerezas, iban saliendo de la memoria uno tras otro. La velada se acabó cuando ya las puertas del local estaban entornadas para cerrar*», apunta Agustí. Crític teatral del diari *L'Instant*, on també escriuen Carles Sentís i Irene Polo, Agustí reveurà Lorca amb motiu de les estrenes de *Bodas de sangre* al Poliorama i *Yerma* al Teatre Barcelona de la mà de Margarida Xirgu, sota la direcció de Cipriano Rivas Cherif, cunyat de Manuel Azaña. Com aquella sobretaula a El Canari de la Garriga, l'estrena de *Yerma* és un esdeveniment: «*El teatro era un hervidero. Cuando a mitad de un acto, después del cuadro de las lavanderas... el público estalló en una ovación delirante obligando a Lorca, en mitad del acto —cosa insólita— a aparecer en escena, recuerdo la tez pálida, demudada del poeta inclinándose levemente, como intentando eludir semejante homenaje del que era el primer sorprendido...*». Amb Xirgu, el poeta granadí tornarà a Barcelona per estrenar al Principal de la Rambla *Doña Rosita la soltera o el lenguaje de las flores* i assistir a la reposició de *Bodas de sangre*. Quan ve a Barcelona, Lorca se submergeix en els ambients intel·lectuals. Participa dels *Fulls grocs*, de Sebastià Gasch i Lluís Montanyà, i seu a la terrassa del Colón per compartir la tertúlia dels dilluns amb Guillermo Díaz-Plaja, Carles Sindreu, Àngel Ferran, Grau Sala... A Barcelona, Lorca s'hi troba com un peix a l'aigua: trepitja el barri «Xino» i canta «Los cuatro muleros» al restaurant de Xavier Regàs a l'estació de França. L'amistat d'Agustí amb el poeta només va córrer perill per la crítica adversa que aquest dedicà a *Doña Rosita*. Després d'escriure-la tenia certa recança per la reacció de Lorca i Xirgu... Fins que una nit quan caminava Rambla amunt sent una veu que el crida: «¡Ignacio, Ignacio!». Era Lorca des de la plataforma del tramvia 21 que baixava fins al port: *«Contra lo que yo esperaba, me dijo Lorca que yo tenía razón, que procuraría retocar algunos matices de su obra...»*. Xirgu i Rivas Cherif preparaven un viatge a Amèrica i esperaven que Federico els acompanyaria. Però Federico al final es va quedar a Granada...

Un altre hivern. De postguerra. El 5 de gener del 42. Una dona al cinema Hora, del Paral·lel, on projecten *Luz de gas*. Embarassada, viu a fons el melodrama d'aquella dama anglesa martiritzada per un marit que vol que pari boja i no triga a sentir els dolors que anuncien el part. Amb penes i treballs arriba a casa, la Granja de Gavá, al número 37 del carrer de Ponent (actualment Joaquín Costa). Ha nascut en Ramon Moix, que passarà a la història literària com Terenci.

Terenci Moix
Chelo García Cortés

«Como todas las tiendas de la ciudad antigua, la granja estaba formada por dos plantas. En la primera, se encontraba la tienda con el mostrador repleto de golosinas y varias mesas de mármol siempre dispuestas para desayunos o meriendas. Pero había un detalle que me hacía pensar en las casitas de los gnomos: el balconcito que asomaba desde el piso superior, destinado a dormitorios y otros reductos de la intimidad familiar. Mejor dicho, la intimidad meramente nocturna, porque el comedor, la cocina, los trasteros y el patio se hallaban en la planta baja, separados del negocio por una simple puerta, siempre abierta para controlar el trasiego incesante».[24]

Els Moix ho celebren amb nata, iogurts, xocolata i flams. El carrer de Ponent és al barri del Raval. Inaugurat el 15 d'octubre de 1865, fou traçat paral·lelament a la quarta muralla de Barcelona. Ja de ben petit, el Ramon traça la seva cartografia personal:

«La calle Ponent limita al Norte con la Ronda, casi en la confluencia con la Plaza de la Universidad. Al Sur, con la calle del Carmen, debajo de la cual empieza el Barrio Chino. A Oriente con los edificios góticos de la Caridad y, más allá las Ramblas, con el mar al fondo aunque siempre impedido de mostrarse. Y por el Oeste siguen unas callejas más estrechas que desembocan en la plaza del Peso de la Paja. Ya es la Ronda. Al otro lado, se abren las calles del Ensanche, espaciosas, holgadas, desconocidas...».[25]

La Granja de Gavá, al carrer de Joaquín Costa, escenari d'infantesa de Terenci Moix
Pep Herrero

Al carrer de Ponent, hi trobem edificis com el restaurant econòmic Riera, el cinema i després teatre Goya, el Centro Aragonés, el Centre Gimnàstic Barcelonès o el restaurant Ca l'Estevet a la cantonada de Valldonzella. També planen per la memòria oral dels veïns episodis truculents com el de l'Enriqueta Martí, la «segrestadora de nens». Segur que alguna vegada el Ramon va patir amb el relat de les facècies d'aquella dona sinistra que es va fer tristament famosa al carrer de Ponent. Vivia al número 29 i va segrestar la petita Teresita Guinart, filla d'obrers, quan jugava al carrer de Sant Vicenç, prop del ball La Paloma. A la *Guía secreta de Barcelona*, Josep M. Carandell es fa ressò d'aquell episodi propagat pel folletinesc Núñez de Prado a *La secuestradora de niños. Una vida de crímenes*. Es veu que l'Enriqueta es dedicava al tràfic de nens que lliurava a degenerats amb diners. Com explica Carandell: «*Detenida por un guardia municipal, Enriqueta pasó a los calabozos del juzgado entre la ira de la gente que quería lincharla. El horror alcanzaría su punto culminante, al descubrirse, en el registro domiciliario, varios trajes de lujo y pelucas de mujer, ropa de seda para niña y tres trajes de niños, uno de ellos con manchas de sangre...*».[26]

El Ramon era el centre de l'atenció de la clientela, i el rètol blau cel de la granja roman com a testimoni d'un temps de velles i conegudes olors, en convivència amb els dels *hípers* paquistanesos, els locutoris sud-americans i les carnisseries islàmiques. El petit Moix no va passar gana amb tantes pastes i flams i nodreix la imaginació amb el cinema dels dissabtes, on va amb la seva germana Ana María i la tieta Custodia.

Els cinemes deixen els seus anuncis a la Granja de Gavá i ho recompensen amb entrades gratuïtes per als dies no festius. El pare del Ramon passava les hores en dos bars del carrer: «*Uno de ellos, el bar La Parra, se encontraba junto al negocio familiar, el otro, el Almirall, junto a la granja, donde entonces vivíamos...*».[27] Quan entraven al bar, el Ramon es llançava sobre els diaris per guaitar les pàgines d'espectacles i els anuncis de cinema de la cartellera. Altres vegades el pare no anava al bar sinó a una casa de barrets regentada per Madame Rosario. Les putes —com actualment— eren un element característic d'aquell indret d'humitat i de llambordes:

> «*En las calles colindantes al Peso de la Paja había edificios tipo Bunker, cuyas ventanas permanecían siempre cerradas a cal y canto, y que, en mis años mozos, reconocí como dos meublés de notorio renombre. Para más señas, en otra calle de título poco apropiado para el caso —calle de la Virgen, la llaman— se levantaba uno de aquellos edificios oscuros que tanto servía para parejas ya acordadas como conquistas de esquina. Cuando iba con mis padres al cercano cine Goya, veía que, por la calle de la Virgen, esperaban individuas de tetas muy marcadas, culo saliente y bolso que daba vueltas por el aire. Teniendo en cuenta que esto ocurría en la esquina de la pudorosa calle de Ponent, era lógico que me in-*

Plaça del Pes de la Palla, en una imatge retrospectiva
Arxiu Fotogràfic de l'Arxiu Històric de la Ciutat de Barcelona

teresase por saber en qué se diferenciaban aquellas señoras de las que venían a comprar a la granja».[28]

Els diumenges el nen Moix anava al mercat de Sant Antoni i recorria la ronda frontera de l'aleshores «inabastable» Eixample. Per a la seva

> *«Esta última afirmación obtuvo un día el apoyo de un descubrimiento sensacional que se propagó a la velocidad de un rayo que, al fin, iluminaba algo la noche de la confusión: él vivía en un céntrico hotel del Paseo de Gracia. Al descubrimiento sensacional se le sumó un añadido no menos sensacional: él vivía en el hotel desde hacía mucho tiempo.*
> *¿Cuánto tiempo?*
> *—Desde los años cincuenta.*
> *—Desde los sesenta.*
> *Las décadas se sucedían, dilatándose hasta límites imposibles.»*

Rafael Argullol. «El vigía». dins *Barcelona, un día.* Alfaguara, 1998.

mirada infantil cada cantonada era un Finisterre. El món acabava al Pes de la Palla, on s'aixecava una gegantina fàbrica modernista que va ser enderrocada per fer pisos.

Robert Saladrigas
Xavier Torres-Bacchetta. Cortesia d'Edicions Destino

A l'altra banda, —Casanova cantonada Floridablanca— hi havia el Gran Price, temple de la boxa que també fou víctima del picot immobiliari. A la seva pista es visqueren moments inoblidables: maratons de ball, lluita lliure, campionats de boxa, exhibicions de bàsquet, xerrades del pare Laburu, més xerrades del pare Venancio Marcos i, als anys seixanta recitals de cançó i poesia amb els poetes catalans antifranquistes. Un cop, al cinema Capitol, el Ramon Moix mira bocabadat el gladiador que interpreta Henri Vidal a *Fabiola*: li recorda els campions de lluita que s'exhibeixen al Price. Aquestes sensacions són compartides per altres escriptors de la seva generació, com el dramaturg Josep M. Benet i Jornet —*Una vella, coneguda olor*, *Berenàveu a les fosques* i *Olors*—, Maruja Torres —*Un calor tan cercano*— i Robert Saladrigas en tastar *Aquell gust agre de l'estel*: *«I de cop i volta em vaig adonar que érem a la Ronda i arribàvem a casa, i de La Paloma sortien les parelles amb les galtes com tomàquets, ells i elles encesos després d'haver-se refregat un parell o tres d'hores, i el ball del Price també devia estar a les acaballes»*.[29] Saladrigas viu, com Terenci, les expedicions pels encants de Sant Antoni:

Parades de llibres en el perímetre del mercat de Sant Antoni
Pep Herrero

El mercat de Sant Antoni és, actualment els diumenges, un espai per a la venda de llibres antics
Pep Herrero

> *«A la Ronda sempre hi havia gent. Les terrasses de les cerveseries plenes de gom a gom. Abelles xumant la pròpia mel. El mercat de Sant Antoni. Com era jo, quan els matins de diumenge venia a canviar cromos, a comprar tebeos? La mare remugava: no vull que portis aquestes porqueries a casa. I cridava: Déu sap per quines mans han passat i si eren mans de malalt, em sents?».*[30]

Enfront de la realitat mediocre fulgeix el *kitsch* austrohongarès de Los Vieneses i els acudits d'Alady. El Paral·lel, amb *«l'impar Carmen de Lirio, las casetas de cartón ante un telón pintado de mar para que Mary Santpere, disfrazada de bañista Belle-Epoque, jugase genial-*

Luis Romero
Arxiu Francesc Català-Roca

mente al despropósito; las castañuelas gigantes a cuyo amparo cantaba una zambra Antonio Amaya...».[31] Taxi al Cómic i taxi a El Molino, que freqüenta Sebastià Gasch, polifacètic gustador de l'art: de l'abstracció a Carmen Amaya; del jazz al circ, la màgia i el *music-hall*:

> *«Por el modesto importe de esa cerveza, de esa gaseosa, de ese café de gusto indefinible, uno podía permanecer en el Molino desde las diez de la noche hasta las cuatro de la madrugada, sin que nadie se metiera con él. Durante ese tiempo, le eran permitidas algunas cosas: presenciar el desfile de cuarenta artistas, bailar en el foyer con las damas de falda corta, escote largo, piernas gordas y abanico; protestar de las cupletistas con pretensiones intelectuales y tirar al escenario cáscaras de cacahuete. También podía quedarse en mangas de camisa y traer bocadillos de la calle»*.[32]

A hores d'ara El Molino és el testimoni immòbil d'uns anys que només reviuen a les pàgines dels llibres i a la memòria dels pares... Darrere els murs escrostonats i les aspes paralitzades, qui sap si hi ressonen veus, com aquell *Sinatra* de Raúl Núñez? Seguim Gasch... S'ha colat pels camerinos de les noies que canten allò de «mamá quiero ser artista»:

> *«En el Molino el camarín era una prolongación del hogar. Las madres eran madres auténticas. Las sillas, las mesas, eran mesas y*

sillas de pino, vacilantes, despintadas, como las de casa. El suelo era de ladrillos. Las paredes tenían unos churretones húmedos... Se hubiera dicho que esos vestuarios eran casas de vecindad frustradas, que comunicaban su espíritu hogareño a cuantas pasaban por ellos».

Si per al Terenci infant la ciutat era un univers encara per conquerir, la Barcelona que recorren els personatges de *La noria*, de Luis Romero (premi Nadal, 1952), és una manifestació d'ubiqüitat. Un mosaic de vivències associades al nomenclàtor. Som a la Barcelona dels primers cinquanta. Aviat s'acabarà la cartilla de racionament i s'organitza el Congrés Eucarístic. El cinema Publi, del passeig de Gràcia, és el punt de trobada per a molta gent: «*Algunos lo hacen también a la puerta del Apeadero; pero sobre todo las mujeres prefieren el hall del Publi; es más disimulado y hay escaparates. Delante del Salón Rosa colocan una línea de mesitas en la calle; muchas señoras toman helados; algunos de estos helados son bonitos de ver...*».[33] El personatge de Romero entra al cinema i sent la fredor de la refrigeració. El Publi és un bon refugi per a qui ha de matar una hora que li fa nosa: «*También es bueno para el que necesita olvidar algún problema por el mismo espacio de tiempo...*».

L'estació de França, en una imatge de 1934
Arxiu Fotogràfic de l'Arxiu Històric de la Ciutat de Barcelona. Fotografia de Juan Carbonell

Carlos Ruiz Zafón
Jordi Belver

A l'estació de França ressonen les petjades dels emigrants i de la gent que es busca la vida. Romero ens presenta un perdedor, *El Sardineta*. Espera, amatent, l'arribada dels trens:

> «*Se pone allí a ver si alguien le encarga portear la maleta. Pero los mozos uniformados y los de las fondas y hoteles, que acuden todos los días y se conocen unos a otros, le hacen la vida imposible, y cuando él se defiende, le arman pelea; viene el guardia y como lo ve mal vestido y todos le acusan injustamente, le echa. Regularmente sigue a alguna persona que lleve maleta grande y que haya rechazado a los otros mozos. Si no encuentra taxi, antes de llegar*

a la altura del Gobierno Civil ya ha cambiado tres veces de mano el bulto, y ese es el momento que el Sardineta aprovecha para acercarse y conseguir que se le encomiende el servicio».[34]

L'autobús de la línia 22 enfila el carrer de Balmes amunt, passa per la plaça de Molina. Daniel Sempere, l'heroi de *La sombra del viento,* esguarda la ciutat sota la tempesta. El vehicle el deixa a l'avinguda del Tibidabo, sense paraigua, sota la pluja. Totalment xop, arriba fins al número 32, «*el torreón oscuro y solitario del palacete Aldaya, varado entre la arboleda ondulante*»[35]. Algú l'espera a l'interior entre columnes de marbre i la petja dels quadres que un dia penjaren dels murs... L'espera la Bea, a la vora del foc: «*Lo que tú llamas el palacete Aldaya, en realidad tiene nombre propio. La casa se llama* El ángel de la bruma, *pero casi nadie lo sabe...*». I retornen els fantasmes de la cartografia urbana: «*La casa principal de los Aldaya era un palacio que fue derribado en 1925 para levantar un bloque de pisos, en lo que hoy es el cruce de las calles Bruch y Mallorca, diseñado por Puig i Cadafalch por encargo del abuelo de Penélope y Jorge, Simón Aldaya, en 1896, cuando aquello no eran más que campos...*». *La sombra del viento* és un recorregut febril per les cendres de la memòria ciutadana. Amb la llibertat del narrador omniscient, Ruiz Zafón ens trasllada de nou a la rambla de Santa Mònica: sol vaporós i coure líquid. Un pare i un fill a la recerca del Cementiri dels Llibres Oblidats: «*Al poco, figu-*

La casa on es desenvolupa part de la novel·la* L'ombra del vent, *a l'avinguda del Tibidabo, número 32
Pep Herrero

ras de vapor, padre e hijo se confunden entre el gentío de las Ramblas, sus pasos para siempre perdidos en la sombra del viento...».

Ha estat una jornada seguint el ritme apressat de Barcelona. La ciutat com a *perpetuum mobile*... De bon matí, aturat a una cantonada, un taxista passa comptes. Té son perquè ha estat tota la nit al volant:

> *«Apenas ha descansado; al Cortijo, al Hotel Diagonal, a la Rambla esquina Hospital, a la calle de Nápoles, a la Avenida del Tibidabo, a la Rosaleda, a Muntaner esquina Valencia, al Navarra, a la plaza Universidad, al hotel Magoria, a la plaza de España, a la calle Borrell, a Sants, al paseo Colón, al Guinardó junto a la plaza Catalana, a la plaza Urquinaona, otra vez al Diagonal, y por fin a la Rambla, a comprar flores, y ahora, a San Gervasio. Este hombre ya tiene derecho a irse a dormir...».*[36]

Demà l'itinerari recomençarà... ■

***L'avinguda del Tibidabo en una fotografia del principi del segle* XX**
Arxiu Fotogràfic de l'Arxiu Històric de la Ciutat de Barcelona

Procedència dels textos

1. Ignacio Agustí. *Mariona Rebull / El viudo Rius*. Planeta, 1973. Pàg. 28.
2. *Op. cit.* Pàg. 268.
3. *Op. cit.* Pàg. 301.
4. Gaziel. *Memòries. Història d'un destí. Tots els camins duen a Roma*. Aedos, 1953. Pàg. 39.
5. Eduardo Mendoza. *La ciudad de los prodigios*. Seix Barral, 1986. Pàg. 110.
6. Ignacio Agustí. *Op. cit.* Pàg. 320.
7. Narcís Oller. *La febre d'or*. Edicions 62, 1980. Pàg. 21.
8. Josep Coroleu. *Memorias de un menestral de Barcelona (1792-1864)*. Tip. La Vanguardia, 1901. Pàg. 163.
9. Gaziel. *Op. cit.* Pàg. 125.
10. Gaziel. *Op. cit.* Pàg. 126.
11. Ignacio Agustí. *Op. cit.* Pàg. 547.
12. Mercedes Salisachs. *Derribos*. Argos Vergara, 1981. Pàg. 53.
13. Alexandre Plana. *A l'ombra de Santa Maria del Mar*. Editorial Catalana, 1923. Pàg. 12.
14. Joan Puig i Ferreter. *Servitud. Memòries d'un periodista*. Catalònia, 1926. Pàg. 43.
15. Gaziel. *Op. cit.* Pàg. 176.
16. Sempronio. *Barcelona es confessa a mitges*. Selecta, 1994. Pàg. 18.
17. Josep Maria Planes. *Nits de Barcelona*. Catalònia, 1931. Pàg. 49-50.
18. Mercedes Salisachs. *Op. cit.* Pàg. 80-81.
19. Josep M. de Sagarra. *Vida privada*. Proa, 1983. Pàg. 197.
20. Eduardo Mendoza. *Op. cit.* Pàg. 358.
21. Josep M. de Sagarra. *Op. cit.* Pàg. 39.
22. Eduardo Mendoza. *Op. cit.* Pàg. 391.
23. Ignacio Agustí. *Ganas de hablar*. Planeta, 1974. Pàg. 78 i seg.
24. Terenci Moix. *El peso de la paja. Memorias. El cine de los sábados*. Plaza & Janés, 1990. Pàg. 78-79.
25. *Op. cit.* Pàg. 64.
26. Josep M. Carandell. *Guía secreta de Barcelona*. Al-Borak, 1975. Pàg. 171-172.
27. Terenci Moix. *Op. cit.* Pàg. 96.
28. Terenci Moix. *Op. cit.* Pàg. 116.
29. Robert Saladrigas. *Aquell gust agre de l'estel*. Selecta, 1977. Pàg. 63.
30. *Op. cit.* Pàg. 458.
31. Terenci Moix. *Op. cit.* Pàg. 141.
32. Sebastià Gasch. *El Molino. Memorias de un setentón*. Dopesa, 1972. Pàg. 78-79.
33. Luis Romero. *La noria*. Destino, 1951. Pàg. 103-104.
34. *Op. cit.* Pàg. 219.
35. Carlos Ruiz Zafón. *La sombra del viento*. Planeta, 2001. Pàg. 274.
36. Luis Romero. *Op. cit.* Pàg. 16.

Sala de lectura de l'Arxiu Històric de la Çiutat
Arxiu Històric de la Ciutat de Barcelona

Una ciutat de paper: arxius i biblioteques

Ignasi Aragay

“*Un altre element femení freqüentava la biblioteca de l’Ateneu. Anava amb el seu pare i era una noieta prima i bufona, d’aire seriós i aplicat. Llegia i prenia apunts contínuament. El pare era un senyor d’aire bonhomiós i vuitcentista, amb una cara ampla i vermellosa i unes barbes blanques ben retallades en punxa... Es tractava de l’escriptor anarquista Frederic Montseny, que, com escriptor àcrata, es firmava ‘Federico Urales’ i menava, als seus anys, una vida quieta i monòtona, potser treballant per alguna editorial. La delicada donzella d’ulls recollits es deia Frederica Montseny...*”

Rossend Llates. *30 anys de vida catalana.* Aedos, 1969.

Barcelona tenia tela i té paper. La Barcelona moderna que coneixem es va forjar al segle XIX amb la industrialització tèxtil. Va ser un procés vistós, potent. Però no era l'única realitat econòmica. Com a mínim n'hi havia una altra que venia de lluny: la del paper imprès. Més lentament, de forma constant, la capital catalana, des de l'arribada de la impremta, ha anat forjant un petit imperi de paper. Avui és encara una de les capitals editorials del món. Aquesta tirada cap al paper, a part d'haver creat benestar econòmic i cultural, ha donat peu a un estol d'institucions dedicades a conservar-lo, a garantir-ne la pervivència. I en això, és clar, també hi havia una tradició antiga, secular, fruit de l'Estat català medieval, amb tota la seva capacitat de crear i llegar al futur una ingent memòria escrita. El mal anomenat *Arxiu de la Corona d'Aragó* —en realitat Arxiu Reial de Barcelona— és el dipositari d'aquest tresor medieval, considerat pels historiadors com un dels més suculents d'Europa, només per darrere del tresor vaticà.

Comencem, doncs, el nostre recorregut per les institucions barcelonines que preserven i difonen la memòria escrita per aquest notabilíssim arxiu. Situat al costat del pont de Marina, ocupa un edifici construït als anys 90 per l'equip d'arquitectes Roser Amadó i Lluís Domènech. La titularitat i gestió de l'Arxiu de la Corona d'Aragó (ACA), l'exerceix l'Estat espanyol malgrat que, des del restabliment de l'autonomia, la Generalitat la reclama. De fet, és concebut pels experts com el segon arxiu nacional de Catalunya. El primer, el que en deté el nom, està situat a Sant Cugat del Vallès. La pugna política que ha envoltat i envolta l'ACA ha impedit que esdevingui una referència ciutadana en l'època més recent. És una referència erudita, naturalment, però que no ha aconseguit connectar amb la societat barcelonina. El fet d'haver estat traslladat de l'històric Palau del Lloctinent, al cor de la ciutat (plaça del Rei), a la seva actual seu encara li ha restat més presència cívica. I, tanmateix, l'ACA disposa d'un fons inesgotable de saber històric imprescindible per seguir aprofundint en el passat medieval català i, per extensió, europeu. És i serà sempre un referent per a la nostra ciutat de paper —i de pergamí.

Un altre referent, encara menys conegut per al gran públic, és l'Arxiu de Protocols Notarials, situat, com no podia ser d'una altra manera, al carrer del Notariat, en ple barri del Raval. Els seus plecs són una font interessantíssima per conèixer la memòria íntima de les famílies barcelonines al llarg dels segles. Ja és un lloc comú l'afirmació que el paisatge i la societat catalans els han modelat els notaris. Josep Pla hi insistia sovint quan parlava de l'Empordà. Els catalans hem tendit a posar-ho tot sobre el paper, i tot vol dir tot: compres, testa-

El nou Arxiu de la Corona d'Aragó
Rossend Casanova

ments, pactes privats... Si voleu saber quins llibres tenien les biblioteques privades barcelonines a partir del segle XVI, heu de passar indefectiblement per l'Arxiu de Protocols Notarials. Això és el que, seguint les passes de Jordi Rubió, Josep M. Madorell i Pere Bohigas, va fer fa alguns anys l'historiador Manuel Peña Díaz, autor de *El laberinto de los libros* (1997), una obra publicada per la Fundación Germán Sánchez Ruipérez. Val la pena aturar-nos un moment en els autors més presents a les cases de la capital catalana al segle XVI, segons Peña Díaz: Francesc Eiximenis, Ramon Llull i sant Vicent Ferrer en català; Petrarca, Dant i Boccaccio en italià; obres religioses i jurídiques; clàssics grecs i llatins; Erasme i els erasmistes, i literatura científica diversa. Quant al fet lingüístic, «*fins a l'últim terç del XVI el domini del llatí és quasi absolut, mentre que els llibres en català són les obres en vulgar amb major presència. El problema rau a dilucidar quina llengua era la tercera en discòrdia, la italiana o la castellana, ja que la francesa quedava quasi sempre relegada a l'últim lloc*», escriu Peña Díaz. I encara sense deixar els protocols notarials, val la pena recordar que, gràcies a la seva existència, l'historiador Albert Garcia Espuche ha pogut reconstruir fins al detall com eren les cases i la vida al jaciment de l'antic mercat del Born, on finalment es conservaran les restes arqueològiques, que seran museïtzades. En aquest cas, doncs, la memòria escrita i la memòria petrificada es donaran la mà per reconstruir el passat col·lectiu de la ciutat. Finalment, aquest equipament necessari es farà al mateix barri, però al costat de l'estació de França.

Però, abans d'entrar en el terreny bibliotecari, fem encara una aturada en un altre gran arxiu històric que, a diferència de l'ACA i de l'Arxiu de Protocols, sí que està sòlidament arrelat i que gaudeix d'una popularitat més que notable: la gent el coneix per *Casa de l'Ardiaca* i és l'Arxiu Històric de la Ciutat, inaugurat el 1924 per Agustí Duran i Sanpere. El fet que disposi d'amplis reculls de premsa escrita de tots els temps ha facilitat aquesta connexió amb el públic, fins al punt que rep més de 20.000 usuaris i de 100.000 consultes l'any. Pocs arxius municipals europeus poden fer balanços quantitatius d'aquestes dimensions. Però a l'Ardiaca hi ha molt més que diaris i revistes. Hi ha, per exemple, tota la documentació històrica del Consell de Cent, a més d'obres com l'incunable (1495) en pergamí del *Llibre de les Constitucions de Catalunya* —primera compilació impresa del dret català— i el dit *Llibre verd,* que conté els privilegis que el rei Jaume I va concedir a Barcelona i que van donar lloc precisament a la constitució del Consell de Cent el 1249. Les seves instal·lacions han estat reformades els darrers anys i en l'actualitat disposa d'una còmoda, lluminosa i moderna sala de consulta. Qui vulgui aprofundir en la història dels barris, té a més la possibilitat de fer parada als arxius de districte, que també disposen de fons històrics propis.

A poques passes de l'Ardiaca hi ha l'Arxiu Capitular de la Catedral, amb més de 40.000 pergamins, 25.000 llibres manuscrits i 20.000 incunables. Aviat està dit. És també un fons cabdal. Val també la pena fer esment de la Biblioteca Pública Episcopal de Diputació, 231. Fundada pel bisbe Josep Climent el 1772 per fusió de diferents biblioteques eclesiàstiques, té més de 100.000 volums anteriors al segle XX, incloent-hi 90 incunables. No gaire lluny de l'Ardiaca i la Catedral, hi ha la Reial Acadèmia de Bones Lletres, una institució amb tres segles d'història fundada el 1729 per suplir el trasllat de la Universitat de Barcelona a Cervera decretat per Felip V després de la desfeta catalana del 1714. Amb més de 50.000 volums, incloent-hi també alguns incunables, es tracta d'un fons especialitzat sobretot en literatura i història, i disposa a més de nombroses revistes de pensament.

Com es pot veure, la frontera entre el document i el llibre no sempre és tan clara. Ni cal que ho sigui. Els arxius històrics acostumen a tenir molts llibres i les biblioteques disposen de nombrosos i diversos documents. Comencem, doncs, el passeig per les grans biblioteques barcelonines i fem-ho per la principal, la Biblioteca de Catalunya, que des del 1936 ocupa les dependències, adaptades els darrers anys a les necessitats modernes, de l'antic edifici de l'Hospital de la Santa Creu, una de les joies del gòtic català. És el principal centre bibliogràfic del país, que exerceix la funció de dipòsit legal i que conserva un valuós llegat documental. Fundat el 1907 per l'Institut d'Estudis Catalans, avui depèn del govern de la Generalitat. Preserva i difon una col·lecció general de més d'un milió de llibres, a més de milers de publicacions no periòdiques, uns 4.000 manuscrits, més de 13.500 documents antics, més de 600 incunables, més de 50.000 estampes i dibuixos, uns 15.000 mapes i materials cartogràfics i més de 3.000 documents musicals. I a la Sala Cervantina, s'hi guarda una notable col·lecció d'obres de Cervantes, una de les més completes del món.

També és parada obligada la que cal fer a la Biblioteca de la Universitat de Barcelona, inaugurada el 1840 i que des del 1885 ocupa l'e-

Sala de lectura de la Biblioteca de Catalunya
Biblioteca de Catalunya. Fotografia de Ricard Marco

La Biblioteca de la Universitat de Barcelona
Universitat de Barcelona

difici de la plaça de la Universitat, obra d'Elies Rogent. Ens referim, en primer lloc, a la biblioteca antiga, que conserva uns magnífics fons de reserva. Hi destaquen títols com el *Llibre d'hores* (segle XV), la *Crònica del rei Jaume* (1343), una traducció catalana de la *Regla* de Sant Benet (1457), diversos incunables, i un llarg etcètera d'obres cabdals. Però després hi ha totes les biblioteques sectorials modernes de la mateixa UB: econòmiques, dret, humanitats, física i química, geologia, biologia, les de medicina, matemàtiques... Totes estan experimentant els darrers anys un notable procés de renovació. Val la pena destacar, per la seva singularitat i autonomia, la que està situada a l'edifici rèplica del Pavelló de la República, obra de Josep Lluís Sert. Aquesta imitació, que inclou una recreació del *Gernika* de Picasso que va exposar el Pavelló esmentat a París durant la Guerra Civil, està situada a la Vall d'Hebron i acull els fons històrics provinents de l'antiga Biblioteca Figueras, amb una important col·lecció de cartells i una oferta amplíssima i singular d'obres sobre la guerra espanyola i la postguerra. Encara en el terreny de les biblioteques universitàries, els darrers anys la implantació barcelonina de la Universitat Ramon Llull i especialment de la Pompeu Fabra ha millorat molt l'oferta. Resulta en concret rellevant la biblioteca d'humanitats de la UPF al carrer de Ramon Trias Fargas, a les antigues casernes militars del costat del parc de la Ciutadella. Dins aquest equipament, hi sobresurt, a més, el fons bibliogràfic de l'Institut Vicens Vives, al veí Dipòsit de les Aigües, obra del 1880 de Josep Fontserè i adaptació de Lluís Clotet. L'artífex d'aquest fons, engrossit molt ràpidament gràcies a donacions com les de la Cambra de Comerç, és l'historiador Josep Fontana: ell mateix hi va cedir 30.000 volums.

Les biblioteques dites populars, és a dir, les municipals, de caràcter públic i destinades a tota la ciutadania, estan agafant un nou rol en la darrera dècada. El dèficit d'aquest tipus d'equipaments s'ha començat a corregir amb biblioteques de nova generació que han rebut una espectacular i ràpida resposta del públic. En són una bona mostra, entre d'altres, la Xavier Benguerel, de la Vila Olímpica; Vapor Vell, de Sants; la Clarà, de Sant Gervasi; la Mercè Rodoreda, d'Horta-Guinardó, la Vila de Gràcia; la Fort Pienc; la Joan Marsé, del Carmel, o la Ignasi Iglésias - Can Fabra, de Sant Andreu: en conjunt, el 2003 van assolir el rècord de 3.500.000 lectors! El seu dinamisme i el fet que disposin d'atractius i espaiosos locals per a l'actualització, diversifi-

La Biblioteca Fort Pienc, inaugurada l'any 2003, és una de les trenta biblioteques que el Consorci de Biblioteques de Barcelona té a la ciutat
Consorci de Biblioteques de Barcelona

ció, activitats i servei amb instal·lacions perfectament adequades ha resultat decisiu per al seu èxit. Cadascuna té una especialitat i en aquest sentit destaca la Francesca Bonnemaison, al carrer de Sant Pere més Baix, inaugurada el 1909 i amb un fons dedicat al món de la dona. Al seu moment va ser la primera biblioteca popular per a dones d'Europa i en l'actualitat disposa de 50.000 volums, incloent-hi una col·lecció d'incunables i de llibres antics.

La situació de renovació d'aquestes biblioteques populars contrasta amb el lamentable panorama que presenten les biblioteques escolars, un autèntic desert. A les escoles de Barcelona, tret de comptades excepcions, com ara la Costa i Llobera i la Pau Claris-Pere Vila, les biblioteques hi brillen per la seva absència o hi tenen un caràcter merament testimonial. Molts centres escolars s'han afanyat a dotar-se d'aules d'informàtica mentre oblidaven el seu endèmic dèficit de llibres. El Govern de Catalunya hauria de començar algun dia a posar remei a aquest forat negre.

En el terreny de les biblioteques públiques especialitzades, hi ha molt per escollir. En cinema, per exemple, es pot consultar la biblioteca de la Filmoteca, que inclou el valuós fons de 12.000 volums de Delmir de Caralt. En el camp de l'art, el MNAC disposa de més de 100.000 volums, la història dels quals arrenca amb l'Exposició Universal del 1888. En l'actualitat aquest fons es pot consultar a la seu del Museu, al Palau Nacional de Montjuïc. L'Institut del Teatre conserva, per la seva banda, una de les col·leccions públiques europees més importants de la seva especialitat. Els col·legis professionals són una altra font bibliogràfica més que notable, sobretot, i cadascun en la seva temàtica, el Col·legi d'Arquitectes de Catalunya i el Col·legi d'Advocats de Barcelona, entre d'altres. Al Col·legi d'Advocats hi ha, per exemple, les constitucions catalanes dels anys 1495, 1588 i 1704, a més de llibres del Consolat de Mar medieval. Amb 350.000 volums, dels quals 100.000 són dels segles XI al XIX, està considerada la biblioteca jurídica estrictament privada més important del món.

Seguint amb les biblioteques especialitzades, sovint carregades de llibres i d'història i no sempre conservades en les condicions que caldria de desitjar, fem parada a l'Ateneu Barcelonès, que conserva al carrer de la Canuda un fons amplíssim enmig d'un ambient decadent: posar les instal·lacions bibliotecàries al dia ha estat l'objectiu del president de l'entitat, l'arquitecte Oriol Bohigas. La Biblioteca de l'Ateneu va ser, durant la primera meitat del segle XX, un autèntic pol d'atracció intel·lectual i universitària. Tot i haver perdut part d'aquest paper, tant pel seu envelliment com per la normalització del

Sala de lectura de l'Ateneu Barcelonès
Ateneu Barcelonès

país, la Biblioteca de l'Ateneu hauria de recuperar el lloc que li pertoca. El primer pas per tornar-li la seva esplendor i funcionalitat ha estat la signatura d'un conveni amb el Consorci de Biblioteques Universitàries per a la catalogació dels seus 120.000 volums. Oriol Bohigas, un vell defensor de donar a Barcelona la potència bibliotecària que mereix —aquest va ser un dels seus cavalls de batalla en la seva breu etapa de regidor de Cultura de l'Ajuntament—, aspira que la renovació de la Biblioteca de l'Ateneu, incloent-hi l'aire condicionat a les sales de lectura, sigui una realitat l'any 2006, coincidint amb el centenari de l'edifici.

Fanal modernista i entrada amb simbologia maçònica de la Biblioteca Pública Arús
Pep Herrero

En ple Eixample, al passeig de Sant Joan, hi ha la també centenària Biblioteca Pública Arús, fundada el 1895 per l'escriptor i periodista Rossend Arús. Amb 66.000 volums, és un punt de peregrinació dels estudiosos dels moviments ideològics contemporanis, gràcies al seu important fons de la fi del segle XVIII i del principi del XIX. La bibliografia sobre maçoneria —Arús era maçó— és especialment rellevant, però també ho és sobre els moviments obrers i l'anarquisme.

La Biblioteca Pública del Museu de Ciències Naturals —situada al Museu de Zoologia, al Parc de la Ciutadella—, la veïna Biblioteca del

Parlament de Catalunya, la Biblioteca de l'Institut Botànic, la recentment oberta al públic Biblioteca Joan Brossa —dins l'Espai Volart— i la Biblioteca del Foment del Treball Nacional, entre d'altres, completen aquest passeig bibliogràfic per la ciutat dels llibres, un passeig per força incomplet perquè tant particulars com altres institucions conserven també fons valuosos. ■

La Biblioteca del Museu de Ciències Naturals, disseny de l'arquitecte Josep Goday de 1923
Pep Herrero

Monument a Jacint Verdaguer
Pep Herrero

monuments d'escriptors, llibres i lletres

Rossend Casanova

> *Trencant la monotonia de la quadrícula del pla Cerdà, la Diagonal travessa la ciutat obliquament, de llevant a ponent. El tros de llevant, edificat durant el primer quart de segle* XX, *conté un interessant edifici de l'arquitecte Jujol a la cantonada amb el carrer de Sicília. A l'encreuament amb el passeig de Sant Joan hi ha el monument al poeta Jacint Verdaguer, obra de l'arquitecte Pericas, amb escultures dels germans Oslé.*

Alexandre Cirici. *Barcelona pam a pam.* Editorial Teide, 1971.

La primera intenció de tot monument commemoratiu és honrar el passat i perpetuar-lo a les generacions futures. Aquest costum, antic i variat segons les èpoques i les modes, se sol dur a terme amb materials nobles i duradors, com el marbre o el bronze, que es modelen perquè el monument informi —de forma subtil o evident— sobre fets i persones, retent-los honor o premiant-les pels seus mèrits.

Barcelona disposa d'un important patrimoni monumental que ha erigit des de l'antiguitat i fins als nostres dies, tot i que el major volum es concentra entre els segles XIX i l'actual. En relació amb els escriptors, la ciutat ha donat preferència als barcelonins, els quals ha honrat amb monuments públics, tant de gran format com de més discrets, molts d'ells amb estàtues, busts, relleus, medallons, monòlits, fonts o simples plaques, que de vegades també ha dedicat als seus personatges literaris o al llibre com a objecte. Alguns escriptors, a més, tenen dedicats carrers, places, passeigs, jardins o avingudes. La primera gran tongada en el nomenclàtor de la ciutat arribà amb el naixement de l'Eixample. El poeta Víctor Balaguer s'encarregà de triar els noms dels carrers de la ciutat nova, que dedicà a fets, persones, llocs i institucions amb un tret comú: tots referits al passat gloriós de Catalunya. Cap persona ni episodi que no tingués a veure amb la glòria catalana hi sortí homenatjat. En el cas dels poetes i escriptors, Balaguer escollí Ausiàs Marc, Balmes i Aribau, entre d'altres.

El segon gran bateig d'espais i de vies públiques arribà cent anys més tard, amb un altre creixement de la ciutat, la Vila Olímpica. En aquest cas, amb noms universals i contemporanis, com Joan Oliver, Salvador Espriu, Rosa Sensat, Jaime Gil de Biedma o Joan Fuster. És així com Barcelona, sempre agraïda, els recorda retent-los un homenatge de vocació perpètua.

Grans monuments commemoratius

A la cèntrica plaça del Teatre s'alça el monument a l'escriptor Frederic Soler (1839-1895), erigit per subscripció popular segons projecte de l'arquitecte municipal Pere Falqués i de l'escultor Agustí Querol, especialista en estatuària oficial, que hi col·laborà gratuïtament. L'escriptor està retratat mirant aquells que passegen Rambla avall, assegut en un banc de jardí cobert de plantes i flors, i du a la mà una de les seves obres, mentre el vent li aixeca l'abric i en deixa al descobert dues més a la butxaca interior. El monument és d'estil modernista, té el basament de pedra de Montserrat amb l'escut de la ciutat i el pedestal amb l'escultura sedent de marbre. S'inaugurà pels volts del dia dels Sants

Ilustració Catalana

REVISTA SETMANAL ILUSTRADA

ANY IV BARCELONA, 30 DESEMBRE 1906 N.º 187

LO MONUMENT A FREDERICH SOLER

INAUGURAT AL «PLA DE LES COMEDIES» LO DIMECRES PASSAT

Portada de la revista* Ilustració Catalana *(30.12.1906) dedicada a la inauguració del monument a Frederic Soler* Pitarra *a la Rambla
Arxiu Històric de la Ciutat de Barcelona

Innocents de 1906, fet que la premsa de l'època aprofità per fer-ne tot tipus d'innocentades, una de les quals era relativa a la seva forma, ja que vist de costat recorda el número 2, motiu pel qual popularment se'l batejà amb aquest nom. Soler, que emprà sovint el pseudònim *Serafí Pitarra*, és considerat un dels fundadors del teatre català modern. Pseudònim i fet apareixen gravats al monument, l'un al frontal del basament i l'altre a la part posterior.

Ja fora del centre històric, en ple Eixample, s'alça un dels monuments més imponents de Barcelona: el dedicat a Jacint Verdaguer (1845-1902), el poeta més important de la Renaixença literària catalana. El conjunt forma una rotonda a la qual no es pot accedir, però és visible a força distància gràcies a la seva alçada i al seu emplaçament, situat a la cruïlla de l'avinguda Diagonal amb el passeig de Sant Joan (vegeu la fotografia a la pàgina 304). Va ser projectat el 1912 per l'arquitecte Josep Maria Pericas, i l'estàtua, per Joan Borrell, que el representà amb sotana i el cap cot, inclinat cap als vianants i en direcció al mar, aquell mar Mediterrani que el va veure marxar diverses vegades als vaixells de la Companyia Transatlàntica, dels quals era capellà. L'escultor Borrell també modelà les altres tres estàtues que s'alcen sobre pedestals i que representen les tres modalitats de poesia que l'escriptor cultivà: l'èpica, la mística i la popular. Al tancat que envolta la gran columna d'elaborat capitell hi ha sis frisos, obra dels germans Miquel i Llucià Oslé. A causa del seu pes, d'unes cent tones, els fonaments es retardaren i el monument no s'inaugurà fins dotze anys més tard, el 1924.

Al capdamunt del mateix passeig de Sant Joan, es troba un dels monuments commemoratius més antics dedicats a un home de lletres que es conserven a la ciutat: el del barceloní Josep Anselm Clavé (1824-1874). Malgrat que se'l coneix per la seva vessant musical, Clavé és autor d'una important obra poètica i col·laborador de diverses publicacions. El monument va ser promogut pels Cors de Clavé i s'erigí originàriament a la cruïlla de la rambla de Catalunya amb el carrer de València. Era el 1888, quan la ciutat era l'aparador del món en celebrar l'Exposició Universal. El 1956 i per qüestions de circulació, el monument va ser traslladat al seu emplaçament actual. El basament i el pedestal de pedra són obra de l'arquitecte Josep Vilaseca, que hi dissenyà una sanefa amb notes musicals en l'un i quatre lires en l'altre, en clara al·lusió a la música. Als costats hi ha garlandes (avui força malmeses) i els escuts de Barcelona i de Catalunya. L'estàtua de bronze és obra de Manuel Fuxà i mostra el compositor amb una batuta i una partitura a les mans.

Abans d'abandonar el passeig de Sant Joan, cal esmentar un monument no realitzat i que havia de tenir l'obelisc més gran d'Europa. Es tracta del monument a Miguel de Cervantes, que es pensava emplaçar a la plaça de Tetuan. El projecte era de Frederic Marès i s'incloïa en la reforma urbanística projectada per l'arquitecte Manuel Mayol de 1929, quan la ciutat celebrà l'Exposició Internacional. L'objectiu era perpetuar l'agraïment de la ciutat a l'escriptor, que situà part del Quixot a Barcelona; per aquest motiu, el pedestal del monument tindria dos baixos relleus que representarien l'entrada i la sortida del cavaller a la ciutat. Promogut per la Lliga Cervantista i amb el patrocini de l'Ajuntament, no s'arribà a realitzar mai.

Estàtues commemoratives

Flanquejant l'entrada del Museu de Geologia del Museu de Ciències Naturals de la Ciutadella, es troben dues estàtues sedents en marbre de Félix de Azara (1746-1821) i de Jaume Salvador (1649-1740). El primer és un reconegut naturalista que deixà importants obres escrites sobre fauna, flora i cartografia que arribaren a impressionar el mateix Charles Darwin. El segon era un prestigiós botànic i farmacèutic, que en aquesta escultura sosté un llibre obert a la mà. Ambdues estàtues són d'Eduard Batista Alentorn, es consideren les seves millors obres i daten de 1882, quan l'establiment s'inaugurà com a Museu Martorell.

Monument a Bonaventura Carles Aribau
Pep Herrero

En una terrassa del mateix parc de la Ciutadella s'alça l'estàtua a l'escriptor barceloní Bonaventura Carles Aribau (1798-1862). Es tracta d'un senzill i elegant monument erigit per subscripció popular al pare de la Renaixença literària catalana i autor de la coneguda *Oda a la pàtria* (1833), títol que està gravat al basament. L'arquitecte Josep Vilaseca projectà el pedestal i Manuel Fuxà modelà l'estàtua, que representa l'escriptor amb un llibre a la mà i un dit marcant la pàgina de lectura, com si hagués parat de llegir per ser retratat. El conjunt és de 1884 i la balustrada que l'envolta, de 1878, és atribuïda a Antoni Gaudí. L'escultura de pedra original se substituí el 1934 per l'actual còpia en bronze, obra d'Enric Monjo.

El vestíbul de la Universitat de Barcelona (Gran Via de les Corts Catalanes, 585) concentra quatre estàtues d'homes de lletres: l'hispanoromà Sant Isidor (560-636), el cavaller mallorquí Ramon Llull (1232-1315), el rei erudit Alfons X el Savi (1221-1284) i l'humanista valencià Lluís Vives (1492-1540). L'estàtua que representa Sant Isidor, bisbe de Sevilla, que destacà com a estudiós de la ciència antiga i escrigué nombroses obres, és de Venanci Vallmitjana, que el retratà amb els atributs episcopals i amb un llibre a la mà. L'escriptor Ramon Llull, senescal del rei Jaume II de Mallorca, autor de l'*Ars magna* i la *Logica nova*, entre altres obres, està representat per una escultura també de Vallmitjana, que el vestí de missioner i disposat a escriure sobre un llibre obert. Al seu costat hi ha l'estàtua d'Alfons X, escriptor que alhora impulsà força estudis literaris. L'escultor Agapit Vallmitjana, germà de l'anterior, el representà amb corona i espasa, vestint elaborades robes i amb un llibre obert a les mans. Lluís Vives fou un profund expert del llatí i del grec, va conèixer els savis més notables de la seva època, com Erasme, i arribà a ser professor de la princesa Maria, filla del rei Enric VIII d'Anglaterra. Deixà escrites unes 70 obres, totes en llatí, entre les quals destaquen els tractats de dialèctica, literatura i filosofia. L'escultura de Vallmitjana el representa vestit d'època, amb un full dels seus tractats a les mans. Totes les obres són de pedra, daten de 1865 i s'instal·laren el 1876.

De nou al sud de la ciutat, ara a la muntanya de Montjuïc, hi trobem la plaça de Dant, presidida per l'estàtua del famós poeta florentí Dant Alighieri (1265-1321), autor de la *Divina Comèdia* (1295). El monument va ser inaugurat el 1921 per la Comissió Italiana a Barcelona amb motiu del 6è centenari de la seva mort. En aquella ocasió, l'escultura s'importà de Roma, on havia estat fosa en bronze als tallers Bastianelli segons còpia de l'original de Cesare Zocchi, de 1896 i emplaçada a Trento.

A tocar de la Rambla, a la plaça de Sant Josep Oriol, hi ha el monument a la memòria d'Àngel Guimerà (1845-1924). Es tracta d'una escultura moderna en bronze de Josep M. Codina (rèplica de l'original, de Josep Cardona) que s'inaugurà el 1983. L'escriptor està representat sedent sobre una massa indefinida, amb el posat serè i mirant atentament amb les seves inseparables ulleres aquells que arriben des de la veïna plaça del Pi i del carrer de Petritxol, on havia viscut.

Finalment, el 1992 s'inaugurà una estàtua moderna en bronze de Robert Krier en memòria del poeta avantguardista barceloní Joan Salvat-Papasseit (1894-1924). Situada al moll de la Fusta, l'estàtua recorda la vida del poeta (de jove fou vigilant portuari) i el mar que sovint evocà en la seva obra. És el cas del poema «Nocturn per a acordió» (edició pòstuma de 1925), del qual hi ha un fragment a la part posterior del pedestal (transcrit a la pàgina 133).

Busts commemoratius

A partir del 1908 i gràcies a l'impuls del poeta Francesc Matheu, s'erigiren al parc de la Ciutadella diversos busts commemoratius a figures destacades de la literatura en llengua catalana. Amb aquesta iniciativa, aquell any es volia celebrar el cinquantenari de la restauració dels Jocs Florals i es decidí començar amb el qui n'havia estat el primer president, l'historiador literari i poeta Manuel Milà i Fontanals (1818-1884). És autor de nombrosos estudis crítics i històrics, dissertacions i recerques bibliogràfiques, tant de poesia com de teatre, contes, cants, romanços i cançoners, com també obres sobre estètica i crítica literària, algunes de les quals foren guardonades a Europa i a Amèrica. El bust de marbre que el representa és de Manuel Fuxà, i el pedestal actual, que substitueix l'anterior de l'arquitecte Joan Rubió i Bellver, és de 1964.

També el 1908 s'inaugurà el bust de marbre dedicat a l'escriptor barceloní Emili Vilanova (1840-1905), autor de nombroses peces de teatre i d'articles periodístics, molts dels quals, publicats a *La Renaixensa* i a *Il·lustració Catalana*. En els seus textos retratà la vida quotidiana, senzilla i humil, com també les tradicions catalanes. El bust està

Monument a Àngel Guimerà
Pep Herrero

situat davant de l'actual àrea de jocs infantils i és de l'escultor Pere Carbonell, que el representà vestint capa. El suporta un pedestal modernista de pedra, amb l'escut de Barcelona i branques de llorer, disseny de l'arquitecte Bonaventura Bassegoda.

Bust de Joan Maragall al parc de la Ciutadella
Pep Herrero

Prop del llac es troba el bust dedicat al mallorquí Marià Aguiló (1825-1897), que s'establí a Barcelona de jove. Conegut com a poeta i filòleg, fou un estudiós de la bibliofília catalana i se'l proclamà mestre en gai saber en els Jocs florals de 1866, celebració que presidí posteriorment. La seva obra poètica aconseguí una gran reputació i se'l considera un dels majors poetes romàntics en llengua catalana. El bust de marbre, obra d'Eusebi Arnau, està situat sobre un pedestal d'estil modernista fet amb pedra de Montjuïc que s'inaugurà el 1909. A la part anterior, s'hi pot llegir la inscripció «Poble que sa llengua cobra, se recobra a si mateix», i a la posterior, «Los ulls que la mort acluca, los bada la eternitat».

Prop de l'estàtua commemorativa d'Aribau, es troba el bust del polític, historiador, poeta i dramaturg Víctor Balaguer (1824-1901), que de ben jove ja signà les seves primeres obres. Va ser un dels poetes restauradors dels Jocs florals de Barcelona el 1859, dels quals fou procla-

Els admiradors de Marià Aguiló dipositant flors al seu monument amb motiu del primer centenari del poeta, el maig de 1925
Arxiu Fotogràfic de l'Arxiu Històric de la Ciutat de Barcelona. Fotografia de Vives

mat mestre en gai saber el 1861. El bust és obra de Manuel Fuxà, fet de marbre i situat sobre una columna neoclàssica d'ordre jònic, de pedra de Montjuïc segons projecte de Josep Puig i Cadafalch. Conté la inscripció «morta diuen qu-es, mes jo la crech viva», referida a la llengua catalana, en aquest cas encara sense normalitzar. El conjunt s'inaugurà el 1910.

Dos anys més tard, el 1912, va ser el torn del valencià Teodor Llorente (1836-1911), escriptor precoç que conreà la poesia i el teatre, i autor de nombroses cròniques de la seva ciutat. Escrigué en castellà i en català, i del seu treball cal destacar la confraternitat literària entre Catalunya i València. El bust de marbre que el representa és obra d'Eusebi Arnau i està situat sobre un pedestal modernista de l'arquitecte Alexandre Soler i March, que té un capitell amb fulles i fruits de taronger, en homenatge a la seva terra natal.

El darrer bust d'aquest «itinerari de poetes» pel parc de la Ciutadella està dedicat a l'escriptor barceloní Joan Maragall (1860-1911). És obra d'Eusebi Arnau i es troba situat sobre una columna de l'arquitecte Lluís Domènech i Montaner que s'inaugurà el 1913. Maragall és considerat el poeta més important del modernisme català i està força homenatjat a la ciutat, amb passeig, carrer, plaça, monòlit, font, placa i bust. D'entre la seva extensa obra literària, sobresurten «La vaca cega» (1895) i «La sardana» (1894), aquesta última representada en el baix relleu de la columna, feta amb pedra de Montjuïc.

Fora del parc però ben a prop, a la plaça de la Puntual, hi ha el bust que recorda l'artista i escriptor barceloní Santiago Rusiñol (1861-1931), destacat exponent del modernisme català. A pocs metres d'allí, al carrer de la Princesa, número 37, una placa de marbre testimonia que va néixer en aquella finca. El bust que el recorda és d'Enric Clarasó, de 1935, i es col·locà en aquest emplaçament, sobre un pedestal de marbre, el 2001.

Ja als límits de l'Eixample, a la plaça de Narcís Oller, prop de l'avinguda Diagonal i la Via Augusta, un bust homenatja l'escriptor Narcís Oller (1846-1930), nascut a Valls i vinculat des de jove amb Barcelona. El retrat de bronze és obra d'Eusebi Arnau i el seu emplaçament actual, ideat per Ignasi Sanfeliu, data de 1999. L'escriptor està encarat al carrer de Minerva, situat sobre un pedestal d'acer corten, al capdamunt d'una escala i envoltat per dues baranes.

Seguint l'avinguda Diagonal, en un parterre davant el número 696, es troba el bust al barceloní Francesc Matheu (1851-1938), poeta, escriptor i propagandista dels ideals catalans. Com s'ha dit, impulsà la construcció de la majoria dels busts dedicats a figures destacades de les lletres catalanes erigides al parc de la Ciutadella. Matheu fou proclamat mestre en gai saber als Jocs Florals de 1879 i els presidí el 1902. És autor de nombroses publicacions i dirigí, a partir del 1884, el setmanari *Ilustració Catalana*. El monument que el recorda s'inaugurà el 1938 i és obra d'Eulàlia Fàbregas.

El poeta provençal Frederic Mistral (1830-1914) té un bust en el seu honor al passeig de les Cascades, a Montjuïc, tot i que hi ha un altre monument a l'avinguda que porta el seu nom, a l'Eixample. El bust és obra d'Eusebi Arnau, que el presenta amb tors nu i amb *canotier*, el típic barret de palla del migdia francès. Està situat al capdamunt d'un esvelt pedestal de Josep Puig i Cadafalch que s'inaugurà el 1930, coincidint amb el centenari del naixement del poeta. Mistral és considerat el màxim representant de la recuperació del provençal en època moderna, autor de «Mireio» (1859), poema que el consagrà universalment. El 1868 assistí als Jocs Florals de Barcelona i el 1904 compartí amb el madrileny José de Echegaray el premi Nobel de Literatura.

Finalment, i també a Montjuïc, a la plaça Major del Poble Espanyol, hi ha un bust de bronze de Miguel de Cervantes (1547-1616), obra de Frederic Marès que s'inaugurà el 23 d'abril de 1953, aniversari de la mort de l'escriptor.

Monòlits, medallons i plaques commemoratives

El 1960, a les escales de l'església dels Josepets, a Gràcia, s'inaugurà un monòlit dedicat a l'escriptor Joan Maragall, en ocasió del centenari del seu naixement. Consisteix en un bloc de pedra de tall irregular que conté un fragment del poema «Elogi de viure». L'escriptor té un altre monument a la plaça que porta el seu nom, a Sant Andreu: un baix relleu de l'escultor Josep Cañas, fet amb pedra d'Ulldecona el 1963 i que representa una mare amb un fill enlairant una branca de llorer al poeta, simbolitzant així la seva immortalitat.

També al mateix districte i en una altra plaça, la de les Palmeres, un monòlit homenatja Ignasi Iglésias (1871-1928), autor de nombroses obres teatrals i fundador i director de la Societat Cervantes, on estrenà la seva primera obra a 15 anys. Col·laborà amb la revista *L'Avenç* i sempre va prestar especial interès a Sant Andreu del Palomar, on va néixer quan encara era un municipi independent. El monòlit té un relleu de Ferran Bach-Esteve que s'erigí el 1965.

El 1964, el Gremi d'Editors i Llibreters impulsà la construcció d'un monòlit a la memòria de l'il·lustrador barceloní Joan Junceda (1881-1948), autor de nombroses il·lustracions en publicacions com *En Patufet*, *Cu-cut!*, *La Tralla* o *Cuca-Fera*. El monòlit és de pedra i conté un medalló de marbre amb el retrat del dibuixant, obra de l'escultor Alfons Pérez, com també l'escut de la ciutat de Barcelona. Està situat en ple cor de la rambla de Catalunya, davant del número 84, al costat dret del passeig.

A Montjuïc es troba el monòlit dedicat al dibuixant i escriptor barceloní Apel·les Mestres (1854-1936) que data de 1938. Està situat al bucòlic parc de la Font del Racó, és de pedra i inclou un medalló de Francesc Socies. Al dessota hi ha la inscripció «A Apel·les Mestres, l'amic dels infants, de les flors, dels ocells», una dedicatòria a l'estima que l'autor evocà en una gran varietat de poemes, faules, odes i novel·les. Mestres havia estat nomenat mestre en gai saber als Jocs Flo-

Monòlit amb medalló a Joan Junceda
Pep Herrero

rals de Barcelona de 1908 i, set anys més tard, guanyà el Premi de Poesia amb *Flors de sang*.

També un monòlit amb un medalló recorda l'escriptora de Santander Concha Espina (1877-1955), autora de poesies, de contes i d'articles. Situat al parc de Cervantes, al final de l'avinguda Diagonal, el petit monument va ser impulsat el 1960 per la comunitat càntabra a Barcelona. El medalló de bronze és obra de Juan Díaz de la Campa i la pedra del monòlit es portà expressament des de Cantàbria.

Les fonts commemoratives també són presents a la ciutat. Així, el 1985 s'inaugurà la dedicada a Josep Maria Folch i Torres (1880-1950) a la plaça que porta el nom de l'escriptor. La font consisteix en un gran arc d'acer, adossat sobre un mur, que sosté un relleu de bronze de Josep Ricard.

A la ciutat, també hi trobem diversos relleus commemoratius, d'entre els quals destaca el titulat *La Lectura. A Pompeu Fabra*, emplaçat als jardins de Salvador Espriu (al capdamunt del passeig de Gràcia). El relleu de marbre és una rèplica de l'original, de l'escultor Josep Clarà, que modelà el 1948 en ocasió del traspàs del filòleg. La instal·lació actual, de 1993, és de l'arquitecta municipal Anna Ribas i s'hi pot llegir, en lletres d'acer inoxidable, «Barcelona a Pompeu Fabra».

D'entre les diverses plaques commemoratives que hi ha a la ciutat, cal destacar les dedicades a dos escriptors contemporanis, Joan Maragall (carrer d'Alfons XII, 79) i Santiago Rusiñol (carrer de la Princesa, 37, i passeig de Gràcia, 96). Totes tres es troben situades a les façanes de cases vinculades amb llurs vides. La dedicada a Maragall és de bronze i recorda el traspàs de l'escriptor amb la inscripció «El 20.12.1911 finà en aquesta casa l'altíssim poeta Joan Maragall i Gori-

Els jardins de Salvador Espriu
Pep Herrero

na». La placa va ser modelada el 1917 per Joan Carrera i representa dues de les seves obres més conegudes, «La sardana» (1894) i «La vaca cega» (1895). Per la seva banda, les plaques dedicades a Rusiñol commemoren el seu naixement al centre històric de la ciutat i els anys que va viure a la casa Ramon Casas, al cèntric passeig de Gràcia. Aquesta última conté la inscripció «L'arca de Noè, en el cinquantenari de la mort de Santiago Rusiñol; en reconeixement i recordança dels anys viscuts en aquesta casa».

Cal esmentar també la placa dedicada a Apel·les Mestres, situada el 1935 al carrer de la Pietat, on hi hagué la seva casa familiar. Ideada per Frederic Marès, la placa conté una figura femenina de tall clàssic amb flors a la mà que evoquen les aportacions de Mestres a la cultura catalana i a Barcelona, on va morir l'any següent.

Placa commemorativa a Apel·les Mestres
Pep Herrero

A l'últim, el 3 de maig de 2004, l'Ajuntament de Barcelona dedicà una placa a Terenci Moix que se situà a la casa on va néixer l'escriptor (carrer de Joaquín Costa, 37) i el 18 d'octubre una altra a Manuel Vázquez Montalbán que també se situà a la casa on va néixer (carrer d'en Botella, 11). Aquesta és la segona d'una sèrie de plaques commemoratives que pretenen homenatjar els escriptors barcelonins o els vinculats amb la ciutat. Fetes en bronze, les plaques tenen un perímetre que evoca el d'una illa de cases de l'Eixample.

Escultures de personatges literaris

Al parc de la Ciutadella, en una petita placeta davant de l'Umbracle, es troba la *Font de la cigonya i la guineu*. El conjunt escultòric és obra d'Eduard Bautista Alentorn, de 1884, i representa els personatges de la faula homònima de Jean de La Fontaine, amb el gerro i el plat en què es basa l'argument.

Una segona font artística, situada a l'Eixample, dins la plaça de Tetuan, està dedicada al poema de Joan Maragall «La sardana», disseny de Frederic Marès i considerada la seva primera obra d'iniciativa pública. La seva construcció es remunta al 1919, quan l'Ajuntament convocà un concurs obert a tots els artistes residents a la ciutat i Marès s'hi presentà amb tres models de fonts: La Vaca Cega, La Ben Plantada i La Sardana, totes referides a peces literàries. Marès guanyà el concurs d'aquesta última, que s'inaugurà el 1923 i que l'escultor anomenava *fontana de la literatura catalana* perquè tenia la doble funció de sadollar la set i la cultura dels ciutadans. Consta d'un basament de pedra on hi ha la pica i un cos amb un broc, la inscripció «La sardana és la dansa més bella de totes les danses que es fan i es desfan» i un baix relleu que representa els dansaires. Als costats hi ha els escuts de Catalunya i de Barcelona sobre dues cistelles amb fruites.

Font de **La sardana**
Rossend Casanova

Ben a prop, al davant del número 135 del passeig de Sant Joan, es troba la *Font de la caputxeta vermella*. L'escultura és obra de Josep Tenas i representa el popular personatge infantil dels germans Grimm, amb el cis-

Àngel Guimerà davant l'escultura de Manelic, situada al parc de Montjuïc, el dia de la seva inauguració
Edicions Nou Art Thor

tell a la mà i acariciant el llop. La font té un broc i la pica, força gran, recorda el basament d'una columna.

La ciutat també recorda alguns dels seus personatges literaris més famosos o aquells que van entusiasmar el públic barceloní. És el cas de l'estàtua que representa Manelic, el personatge principal de l'obra teatral *Terra Baixa* (1896), d'Àngel Guimerà. És obra de l'escultor Josep Montserrat, que s'inspirà en la representació escènica que en va fer l'actor Enric Borràs. El jove pastor està vestit d'època amb faixa, samarra, barretina i bastó, amb posat contemplatiu i la camisa oberta, mirant a la llunyania totalment distès i evocant la puresa rural. L'escultura de bronze, de 1909, està situada als jardins de la Fundació Joan Miró, a Montjuïc.

En un altre punt elevat de la ciutat, als jardins del Turó Parc, una escultura de bronze d'Eloïsa Cerdan homenatja *La Ben Plantada*, escrita el 1911 pel barceloní Eugeni d'Ors (1881-1954). L'escultura representa el

personatge amb formes voluptuoses i arrodonides. S'inaugurà el 1961, en el 50è aniversari de la publicació del llibre. Al Turó Parc també hi ha repartides diverses plaques realitzades per Parcs i Jardins que tenen gravades, fins i tot en alfabet Braille, fragments de poemes de diversos autors, com Maria Mercè Marçal, Salvador Espriu o Fernando Pessoa.

Un altre personatge de la literatura infantil dels germans Grimm, la Blancaneu, està homenatjat amb una escultura de bronze a la plaça de Gal·la Placídia. Modelada per l'escultor Josep Manuel Benedicto el 1947, l'obra té uns trets que recorden el famós personatge de dibuixos animats que immortalitzà Walt Disney, que aquí apareix acompanyat per un cérvol.

Al cor del barri de Gràcia, a la plaça del Diamant, una escultura de Xavier Medina-Campeny evoca la Colometa, personatge central de la famosa novel·la de Mercè Rodoreda *La plaça del Diamant* (1962). L'escultura de bronze i acer corten, de 1984, està situada sobre una peanya de granit instal·lada el 1990. L'obra representa el patiment del personatge, que surt d'una superfície plana acompanyada per coloms.

La Ben Plantada
Rossend Casanova

Monuments al llibre i a les lletres

La primera escultura dedicada al llibre a Barcelona va ser inaugurada el 1992 per l'Institut Francès (carrer de Moià, 8), una institució cultural llargament vinculada amb la ciutat. *...sur Le livre* és obra de Josep Guinovart i està situada al pati d'entrada, visible des del carrer. Es tracta d'una columna de ferro corten que sosté un llibre obert d'acer inoxidable, amb les pàgines al vent, que mesura 7 metres d'alçària. Segons l'autor, és un homenatge al poeta francès Mallarmé, que reflexionà sobre el llibre com a objecte. L'obra és actualment el logotip de la institució.

Prenent les lletres com a recurs, el 1984 Joan Brossa va crear el *Poema visual transitable en tres temps* (com les tres etapes de la vida), la seva primera intervenció poètica al carrer. Situat als jardins de Marià Cañardo, al Velòdrom d'Horta, el poema està format per una *A* gegantina de 16 metres d'alçària, signes d'exclamació i puntuació.

Una dècada després, Brossa creà el *Poema visual per a una façana*, destinat a la seu del Col·legi d'Aparelladors i Arquitectes Tècnics de Barcelona (carrer del Bon Pastor, 5). Per a aquesta obra, on les lletres amb el nom de l'entitat es mostren ordenades sobre la porta i desordenades a la façana, l'artista tingué la col·laboració del grafista Josep Pla Narbona. Una gran llagosta i llums al clavegueram completen aquesta intervenció de 1993.

Aquell mateix any, i com a colofó del Dia del Llibre, s'inaugurà el monument *Fenixia*, de Sílvia Gubern, al passeig de les Cascades de Montjuïc. L'obra està feta amb pedra artificial, vidre laminat i resina pintada, i té un alçària de prop de 7,5 metres.

L'any següent, s'inauguraren dues noves escultures de Brossa a la ciutat. El *Monument al llibre*, promogut pel Gremi de Llibreters de Vell al cèntric passeig de Gràcia amb la Gran Via de les Corts Catalanes, que recrea un gran llibre d'acer obert al vent sobre una mitja esfera, amb la clara intenció que, «*encara que s'intenti fer-lo caure, el llibre sempre estarà dempeus*», i l'escultura *Barcino*, dedicada a Bar-

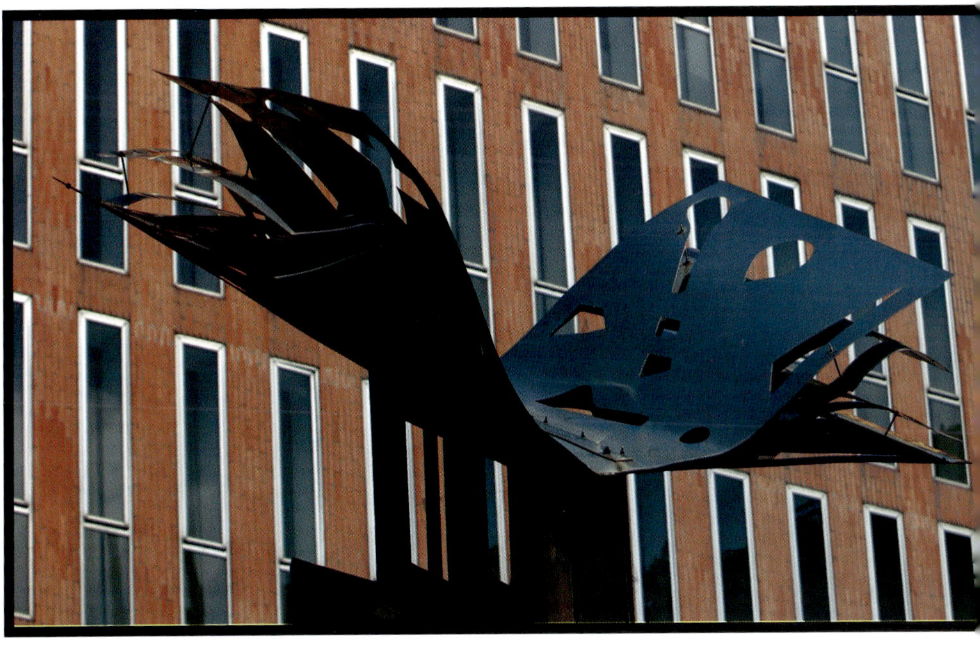

Monument* ...sur Le livre, *instal·lat a l'entrada de l'Institut Francès de Barcelona
Pep Herrero

celona i que pren les lletres com a recurs. Emplaçada a la plaça Nova, recorda el nom amb què els romans batejaren la ciutat.

També cal esmentar la intervenció de Brossa a la botiga de disfresses El Ingenio, al carrer de Rauric, amb les seves *Lletres gimnastes* (1997). Es tracta de dues lletres *A* col·locades a la façana, mentre que a l'interior, entrellaçades, n'hi ha dues més.

Encara un any després, Brossa realitzà una obra per a la seu de les editorials Plaza & Janés i Círculo de Lectores (travessera de Gràcia, 47-49), situada en un edifici de nova planta. Al *hall* d'entrada, les seves *Lletres fugitives* consisteixen en un abecedari en català (no hi ha la lletra *Ñ*) situat a la barana de l'entresòl. De ferro i pintades de color vermell, hi falten les lletres *A*, *Ç* i *X*, que es projecten a terra per evocar, així, que la tradicional lletra impresa la podem trobar actualment en suports tecnològics, com Internet.

Mossèn Jacint Verdaguer va tornar a ser homenatjat el 1995, en ocasió del 150è aniversari del seu naixement. Dues escultures

Les* Lletres fugitives *al vestíbul d'entrada de Círculo de Lectores i de l'actual Grup Random House Mondadori
Círculo de Lectores

Monument al llibre de Joan Brossa
Rossend Casanova

idèntiques es van col·locar a Folgueroles, població on va néixer, i a Barcelona, on va morir. L'escultor Pablo Palazuelo s'encarregà de l'obra commemorativa, que titulà *Albula V* (Vil·la Joana, Vallvidrera), formada per un llibre obert en planxa de ferro sobre un pedestal de pedra arenosa.

L'any 2002 va ser inaugurat, prop de la plaça de Sarrià, el cal·ligrama *Poema de Catalunya* (Via Augusta, 341), de Josep Vicenç

***Joan Brossa signant les seves* Lletres fugitives**
Círculo de Lectores

Foix. L'escriptor, nascut al barri, havia publicat el poema el 1920 i l'Ajuntament de Barcelona, arran d'unes obres urbanístiques recents, decidí recuperar-lo, treball que anà a cura de l'arquitecte Màrius Quintana.

A l'últim, en el marc de l'Any del Disseny 2003, ha estat inaugurada l'escultura faristol *La lluna*, inspirada en el poema «És quan dormo que hi veig clar», també de Josep Vicenç Foix. Ha estat produïda pel projecte artístic i pedagògic *El llenguatge de les flors*, que dirigeix l'artista Kiku Mistu i instal·lada als jardins del Palau Robert. Aquesta escultura interactiva pren la lluna que apareix al poema com a símbol etern del somni i la imaginació, que en aquest cas es converteix en un llit balancí on el lector s'haurà d'estirar si vol llegir el poema evocat.

Escultura aplicada a l'arquitectura

Els escriptors i els personatges de les seves obres també han estat homenatjats per la iniciativa privada, principalment en edificis on tenen un tracte més aviat decoratiu. Són diversos els que hi ha repartits per la ciutat. Els més significatius són els busts de Dant Alighieri, Miguel de Cervantes i John Milton modelats per Rossend Nobas, sobre tres làpides amb els noms de Conrad Malte-Brun, Modesto Lafuente i del pare Secchi, tots autors de l'editorial Montaner y Simón, que estan situats a la façana de l'antiga seu, avui Fundació Antoni Tàpies (carrer d'Aragó, 255). De nou trobem un bust de Miguel de Cervantes al capdamunt d'un edifici particular del pla de Nicolás Salmerón (carrer Gran de Gràcia, número 7), al costat d'altres personatges de la història, com Fiváller, Colom i Servet.

Al davant, al número 18-22, en un edifici de l'arquitecte August Font, s'hi pot veure un dels majors filacteris de Barcelona. La cinta o banda que es representa com si fos tela o pergamí té les extremitats enrotllades i conté la llegenda «Caja de Ahorros y Montepío de Barcelona. Sucursal de Gracia».

Pel que fa als personatges literaris, són significatius els retrats del Quixot i de Sancho en un dels finestrals de la Casa Serra, avui seu de la Diputació de Barcelona (rambla de Catalunya, 126), modelats per Eusebi Arnau i esculpits per Alfons Juyol.

Les partitures i els llibres de música també hi tenen el seu espai; és el cas de *La cançó popular catalana* (1909), grup escultòric modelat per Miquel Blay i situat al xamfrà del Palau de la Música Catalana, en el qual diversos personatges llegeixen cançons, o a l'interior de l'edi-

Don Quixot i Sancho sobre el medalló a Cervantes, en un dels finestrals de la Casa Serra, construïda per Josep Puig i Cadafalch entre el 1903 i el 1908
Pep Herrero

fici, a l'escenari, on una musa modelada per Eusebi Arnau sosté una partitura. Una altra lectura musical, la representen un noi i una noia que sostenen sengles llibres de partitures a *Al·legoria al cant coral*, als jardins del Mestre Balcells (carrer de Sant Salvador i passatge Frígola). L'escultura és de bronze sobre base d'aplacat en pedra, obra de Rafael Solanich, de 1982, i està dedicada al músic barceloní Joan Balcells (1882-1972).

Arquitectura d'editorials històriques

Com a capital de l'edició, Barcelona ha vist créixer una gran varietat d'edificis destinats a allotjar les empreses editorials. Malgrat que molts han desaparegut, encara se'n conserven diversos que foren dis-

La històrica editorial Montaner y Simón, avui seu de la Fundació Tàpies
Rossend Casanova

senyats, expressament, per a aquell fi. És el cas de l'esmentada Montaner y Simón, el primer edifici que l'arquitecte Lluís Domènech i Montaner va construir a la ciutat (1879-1886). A les seves impremtes es produí una gran quantitat de llibres, molts luxosos, que es comercialitzaren arreu del món.

També del mateix arquitecte és la Casa Thomas (carrer de Mallorca, 293), un edifici que combina habitatge i indústria. A la planta baixa i al soterrani hi havia el prestigiós taller de Josep Thomas, dedicat principalment a la impressió de gravats i reproduccions gràfiques. La casa va ser inaugurada el 1898 i va ser ampliada el 1912. Actualment el taller és ocupat per la botiga d'objectes de disseny BD.

A l'extrem esquerre de l'Eixample es troba la seu de Salvat Editores (carrer de Mallorca, 45), situada en un edifici de trets modernistes de l'arquitecte Pau Salvat (fill de l'editor) i que va ser premiat per l'Ajuntament de Barcelona com a millor edifici de 1916. En aquesta històrica editorial es produïren els millors diccionaris i enciclopèdies en llengua castellana, que es comercialitzaren als cinc continents.

Una altra editorial centenària, Gustavo Gili, va construir la seva nova seu dues illes de cases més enllà (Rosselló, 87-89). Es tracta d'un edifici funcionalista dels arquitectes Joaquim Gili i Francesc Bassó, ambdós del Grup R. De línies sòbries i amb un imponent *brise-soleil*, el 1961 va ser guardonat amb el Premi FAD com a millor edifici construït l'any anterior. Part del seu jardí davanter va ser edificat fa alguns anys i la seu editorial ha quedat amagada al pati interior d'illa.

També l'editorial Vicens Vives està emplaçada a la coneguda illa Seida, un projecte dels arquitectes Francesc Mitjans, Josep Soteras i Rafael Casals (avinguda de Sarrià, 130) executat entre el 1955 i el 1967. L'editorial ocupa l'edifici des de la dècada dels 60, quan es va fundar l'empresa, especialitzada en l'edició de material escolar per a tots els àmbits, des de l'educació infantil la universitat.

Cal destacar, finalment, la recuperació de diferents peces decoratives procedents de la seu de l'editorial Sopena, actualment enderrocada, amb què el 2002 l'escultor Jordi Gispert creà un mural als jardins de Maria Mercè Marçal (interior d'illa, Provença, 93-97). D'entre les diverses peces hi ha l'antic rètol de l'editorial i un relleu de Cervantes.

Espai monumental

L'espai que clou aquest capítol és el Saló de Cent de la Casa de la Ciutat, seu de l'Ajuntament de Barcelona, on el 1393 es convocaren els primers Jocs Florals de la ciutat. Aquest certamen medieval, en què competeixen poetes, morí amb l'edat mitjana i no es restaurà fins al 1859, gràcies a la iniciativa d'Antoni de Bofarull i de Víctor Balaguer. La seva restauració s'ha d'entendre en el marc de la Renaixença, un procés de recuperació de la llengua i la literatura catalanes de la meitat del segle XIX, que coincidí amb una bonança econòmica i amb progrés social. La Renaixença tingué per objectiu afirmar la personalitat catalana en el terreny cultural i, en gran part, els Jocs Florals van servir per a visualitzar-ho.

Arribat el segle XX, amb l'esclat de la Guerra Civil espanyola, els Jocs Florals foren interromputs i amb les imposicions del nou règim van passar un llarg període a l'exili. La celebració es va reprendre, a

Barcelona, el 1971, i des d'aleshores és una celebració destacada del calendari literari de la ciutat. Es continua celebrant, com fa més de 600 anys, al Saló de Cent, una sala gòtica de planta quadrangular i amb arcs de pedra que suporten un embigat de fusta. L'espai s'havia inaugurat el 17 d'agost de 1373 amb la celebració del primer Consell dels Cent Jurats, fórmula de govern que establí el rei Jaume I el 1265 i que funcionà fins al 1714, quan va ser substituïda pel nou sistema municipal. En perdre la seva funció original, la sala va sofrir força reformes, la més destacada, la realitzada per l'arquitecte Lluís Domènech i Montaner el 1888, quan arranjà la Casa de la Ciutat per acollir la família reial espanyola (desproveïda de residència oficial a la ciutat, en la seva visita a l'Exposició Universal. Durant les dècades següents s'hi van dur a terme noves reformes: el 1925 s'hi traslladà la Porta del Trentenari (1647), que havia estat projectada per Jaume Granger en estil renaixentista, i, seguint el projecte decoratiu d'Enric Montserdà, se si-

El Saló de Cent de l'Ajuntament de Barcelona, durant el lliurament de premis dels Jocs Florals de 2004
Ajuntament de Barcelona
Fotografia de Pep Herrero

tuaren dues escultures que representen Sant Jordi i Carlemany i, al capçal, una composició escultòrica d'alabastre amb les imatges de la Mare de Déu, santa Eulàlia i sant Andreu. Actualment, el Saló de Cent serveix per als actes protocol·laris de la ciutat.

Aquest capítol recull alguns dels monuments més significatius dedicats a escriptors, llibres i lletres a la ciutat. L'Ajuntament de Barcelona, en conveni amb la Universitat de Barcelona i la Fundació Bosch i Gimpera, ofereix el catàleg digital sobre tots els monuments en l'adreça d'Internet <www.bcn.es/artpublic>.

QUI ÉS QUI

“ *¿Mis títulos? Nadie me los pide y si me los pide su voz no llega hasta mis oídos. Sí, porque en resumidas cuentas no basta ser barcelonés, hijo de barceloneses y vecino casi constante de Barcelona a lo largo de medio siglo, para constituirse con pleno derecho en cicerone de lo íntimo y de lo entrañable. Tampoco el amor basta. Si todos los hijos de esta ciudad que de verdad la han querido nos hubiesen dejado testimonio público de su ciencia amorosa, cuántas ‘fisiologías’ y ‘psicologías’ y hasta ‘psicoanálisis’ de Barcelona pesarían sobre los estantes de nuestras bibliotecas…* ”

Carles Soldevila. *Guía de Barcelona.* Destino, 1951.

● **AGUSTÍ, Ignacio** (Lliçà de Vall, 1913 - Barcelona, 1974). Escriptor i periodista. Cofundador i director del setmanari *Destino*, fou corresponsal de *La Vanguardia* a Suïssa, on va escriure *Mariona Rebull* (1944), primera part del cicle *La ceniza fue árbol*, que es va completar amb *El viudo Rius* (1945), *Desiderio* (1957), *19 de julio* (1965) i *Guerra Civil* (1972). Promotor del premi Nadal amb Josep Vergés, és autor del llibre de memòries *Ganas de hablar* (1974). (Vegeu pàg. 268, 279.)

● **AGUT, Joan** (Barcelona, 1934). Escriptor. Després d'una llarga trajectòria com a editor a Bruguera, Edhasa o Thassàlia, ha desenvolupat una prolífica obra literària amb títols com la novel·la autobiogràfica *La Via Làctia* (2001), nodrida de la seva infantesa i joventut al barri de Sants, i *Rosa de foc* (2005), sobre la Barcelona anarquista. (Vegeu pàg. 96.)

● **ALBANELL, Pep** (Vic, 1945). Escriptor. Amb el pseudònim de Joles Sennell ha signat els seus llibres infantils. Autor de guions per al cinema, per al teatre i per a la televisió, es va donar a conèixer el 1977 amb la novel·la urbana *El barcelonauta*. (Vegeu pàg. 165.)

● **ALTADILL, Antonio** (Tortosa, 1828 - Barcelona, 1880). Periodista i escriptor, fou secretari de Narcís Monturiol, inventor del submarí, i activista republicà. Autor de novel·les, poemaris i peces de teatre, la seva obra més coneguda és *Barcelona y sus misterios* (1860), extens fulletó publicat sota la influència d'Eugène Sue i Alexandre Dumas que narra la història de Diego Rocafort, un teixidor denunciat per les seves conviccions polítiques republicanes i deportat a les Filipines. Quan tothom el creu mort en un naufragi, fa una fortuna a l'Àfrica i a Amèrica i retorna a Barcelona onze anys després sota una nova identitat per fer justícia i ajudar els desfavorits. (Vegeu pàg. 128, 270.)

● **ANDERSEN, Hans Christian** (Odense, 1805 - Copenhaguen, 1875). Escriptor danès, autor de contes com *La sirena* o *El soldat de plom*, on introdueix elements autobiogràfics. Entre setembre i desembre de 1862 va fer un viatge per Espanya: sota el títol d'*I Spanien* constitueix un testimoni de les formes de vida quotidiana en ciutats com Barcelona. (Vegeu pàg. 97.)

● **AMAT, Kiko** (Sant Boi, 1971). Editor de *fanzine* i col·laborador de revistes musicals, s'ha donat a conèixer amb *El día que me vaya no se lo diré a nadie* (2003), la seva primera novel·la. (Vegeu pàg. 260.)

● **AMAT, Núria** (Barcelona, 1950). La seva obra abraça novel·les: *Pan de boda* (1979), *Todos somos Kafka* (1993), *La intimidad* (1997), *El país del alma* (1999) i *Reina de América* (2002, premi Ciutat de Barcelona); llibres de relats: *El ladrón de libros* (1988), *Amor breve* (1990), *Monstruos* (1991) i *Viajar es muy difícil* (1995); una obra de teatre: *Pat's room* i els assajos *El libro mudo* (1994), *Letra herida* (1998) i *Juan Rulfo* (2003). (Vegeu pàg. 188-189.)

● **D'AMAT I DE CORTADA, Rafael** (Barcelona, 1746-1819). Baró de Maldà. A vint-i-tres anys va començar un dietari que va batejar com *Calaix de sastre*. El va escriure durant cinquanta anys, fins pocs dies abans de morir. La dedicació constant a l'escriptura, la vocació de cronista que tenia i, també, el seu tarannà xafarder, fan del dietari del baró de Maldà un valuós document per conèixer la vida barcelonina del set-cents. (Vegeu pàg. 46, 47, 49, 52, 53, 54, 57, 59, 60.)

● **ARANA, José Ramón** (Saragossa, 1906 - Barcelona, 1973). Fill d'un mestre, va haver de posar-se a treballar a 12 anys en morir el pare. Autodidacte, va viure i treballar a Barcelona, concretament a la foneria de Can Girona, que inspiraria la seva novel·la *Can Girona, por el desván de los recuerdos* (1973). (Vegeu pàg. 172.)

● **ARGULLOL, Rafael** (Barcelona, 1949). Escriptor i filòsof. Ha publicat tres llibres de poemes i novel·les com *La razón del mal* (premi Nadal 1993). Destaca la seva vessant com a assagista i dietarista, amb títols com *Aventura. Una filosofía nómada* (2000), *El cazador de instantes* (2002) i *El puente de fuego* (2004). (Vegeu pàg. 283.)

● **ARNAU, Carme** (Barcelona, 1944). Historiadora de la literatura. Ha publicat estudis sobre Gabriel García Márquez i és especialista en la vida i obra de Mercè Rodoreda. (Vegeu pàg. 141, 143, 145.)

● **ARTÍS-GENER, Avel·lí, *Tísner*** (Barcelona, 1912-2000). Narrador, periodista, ninotaire, escenògraf i pintor. Autor de la novel·la *Paraules d'Opoton el Vell* (1968) i les memòries *Viure i veure* (1989-1996). (Vegeu pàg. 92, 161.)

● **BADOSA, Enrique** (Barcelona, 1927). Poeta, traductor, assagista, crític i editor. Figura representativa de la generació dels 50, la seva poètica es desplega en tres registres: el líric —*Marco Aurelio, 14* (1988)—, la poesia de viatges —*Mapa de Grecia* (1979)— i el satíric epigramàtic —*Parnaso funerario* (2002). (Vegeu pàg. 187, 193.)

● **BARBAL, Maria** (Tremp, 1949). Va estudiar filosofia i lletres i ha treballat com a catedràtica d'institut. El 1985 va fer una entrada espectacular a la literatura catalana amb la novel·la *Pedra de tartera,* premi Joaquim Ruyra 1985. *Càmfora* (1992) li va suposar tres premis literaris, entre els quals el de la Crítica. *Carrer Bolívia* (1999) va ser també molt ben acollida pel públic i per la crítica. (Vegeu pàg. 170, 171.)

● **BARRAL, Carles** (Barcelona 1928-1989). Escriptor, editor (a Seix Barral, primer, i a Barral Editores, després) i activista polític (va ser senador per la demarcació de Tarragona l'any 1982), Carles Barral es va sentir sempre lligat al mar. Una prova n'és el vincle que l'unia amb la població de Calafell, a la costa del Baix Penedès, on passava llargues temporades. Com a escriptor, ha conreat principalment poesia —*Metropolitano* (1957) o *Usuras y figuraciones* (1973). Els seus extraordinaris volums de memòries —*Años de Penitencia* (1975), *Los años sin excusa* (1978) y *Cuando las horas veloces* (1988)— són un testimoni molt reeixit de la vida barcelonina del segle XX. (Vegeu pàg. 118, 131, 187, 188, 192, 193, 195, 237.)

● **BARRIL, Joan** (Barcelona, 1952). La seva obra literària està recolzada pel prestigi de premis literaris com el Ciutat de Barcelona o el Ramon Llull, atorgat l'any 1998 per la seva obra *Parada obligatòria.* Entre els seus llibres destaca *Un submarí a les estovalles* (novel·la adaptada al cinema l'any 1991). També col·labora amb diversos mitjans de ràdio i la televisió. (Vegeu pàg. 171.)

● **BATAILLE, Georges** (Billom, Clermont-Ferrant, 1897 - París, 1962). Escriptor. La seva obra abraça de la poesia a la filosofia amb l'erotisme i la violència en primer terme. El 1957 publica *El blau del cel,* història de descomposició moral ambientada en la Barcelona dels fets d'octubre de 1934. (Vegeu pàg. 100.)

● **BAULENAS, Lluís-Anton** (Barcelona, 1958). Escriptor i autor de novel·les històriques ambientades a Barcelona en diferents moments del segle XX, com

La felicitat (premi Prudenci Bertrana 2001) o *Amor d'idiota* (2003), una de les primeres reconstruccions literàries de la Barcelona del 92. Premi Ramon Llull de novel·la amb *Per un sac d'ossos* (2005). (Vegeu pàg. 255.)

● **BENGUEREL, Xavier** (Barcelona, 1905-1990). El Poblenou, on va viure els primers 33 anys, va marcar la seva carrera literària. Oficinista, Benguerel va publicar la novel·la *Suburbi* el 1936. Exiliat a Xile després de la Guerra Civil, va fer fortuna en crear uns laboratoris i va tornar a Catalunya el 1955. És autor de *Gorra de plat* (1967), *Icària, Icària* (1974) i d'unes interessants memòries, a més d'haver traduït Salinger i Baudelaire, entre d'altres. (Vegeu pàg. 172, 173.)

● **BERTRAN I ORIOLA, Manuel** (Cardona, 1901 - Barcelona, 1976). Poeta autodidacte, conreà la poesia religiosa de caràcter místic a *Ciutat de Déu* (1957). (Vegeu pàg. 132.)

● **BIZET, René** (París, 1887-1947). Escriptor. Autor de la narració *Avez-vous vu dans Barcelone?* (1924), sobre la ciutat com a espai geogràfic que determina el destí del protagonista, un aventurer que dubta entre el retorn a la vida ordenada amb la seva família parisenca o seguir els camins de l'atzar. (Vegeu pàg. 100)

● **BOSCÁN, Joan** (Barcelona, 1488/89-1542). Poeta. Descendent d'una pròspera família de mercaders i lletrats, va estar al servei de Ferran el Catòlic i formà part del seguici de Carles V. Amic de Garcilaso de la Vega i de l'humanista Diego Hurtado de Mendoza, s'inspira en la cultura cortesana del segle XV d'influència italianitzant i és un dels grans renovadors de la poesia en espanyol del segle XVI. Traductor al castellà d'*Il cortegiano*, de Baldassarre de Castiglione, de la seva obra en català ens ha quedat la composició *Esparsa* amb una pregona influència d'Ausiàs Marc. (Vegeu pàg. 15, 17, 18, 26, 27, 130, 217.)

● **BROSSA, Joan** (Barcelona, 1919-1998). Poeta, evolucionà des de les estrofes tradicionals fins a la poesia visual i objectual. Els anys quaranta pren contacte amb J. V. Foix i els promotors de Dau al Set i elabora una poètica de vocació neosurrealista a *Romancets del Dragolí* (1948) i *Proses de Carnaval* (1949). El contacte amb el poeta brasiler Cabral de Melo incideix en la seva concepció social. Superador dels gèneres, es nodreix de la cultura popular, del *music-hall*, de l'art i de la màgia, que expressa en accions artístiques i parateatrals. Des de *Poesia rasa* (1970), la concepció visual brossiana es fa cada cop més present en poemes corporis com el del Velòdrom de la Vall d'Hebron (1984) o *Barcino*, a la plaça de la Catedral de Barcelona. (Vegeu pàg. 320, 321, 322, 323.)

● **CABRÉ, Jaume** (Barcelona, 1947). Escriptor i guionista de cinema, ràdio i televisió. Fundador del col·lectiu Ofèlia Dracs, el 1987 guanya el premi Sant Jordi amb *La teranyina*. A *Senyoria* (1991), ambientada a la Barcelona del segle XVIII, fa una reflexió sobre la justícia i el poder. La seva trajectòria es referma amb *L'ombra de l'eunuc* (1996) i *Les veus del Pamano* (2003), recreació dels anys de postguerra al Pallars. (Vegeu pàg. 20.)

● **CALDERS, Pere** (Barcelona, 1912-1994). Narrador, s'integra en les propostes iconoclastes del Grup de Sabadell amb Joan Oliver o Francesc Trabal. La publicació de *Cròniques de la veritat oculta* (premi Víctor Català 1954) suposa la seva reintegració al món cultural català després dels anys d'exili mexicà. (Vegeu pàg. 144, 160.)

● **CALVET, Agustí**, *Gaziel* (Sant Feliu de Guíxols, 1887 - Barcelona, 1964). Periodista, assagista i narrador, comença a escriure a *La Vanguardia*, de la qual serà director. Autor de cròniques polítiques i llibres de viatges, destaca la seva faceta memorística a *Meditacions en el desert* (1974), *Tots els camins duen a Roma* (1958) i *Història de 'La Vanguardia'* (1971). (Vegeu pàg. 265, 269, 272, 273, 275.)

● **CAMINALS, Roser** (Barcelona, 1956). Professora resident als Estats Units, ha ambientat les seves novel·les a la Barcelona dels primers anys de segle XX, com ho fan palès *Un segle de prodigis* (1995), *El carrer dels Tres Llits* (2002) i *La petita mort* (2004). (Vegeu pàg. 89.)

● **CANDEL, Francisco** (Casas Altas, País Valencià, 1925). Escriptor autodidacte, va fer una aparició fulgurant amb *Donde la ciudad cambia su nombre* (1957), apadrinat per l'editor Josep Janés. *Han matado un hombre, han roto un paisaje* (1959) i *Els altres catalans* (1964) van acabar de forjar la fama d'aquest autor, que segueix vivint en els barris on sempre ha viscut, els de l'altre costat de Montjuïc. El 2003 va rebre la medalla d'or de la Generalitat. (Vegeu pàg. 176, 177.)

● **CAPMANY, Maria Aurèlia** (Barcelona, 1918-1991). Novel·lista, contista, assagista, autora teatral i traductora. Després de dedicar-se a l'ensenyament, on intenta recuperar l'esperit pedagògic de la Catalunya republicana, s'inicia en la literatura amb la novel·la *Necessitem morir* (1952), d'alè existencialista. L'any següent guanya el premi Joanot Martorell amb *El cel no és transparent* (1953). Alterna novel·la i teatre i funda amb Ricard Salvat l'Escola d'Art Dramàtic Adrià Gual. Col·laboradora habitual de la premsa catalana i regidora de Cultura a l'Ajuntament de Barcelona, de la seva extensa i variada obra cal destacar títols com *Un lloc entre els morts* (premi Sant Jordi 1968) i *Pedra de toc* (1970-72), un díptic amb voluntat de crònica política i social. (Vegeu pàg. 93, 116.)

● **CARNER, Josep** (Barcelona, 1894 - Uccle, Bèlgica, 1970). Poeta, periodista, dramaturg i traductor de Dickens. Figura cabdal del noucentisme i conegut com *el príncep dels poetes,* va conjuminar la literatura amb el periodisme —*La Veu de Catalunya* i *La Publicitat*— i l'activitat com a diplomàtic en diversos països del món. Entre els poemaris cal destacar *Els fruits saborosos* (1906), *Nabí* (1941) i el volum *Poesia* (1957), que aplega la seva obra poètica. (Vegeu pàg. 112, 231 .)

● **CARANDELL, Joan** (Barcelona, 1901 - Sant Pere de Ribes, 1988). Advocat i escriptor, publica sota el pseudònim de Llorenç Sant Marc. Guanyador el 1983 del premi Víctor Català amb *Quaranta històries*, ha recreat en els seus llibres la Barcelona dels primers vint anys del segle XX a *Males companyies* (1970) i *La brillant història* (1971).

● **CARANDELL, Josep Maria** (Barcelona, 1934-2002). Escriptor i cronista. Format a la cultura alemanya, va dedicar gran part de la seva obra a la Ciutat Comtal: *Guia secreta de Barcelona* (1974), *La Barcelona viva* (1980), *L'Eixample* (1982), *Salons de Barcelona* (1984), *Història del restaurant de les Set Portes* (1989) i *La Pedrera. Cosmos de Gaudí* (1992), sense oblidar la novel·la *Prínceps* (1985), ambientada en la ciutat dels anys cinquanta. (Vegeu pàg. 97, 282.)

● **CAROL, Màrius** (Barcelona, 1953). Periodista i escriptor. L'any 2002 va guanyar el premi Ramon Llull per *Les seduccions de Júlia*. Especialista en la figura de Salvador Dalí, és autor de *Dalí, el final oculto de un exhibicionista* (1990) i *El enigma Dalí* (2004), coescrit amb el periodista Josep Playà. (Vegeu pàg. 255.)

● **CASASSES, Enric** (Barcelona, 1951). El poeta català més conegut de la seva generació, combina la lírica dels trobadors i la violència del punk en poemes narratius i urbans. Entre els seus poemaris: *Tots al carrer* (1992), *Calç*

(1996), *D'equivocar-se així* (1997) i *Plaça Raspall* (1998), recreació de la vida de barri. (Vegeu pàg. 256.)

● **CASAVELLA, Francisco** (Barcelona, 1963). Es va donar a conèixer amb *El triunfo* (1997), sobre els gitanos del Raval. A la trilogia *El dia del Watusi* (2002) reconstrueix la Barcelona dels financers estrella, entre el 1977 i el 1995. (Vegeu pàg. 259.)

● **CASTELLET, Josep Maria** (Barcelona, 1926). Crític literari, editor i director literari durant molts anys d'Edicions 62, promou la generació poètica postrealista a l'antologia *Nueve novísimos* (1970). Autor de l'autobiografia *Els escenaris de la memòria* (1988). (Vegeu pàg. 187, 193, 195.)

● **CASTILLO, David** (Barcelona, 1961). Escriptor, poeta i crític literari, participa activament en els moviments contraculturals de la Barcelona dels anys 70 i 80. Autor de les novel·les *El cel de l'infern* (1999) i *No miris enrere* (2002). (Vegeu pàg. 97.)

● **CERVANTES, Miguel de** (Alcalá de Henares, 1547 - Madrid, 1616). Escriptor. La seva existència és curulla de peripècies. Integrant del seguici del cardenal Giulio Acquaviva, el 1570 intervé en la fracassada expedició de Xipre i pren part a la batalla de Lepant, on pateix ferides a la mà i al front. Ostatge dels turcs a Alger, quan aconsegueix el rescat torna a Madrid, on intenta sobreviure amb petits oficis i escriu comèdies i la primera part de *La Galatea*. Enmig de les penúries econòmiques sorgeix l'obra que el farà universal: el 1605 publica la primera part de *El ingenioso hidalgo don Quijote de la Mancha*, que tindrà continuació el 1615 arran de la publicació del fals Quixot d'Avellaneda. (Vegeu pàg. 31, 33, 34, 35, 36, 37, 38, 42, 43, 44, 133, 308, 314, 324.)

● **CIRICI I PELLICER, Alexandre** (Barcelona, 1914-1982). Crític d'art, poeta i narrador. Entre els seus llibres sobre Barcelona destaquen *Barcelona pam a pam* (1971) i *Botigues de Barcelona* (1979). Va obtenir el premi Josep Pla pel llibre de memòries *El temps barrat* (1973). (Vegeu pàg. 305.)

● **CIRLOT, Juan Eduardo** (Barcelona, 1916-1973). Poeta i crític d'art, enceta un corrent surrealista i simbolista que s'allunya del realisme poètic recollit en el volum *Poesía de J. E. Cirlot 1966-1972*. Autor de nombrosos assajos, ha estat objecte d'un important reconeixement pòstum. (Vegeu pàg. 187, 196.)

● **COCA, Jordi** (Barcelona, 1947). Escriptor i assagista, enceta la seva carrera novel·lística l'any 1971 amb *Un d'aquells estius (Els Lluïsos)*. Posteriorment ha publicat, entre d'altres, *Mal de lluna* (1988), *La japonesa* (1992), *Paisatges de Hooper* (1996) i *Dies meravellosos* (1996), recreació sense idealismes de l'ambient polititzat de la Barcelona en els anys de la Transició. A *Sota la pols* (2000) evoca la ciutat de postguerra en clau autobiogràfica. També són remarcables els seus assajos sobre teatre i les versions al català d'autors com Maeterlinck o del poeta Matsuo Basho. (Vegeu pàg. 247.)

● **DE COMINGES, Jorge** (Barcelona, 1945). Escriptor i director de la revista literària *Qué Leer.* Autor de la trilogia novel·lística *Un clavel entre los dientes* (1989), *Tul ilusión* (1993) i *Las adelfas* (1997), on retrata amb cruesa no exempta d'humor el món de l'alta burgesia catalana del seu temps. (Vegeu pàg. 118, 194.)

● **D'ORS, Eugeni** (Barcelona, 1881 - Vilanova i la Geltrú, 1954). Assagista i pensador. Ideòleg del noucentisme des del *Glosari*, que publica des del 1906 a

La Veu de Catalunya sota el pseudònim de Xènius, l'autor de *La Ben Plantada* va ser una peça clau de l'Institut d'Estudis Catalans i l'estratègia cultural de la Mancomunitat de Prat de la Riba. La seva defenestració el 1920 el porta a Madrid, on continua amb les seves gloses en castellà, fins a adherir-se al govern franquista de Burgos el 1936. (Vegeu pàg. 94, 263, 263, 319.)

● **DE AZÚA, Félix** (Barcelona, 1944). Escriptor, poeta i assagista polèmic, entre les seves obres destaquen el *Diario de un hombre humillado* (1987) i *La invención de Caín* (1999).

● **DESCLOT, Bernat** (segona meitat del segle XIII). Cronista, cap al 1283 va escriure el *Llibre del rei En Pere d'Aragó e dels seus antecessors passats*, en què reflecteix la mentalitat cavalleresca i aporta descripcions detallades i realistes de les tradicions dels sarraïns i la crueltat dels almogàvers amb diàlegs de gran vivacitat. (Vegeu pàg. 15, 18, 20.)

● **DONOSO, José** (Santiago de Xile, 1925-1996). Un dels autors importants del *boom* llatinoamericà, Donoso va publicar el seu primer conte l'any 1954, *China*. Durant alguns anys va ser redactor i crític literari de la revista *Ercilla*. Entre la seva obra, destaquen *El lugar sin límites* (1967), *El obsceno pájaro de la noche* (1970), *Tres novelitas burguesas* (1971), *Casa de campo* (1978)... Als anys 70 va viure a Vallvidrera, Calaceit i Sitges. (Vegeu pàg. 190.)

● **EHRENBURG, Ilià** (Kíev, 1891-1967). Periodista i escriptor, va participar en la revolució russa i fou corresponsal a Espanya, on escriví *España, república de trabajadores* (1932), *No pasarán* (1936) i *Guadalajara: una derrota del fascismo* (1937). (Vegeu pàg. 230.)

● **ESPINÀS, Josep Maria** (Barcelona, 1927). Escriptor i cronista barceloní, s'inicià com a novel·lista, amb títols com *Tots som iguals*. Ha aconseguit una gran popularitat com a autor de llibres de contingut autobiogràfic (*El teu nom és Olga* [1986], *El nen de la plaça Ballot* [1988], *Inventari de jubilacions* [1992], *Temps afegit* (2002) i tota la col·lecció d'*A peu per*...) i com a articulista en la premsa diària, primer a l'*Avui* i actualment a *El Periódico*. Com a escriptor de la ciutat cal destacar el seu llibre *Vuit segles de carrers de Barcelona* (1974), amb fotografies de Català-Roca. (Vegeu pàg. 119, 121.)

● **ESPAÑA, Ramón de** (Barcelona, 1956). Periodista, escriptor i cineasta. Entre les seves novel·les destaquen *Nadie es inocente* (1999) i *Calidad de vida* (2004). (Vegeu pàg. 119.)

● **ESPRIU, Salvador** (Santa Coloma de Farners, 1913 - Barcelona, 1985). Poeta, narrador i dramaturg. Tot i encetar la seva carrera literària amb llibres narratius com *El doctor Rip* (1931), *Laia* (1932) o *Ariadna al laberint grotesc* (1935), després de la Guerra Civil desplega la seva poètica amb *Cementiri de Sinera* (1946), que alterna amb peces dramàtiques com *Primera història d'Esther* (1948). Seguirà el cicle líric de *Les hores* (1952), *Mrs. Death* (1952), *El caminant i el mur* (1954) i *Final del laberint* (1955), prolegòmens de la seva obra més celebrada i compromesa amb la realitat peninsular: *La pell de brau* (1960). (Vegeu pàg. 234, 235, 306, 316, 320.)

● **FERNÁNDEZ CUBAS, Cristina** (Arenys de Mar, 1945). Escriptora, va debutar el 1980 amb el llibre de relats *Mi hermana Elba*. (Vegeu pàg. 189.)

● **FERRATER, Gabriel** (Reus, 1922 - Sant Cugat del Vallès, 1972). Poeta i assagista. Traductor al català i al castellà de les obres de Kafka, Chomsky,

Bloomfield i Gombrowicz, entre d'altres autors, la seva obra poètica és una de les més valorades de la literatura catalana contemporània. Aplegada en el volum *Les dones i els dies* (1968), comprèn *Da nuces pueris* (1960), *Menja't una cama* (1962) i *Teoria dels cossos* (1966). (Vegeu pàg. 118, 237.)

● **FERRERO, Jesús** (Zamora, 1952). Novel·lista i poeta, autor de *Belver Yin* i *Opium*, dues històries de mística i transmigració. Ambientades a Barcelona, *Lady Pepa* i *Debora Blenn* (publicades el 1988) giren al voltant de personalitats femenines enigmàtiques en trànsit perpetu pels paisatges urbans, sempre a la deriva. (Vegeu pàg. 107.)

● **FOIX, J. V.** (Barcelona, 1893-1987). Poeta i assagista, autor de *Gertrudis* (1927), *KRTU* (1932), *Sol i de dol* (1947) i *Les irreals omegues* (1948), entre d'altres obres, en què conjumina la tradició i l'avantguarda. De la seva obra memorística destaca el *Diari 1918,* publicat el 1956. Influenciat pel noucentisme i fascinat per les avantguardes, va col·laborar en diverses revistes culturals catalanes. L'any 1973 li va ser concedit el Premi d'Honor de les Lletres Catalanes. (Vegeu pàg. 98, 187, 191, 232, 237, 323-324.)

● **FONOLLOSA, Josep Maria** (Barcelona, 1922-1991). Poeta. Nascut al barri de Casa Antúnez, va viure del 1951 al 1961 a l'Havana, d'on sortiren els versos de *Destrucción de la mañana* i *Ciudad del hombre: New York.* Aquesta sensibilitat urbana impregna *Ciudad del hombre: Barcelona*, poemari inspirat en la seva ciutat natal i que va veure la llum pòstumament l'any 1996. (Vegeu pàg. 236.)

● **FONT, Alexandre** (Barcelona, 1876-1949). Novel·lista, conrea el costumisme en títols com *Gent del barri* (1917). (Vegeu pàg. 132.)

● **FUSTER, Jaume** (Barcelona, 1945-1988). Nascut al barri del Raval. A més d'escriptor va ser guionista. Autor de *Les claus de vidre* (1995), *Sota el signe de Sagitari* (1992), *De mica en mica s'omple la pica* (1993), *Tarda, sessió contínua* (1976) i *La corona valenciana* (1983). (Vegeu pàg. 216.)

● **GARCÉS, Tomàs** (Barcelona, 1901-1993). Fill de la Barceloneta, inicia l'any 1919 el conreu literari (i periodístic) amb la revista *Mar Vella*, fundada per ell mateix. Els personatges i ambients del port i del seu barri d'infantesa i jovenesa (la Barceloneta) inspiraran en clau simbolista el seu primer llibre de poesia, *Vint cançons* (1922). Gran amic de Salvat-Papasseit, esdevé un dels seus principals biògrafs i crítics: *Sobre Salvat-Papasseit i altres escrits*, de l'any 1972. *El caçador* (1947), *La nit de Sant Joan* (1951) i *Grèvol i molsa* (1953) són alguns dels llibres de poesia que publica en retornar a Catalunya, després de l'exili. (Vegeu pàg. 125, 128, 129, 130.)

● **GARCÍA MÁRQUEZ, Gabriel** (Arataca, 1928). El més conegut dels escriptors hispanoamericans contemporanis, autor de *Cien años de soledad* (1967) i emblema del realisme màgic. Va residir a Barcelona a la fi dels anys seixanta i al principi dels setanta. En aquesta ciutat va escriure *El otoño del patriarca.* Barcelona apareix en alguns dels *Doce cuentos peregrinos* (1992). (Vegeu pàg. 142, 147, 187, 195, 196.)

● **GARCÍA SÁNCHEZ, Javier** (Barcelona, 1955). Autor de la generació dels vuitanta, entre les seves obres destaquen *Los otros* (1988), *La mujer de ninguna parte* (2000) i *Dios se ha ido*, premi Azorín de novel·la 2003. (Vegeu pàg. 195.)

● **GAROLERA, Narcís** (Vic, 1949). Professor de filologia catalana de la Universitat Pompeu Fabra. Assagista i historiador literari, especialitzat en l'obra de Verdaguer i de Sagarra. (Vegeu pàg. 82.)

● **GARRIGA VELA, José Antonio** (Barcelona, 1954). Narrador i dramaturg, ambienta a Barcelona la seva novel·la *Muntaner, 38* (1996). (Vegeu pàg. 121.)

● **GASCH, Sebastià** (Barcelona, 1897-1980). Escriptor, crític d'art i de l'espectacle, va col·laborar els anys vint a *La Veu de Catalunya*, *Gaseta de les Arts*, *La Publicitat*, *D'Ací i d'Allà*, *Mirador* i *La Gaceta Literaria*. Implicat en els corrents d'avantguarda, el 1928 signa amb Dalí i Montanyà el *Manifest Groc*. La seva obra és polifacètica: *El circo por dentro* (1961), volums d'art com *La pintura catalana contemporánea* (1937) i, sobretot, els llibres memorístics *París, 1940* (1956), *Barcelona de nit* (1958), *El Molino* (1972) i *Etapes d'una nova vida* (2002). (Vegeu pàg. 96, 233.)

● **GENET, Jean** (París, 1910-1986). Escriptor i autor de teatre, la seva agitada joventut el va portar a centres correccionals, la legió estrangera i la presó. D'aquestes experiències pel cantó més salvatge de l'existència sorgiren obres en clau autobiogràfica com *Santa Maria de les Flors* (1944) o el *Journal du voleur* (1949), en què descriu la seva estada a Barcelona. Igualment destacables per la barreja d'iconoclàstia i innocència són les peces teatrals *Les criades* (1948) i *El balcó* (1956). (Vegeu pàg. 104.)

● **GIL DE BIEDMA, Jaime** (Barcelona, 1929-1990). El darrer mite de la poesia espanyola. Autor d'una breu, intensa i influent obra poètica que s'inicia el 1953 amb *Según sentencia del tiempo* i que prossegueix amb *Compañeros de viaje* (1959), *A favor de Venus* (1965), *Moralidades* (1966) i *Poemas póstumos* (1968), aplegats a *Las personas del verbo*. Cantà amb ironia els plaers i els dies perduts. Molts dels seus poemes tenen com a escenari Barcelona. (Vegeu pàg. 109, 118, 187, 188, 191, 193, 237, 241, 306.)

● **GIMÉNEZ BARTLETT, Alicia** (Almansa, 1951). El 1997 va obtenir el Premio Femenino Lumen per la novel·la *Una habitación ajena*. Un any abans havia aparegut la primera aventura de la inspectora Petra Delicado: *Ritos de muerte* (1996). Seguirien *Día de perros* (1997), *Mensajeros en la oscuridad* (1999), *Muertos de papel* (2000), *Serpientes en el paraíso* (2002) i *Un barco cargado de arroz* (2004). (Vegeu pàg. 204.)

● **GIMÉNEZ-FRONTÍN, José Luis** (Barcelona, 1943). Ha publicat una trentena de títols com a poeta, com a narrador i com a assagista i ha estat guardonat dues vegades amb el premi Ciutat de Barcelona en Literatura en Llengua Castellana, el 1981 pel poemari *Las voces de Laie* i el 1991 per la novel·la *Señorear la tierra*. Està preparant, ara per ara, l'edició de la seva *Poesia reunida*. (Vegeu pàg. 260.)

● **GIMFERRER, Pere** (Barcelona, 1945). Poeta, prosista, crític i traductor. La seva afició al cinema va fer germinar els primers poemaris com *Arde el mar* (1966) o *La muerte en Beverly Hills* (1968). Membre des del 1985 de la Real Academia Española de la Lengua (RAE), els anys vuitanta publica dos dietaris i culmina la seva trajectòria poètica amb *El vendaval* (1989), *La llum* (1991) i *Mascarada* (1996), que completa amb les proses de *L'agent provocador* (1998). (Vegeu pàg. 242, 243.)

● **GOMIS, Lorenzo** (Barcelona, 1924). Periodista i poeta. Fundador de la revista *El Ciervo* i membre destacat de la generació poètica dels anys 50. Autor de l'autobiografia *De memòria* (1996). (Vegeu pàg. 191.)

● **GONZÁLEZ, Ángel** (Oviedo, 1925). Poeta, la seva obra evoluciona de la poesia social a la ironia, recollida sota el títol *Palabra sobre palabra* (1965). (Vegeu pàg. 193.)

● **GONZÁLEZ LEDESMA, Francisco** (Barcelona, 1927). Advocat. Fou redactor en cap del diari *La Vanguardia.* El 1984 va guanyar el premi Planeta per *Crónica sentimental en rojo*, protagonitzada pel desenganyat personatge de l'inspector Méndez, i el 2003 va guanyar el Dashiell Hammett, amb *El pecado o algo parecido.* Altres títols destacables són *Las calles de nuestros padres* (1984) i *Expediente Barcelona* (1987). (Vegeu pàg. 203, 205, 206.)

● **GOYTISOLO, José Agustín** (Barcelona, 1928-1999). Un dels poetes més populars de la Ciutat Comtal. Molts dels seus poemes, com el llegendari *Palabras para Julia,* han estat adaptats musicalment pels principals cantautors espanyols i iberoamericans. És autor de *Salmos al viento* (1958), *Algo sucede* (1968), *Bajo tolerancia* (1977) o *La noche le es propicia* (1992). (Vegeu pàg. 184, 187, 188, 193, 194, 195, 196, 238, 239.)

● **GOYTISOLO, Juan** (Barcelona,1931). Germà de José Agustín i Luis, va estudiar als jesuïtes i va fer la carrera de dret, ja que volia ser diplomàtic. Va marxar després a París, on va viure molts anys. Autor de novel·les tan conegudes com *Señas de identidad* (1966), *Reivindicación del conde don Julián* (1970), *Juan sin tierra* (1975) o *Makbara* (1979), és també un polèmic col·laborador de premsa i autor de dos llibres de memòries: *Coto vedado* (1985) i *En los reinos de taifas* (1986). Des de fa anys resideix a Marràqueix, al Marroc. (Vegeu pàg. 104, 174, 184, 187, 188, 190, 195.)

● **GOYTISOLO, Luis** (Barcelona, 1935). Escriptor. El 1959 guanya el premi Biblioteca Breve amb *Las afueras* i el 1963 comença la redacció del monumental cicle *Antagonía* (*Recuento* [1973], *Los verdes de mayo hasta el mar* [1976], *La cólera de Aquiles* [1979] i *Teoría del conocimiento* [1981]). A més d'aquestes quatre novel·les, complementàries però que poden llegir-se de forma independent, és autor d'*Estela del fuego que se aleja* (1984) i *Estatua con palomas* (1992), entre d'altres obres. (Vegeu pàg. 15, 184, 187, 188, 190, 195.)

● **GUERAU DE LIOST** (Olot,1878 - Barcelona,1933). Pseudònim literari de Jaume Bofill i Mates, poeta entre les obres més destacades del qual trobem els poemaris *La muntanya d'ametistes* (1908), *Somnis* (1913), *La ciutat d'ivori* (1918), *Selvatana amor* (1920), *Ofrena rural* (1926) i *Sàtires* (1929). (Vegeu pàg. 126.)

● **HERRALDE, Jorge** (Barcelona, 1936). Editor fundador d'Anagrama (1969), ha recollit alguns dels seus escrits als llibres *Opiniones mohicanas* (2000) i *El observatorio editorial* (2004). (Vegeu pàg. 189.)

● **IBARZ, Mercè** (Saidí, Baix Cinca, 1954). Ha escrit reportatge, contes i novel·la, amb una veu personal, que trenca les fronteres entre els gèneres. Especialista en l'obra de Luis Buñuel i Mercè Rodoreda, és autora de *La terra retirada* (1994), *La palmera de blat* (1995) i *A la ciutat en obres* (2002). (Vegeu pàg. 257.)

● **IRISH, William** (Nova York, 1903-1968). Amb aquest pseudònim, l'escriptor de novel·la negra Cornell Woolrich va publicar el 1947 al *Mystery Book Magazine* la narració *Una nit a Barcelona.* Inclosa en *Los sanguinarios y los atrapados* (1986), conta la persecució policial d'un saxofonista negre acusat d'un crim que no ha comès; l'acció es desenvolupa als carrers de l'Eixample i Ciutat Vella. (Vegeu pàg. 100.)

● **JANÉS, Clara** (Barcelona, 1940). Escriptora, poeta i traductora. Filla de l'editor Josep Janés, ha traduït el txec Vladimir Holan i ha escrit assajos com *La vida callada de Federico Mompou* (premi Ciutat de Barcelona, 1972) i poemaris com *Vivir* (1983) i *Arcángel de sombra* (2000). (Vegeu pàg. 189.)

● **JÒDAR, Julià de** (Badalona, 1942). Un dels fenòmens literaris en català dels darrers anys. La seva trilogia *L'atzar i les ombres –L'àngel de la segona mort* (1997), *El trànsit de les fades* (2001)– tracta dels conflictes de la postguerra en un barri d'immigració a Badalona. Ha escrit el llibre de relats *Zapata als Encants* (1999). (Vegeu pàg. 257.)

● **JUAN ARBÓ, Sebastià** (Sant Carles de la Ràpita, 1902 - Barcelona 1984). Novel·lista, narrador i dramaturg, debuta al món literari barceloní amb *L'inútil combat* (1931). Deutor del model de Dostoievski, publica novel·les dominades pel determinisme tràgic com *Terres de l'Ebre* (1932) i *Camins de nit (*1935). Després de la Guerra Civil reprèn la seva trajectòria amb *Tino Costa* (1947) i *Sobre las piedras grises* (premi Nadal de 1949). Les biografies ocupen un capítol important en la producció de Sebastià Juan Arbó, com les dedicades a Cervantes (1948), Baroja (1963) i sobretot Verdaguer (1951), que provoca una forta polèmica entre els lectors de la Barcelona burgesa (reeditada el 2002). Col·laborador de *La Vanguardia* i d'*ABC*, va publicar dos volums memorístics: *Los hombres de la tierra y el mar* (1965) i *Los hombres de la ciudad* (1982). (Vegeu pàg. 75, 81, 86.)

● **LACRUZ, Mario** (Barcelona, 1929-2000). La seva producció literària s'inicia en la dècada dels cinquanta, quan guanya l'any 1953 el premi Simenon amb la novel·la *El inocente* (considerada per la crítica com la precursora del gènere negre a Espanya, va ser duta al cinema l'any 1959). El 1955, coincidint amb la publicació d'*Un verano memorable*, inicia la seva trajectòria com a editor a Ediciones Plaza. El mateix 1955 rep el premi Ciutat de Barcelona per la novel·la *La tarde*. La seva tasca com a editor continua a Argos-Vergara, Plaza y Janés i Seix Barral, on s'està fins a l'any 2000. (Vegeu pàg. 188.)

● **LAFORET, Carmen** (1921-2003). Barcelonina de naixement però resident a Las Palmas durant la seva infantesa i adolescència, va tornar a la seva ciutat per estudiar filosofia i lletres a la Universitat. L'any 1944 va guanyar la primera edició del premi Nadal amb la novel·la *Nada*. Malgrat que va escriure altres obres (*La isla y los demonios* [1952], *La llamada* [1954] i *La mujer nueva* [1955]), l'impacte que va provocar *Nada* en la narrativa castellana de postguerra ha fet que se la recordi sobretot com l'autora d'aquesta novel·la. L'any 2004 va veure la llum la seva novel·la pòstuma *Al volver la esquina*. (Vegeu pàg. 117, 118.)

● **LLATES, Rossend** (Barcelona, 1899-1973) Poeta, periodista i crític musical, va publicar dos llibres memorialistes: *30 anys de vida catalana* (1969) i *És ser català no és gens fàcil* (1971). (Vegeu pàg. 292.)

● **LUJÁN, Néstor** (Mataró, 1922 - Barcelona, 1995). Escriptor i periodista, la seva obra és polifacètica, des de la novel·la històrica fins als tractats de gastronomia i tauromàquia. Director del setmanari *Destino* i peça clau de la revista *Historia y Vida*, el 1987 guanya el III Premi Internacional de Novel·la Plaza & Janés amb *Decidnos, ¿quién mató al conde?* A *Casanova o la incapacitat de perversió* (1989) recrea els dies que el venecià va passar a Barcelona el 1768 fins a caure presoner a la Ciutadella. (Vegeu pàg. 47.)

● **MAC ORLAN, Pierre** (pseudònim de Pierre Dumarchais) (Péronne, 1882 - Saint-Cyr-sur-Morin, 1970). Novel·lista molt popular, als anys vint i trenta va descriure les seves experiències a la guerra europea al llibre *Records d'un corresponsal al front* (1920). La seva obra es caracteritza pel viatge, per l'aventura i per les històries d'amor. Autor de *La Bandera* (1931) —una història sobre la legió estrangera que s'enceta a Barcelona, la novel·la va ser portada al cinema per Julien Duvivier l'any 1935. (Vegeu pàg. 104.)

● **MACHADO, Antonio** (Sevilla, 1875 - Cotlliure, 1939). Un dels grans poetes espanyols del segle XX. Entre la seva obra cal destacar *Campos de Castilla* (1912) i el *Cancionero apócrifo*, que enceta el 1924 i que continuarà en el tram final de la seva vida amb les reflexions en poesia i prosa dels heterònims Abel Martín i Juan de Mairena. Durant la Guerra Civil espanyola va residir a Barcelona. (Vegeu pàg. 229, 230, 231.)

● **MALRAUX, André** (París, 1901-1976). Escriptor i activista cultural. L'any 1936 s'enrola a les Brigades Internacionals i un any després publica *L'espoir,* sobre la Guerra Civil, que s'obre a Barcelona i que el mateix Malraux roda amb el títol de *Sierra de Teruel* als estudis Orphea de Montjuïc amb la participació d'actors com Josep Santpere i l'escriptor Max Aub. (Vegeu pàg. 151.)

● **DE MANDIARGUES, André Pieyre** (París, 1909-1991). D'ascendència catalana, la seva vida va estar marcada pels viatges i per una relació intensa amb la pintura. Arran de conèixer André Breton, es va integrar al moviment surrealista, del qual es va distanciar anys després. Autor amb Breton i Octavio Paz del *Lexique succinct de l'érotisme*, el 1967 va rebre el premi Goncourt per *La marge*, itinerari de sexe i desfici pel barri «Xino» de Barcelona. (Vegeu pàg. 208.)

● **MARAGALL, Joan** (1860-1911). Poeta, traductor i assagista. Figura capital del canvi de segle, la seva àmplia formació humanística el va convertir en un dels guies literaris de la generació del modernisme. Introductor de l'obra de Goethe i la filosofia de Nietzsche a Catalunya des de les pàgines del *Diario de Barcelona*, entre la seva obra destaca la producció d'articulista i poemes com l'*Oda nova a Barcelona* (1909), lúcida mirada sobre la ciutat en expansió. (Vegeu pàg. 112, 141, 143, 226, 228, 229, 230, 231, 312, 313, 314, 316, 318.)

● **MARGARIT, Joan** (Sanaüja, 1938). Poeta i arquitecte, ha traduït al castellà l'obra de Gabriel Ferrater. Entre els seus poemaris, *Rèquiem per Anna* (1983) i *Edat roja* (1990). La seva poesia del 1975 al 1995 s'aplega al volum *Els primers freds* (2004). (Vegeu pàg. 193.)

● **MARSÉ, Juan** (Barcelona, 1933). Autodidacte, aquest antic aprenent de joieria publica des de 26 anys, quan va començar amb alguns contes a la revista *Ínsula*. El 1961 va publicar la seva primera novel·la, *Encerrados con un solo juguete*, i va marxar un temps a París. El premi Biblioteca Breve, atorgat per l'editorial Seix Barral el 1965 a *Últimas tardes con Teresa*, va donar-li fama. Ha escrit una dotzena de novel·les: *La oscura historia de la prima Montse* (1970), *Si te dicen que caí* (1973), *La muchacha de las bragas de oro* (premi Planeta 1978), *Un dia volveré* (1982) *El amante bilingüe* (1991), *El embrujo de Shangai* (1993), *Rabos de lagartija* (2000), i va ser un dels responsables del setmanari d'humor *Por Favor*. (Vegeu pàg. 121, 132, 168, 178, 179, 180, 181, 182, 189, 193.)

● **MARTÍN, Andreu** (Barcelona, 1949). Llicenciat en psicologia, ha desenvolupat una àmplia tasca creativa com a novel·lista, traductor i guionista de còmic, guionista de televisió i director de cinema. Entre la seva producció policíaca cal destacar: *Prótesis* (1980), *Por amor al arte* (1982), *Barcelona Connection* (1988), *El hombre de la navaja* (1992), *Bellísimas personas* (2001), *Amb els morts no s'hi juga* (2003, amb Jaume Ribera) i *Cop a la Virreina* (2004, amb Carlos Quílez). (Vegeu pàg. 209, 216.)

● **MASOLIVER RÓDENAS, Juan Antonio** (Barcelona, 1939). Catedràtic de Literatura Espanyola i Llatinoamericana de la Universitat de Westminster, a Londres, i crític literari, ha publicat les novel·les *Retiro lo escrito* (1988), *Bea-*

triz Miami (1991) i *La sombra del triángulo* (1996). Ha aplegat la seva poesia a *Poesía reunida* (1999) i és autor del llibre en clau autobiogràfica *La puerta del inglés* (2001). (Vegeu pàg. 194.)

● **MATUTE, Ana María** (Barcelona, 1926). Novel·lista, es va donar a conèixer amb *Los Abel* (1948). La memòria infantil, l'experiència autobiogràfica i els traumes de la Guerra Civil inspiren *Primera memoria* (1960), *Los soldados lloran de noche* (1964), *La trampa* (1969) i *Lucièrnagas* (escrita el 1955 i publicada el 1993). Autora de llibres de relats dirigits al públic infantil, com *Los niños tontos* (1956). (Vegeu pàg. 121.)

● **MENDOZA, Eduardo** (Barcelona, 1943). Escriptor, va viure nou anys a Nova York, però Barcelona és present en molts dels seus llibres, des de la seva primera novel·la *La verdad sobre el caso Savolta* (1975), que recrea el període 1917-1919, o les que seguiren en clau d'humor: *El misterio de la cripta embrujada* (1979) i *El laberinto de las aceitunas* (1982). El 1986 va publicar *La ciudad de los prodigios*, una novel·la panoràmica sobre la creació de la ciutat contemporània. També és autor d'*Una comedia ligera* (1997) i *La aventura del tocador de señoras* (2001). (Vegeu pàg. 96, 189, 194, 253, 254, 259, 266, 268, 269, 270, 278.)

● **MESQUIDA, Biel** (Castelló de la Plana, 1947). Narrador i poeta, és l'autor de *L'adolescent de sal* (1975), una novel·la experimental que reflecteix els ambients de la contracultura dels anys 70 amb què va obtenir el premi Prudenci Bertrana. També és autor, entre d'altres, del llibre *Mallorquins a Barcelona* (1980). (Vegeu pàg. 251.)

● **METGE, Bernat** (Barcelona, 1340/46-1413). Poeta i prosista, els coneixements sobre filosofia i medicina que rep del seu pare influeixen en la seva obra. Protagonista d'un escàndol polític el 1388, va ser processat, un episodi que es fa palès en *Lo Somni* (1398/99), obra ambiciosa, de gran abast cultural, citada per Joanot Martorell a *Tirant lo Blanc*. (Vegeu pàg. 15, 18, 20, 21, 22, 23, 24, 25.)

● **MILLER, Henry** (Nova York, 1891 - Los Angeles, 1980). Escriptor. L'autor de *Tròpic de Càncer* (1934) i *Tròpic de Capricorn* (1939) va evocar a la narració *Reunió a Barcelona* (1954) el retrobament un any abans a la Ciutat Comtal amb el seu millor amic, l'austríac Alfred Perlès. (Vegeu pàg. 101 .)

● **MIÑANA, Juan** (Barcelona, 1957). Novel·lista, entre les seves obres destaquen per la seva ambientació a la Barcelona del passat *La claque* (1986) i *El jaquemart* (1991).

● **MOIX, Ana María** (Barcelona, 1947). Escriptora. A vint anys es dóna a conèixer com a poeta i Josep Maria Castellet la inclou a l'antologia *Nueve novísimos poetas españoles*. Aquell mateix any, 1970, publica *Julia*, primera novel·la, que seguiran títols com *Ese chico pelirrojo a quien veo cada día* (1972), *Walter ¿por qué te fuiste?* (1973), *Las virtudes peligrosas* (1985) o *Vals negro* (1994). (Vegeu pàg. 282.)

● **MOIX, Terenci** (Barcelona, 1942-2003). Va irrompre en el món literari amb *Onades sobre una roca deserta* (premi Josep Pla) i *El dia que va morir Marilyn* (1969). Títols com *La torre dels vicis capitals* (1968) *i Món mascle* (1970) van construir una imatge iconoclasta a la qual se suma la seva mitomania cinematogràfica amb els articles de *Fotogramas*, el llibre *Hollywood Stories* (1971) i *Mis inmortales del cine* (2003). Guanyador del premi Planeta amb *No digas que fue* *un sueño* (1986), és autor del cicle memorístic *El peso de la paja* (1991-1993), on fa un viu retrat de la Barcelona de la seva infància i la seva joventut. (Vegeu pàg. 121, 266, 280, 282, 283, 284, 287, 318.)

● **MOLAS, Joaquim** (Barcelona, 1930). Catedràtic de Llengua i Literatura Catalanes a la Universitat de Barcelona, historiador i crític. Autor amb Josep M. Castellet del llibre *Poesia catalana del s. XX* (1963), ha dirigit diverses col·leccions de literatura catalana. Fundador el 1974 de la revista *Els Marges*, participa amb Martí de Riquer i Antoni Comas en la monumental *Història de la literatura catalana* (1986-1988). (Vegeu pàg. 137.)

● **MOLINER, Empar** (Santa Eulàlia de Ronçana, Barcelona, 1966). Autora del recull de contes *L'ensenyador de pisos que odiava els mims*, guanya l'any 2000 el premi Josep Pla amb la seva primera novel·la, *Feli esthéticienne*. Cronista del diari *El País* i col·laboradora de ràdio i televisió, el seu darrer llibre és el recull de contes *T'estimo si he begut* (2004).

● **MONZÓ, Quim** (Barcelona, 1952). És un dels autors catalans més reconeguts internacionalment. Autor de contes, novel·les i llibres d'articles que componen una crònica de la vida catalana des dels anys setanta. Entre els seus títols destaquen els reculls de narracions *Uf, va dir ell* (1978), *Olivetti, Moulinex, Chaffoteaux et Maury* (1980), *L'illa de Maians* (1986) o *El perquè de tot plegat* (1993) i les novel·les *Benzina* (1983) i *La magnitud de la tragèdia* (1989). (Vegeu pàg. 132, 195, 250, 251, 252.)

● **MORA, Víctor** (Barcelona, 1931). Autodidacte com tants d'altres de la seva generació, va marxar a l'exili amb els seus pares en acabar la Guerra Civil. El 1942 va tornar a Barcelona i va entrar a treballar, a 11 anys, en una fàbrica de vidre. Va arribar a ser guionista de l'editorial Bruguera, on va crear el personatge del Capitán Trueno. La militància al PSUC el va fer tornar a l'exili. És autor de novel·les com *Els plàtans de Barcelona* (1972) i *El tramvia blau* (1985). (Vegeu pàg. 121, 174, 175.)

● **MORET, Xavier** (Barcelona, 1952). Periodista, viatger, autor d'una sèrie de novel·les com *Qui paga, mana*, protagonitzades per l'«exhippy» Max Riera. L'última, *Zanzíbar pot esperar* (2002), sobre el món dels «okupes». Recentment ha publicat *Doctor Pearson* (2004), biografia novel·lada sobre el fundador de La Canadenca. (Vegeu pàg. 252.)

● **DE MOURA, Beatriz** (Rio de Janeiro, 1939). De nacionalitat brasilera, va arribar a Espanya el 1956, filla del cònsol general del Brasil a Barcelona. Després de treballar a les editorials Gustavo Gili i Salvat s'incorpora a Lumen el 1968. El 1969 va fundar, amb el seu marit Òscar Tusquets, Tusquets Editors, que esdevindrà un segell de referència. (Vegeu pàg. 189.)

● **MUCHNIK, Mario** (Buenos Aires, Argentina, 1931). Editor. Fundador de Muchnik Editores i director fins al 1990 i en l'actualitat del Taller Mario Muchnik, és autor d'un polèmic llibre de memòries: *Lo peor no son los autores* (1999). (Vegeu pàg. 189.)

● **NÚÑEZ, Raúl** (Santiago, Argentina, 1950 - València, Espanya 2000). Autor de *Sinatra* (1984), novel·la urbana que pren com a escenari principal el Districte V (el barri que queda a la dreta i a l'esquerra de la part baixa de la Rambla). La novel·la va ser duta al cine. (Vegeu pàg. 287.)

● **OLIVER, Maria Antònia** (Manacor, Mallorca,1946). Creadora de la detectiu Lònia Guiu, formà part del col·lectiu Ofèlia Dracs. De la seva obra cal destacar: *Estudi en lila* (1985), *Antípodes* (1988) i *El sol que fa l'ànec* (1994). (Vegeu pàg. 207.)

● **OLLER, Narcís** (Valls, 1846 - Barcelona, 1930). Novel·lista, contista, comediògraf, periodista i traductor, Oller és el gran renovador de la novel·la catalana del segle XIX. Crescut en el corrent del naturalisme, de la seva producció narrativa destaquen *La papallona* (1882) i *L'escanyapobres* (1884), *La febre d'or* (1890-92) —la seva obra culminant—, *La bogeria* (1899) i *Pilar Prim* (1906). (Vegeu pàg. 98, 99, 112, 268, 271, 314.)

● **ORDÓÑEZ, Marcos** (Barcelona, 1957). Periodista, escriptor i crític de teatre. Autor de les novel·les *Rancho aparte* (1997), *Puerto Ángel* (2000), *Tarzán en Acapulco* (2001) i *Comedia con fantasmas* (2002), entre d'altres títols. (Vegeu pàg. 195.)

● **ORWELL, George** (Motihari, Índia, 1903 - Londres, 1950). George Orwell (pseudònim d'Eric Blair) va néixer a l'Índia, tot i que passà la major part de la seva vida a Europa. Participa en la Guerra Civil espanyola durant els anys 1936 i 1937, on és ferit greument al coll. Aquesta experiència en la contesa bèl·lica marcarà profundament la seva evolució ideològica posterior, que provocarà molta controvèrsia en el si del pensament marxista ortodox. L'any 1938 publica el llibre autobiogràfic *Homenatge a Catalunya.* Altres obres seves són *Rebel·lió a la granja* i *1984.* (Vegeu pàg. 153, 154, 157, 160, 161, 162, 163.)

● **DE PALOL, Miquel** (Barcelona, 1953). Poeta i assagista, des del 1989 ha publicat tres novel·les monumentals: *El jardí dels set crepuscles* —traduïda a un gran nombre d'idiomes—, *Ígur Neblí* (1994) i *El Troiacord* (2001). Autor de *L'Angel d'hora en hora* (1995) així com altres llibres de narrativa i poesia. (Vegeu pàg. 255, 257.)

● **PÀMIES, Sergi** (París, 1960). Narrador, traductor i columnista, pertany a la generació dels anys vuitanta i destaca en el conte amb reculls com *La gran novel·la sobre Barcelona* (1997). (*Vegeu* pàg. 140.)

● **PÀMIES, Teresa** (Balaguer, 1919). Autodidacta, va exiliar-se en acabar la Guerra Civil pel fet de pertànyer al PSUC. Va tornar molts anys després, el 1971, en guanyar el premi Josep Pla amb la novel·la *Testament a Praga,* coescrita amb el seu pare, Tomàs. Ha col·laborat en diaris i revistes i és autora d'un llarg nombre de títols —*Va ploure tot el dia* (1974), *Amor clandestí* (1976-1998), *Quan érem capitans* (1974)... És Premi d'Honor de les Lletres Catalanes. (Vegeu pàg. 115, 181.)

● **PÀNIKER, Salvador** (Barcelona, 1927). Filòsof, enginyer, escriptor i editor, ha cultivat l'entrevista —*Conversaciones en Cataluña* (1966) i *Conversaciones en Madrid* (1969)—, l'assaig, els llibres de memòries —*Primer testamento* (1990), *Segunda memoria* (1988)— i el dietarisme —*Cuaderno amarillo* (2000) i *Variaciones 95* (2002). (Vegeu pàg. 188, 191.)

● **DE PEDROLO, Manuel** (l'Aranyó, 1918 - Barcelona, 1990). Va exercir tota mena de professions: mestre, venedor, assessor literari, traductor... Va dirigir la prestigiosa col·lecció «La Cua de Palla» i publicà poesia i teatre. Entre la seva narrativa destaquen *Domicili provisional* (1956), *Joc brut* (1965), *Mossegar-se la cua* (1968), *Mecanoscrit del segon origen* (1974) i *Trajecte final* (1975). (Vegeu pàg. 199.)

● **PERMANYER, Lluís** (Barcelona, 1939). Periodista i cronista de Barcelona, publica a *La Vanguardia* articles sobre l'urbanisme i el patrimoni arquitectònic de la ciutat. És autor de la biografia *Sagarra, vist pels seus íntims* (1982), de diverses monografies i entrevistes amb artistes com Miró, Tàpies o Brossa i d'una àmplia bibliografia sobre temes barcelonins (ressenyada en aquest volum). (Vegeu pàg. 191, 255.)

● **PERUCHO, Joan** (Barcelona, 1920-2003). Escriptor, poeta i assagista. Autor del *Llibre de cavalleries* (1957), *Les històries naturals* (1960), *Les aventures del cavaller Kosmas* (1981) i les memòries *Els jardins de la malenconia* (1992) entre d'altres obres. (Vegeu pàg. 123.)

● **PIJOAN, Josep** (Barcelona, 1879 - Lausana, 1963). Historiador de l'art, poeta i activista cultural, autor de les monumentals *Historia del arte* (1914-1916), *Historia del mundo* (1926-1930) i *Summa Artis* (1931-1961). (Vegeu pàg. 112.)

● **PITOL, Sergio** (Mèxic D.F., 1933). Escriptor i traductor de Conrad, Austen i Gombrowicz, entre d'altres autors, ha conreat el llibre de relats —*El desfile del amor* (1984)—, la novel·la amb el tríptic *El carnaval* i la no-ficció a *El arte de la fuga* (1996), en què inclou el *Quadern d'Escudellers*, un dietari sobre les seves vivències a Barcelona. (Vegeu pàg. 95.)

● **PLA, Josep** (Palafrugell, 1897 - Llofriu, 1981). Escriptor i periodista, Pla ha desenvolupat l'empresa narrativa més ambiciosa i panoràmica de la literatura catalana del segle XX. Una obra que neix el 1925 amb *Coses vistes* i que es desplega a les pàgines de diaris com *La Publicitat*, *La Veu de Catalunya*, o el setmanari *Destino* amb títols com *Viaje en autobús* (1942), *El carrer estret* (1951), *El quadern gris* (1966), *Notes disperses* (1969), *Notes per a Sílvia* (1974), *Notes del capvesprol* (1979)... (Vegeu pàg. 94, 96, 112, 294.)

● **PLANES, Josep Maria** (Manresa, 1908 - Barcelona, 1936). Escriptor i periodista. Col·labora en diaris i revistes com *Mirador*, *La Rambla* i *La Publicitat*. Director d'*Imatges* i d'*El Be Negre*. Autor del llibre *Nits a Barcelona* (1931). (Vegeu pàg. 276.)

● **PORCEL, Baltasar** (Andratx, Mallorca,1937). Un dels novel·listes més sòlids i traduïts de la literatura catalana. La Mediterrània és una presència constant en la seva obra narrativa, que es desenvolupa en novel·les com *Els argonautes* (1968), *Cavalls cap a la fosca* (1975), *Les primaveres i les tardors* (1986). *Lola i els peixos morts* (1993) i *Ulisses a alta mar* (1997) estan ambientades a Barcelona. També és columnista. (Vegeu pàg. 131, 132, 259.)

● **POUS I PAGÈS, Josep** (Figueres, 1873 - Barcelona, 1952). Dramaturg, novel·lista i periodista. Després dels reculls *Per la vida* (1903), *Quan se fa nosa* (1904) i *Empordaneses* (1905), escriu la novel·la *La vida i la mort d'en Jordi Fraginals* (1912), amb la qual es dóna per tancat el període literari modernista. Durant la Guerra Civil adquireix un compromís civil i el 1937 és president de la Institució de les Lletres Catalanes, des d'on ajuda els intel·lectuals catalans. (Vegeu pàg. 231.)

● **PUIG, Valentí** (Palma de Mallorca, 1949). Escriptor. Ha conreat el dietari i la novel·la. Puig és un profund coneixedor de l'obra de Pla com demostra al seu llibre *L'home de l'abric* (premi Josep Pla, 1988). Articulista polític i crític literari, els seus escrits s'apleguen a *Una literatura particular* i les seves idees sobre la cultura catalana a *L'os de Cuvier* (2004). Entre els poemaris destaquen

Blanc de blancs (2000) i *Molta més tardor* (2004) i els seus dietaris s'apleguen a *Porta incògnita* (2002) i *Cent dies del mil·lenni* (2004). (Vegeu pàg. 112.)

● **PUIG I FERRETER, Joan** (la Selva del Camp, 1882 - París, 1956). Dramaturg, poeta i novel·lista, va desenvolupar una literatura de caràcter autobiogràfic amb novel·les com *Servitud* (1926), on recrea la seva experiència com a redactor a *La Vanguardia*, les memòries de *Camins de França* (1934) i el cicle de dotze volums *El pelegrí apassionat* (1952-1977). (Vegeu pàg. 275, 276.)

● **PUJOL, Carlos** (Barcelona, 1936). Poeta, editor, traductor de Baudelaire, de Proust, de Verlaine i d'Emily Dickinson. És crític literari i autor de les novel·les *Es otoño en Crimea* (1985), *Jardín inglés* (1987), *Los secretos de San Gervasio* (1994) i *Los días frágiles* (2003), entre uns trenta títols. (Vegeu pàg. 213.)

● **RABINAD, Antonio** (Barcelona, 1927). Guionista de cinema, especialment per al seu amic Vicente Aranda, Antonio Rabinad va guanyar el Premi Internacional de Novel·la de 1952 amb la novel·la *Los contactos furtivos*. Rabinad es guanya també la vida com a llibreter de vell als encants del mercat de Sant Antoni, i és autor d'unes memòries, *El hombre indigno* (Alba, 2000). (Vegeu pàg. 181.)

● **RACIONERO, Luis** (la Seu d'Urgell, 1940). Economista, escriptor i urbanista. Autor d'assajos com *Del paro al ocio* (1978) i de la novel·la *Cercamón* (premi Prudenci Bertrana, 1981). (Vegeu pàg. 188.)

● **REGÀS, Rosa** (Barcelona, 1933). Escriptora i editora, va guanyar el premi Nadal amb *Azul* (1994) i el Planeta amb *La canción de Dorotea* (2001). El 1998 va recollir un seguit de contes sobre la ciutat al llibre *Barcelona, un dia*. (Vegeu pàg. 189.)

● **RIBA, Carles** (Barcelona, 1893-1959). Escriptor, poeta i traductor. La seva obra és la d'un humanista. Traductor d'Homer, de Virgili i de Poe, va expressar les seves idees literàries al recull d'articles *Els marges* (1927). Entre els seus poemaris destaquen les *Elegies de Bierville* (1949) i *Salvatge cor* (1952). (Vegeu pàg. 231, 233.)

● **RICO, Francisco** (Barcelona, 1942). Catedràtic de Literatura Hispànica i Medieval de la Universitat Autònoma de Barcelona, autor d'edicions crítiques d'*El Lazarillo* i *El Quijote* i d'una àmplia bibliografia de la literatura espanyola. (Vegeu pàg. 193.)

● **RIERA, Carme** (Palma, 1948). Narradora, guionista i assagista. Doctora en filologia hispànica i professora universitària, es va donar a conèixer el 1975 amb *Te deix, amor, la mar com a penyora*. Va guanyar el premi Prudenci Bertrana de novel·la 1980, per *Una primavera per a Domenico Guarini*; el premi Ramon Llull 1989, per *Joc de miralls*, i el Josep Pla 1994, per *Dins el darrer blau*. Altres obres destacades són *Cap al cel obert* (2000) i *La meitat de l'ànima* (premi Sant Jordi 2003). (Vegeu pàg. 131, 189.)

● **ROBERT, Robert** (Barcelona, 1839 - Madrid, 1873). Periodista polític i narrador, va col·laborar en la revista satírica *Un Tros de Paper* (1865), que dirigia Albert Llanas. Els seus quadres costumistes han influït sobre diverses generacions d'autors catalans, d'Emili Vilanova a Josep Pla. (Vegeu pàg. 66, 69.)

● **RODOREDA, Mercè** (Barcelona, 1909 - Romanyà de la Selva, 1983). Escriptora precoç, començà a col·laborar de ben jove en diferents revistes (com ara *Mirador, La Rambla* i *La Publicitat*). L'any 1937 va obtenir el premi Crexells per la seva novel·la *Aloma*. La seva carrera literària es va veure interrompuda pel desenllaç de la Guerra Civil, que l'obligà a exiliar-se, fet que la portarà a viure a París, Bordeus i Ginebra. Durant la dècada dels seixanta es produeix el seu esclat definitiu com a escriptora, amb la publicació de *La plaça del Diamant* (1962), *El carrer de les Camèlies* (1966) i *Jardí vora el mar* (1967). L'aparició posterior de les novel·les *Mirall trencat* (1974), *Quanta, quanta guerra* (1980) i *La mort i la primavera* (publicada pòstumament) n'augmentaran el prestigi literari, avui indiscutit. Els últims anys de la seva vida va residir principalment a Romanyà de la Selva, on havia adquirit una casa en tornar del seu exili. (Vegeu pàg. 112, 136, 137, 138, 139, 140, 141, 142, 143, 144, 145, 146, 147, 148, 149, 195, 320.)

● **ROIG, Montserrat** (Barcelona, 1946-1991). Nascuda a l'Eixample barceloní en plena postguerra, construeix una obra sòlida com a narradora. *Molta roba i poc sabó...* (1970), *El temps de les cireres* (1977), *La veu melodiosa* (1987), *El cant de la joventut* (1989) i *Ramona, adéu* (1972), són alguns dels títols més destacats. També s'interessà per la recerca periodística a *Els catalans als camps nazis* (1977) o *L'agulla daurada* (1985). Compromesa amb la democràcia i el catalanisme, els articles a la premsa (recollits en el volum *Un pensament de sal, un pessic de pebre* [1990-1992]) reflecteixen la seva defensa de la llibertat i la seva aposta literària per la memòria històrica. (Vegeu pàg. 110, 113-114, 115, 116.)

● **ROSALES, Emili** (Sant Carles de la Ràpita, 1968). Editor i novel·lista, els seus llibres *Els amos del món* (1997) i *Mentre Barcelona dorm* (1999) reflecteixen els ambients de la ciutat d'avui. Premi Sant Jordi de novel·la amb *La ciutat invisible* (2005). (Vegeu pàg. 260 .)

● **RUSIÑOL, Santiago** (Barcelona, 1861 - Aranjuez, 1931). Més conegut com a pintor, és autor de novel·les, de narracions breus i d'obres de teatre. El senyor Esteve esdevingué un dels tipus barcelonins més populars arran de *L'auca del senyor Esteve* (1907). Col·laborador de *L'Esquella de la Torratxa*, que edita Antonio López, publica vodevils i sainets en què exerceix la crítica de costums: *La bona gent* (1906), *La merienda fraternal* (1907), *Els savis de Vilatrista* (1907), *El català de la Mancha* (1914)... (Vegeu pàg. 62, 64, 65, 69, 70, 72, 132, 313, 316, 317.)

● **RUIZ ZAFÓN, Carlos** (Barcelona, 1964). Escriptor i guionista de cinema. Autor de quatre novel·les adreçades als joves —*El príncipe de la niebla, El palacio de medianoche, Las luces de septiembre* i *Marina*—, amb *La sombra del viento* (2001) va esdevenir una de les revelacions dels darrers anys amb una trama d'amor, misteris i llibres maleïts ambientada a la Barcelona de la primera meitat de segle XX, des del modernisme fins als anys cinquanta. (Vegeu pàg. 266, 288, 289.)

● **SAGARRA, Josep Maria de** (Barcelona, 1894-1961). Poeta, dramaturg, periodista, crític teatral, Sagarra va conrear gairebé tots els gèneres literaris, de la poesia (*El comte Arnau* [1928] o *Poema de Nadal* [1930]) al teatre (*L'Hostal de la Glòria* [1931], *El cafè de la Marina* [1933]— passant per la novel·la, on excel·lí amb *All i salobre* (1929) i, sobretot, *Vida privada* (1932), retrat descarnat de la Barcelona de l'Exposició Universal. Així mateix, publicà un excel·lent llibre de viatges, *La ruta blava* (1942), i les magistrals *Memòries* (1954). (Vegeu pàg. 71, 80, 81, 88, 103, 105, 191, 268, 278.)

● **SALADRIGAS, Robert** (Barcelona, 1940). Escriptor, periodista i crític literari. Les seves primeres obres són de literatura infantil —*Entre juliol i setembre* (1967)— i denoten un marcat interès pel món educatiu. En les seves novel·les s'endinsa en la complexitat psicològica de personatges solitaris i les implicacions d'aquests amb la cultura: *Aquell gust agre de l'estel* (1977), *Memorial de Claudi M. Broch* (1986), *El sol de la tarda* (1992), *La mar no està mai sola* (1996) o *La llibreta groga*, premi Josep Pla 2004. (Vegeu pàg. 284.)

● **SALINAS, Jaime** (Maison-Carrée, 1925). Fill del poeta Pedro Salinas, va dedicar-se a l'edició a Seix Barral, a Alianza i al grup Alfaguara. Col·laborador de Carlos Barral, va viure a Barcelona els anys 50 i 60. Autor del llibre de memòries *Travesías* (2003). (Vegeu pàg. 118, 187, 193.)

● **SALISACHS, Mercedes** (Barcelona, 1916). Provinent de l'alta burgesia barcelonina, amb *Primera mañana, última mañana* (1955) va encetar una prolífica carrera com a novel·lista amb títols com *Carretera intermedia, Una mujer llega al pueblo* (premi Ciutat de Barcelona, 1957), *Adagio confidencial, La gangrena* (premi Planeta, 1975), *El volumen de la ausencia* (premi Ateneo de Sevilla, 1983) i la memorialística *Derribos* (1981) o el manual literari *La palabra escrita* (2003). (Vegeu pàg. 273, 274, 277.)

● **SALVAT-PAPASSEIT, Joan** (1894-1924). En els seus inicis com a escriptor, l'afició literària va acompanyada per una ideologia revolucionària, amb col·laboracions en publicacions com *Los Miserables* o *Justicia Social*. Aquests escrits s'agruparan en el volum *Humo de fábrica* (1918). Salvat-Papasseit assoleix la seva maduresa literària amb l'aparició de *Poemes en ondes hertzianes* (1919) i *L'irradiador del port i les gavines* (1921). La fascinació pel futurisme italià i el seu «maquinisme» es combina amb els paisatges de la Barceloneta. Amb tot això, el poeta es casa, després d'un llarg festeig, amb Carme Eleuterio, amb qui tindrà dues filles. La seva salut fràgil l'obliga a fer llargues estades en sanatoris. Altres obres seves són *Les Conspiracions* (1922), *La gesta dels estels* (1923), *La rosa als llavis* (1923) i *Óssa Menor* (1925), que apareix en edició pòstuma. (Vegeu pàg. 125, 127, 128, 129, 133, 134, 224, 233, 310 .)

● **SEMPRONIO** (pseudònim d'Andreu Avel·lí Artís) (Barcelona, 1908). Cronista de Barcelona, periodista de la generació dels anys trenta a *Mirador* i *Revista de Catalunya*, director del diari *Tele/eXprés* i del setmanari *Tele/estel*, Sempronio ha dedicat nombroses obres a la seva ciutat, com *Aquella entremaliada Barcelona, Quan Barcelona portava barret, Barcelona pel forat del pany*, i ha conreat la novel·la a *La oración del diablo* (1965) i *La Vall dels Reis* (1985). (Vegeu pàg. 92,107.)

● **SERRA, Màrius** (Barcelona, 1963). Autor de novel·les i llibres de contes, ha escrit la novel·la *Mon oncle* (1996) i és el creador d'un *Manual d'enigmística* (2001), que ha esdevingut un llibre de referència dels jocs de paraules. (Vegeu pàg. 259.)

● **SERRAHIMA, Maurici** (Barcelona 1902-1979) Fill d'una prestigiosa dinastia d'advocats barcelonins va conrear tots els gèneres: poesia, conte, novel·la, biografia, crítica literària i, sobretot, l'obra memorialística sota el títol *Del passat quan era present*, que abraça del 1938 al 1953, reeditada sense censura els anys 2003-2004. (Vegeu pàg. 221.)

● **SIMÓ, Isabel-Clara** (Alcoi, 1943). Va ser fundadora i directora del setmanari *Canigó* i directora de Gestió Cultural de la Institució de les Lletres Catalanes. Es va donar a conèixer amb el llibre de contes *És quan miro que hi veig clar* (premi Víctor Català 1978). Premi Sant Jordi per *La salvatge* (1993), ha escrit novel·la policíaca i ha conreat el relat al recull *Dones* (1997). (Vegeu pàg. 66.)

● **SIMON, Claude** (Antananarivo, Madagascar, 1913). Impulsor del *nouveau roman* en obres com *La rute de Flandes* (1960), ambienta a Barcelona la seva novel·la *Le Palace* (1962). (Vegeu pàg. 161.)

● **SOLDEVILA, Carles** (Barcelona, 1892-1967). Novel·lista, contista, periodista, poeta, dramaturg i traductor. Columnista al diari *La Publicitat* amb la secció «Full de dietari» i director del magazín *D'Ací i d'Allà*, publica manuals d'urbanitat i llibres sobre Barcelona, com *L'art d'ensenyar Barcelona* (1929). Entre les novel·les destaca la trilogia integrada per *Fanny* (1929), *Eva* (1931) i *Valentina* (1933) o les memòries *Del llum de gas al llum elèctric* (1951). (Vegeu pàg. 71, 94, 331, 279.)

● **SOLER, Frederic**, *Serafí Pitarra* (Barcelona, 1839-1895). Autor dramàtic, poeta i narrador. De formació autodidàctica, és el màxim representant d'una tradició de poesia i teatre satíric, irreverent i descarat, que va arribar a ser molt popular sota el pseudònim de *Pitarra* amb què signava els seus «singlots» poètics. Col·laborador com Robert i Vilanova de la revista *Un Tros de Paper* (1865), va ser empresari teatral al Romea. (Vegeu pàg. 64, 67, 68, 69, 72, 306, 307.)

● **SUBIRÓS, Pep** (Figueres, 1947). Va ser director de la revista *El Viejo Topo*, professor de filosofia a la Universitat Autònoma de Barcelona i gestor cultural sota el mandat municipal de Pasqual Maragall. La novel·la *Full de dames* (1992) va ser la seva primera obra narrativa. Les següents, un dietari sobre un viatge al Sàhara (*La rosa del desert*, 2000) i la novel·la *Cita a Tombuctú* (premi Josep Pla 1996), neixen del seu amor per l'Àfrica. (Vegeu pàg. 181.)

● **TASIS, Rafael** (Barcelona, 1906 - París, 1966). Crític literari, historiador, traductor, novel·lista i autor dramàtic, va apostar per modernitzar la novel·la catalana amb obres d'ambientació barcelonina com *Vint anys* (1931). Va escriure la trilogia «negra» de *La Bíblia valenciana* (1955), *És hora de plegar* (1956) i *Un crim al Paralelo* (1960), i la novel·la autobiogràfica *Tres* (1962). (Vegeu pàg. 205.)

● **TORRES, Maruja** (Barcelona, 1943). Periodista i novel·lista. Nascuda al Raval, entre les seves obres destaquen l'autobiografia *Mujer en guerra* (1999) i les novel·les *Un calor tan cercano* (1998), *Mientras vivimos* (premi Planeta 2000) i *Hombres de lluvia* (2004). (Vegeu pàg. 101, 284.)

● **TRÍAS, Eugenio** (Barcelona, 1942). Filòsof, ha publicat diversos assajos com *Lo bello y lo siniestro* (1983), *La edad del espíritu* (1994) i el llibre de memòries *El árbol de la vida* (2003). (Vegeu pàg. 189.)

● **TUSQUETS, Esther** (Barcelona, 1936). Escriptora i editora de Lumen. Autora de la trilogia *El mismo mar de todos los veranos* (1990), *El amor es un juego solitario* (1996) i *Varada tras el último naufragio* (1998) i de la novel·la *Con la miel en los labios* (1997). (Vegeu pàg. 189.)

● **VALENTE, José Ángel** (Orense, 1929-2001). Poeta, i traductor de Hopkins i Kavafis. Del 1958 al 1980 va residir a Ginebra. Entre la seva obra destaquen *Las palabras de la tribu* (1971) i un estudi sobre el místic Miguel de Molinos. L'últim cop que va visitar Barcelona va mantenir una trobada amb Antoni Tàpies per al llibre *Conversaciones sobre el muro*. (Vegeu pàg. 193.)

● **VALLBONA, Rafael** (Barcelona, 1960). Escriptor i periodista, és autor de més de vint llibres per a joves i adults. A *Plaça dels Àngels* (2000) i *Gràcia* (2002) recrea la Barcelona contemporània des de dos barris de la ciutat. (Vegeu pàg. 147.)

● **VALLMITJANA, Juli** (Barcelona, 1873-1937). Dramaturg i narrador, és l'autor de la Barcelona marginal. Les seves novel·les i obres de teatre han preservat el món i el llenguatge dels gitanos catalans i els ambients dels «baixos fons» amb novel·les com *Sota Montjuïc* (1908) i *La xava* (1910) i el conjunt de narracions *De la raça que es perd* (1917). (Vegeu pàg. 68.)

● **VARGAS LLOSA, Mario** (Arequipa, 1936). A partir dels relats de *Los jefes* (1959) i la novel·la *La ciudad y los perros* (1962), es convertí en un dels escriptors més importants del *boom* llatinoamericà. L'autor peruà va viure a Barcelona a la fi dels anys 60 i al principi dels 70, on va escriure la novel·la *Pantaleón y las visitadoras* (1973) i l'assaig *García Márquez: historia de un deicidio* (1971). (Vegeu pàg. 185, 187, 195.)

● **VÁZQUEZ MONTALBÁN, Manuel** (Barcelona, 1939 - Bangkok, 2003). Periodista, poeta, assagista i novel·lista. A la seva extensa producció bibliogràfica les obres més populars són les novel·les del detectiu Pepe Carvalho com *Tatuaje* (1974), *La soledad del manager* (1977), *Los mares del Sur* (1979), *Los pájaros de Bangkok* (1983), *La rosa de Alejandría* (1984) i *Milenio* (2004), que tanca definitivament aquest cicle de vint-i-tres títols. (Vegeu pàg. 189, 198, 201, 202, 203, 207, 208, 212, 213, 318.)

● **VERDAGUER, Jacint** (Folgueroles, 1845 - Vallvidrera, 1902). Cursa estudis eclesiàstics al Seminari de Vic. Obté el seu primer reconeixement literari a vint anys, en els Jocs Florals de Barcelona. Ordenat sacerdot, exerceix de vicari a Vinyoles d'Orís. Després de caure malalt, accepta el càrrec de capellà de vaixell a la Companyia Transatlàntica. Posteriorment és contractat com a capellà de la família del marquès de Comillas. Aquí comença la seva etapa barcelonina. La seva activitat com a escriptor es consolida amb dos poemes èpics: *L'Atlàntida* (1877) i *Canigó* (1885). A partir del 1890 esclata l'anomenat *cas Verdaguer*, les etapes del qual podem resseguir als articles del volum *En defensa pròpia* (1895). Aquest conflicte, que l'enfronta a la família del marquès de Comillas i a les autoritats eclesiàstiques, provoca que estigui reclòs dos anys al santuari de la Gleva. Després de retractar-se reprèn l'activitat com a sacerdot a Barcelona. Malalt de tuberculosi, mor a vil·la Joana el 10 de juny de 1902. (Vegeu pàg. 75, 76, 77, 78, 80, 81, 82, 83, 84, 85, 86, 87, 141, 143, 230, 308, 322.)

● **VIDAL, Pau** (Barcelona, 1967). Periodista i traductor. Autor dels mots encreuats del diari *El País* i conductor amb Elisenda Roca del programa «Joc de paraules» (BTV), ha traduït Tabucchi, Camilleri i Erri de Luca i ha publicat un assaig humorístic, *El parevostre* (2000). A *Homeless* (2003), la seva primera obra narrativa, recrea les veus d'una Barcelona que va perdent la memòria entre els enderrocs de la ciutat vella. (Vegeu pàg. 58.)

● **VILA-MATAS, Enrique** (Barcelona, 1948). Novel·lista, articulista i assagista, sens dubte es tracta d'un dels escriptors barcelonins amb més projecció internacional. Entre les seves obres trobem títols com *Impostura* (1984), *Suicidios ejemplares* (1991), *Extraña forma de vida* (1997), *El viaje vertical* (1999), *Bartleby y compañía* (2000), *El mal de Montano* (2002) i *París no se acaba nunca* (2003). Una imaginació sorprenent i la presència de jocs metaliteraris són recursos habituals en les seves obres. (Vegeu pàg. 109, 113, 195.)

● **VILALLONGA, José Luis de** (Madrid, 1920). Escriptor i actor. Instal·lat a París des del 1951 fins al restabliment de la democràcia, va desenvolupar una prolífica obra, primer en francès i després en castellà, entre la qual destaquen els llibres ambientats a Barcelona, com las *Ramblas acaban en el mar* (1953) i el primer volum de les seves memòries, *La cruda y tierna verdad* (2000). (Vegeu pàg. 61.)

● **VILANOVA, Antoni** (Barcelona, 1923). Catedràtic de Literatura Espanyola i crític de la revista *Destino*, és un especialista en la literatura del segle d'or, jurat dels més prestigiosos premis literaris de Catalunya i autor d'estudis sobre Erasme i Cervantes (1989), *La Regenta* i la Barcelona del seu avantpassat, l'escriptor costumista Emili Vilanova. (Vegeu pàg. 63.)

● **VILANOVA, Emili** (Barcelona, 1840-1905). És l'escriptor del barri de Santa Maria del Mar, autor de narracions que reviuen l'atmosfera d'un món perdut per sempre com les *Escenas barceloninas* (1886), els *Monòlechs y cuadros* (1887), o *Plorant i rient* (1891). També va escriure sainets d'èxit com *Qui compra... maduixes?* (1892) o *A casa de l'alcalde* (1894).

● **WEIL, Simone** (París, 1909 - Londres, 1943). Pensadora francesa d'origen jueu que va esdevenir ben aviat una de les veus més crítiques amb el comunisme d'arrel estalinista. El seu antiacademicisme i afany de veritat la porten a treballar d'operària de fàbrica al seu país (malgrat la seva salut delicada) i també a participar en la Guerra Civil espanyola. En els darrers anys de la seva vida experimentà un interès creixent per la dimensió religiosa, sense abandonar en cap cas l'atenció a les qüestions socials. El gros de la seva obra es troba en els *Cahiers* (*Quaderns*).

● **ZARRALUKI, Pedro** (Barcelona, 1954). Escriptor de llibres de relats i de novel·les d'ambient barceloní com *Hotel Astoria* (1997). Premi Nadal amb *Un encargo difícil* (2005).

BIBLIOGRAFIA

“*Es sorprendente que pueda componerse una historia bastante completa de la ciudad de Barcelona a través de novelas de suficiente calidad literaria, y ello parece indicar que posee un estatuto especial dentro del conjunto de las ciudades industriales. A su manera, Barcelona posee la literatura que le correspondería a una capital, pero sin el entramado de poder a ella aparejado, de tal manera que sus novelas de género histórico o con un fuerte componente histórico, aunque dan cuenta del proceso social y político de la ciudad, poseen a la vez un carácter peculiar, más irónico, distanciado, y sobre todo sumamente melancólico, que se distingue de las novelas parisinas o madrileñas. No hay nunca vencedores, ni de uno ni de otro bando, en las novelas barcelonesas; todas ellas producen una notable sensación de que la lucha es inútil y que el juego social se reduce a una inmensa mentira ya que ni siquiera es posible alzarse con el poder y la gloria… Es esta doble derrota asumida lo que dota a las novelas barcelonesas de una atmósfera tan singular y asfixiante.*”

Félix de Azúa. *Conferència dictada a Roma el 1998 i inclosa a Lecturas compulsivas.* Anagrama, 2003.

A més dels llibres referenciats al final de cadascun dels capítols sobre les rutes literàries de Barcelona, facilitem a continuació una bibliografia bàsica per conèixer millor la ciutat i les seves implicacions amb la literatura.

Diversos autors. *Sagarra i Barcelona.* Barcelona: Ajuntament de Barcelona, 1995.

Diversos autors. *Retrat de Barcelona.* Barcelona: Centre de Cultura Contemporània i Regidoria de Publicacions de l'Ajuntament de Barcelona, 1995.

Diversos autors. *Diàlegs a Barcelona*: M. Aurèlia Capmany / Pasqual Maragall; Joan Oliver / Pere Calders; Ramón Fernández Jurado / Juli Morera; Avel·lí Artís-Gener / M. Antònia Oliver; Isabel Clara Simó / Montserrat Roig; Manuel Vázquez Montalbán / Jaume Fuster; J. V. Foix / Narcís Comadira; Joan Llongueras / Francesc Santacana; Enric Truñó / Anni Escobedo; Llorenç Cregut / Josep M. Miquel; Josep Tarradellas / Antoni Gutiérrez; J. M. Huertas / Jaume Fabre; Ovidi Montllor / Francesc Pi de la Serra; Lluís Carandell / Josep M. Carandell; A. Cardona Torrandell / Iago Pericot; Oriol Bohigas / Òscar Tusquets; Jaume Blasco / Joan Rius; Angeleta Ferrer / Maria Martínez; Marta Mata / Pilar Benejam; Raimon Obiols / Joan Rigol; Joan Guinjoan / Josep M. Mestres Quadreny; Colita / Xavier Miserachs; Antoni Tàpies / Isidre Molas; Mercè Sala / Anna Balletbò; Jordi Maragall / Eugenio Trias; Enric Moreu-Rey / Jaume Vidal Alcover; Aureli Bisbe / Oriol Sunyer; Antoni González Moreno-Navarro / Josep Emili Hernández-Cros; Jordi Llovet / Josep Maria Civit; Lluís Permanyer / Joan de Sagarra; Josep Guinovart / Joaquim Molas; Montse Guillén / Llorenç Torrado; Isak Andik / Margarita Nuez; Francesc Bonastre / Oriol Martorell; Lluís Izquierdo / Ignasi de Solà-Morales; Lluís Armet / Joan Barril; Josep M. Espinàs / August Ferrer; Fabià Puigserver / Manolo Núñez; Víctor Alba / Marià Casasús; Germà Vidal / Juanjo Ferreiro; Pilar Muñoz / Joan Vila-Grau; Francesc Candel / Carme Carol; Joan Clos / Patricia Gabancho; Joaquim M. Puyal / Sebastià Serrano; Ricard Gutiérrez / Javier Mariscal; David Jou / Vladimir de Semir; Ricard Giralt Miracle / Pilar Vélez; Tete Montoliu / Miquel Jurado; Joan Torres / Magda Oranich; Xavier Barral Altet / Albert Ràfols Casamada; Wilebaldo Solano / Llibert Ferri; Sílvia Tortosa / Ignasi Cuevas / Màrius Carol / Enrique Lacalle; Josep M. Cadena / Josep Pernau. Barcelona: Ajuntament de Barcelona, 1984.

Arnau, Carme. *Introducció a la narrativa de Mercè Rodoreda (El mite de la infantesa).* Barcelona: Edicions 62, 1993.

Arnau, Carme. *Mercè Rodoreda.* Barcelona: Edicions 62, 1992. Col·lecció Pere Vergés de biografies, 35.

Aymerich, Pilar; Pessarrodona, Marta. *Montserrat Roig: un retrat.* Barcelona: Institut Català de la Dona, 1994.

Barral, Carlos. *Catalunya des del mar.* Barcelona: Ariel, 1982.

Bou, Enric. «Odes a Barcelona». Dins *Barcelona Metròpolis Mediterrània*, núm. 20. Barcelona: Ajuntament de Barcelona, 1991.

Broch, Àlex. «La ciutat literària: Onofre Bouvila o l'ascensió d'un especulador professional». Dins *Barcelona Metròpolis Mediterrània*, núm. 4. Barcelona: Ajuntament de Barcelona, abril-juny 1987.

Broch, Àlex. «Genet al Paral·lel, una iniciació a l'ètica i l'estètica del mal».

Dins *Barcelona Metròpolis Mediterrània*, núm. 5. Barcelona: Ajuntament de Barcelona, juliol-setembre 1987.

Broch, Àlex. «Vida privada o l'estèril decadència d'una classe social». Dins *Barcelona Metròpolis Mediterrània*, núm. 6. Barcelona: Ajuntament de Barcelona, octubre-desembre 1987.

Broch, Àlex. «Reunió a Barcelona. La història d'una vella amistat». Dins *Barcelona Metròpolis Mediterrània*, núm. 7. Barcelona: Ajuntament de Barcelona, primavera 1988.

Broch, Àlex. «El blau del cel: sexe i mort a l'obra de Bataille». Dins *Barcelona Metròpolis Mediterrània*, núm. 8. Barcelona: Ajuntament de Barcelona, estiu 1988.

Broch, Àlex. «Itinerari per la Barcelona de Pieyre de Mandiargues». Dins *Barcelona Metròpolis Mediterrània*, núm. 9. Barcelona: Ajuntament de Barcelona, tardor 1988.

Broch, Àlex. «El saxofonista de William Irish que s'amagava a la Rambla». Dins *Barcelona Metròpolis Mediterrània*, núm. 10. Barcelona: Ajuntament de Barcelona, hivern 1988.

Broch, Àlex. «Barcelona en l'obra de George Orwell. Dins *Barcelona Metròpolis Mediterrània*, núm. 13. Barcelona: Ajuntament de Barcelona, 1989.

Broch, Àlex. «Barri i ascens social en la narrativa de Mercè Rodoreda». Dins *Barcelona Metròpolis Mediterrània*, núm. 22. Barcelona: Ajuntament de Barcelona, 1992.

Cabañas Guevara, Luis. *40 años de Barcelona*. Barcelona: Memphis, 1944.

Cabañas Guevara, Luis. *Biografía del Paralelo*. Barcelona: Memphis, 1945.

Cabré, Rosa. *La Barcelona de Narcís Oller*. Valls: Cossetània edicions, 2004.

Calzado, Borja. «Gil de Biedma: el sonido de la sirena llega como un paño de gamuza contra el cristal». Dins *La Vanguardia*, 11-12-84.

Calzado, Borja. «Espriu. A la espera de un milagro». Dins *La Vanguardia*, 29-1-85.

Calzado, Borja. «Carlos Barral: envidia por la ciudad del siglo XV». Dins *La Vanguardia*, 19-2-85.

Calzado, Borja. «Joan Brossa: la realidad de la calle, transfigurada». Dins *La Vanguardia*, 2-4-85.

Calzado, Borja. «José Agustín Goytisolo. Vida y poesías urbanas». Dins *La Vanguardia*, 4-6-85.

Calzado, Borja. «La lucidez política de Machado». Dins *La Vanguardia*, 18-6-85.

Calzado, Borja. «Gimferrer. Ha habido una abdicación del pasado». Dins *La Vanguardia*, 20-8-85.

Calzado, Borja. «Félix de Azúa: Me arrancaron el paisaje de la infancia». Dins *La Vanguardia*, 27-8-85.

Calzado, Borja. «José María Valverde, la 'vita nuova' y el mar común». Dins *La Vanguardia*, 1-10-85.

Calzado, Borja. «Narcís Comadira. Ciudad hostil y hospitalaria». Dins *La Vanguardia*, 19-11-85, pàg. 46.

Calzado, Borja. «Vázquez Montalbán: polisemia y arqueología urbana». Dins *La Vanguardia*, 10-12-85.

Calzado, Borja. «Marià Manent: el tiempo de las acacias». Dins *La Vanguardia*, 24-12-85.

Calzado, Borja. «J. V. Foix: memoria de Sarrià». Dins *La Vanguardia*, 31-12-85.

Capmany, Maria Aurèlia. *Barcelona entre mar i muntanya*. Barcelona: Polígrafa, 1992.

Carandell, Josep Maria. *Guía secreta de Barcelona*. Madrid: Al-Borak, 1974.

Carandell, Josep Maria. *Nueva guía secreta de Barcelona*. Barcelona: Lumen, 1982.

Carco, Francis. *Printemps d'Espagne*. París: Albin Michel, 1929.

Carreras, Carles. *La Barcelona literària*. Barcelona: Proa, 2003.

Casals, Montserrat. *Mercè Rodoreda: contra la vida, la literatura*. Barcelona: Edicions 62, 1991.

Cela, Camilo José. *Izas, rabizas y colipoterras*. Barcelona: Lumen, 1964. (Fotografies: Juan Colom).

Cela, Camilo José. *Barcelona*. Barcelona: Alfaguara, 1970.

Cirici i Pellicer, Alexandre. *El temps barrat*. Barcelona: Destino, 1973.

Comas, Antoni; Riquer, Martí de. *Història de la literatura catalana* (2a edició). Barcelona: Ariel, 1964-1972.

Coroleu, Josep. *Memorias de un menestral de Barcelona (1792-1864)*. Barcelona: Tipografía La Vanguardia, 1888.

Cortada, Joan; Manjares, Josep de. *El libro verde de Barcelona*. Edició original del 1848. Barcelona: José J. de Olañeta, 1980.

Domènech, Joan de Déu. *Xocolata cada dia*. Barcelona: La Magrana, 2004.

Espada, Arcadi (ed.). *Dietario de posguerra*. Barcelona: Anagrama, 1998.

Espada, Arcadi. *Raval. De l'amor als nens*. Barcelona: Anagrama, 2000.

Espinàs, Josep Maria. *Barcelona, blanco y negro*. Barcelona: Aymà, 1964. (Fotografies de Xavier Miserachs i pròleg de Joan Oliver).

Espinàs, Josep Maria. *Carrers de Barcelona*. Barcelona: Selecta, 1961 (2a edició La Campana, 1991).

Espinàs, Josep Maria. *Això també és Barcelona*. Barcelona: Lumen, 1965. (Fotografies: O. Maspons i Ubiña, dibuixos Cesc; també hi ha edicions en francès i anglès).

Espinàs, Josep Maria. *Quinze anys de cafès a Barcelona*. Barcelona: Dopesa, 1973. (Fotografies: Ernest Vilà i Joan Victor).

Espinàs, Josep Maria. *Vuit segles de carrers de Barcelona: de Montcada a Tuset*. Barcelona: Destino, 1974. (Fotografies de Francesc Català-Roca).

Espinàs, Josep Maria. *Alguns carrers antics de Barcelona*. Barcelona: Ajuntament de Barcelona,1978.

Espinàs, Josep Maria. *Els fanals de gas: nostàlgia d'una Barcelona pretèrita*. Barcelona: Catalana de Gas, 1987.

Espinàs, Josep Maria. *Els noms de les estacions de metro*. Barcelona: Transports Metropolitans de Barcelona, 1988.

Fabre, Jaume; Huertas, Josep Maria. *Noticiari de Barcelona*. Barcelona: La Campana, 1991.

Fabre, Jaume; Huertas, Josep Maria. *Burgesa i revolucionària. La Barcelona del segle XX*. Barcelona: Flor del Vent Edicions, 2000.

Foix, J. V. *Catalans de 1918*. Barcelona: Edicions 62, 1965.

Gabancho, Patricia. *L'Eixample vist per 20 veïns*. Barcelona: La Campana, 1990.

Gabancho, Patricia. *Despert entre adormits*. Barcelona: Museu d'Història de la Ciutat de Barcelona, 1998.

Garcés, Tomàs. *Sobre Salvat-Papasseit i altres escrits*. Barcelona: Selecta, 1972.

Garcés, Tomàs. *El temps que fuig: escrits amb data*. Barcelona: Laertes, 1984.

García Espuche, Albert. *El inventario*. Barcelona: Muchnik editores, 2002.

Garolera, Narcís. *Homenatge a Jacint Verdaguer: esbós biogràfic i antologia*. Barcelona: Generalitat de Catalunya, 2002.

Gasch, Sebastià. *Les nits de Barcelona*. Barcelona: Pòrtic, 1969.

Gasch, Sebastià. *El Molino. Memorias de un setentón*. Barcelona: Dopesa, 1972.

Guansé, Domènec. *Història de Barcelona il·lustrada*. Barcelona: Proa, 1972.

Guillamon, Julià. *La ciutat interrompuda*. Barcelona: La Magrana, 2001.

Hugues, Robert. *Barcelona*. Barcelona: Anagrama, 1993.

Ibarz, Mercè. *Mercè Rodoreda*. Barcelona: Empúries, 1991.

Luján, Néstor. *La Rambla fa baixada*. Barcelona: Planeta, 1994.

Llates, Rossend. *30 anys de vida catalana*. Barcelona: Aedos, 1969.

Marfany, Joan Lluís. «L'Eixample, del rebuig a l'apassionament». Dins *Barcelona Metròpolis Mediterrània*, núm. 20. Barcelona: Ajuntament de Barcelona, 1991.

Miralda i Oliva, Salvador. *La dreta de l'Eixample*. Barcelona: Rafael Dalmau, 1974.

Mora, Rosa. «Barcelona pinta negra». Dins *Barcelona Metròpolis Mediterrània*, núm. 5. Barcelona: Ajuntament de Barcelona, juliol-setembre 1987.

Nadal, Joaquim M. de. *Barcelonerías*. Barcelona: Llibreria Dalmau, 1942.

Nadal, Joaquim M. de. «Mi calle de Fernando. Visión sentimental y un poco meditativa de una institución barcelonesa». Barcelona: Llibrería Dalmau, 1943.

Nadal, Joaquim M. de. *Cromos de la vida vuitcentista*. Barcelona: Llibreria Dalmau, 1946.

Patxot, Fernando. *Manual del viajero en Barcelona*. Barcelona: Imprenta Francisco Oliva, 1840.

Pi i Arimón, Andrés Avelino. Barcelona antigua y moderna. Imprenta de Tomás Gonchs, 1854.

Permanyer, Lluís. *Un paseo por la Barcelona modernista*. Barcelona: Polígrafa, 1988.

Permanyer, Lluís. *Història de l'Eixample*. Barcelona: Plaza i Janés, 1991.

Permanyer, Lluís. *Cites i testimonis sobre Barcelona*. Barcelona: La Campana, 1993.

Permanyer, Lluís. *Biografia del Passeig de Gràcia*. Barcelona: La Campana, 1994.

Permanyer, Lluís. *Biografia de la Plaça de Catalunya*. Barcelona: La Campana, 1995.

Permanyer, Lluís. *Biografia de la Diagonal*. Barcelona: La Campana, 1996.

Pla, Josep. *Un senyor de Barcelona*. Barcelona: Destino, 1989.

Pla, Josep. *Barcelona, una discussió entranyable*. Barcelona: Destino, 1956.

Planes, Josep Maria. *Nits de Barcelona*. Barcelona: Llibreria Catalònia, 1931.

Planes, Josep Maria. *Els gàngsters de Barcelona*. Barcelona: Proa, 2002.

Regàs, Rosa (ed.). *Barcelona un dia. Un llibre de contes de la ciutat*. Barcelona: Alfaguara, 1998.

Riera, Ignasi. *Viajeros de Barcelona*. Madrid: Ollero & Ramos, 2000.

Riquer, Martí de. *Quinze generacions d'una família catalana*. Barcelona: Quaderns Crema, 1998.

Romeu, Josep (ed.). *Llibre del mar (el tema mariner en la literatura catalana)*. Barcelona: Selecta, 1953.

Roure, Conrad. *Recuerdos de mi larga vida* (3 vol.) Barcelona: Biblioteca *El Diluvio*, 1925.

Sagarra, Josep Maria de. *Memòries*. Barcelona: Aedos, 1954.

Sempronio. *Secretos de Barcelona*. Barcelona: Barna, 1960.

Sempronio. *Sonata de la Rambla*. Barcelona: Barna, 1961.

Sempronio. *Minutero barcelonés*. Barcelona: Barna, 1963.

Sempronio. *Aquella entremaliada Barcelona*. Barcelona: Selecta, 1978.

Sempronio. *El paseo de Gracia*. Barcelona: Banco Pastor, 1980.

Sempronio. *Barcelona és una festa*. Barcelona: Selecta, 1980.

Sempronio. *Quan Barcelona portava barret*. Barcelona: Selecta, 1984.

Sempronio. *Barcelona pel forat del pany*. Barcelona: Selecta, 1985.

Sempronio. *Barcelona bitllo-bitllo*. Barcelona: Selecta, 1986.

Sempronio. *Barcelona es confessa a mitges*. Barcelona: Selecta, 1994.

Serrahima, Maurici. *Del passat quan era present* (3 vol.) Barcelona: Edicions 62, 2003, i Publicacions de l'Abadia de Montserrat, 2004.

Soldevila, Carles. *Gracias y desgracias de Barcelona*. Barcelona: Llibreria Dalmau, 1943.

Soldevila, Carles. *Guía de Barcelona*. Barcelona: Destino, 1954.

Soldevila, Carles. *Barcelona vista pels seus artistes*. Barcelona: Aedos, 1957.

Soldevila, Carles. *Del llum de gas al llum elèctric*. Barcelona: Empúries, 2002.

Valls, Fernando. «Las Barcelonas literarias; narrativa y territorio en la posguerra: la ciudad inexistente». Dins *La Vanguardia*, 10-9-91.

Verdaguer, Mario. *Medio siglo de vida íntima barcelonesa*. Barcelona: Barna, 1957.

Vilanova, Antoni. *Emili Vilanova i la Barcelona del seu temps*. Barcelona: Quaderns Crema, 2001.

Villar, Paco. *Historia y leyenda del Barrio Chino 1900-1992. Crónica y documentos de los bajos fondos de Barcelona*. Barcelona: La Campana, 1996.

Zúñiga, Ángel. *Barcelona y la noche*. Barcelona: Parsifal ediciones, 2001.

editors

● **Sergio Vila-Sanjuán** (Barcelona, 1957). Es dedica al periodisme cultural des del 1977. Ha estat cap de Cultura d'*El Correo Catalán*, redactor cap d'*El Noticiero Universal* i, des del 1993, responsable de les pàgines de *Libros* de *La Vanguardia*. És autor dels llibres *Pasando página. Autores y editores en la España democrática* (2003) i *Crónicas culturales* (2004). És comissari de l'Any del Llibre i la Lectura de Barcelona 2005.

● **Sergi Doria i Alburquerque** (Barcelona, 1960). Periodista. Professor d'història del periodisme a la Universitat Internacional de Catalunya i a la Universitat Ramon Llull. Director entre el 1985 i el 1991 de la *Guía del Ocio*, cronista cultural i crític literari a *El País*, *El Periódico* i l'*Avui*, en l'actualitat escriu al diari *ABC*. Autor d'un llibre reportatge sobre la història dels barris de Barcelona —*La Guineueta*, 1995—, acaba de publicar *Imatges 1930. Barcelonins i moderns* (2004).

biografies dels autors

● **Ignasi Aragay** (Barcelona, 1966). Periodista. Cap de Cultura del diari *Avui*. És autor del llibre *Barcelona, Anolecrab* (2002). Ha col·laborat en diferents revistes culturals i d'informació general, com *El Món*, *L'Avenç* i *El Temps*, especialment sobre temes d'història contemporània.

● **Borja Calzado** (Xubia, la Corunya, 1950). Professor i periodista. Fou redactor de *Cuatro Semanas i Le Monde Diplomatique* i ha col·laborat en diversos mitjans de comunicació, com els diaris *La Vanguardia* i *Diario de Barcelona* o la revista literària *Quimera*. Durant els anys 80 entrevistà els principals poetes de Barcelona sobre la seva relació amb la ciutat.

● **Rossend Casanova i Mandri** (Barcelona, 1970). Doctor en història de l'art per la Universitat de Barcelona. Especialitzat en arquitectura i arts decoratives modernistes, n'ha publicat diversos estudis, en especial sobre l'arquitecte Lluís Domènech i Montaner. És coautor del *Catàleg de disseny industrial espanyol* del Museu de les Arts Decoratives de Barcelona (Ajuntament de Barcelona) i, durant el 2002, va ser coordinador editorial de l'Any Internacional Gaudí. Ha col·laborat amb el diari *Avui* en l'àmbit cultural.

● **Montse Clavé** (Villamartín, Cadis, 1946). Formada a Barcelona i a París, col·laborà en la creació de l'Editorial Gente Nueva a l'Instituto del Libro Cubano (l'Havana, 1969-1970). Ha estat dibuixant de còmic per a diverses revistes i agències, com també il·lustradora d'editorials. Autora de diversos llibres de cuina, com *Viaje por las cocinas del Ebro* (2000). Actualment col·labora a la secció *Cocina Criminal* de Brigada 21 i dirigeix la llibreria Negra i Criminal de Barcelona.

● **Miguel Dalmau** (Barcelona, 1957). Crític literari, narrador i assagista. És autor d'un estudi sobre l'artista victorià Aubrey Beardsley, de les novel·les *Yo, Wilde* (1994) i *La grieta* (1997), i de sengles biografies sobre els germans Goytisolo —*Los Goytisolo* (finalista del XXVII premi Anagrama d'assaig, 1999)— i del poeta Gil de Biedma (2004).

● **Joan de Déu Domènech** (Barcelona, 1954). És autor dels llibres *Àlbum Foix* (1990), *Proses de viatges* (1992), *Mirant enfora. Cent anys de llibres de viatges en català* (1995), *Lleons a les ciutats catalanes* (1996) i *Xocolata cada dia. A taula amb el baró de Maldà* (2004), entre d'altres, com també d'edicions de Josep Carner (*En els tròpics*, 1994) i del *Dietari* de Josep Maria López-Picó (1999).

● **Jordi Galves i Pasqual** (Gavà, 1967). Escriptor i professor a la Universitat Pompeu Fabra. Ha estat responsable tècnic de l'edició espanyola de *Le Monde Diplomatique*, lector de llengua i literatura catalanes a França, crític literari, i secretari de redacció de la *Revue d'Études Catalanes* de la Universitat de Montpeller. Autor d'una antologia comentada del *Tirant lo Blanc* (1999) i de l'assaig *Deu escriptors i Andorra* (1992).

● **Julià Guillamon** (Barcelona, 1962). És crític de literatura catalana del diari *La Vanguardia*. Autor del llibre *La ciutat interrompuda* (2001), analitza la transformació de Barcelona del 1977 al 2000 a través de la literatura, el còmic, el periodisme, la fotografia, el cinema i les arts plàstiques. Com a investigador s'ha especialitzat en els moviments alternatius dels anys setanta i vuitanta i en l'obra de diversos escriptors catalans del segle XX: Avel·lí Artís Gener, Xavier Benguerel, Josep Palau i Fabre i Joan Perucho.

● **Josep M. Huertas Claveria** (Barcelona, 1939). Autor d'una cinquantena de llibres, sol o en equip, des de *Chicos de la gran ciudad* (1969), que va ser el primer. És coautor de *Tots els barris de Barcelona* amb Jaume Fabre (1975-77), amb qui també ha escrit *La construcció d'una ciutat* (1987-88) i *Cent anys de vida quotidiana* (1998). Publicà amb Carles Geli *Les tres cares de Destino* (1990), *La Barcelona de Porcioles* (1974), escrit en equip, o *Obrers a Catalunya* (1984), entre d'altres. Ha estat vicedegà del Col·legi de Periodistes de Catalunya i fou Premi Nacional de Periodisme el 1991. Ha promogut exposicions com *200 anys de premsa diària a Catalunya* (1995) i ha dirigit la col·lecció «Vaixells de paper» sobre història del periodisme per al Col·legi de Periodistes de Catalunya.

● **Joan Nogués Gálvez** (Barcelona, 1967). Llicenciat en filologia catalana per la Universitat de Barcelona i col·laborador habitual de la revista *Qué Leer*, ha participat en la preparació dels itineraris literaris «Escriptores de ciutat» i «Barcelona i el mar», organitzats pel Consorci de Biblioteques de Barcelona. Autor de diferents articles en publicacions universitàries especialitzades.

● **José Enrique Ruiz-Domènec** (Granada, 1948). Catedràtic d'història medieval i director de l'Institut d'Estudis Medievals de la Universitat Autònoma de Barcelona, membre de la Reial Acadèmia de Bones Lletres i de la Reial Acadèmia de Doctors de Catalunya. Com a escriptor té una vintena de llibres. Ha publicat a Itàlia *La memoria dei feudali* (1992); *Ricard Guillem o el somni de Barcellona* (1999), com també la «Prefazione» al llibre *Storici arabi delle Crociate* (2000). Entre els seus llibres figuren *La novela y el espíritu de la caballería* (1992), *El despertar de las mujeres* (1999), *Rostros de la Historia* (2000), *La ambición del amor. Historia del matrimonio en Europa* (2003), *El Mediterráneo* (2004) i *Palestina, pasos perdidos* (2004).

Les passejades «Verdaguer i Barcelona», «L'Eixample literari», «Barcelona i el mar», «Mercè Rodoreda i les novel·les de Barcelona» i «La Barcelona revolucionària i els intel·lectuals europeus: George Orwell (i Simone Weil)», que es proposen en aquest llibre, van ser realitzades com a part dels itineraris literaris de l'*Aventura de llegir*, que Biblioteques de Barcelona inicià l'any 1994.

Una primera versió de la passejada «Només per veure Barcelona: la ruta del Quixot», de Jordi Galves, es va publicar al suplement Cultura/s de *La Vanguardia* el 13 d'agost de 2003 (núm. 60).

Itineraris a la xarxa
www.bcn.es/itinerarisliteraris
www.bcn.es/biblioteques/itineraris/itisup.htm

Agraïments

Arxiu Fotogramas. Arxiu Municipal del Districte de Sants - Montjuïc. Raquel Abad, Serveis Generals de l'Ajuntament de Barcelona. Manel Baena, Museu Picasso. Natàlia Baqué, Fundació Bernat Metge. Santi Barjau, Museu de les Arts Gràfiques. Antonio Basanta i Susana Fauró, Fundación Germán Sánchez Ruipérez. Biblioteca Pública Arús. Ariadna Blanc, Museu Nacional d'Art de Catalunya. Yolanda Bolsa, Editorial Destino. Cambra Oficial de Comerç, Indústria i Navegació de Barcelona. Mercè Camerino i Paz Marrodán, Triangle Postals. Jordi Campillo, Daniel Garcia i Alonso José Fernández, Parcs i Jardins de l'Ajuntament de Barcelona. Carme Cañadell, Centre d'Informació de Catalunya - Palau Robert. Eva Carbó, Departament d'Exposicions de l'Institut de Cultura de Barcelona. Martí Català, Arxiu Francesc Català-Roca. Marta Clari, Consorci de Biblioteques de Barcelona. Col·legi Sant Ignasi - Sarrià. Jorge de Cominges. José Contreras, Agencia EFE Barcelona. Albert Corbeto, Reial Acadèmia de les Bones Lletres. Sílvia Dahl i Elvira Mata, Centre de Documentació Marítima del Museu Marítim de Barcelona. Anna Duran, José Luis Rodríguez i Carles Salmurri, *La Vanguardia*. Edicions Nou Art Thor. Alba Fité, Editorial Planeta. Francesc Fontbona, Unitat de Gravats de la Biblioteca de Catalunya. Carme Franch, Biblioteca de Catalunya. Ana Gallego, VEGAP Barcelona. Mariví Garcia, Hotel Majestic. Cristina Gelonch, Círculo de Lectores. Belén Gómez, Radial Press. Enric Gràcia, Institut Municipal d'Informàtica de l'Ajuntament de Barcelona. Anna Jornet, Editorial Anagrama. Àngels Jubany, Biblioteca de l'Ateneu Barcelonès. Ignasi de Lecea, Sector d'Urbanisme de l'Ajuntament de Barcelona. Mari Cruz Martín, Museu-Casa Verdaguer del Museu d'Història de la Ciutat de Barcelona. Eulàlia Miret, Arxiu Mercè Rodoreda de l'Institut d'Estudis Catalans. María de las Nieves Muñiz i Álvaro Martín, Universitat de Barcelona. Anna Nuño, Institut Français de Barcelone. Anna Omedes i Montserrat Navarro, Museu de Ciències Naturals de la Ciutadella. Josep Pérez Freijo, Departament d'Imatge i Producció Editorial de l'Ajuntament de Barcelona. Lluís Permanyer. Pipa Club de Barcelona. María José Polo, Arxiu Fotogràfic Ramon Manent de Mataró. Carina Pons i Jaime Poveda, Agència Literària Carmen Balcells. Guillermina Puig. Revista *Qué Leer*. Antoni Rodés i Xavier Giménez, Ajuntament del Prat de Llobregat. Jaume i Marc Roig, Restaurant Pitarra. Guillermo Rojo, Real Academia Española. Francesc Soriano. Xavier Tarraubella, Maria Mena i el personal bibliotecari de l'Arxiu Històric de la Ciutat de Barcelona i de l'Arxiu Fotogràfic. Dolç Nom de Maria Tormo, Arxiu Joan Maragall de la Biblioteca de Catalunya. Miquel Torres, Fundació Barcelona Olímpica. Clara Truñó, Edicions 62. Chris Tulloch. Inés Vázquez, Hotel Ritz. Anna Vergès. Judit Vives, Museu d'Història de la Ciutat de Barcelona.